rowohlt
POLARIS

Sam Lloyd

SIE SIEHT, WAS DU TUST

Thriller

Aus dem Englischen von Katharina Naumann

Rowohlt Polaris

Die englische Originalausgabe erschien 2023
unter dem Titel «The People Watcher»
bei Transworld Publishers Limited, London.

Deutsche Erstausgabe
Veröffentlicht im Rowohlt Taschenbuch Verlag,
Kirchenallee 19, 20099 Hamburg, April 2025

Redaktion Silvana Dorothea Schmidt

Covergestaltung ZERO Werbeagentur, München, nach dem
Original von Penguin Random House
Coverabbildung Richard Nixon/Arcangel,
Design by HeadDesign
Satz aus der Newzald
bei Pinkuin Satz und Datentechnik, Berlin
Druck und Bindung GGP Media GmbH, Pößneck
ISBN 978-3-499-01493-2

Kontaktadresse nach EU-Produktsicherheitsverordnung:
produktsicherheit@rowohlt.de

MIX
Papier | Fördert
gute Waldnutzung
FSC® C014496

Vrinder Singh Randhawa gewidmet

Auf Mexican Hat
(und viele andere Abenteuer)

Als ich den Schein der Taschenlampe sehe, der sich durch den Kiefernwald auf unseren Wohnwagen zubewegt, weiß ich, dass es vorbei ist. Ich bleibe trotzdem am Fenster stehen und schaue in das Dezemberdunkel.

Draußen ist das Gras vom Frost ganz struppig. Am anderen Ende der Lichtung, nah am Waldrand, steht ein weiterer Wohnwagen wie dieser. Den werden sie zuerst durchsuchen. Wenn sie uns dort nicht finden, werden sie hier nachschauen. Sie werden die aufgebrochene Tür sehen. Und das wird das Ende sein.

Ich werfe die Decke von mir, berühre meinen Hinterkopf und betaste die unnatürliche Mulde darin. Eine Ärztin – eine der vielen, die mich im Laufe der Jahre untersucht haben – sagte mal, dass weibliche Schädel dicker seien als männliche. Nur ganz wenig, aber vielleicht hat mich genau das gerettet.

Sie hatten Glück, sagte sie.

Sie hatte wohl meine Akte nicht gelesen.

Vom Wald her höre ich knackende Äste, etwas bricht durch das Unterholz. Dann läuft etwas Schwarzes auf die Lichtung.

Der Hirsch ist riesengroß, vielleicht wiegt er zweihundert Kilo. Er bleibt in einer Pfütze aus Mondlicht stehen, sein Atem bildet weiße Wolken. Ich nehme meinen Celestron-Feldstecher und stelle ihn scharf. Selbst jetzt – obwohl ich weiß, was kommt – kann ich nicht widerstehen, genau hinzuschauen. Einmal Schnüfflerin, immer Schnüfflerin, wie man so schön sagt.

Das Tier wendet sein Geweih in Richtung der tanzenden blauweißen Lichtstreifen. Einen Augenblick lang verharrt es, seine Flanken beben. Dann verschwindet es in der Nacht.

Ich ziehe die Vorhänge zu und entfalte mein provisorisches Verdunkelungsrollo. Als ich sicher bin, dass kein Licht mehr hindurchdringen kann, schalte ich meine Taschenlampe ein. Sie zeigt das schlimme Elend, in dem wir in den letzten Tagen gehaust haben: Müllsäcke; zerdrückte Wasserflaschen; verstreute Trinkbecher; ein zerfleddertes Exemplar des *Grüffelo*; leere Dosen Peppa-Wutz-Spaghetti; ein riesiger Sack mit schmutzigen Windeln.

Eigentlich müsste es im Wohnwagen stinken. Und doch, wenn ich einatme, füllt sich mein Kopf mit Phantomdüften: Zitrone, Butter, Kaugummi.

Die neurologische Bezeichnung dafür ist Phantosmie, das ist nicht ungewöhnlich bei Leuten, deren Hirne so hart in ihren Schädeln herumgewirbelt wurden wie meins. Meine olfaktorischen Halluzinationen können jederzeit auftreten, aber meistens tun sie es dann, wenn mir das Leben zu viel wird. Das gilt auch für meinen Schwindel.

Ich stehe auf, beiße die Zähne zusammen, warte, bis sich meine Umgebung wieder setzt. Dann stütze ich mich mit einer Hand an den Küchenschränken ab und arbeite mich durch die winzige Küche zum Schlafzimmer vor.

Da ist er.

Zwei Jahre alt und perfekt.

Er liegt unter zwei schweren Decken. Jetzt schaut nur sein Kopf hervor. Ich sehe weiche Haut, Haar, das aussieht wie blasse Seide. Wir wohnen vielleicht im Dreck, aber ich habe dafür gesorgt, dass er immer sauber ist.

Er runzelt im Schlaf die Stirn, weicht dem Schein meiner Taschenlampe aus. Dann flattern seine Lider, und er blinzelt zu mir hinauf: «Mummy?»

Ich atme. Mein Hals schmerzt. «Tut mir leid, Kleiner.»

Drei Tage und drei Nächte – mehr haben wir nicht geschafft. Zweiundsiebzig Stunden kalten Elends.

Mein Plan ist gescheitert. Rückblickend war es eigentlich gar kein Plan: eine Fahrt mit dem Taxi, mit dem Zug, wieder mit einem Taxi; dann eine nächtliche Wanderung durch den Wald zu diesem Ferienpark, der über den Winter geschlossen ist.

Er setzt sich auf und reibt sich die Augen. Ich frage mich, ob er es wohl auch spürt: Unsere gemeinsame Zeit neigt sich dem Ende zu.

«Ist dir warm?», frage ich.

«Kalt.»

Wieder ein Beweis für mein Scheitern. Als ich das hier geplant habe, hatte ich angenommen, dass diese Wohnwagen auch im Winter Strom haben. Aber das haben sie nicht – und die Gaskartuschen sind auch verschwunden.

Ich lasse mich neben ihn aufs Bett fallen und streichle seinen Rücken. Durch sein Pyjamaoberteil fühlen sich seine Rippen kaum stabiler an als Hühnerknochen. Morgen ist Heiligabend. Er sollte es warm haben, in seinem Bettchen schlafen und vom Weihnachtsmann träumen. Und nicht hier sein, in einem ungeheizten Wohnwagen, mit einer zwanzigjährigen Loserin, die nicht in der Lage ist, sich ordentlich um ihn zu kümmern.

«Hör mal», sage ich. «Ich weiß, dass du dich nicht an das hier erinnern wirst. Ich weiß, dass du dich nicht an mich erinnern wirst, wenn du älter bist. Wahrscheinlich wirst du nicht mal mehr wissen, dass all das passiert ist, wenn er es dir nicht sagt – und das wird er ganz sicher nicht tun –, aber ich bin froh, dass wir ein bisschen Zeit zusammen verbringen und den *Grüffelo* lesen konnten.»

Er hebt das Kinn und zieht die Brauen zusammen. Dann höre ich, was er gerade bemerkt hat: Stimmen, die aus dem Wald näher kommen. Männer.

«Daddy», sagt er und schaut zu mir hoch.

Ich grinse. Hauptsächlich deswegen, weil ich nicht weiß, was ich sonst tun soll. «Mach die Augen zu, Kleiner», flüstere ich. «Schlaf weiter.»

Ich stehe auf, schalte die Taschenlampe aus und trete wieder ans Fenster. Ganz vorsichtig hebe ich den Rand des Verdunkelungsrollos an.

Ein Mann tritt aus dem Wald. Gesichtszüge sind nicht zu erkennen. Nur ein Umriss.

Vor Angst zieht sich mein Magen zusammen, mein Atem geht stoßweise. Ich schaue wieder durch meinen Feldstecher und sehe, dass er mit zwei gekrümmten Fingern ein Zeichen gibt.

Drei weitere Gestalten gleiten aus dem Wald. Sie bewegen sich auf den anderen Wohnwagen zu, der Strahl ihrer Taschenlampen durchschneidet wie ein Skalpell die Dunkelheit. Sie überprüfen die Eingangstür, leuchten in die Fenster hinein.

Ich beiße die Zähne zusammen. Wer mich wohl verraten hat? Der erste Taxifahrer? Der zweite? Ich habe beiden großzügig Trinkgeld gegeben in der Hoffnung, sie so zum Schweigen zu bringen. Vielleicht haben sie auch geschwiegen. Vielleicht hat man uns im Zug gesehen. Oder auf irgendwelchen Sicherheitskameras.

Eine geduckte, schwarze Gestalt löst sich aus den Bäumen. Sie geht um den Wohnwagen gegenüber herum, wie eine Kreatur aus einem Albtraum. Ich sehe, wie sie an der Tür schnüffelt und das Interesse verliert. Als sie auf die Lichtung tappt, erkenne ich im Mondlicht die Rasse: Es ist ein deutscher Schäferhund mit schwarzem Fell. Er steckt die Schnauze in die Hufspuren des Hirsches, schnieft und prustet. Dann hebt er den Kopf und schaut zu meinem Fenster herüber. Er legt die Ohren an und knurrt.

Sofort scheint eine Taschenlampe über die Lichtung. Gerade noch rechtzeitig lasse ich das Verdunkelungsrollo fallen.

Jetzt bin ich blind. Gefangen in der Dunkelheit.

Das Heckfenster unseres Wohnwagens lässt sich nach oben aufdrücken, ein Fluchtweg, der sich anbietet, wenn ich mich traue. Aber ich traue mich nicht – nicht mit einem Kleinkind, das ich beschützen muss, und einem trainierten Schäferhund, der draußen herumschnüffelt.

Zwei große Messer befinden sich in der Besteckschublade – aber auch von dem Gedanken muss ich mich schnell verabschieden. Ich hatte schon genug Klingen und Blut.

Ich schließe die Augen und erinnere mich an eine Szene vor zwei Jahren: ein Haus am See; eine tote Frau; ein rotes Baby, das in die blutverschmierten Händchen klatscht.

Wie jetzt war ich auch damals nicht lange allein.

Krallen kratzen an der Tür des Wohnwagens. Ich reiße die Augen auf. Ich sehe das Licht der Taschenlampen durch die Ritzen sickern. Der Hund bellt jetzt: rasendes, wildes Gekläff – als hätte er von unserem Geruch tödlichen Hunger bekommen. Ich stehe auf, stelle mir die Wunden vor, die seine Zähne in so jungem Fleisch hinterlassen können. Ich stehe an die Besteckschublade gepresst da. Meine Finger zucken.

«Okay, *jetzt!*», schreit eine Stimme.

Mit einem Krachen birst die Tür aus den Angeln. Licht blendet mich.

«Zurück!»

Ich versuche zu begreifen, was ich da hinter dem grellen Licht der Taschenlampen sehe: menschliche Umrisse, die sich schnell bewegen. Eine Hand stößt mich gegen die Brust. Ich fliege nach hinten. Mein Schädel knallt gegen einen Schrank, in meinem Kopf sind nur noch Funken. Ich taumele in den Wohnzimmerbereich und breche auf einem Fensterbrett zusammen.

Mein Angreifer hält seine Taschenlampe hoch wie einen Prügel. Ich will die Arme heben, meinen Kopf vor weiteren Verletzungen schützen, aber ich wage es nicht, ihm noch einen Anlass zu geben, mich zu schlagen. Er sieht mich hart und finster an. Vielleicht braucht er gar keinen Anlass.

Hinter ihm höre ich einen Aufruhr. Die Geräusche kommen aus dem Schlafzimmer. Dann die Stimme der Frau, heiser vor Aufregung: «Er ist es. Er lebt.»

Im immer wieder aufflackernden Licht der Taschenlampen sehe ich, wie sie seine winzigen Arme und Beine betastet. Sie sucht nach Verletzungen, Anzeichen von Missbrauch.

Das macht mich wütend. Natürlich verstört es ihn auch, denn er beginnt zu weinen. Sein Heulen hallt von den Wänden wider.

«Keira Greenaway?», will der Mann wissen.

Ich schüttele den Kopf. «Keira Greenaway ist tot.»

Er blinzelt, sieht mich genau an, beschließt, dass ich lüge. «Keira Greenaway, ich verhafte Sie wegen Verdacht auf Kindesentführung. Sie müssen nichts sagen ...»

«Ich *will* aber etwas sagen.»

Seine Kiefermuskeln spielen. «Sie müssen nichts sagen, aber es kann Ihrer Verteidigung zum Nachteil gereichen, wenn ...»

«Bitte bringen Sie ihn nicht dorthin zurück», sage ich. «Bitte, es ist nicht sicher dort.»

Er hält inne, nur einen Augenblick lang. Dann tritt er näher und leuchtet mir direkt ins Gesicht. «Sie haben ja vielleicht Nerven.»

DREI JAHRE SPÄTER

EINS

Es ist Nacht, als wir uns zum ersten Mal begegnen. Man muss wissen – hier am Ende der Welt oder vielleicht am Anfang ihres Endes –, dass mein Leben hauptsächlich nach Einbruch der Dunkelheit stattfindet. Es gibt Tagmenschen, und es gibt Nachtmenschen, und ich gehöre definitiv zu Letzteren. Es ist einsamer in der Nacht, aber auch sicherer.

Um *vollkommen* sicher zu sein, muss man natürlich auch andere Nachtmenschen meiden – aber dann könnte man auch nichts bewirken. Und ein Mensch, der nichts bewirken will, ist eigentlich überhaupt kein Mensch.

Ich bemerke das Loch im Vorderreifen meines Trikes auf halbem Weg zwischen dem Haus von William dem Navigator und dem von Jacob Allein zu Haus. Kein Knallen oder Zischen, weil Luft entweicht. Kein plötzliches Flauwerden des Reifens. Zuerst lässt sich das Trike nur schwieriger lenken, will sich einfach nicht mehr so gut in die Kurven legen. Bald fahre ich nur noch auf der Felge. Und muss anhalten.

Meine Hirnverletzung ist fünf Jahre her, und ich kann immer noch nicht wieder Fahrrad fahren. Wegen meiner Gleichgewichtsstörungen und des immer wiederkehrenden Schwindels brauche ich ein Stützrad. Trotzdem geht es mir viel besser als damals. Es besteht die Hoffnung, dass ich noch weitere Fortschritte mache, wenn ich mich an meine Übungen halte, und das, obwohl die Verletzung schon so lange her ist.

Mein Fahrzeug ist seit dem letzten Jahr ein Jorvik-Dreirad mit Elektromotor; schwarze Räder, schwarze Griffe, kirschroter Rahmen. Nachts erlaubt mir seine Reichweite von rund siebzig Kilometern, Cranner's Ford frei zu erkunden. Das Trike fährt problemlos auch außerhalb befestigter Straßen – einmal hat es mich sogar auf den Gipfel des Pincher's Mount gebracht, von dem aus man eine einzigartige Aussicht über die Stadt hat. Die steile Strecke wieder hinunterzufahren, hat mir aber Angst eingejagt. Noch einmal würde ich das nicht versuchen.

Die übergroßen Reifen des Jorvik sind pannensicher. Und trotzdem hat sie heute Nacht ein Nagel durchdrungen. Als ich mich über den Reifen beuge und ihn mit meiner Taschenlampe untersuche, sehe ich ihn im Gummi stecken.

Ich habe auf der Copper Beech Lane angehalten. Keine Straßenlaternen, keine Straßenmarkierungen, kein Licht von den Häusern. Nach Mitternacht ist die Luftfeuchtigkeit hier erbarmungslos. Sechs lange Wochen lang hatten wir nur rekordverdächtige Temperaturen, glühende Hitze.

Der Mond ist gerade aufgegangen und übergießt die Hecken und ausladenden Eichen mit silbrigem Licht. In der Nähe raschelt etwas im Unterholz. Es klingt wie ein riesiges Tier, ist aber vermutlich nur ein Dachs. Hier draußen kann mir kein Lebewesen etwas anhaben. Solange ich keinem Menschen über den Weg laufe.

Plötzlich spürt das raschelnde Ding meine Gegenwart. Mit einem Grunzen wühlt es sich tiefer ins Dickicht. Ich steige schnell von meinem Trike, öffne die Gepäcktasche hinten und durchsuche sie: ein Fernglas, eine Farbspraydose, eine Palette Geranienpflanzen, ein Rucksack und ein Schraubenzieher, ein alter Walkman, diverse Kassetten, ein Zimmermannshammer, ein Messer.

Kein Flickzeug. Keine Handpumpe.

Wie kann das sein?

Ich bin zu weit weg von zu Hause, als dass ich mein Fahrzeug noch zurückschieben könnte. Und ich kann es auch nicht bis zum Morgen hierlassen und es irgendeinem Dieb ausliefern, der zufällig vorbeikommt. Außerdem bin ich ein Nachtmensch. Ein Vampir. Ich gehe nur im Dunkeln nach draußen.

Denk nach!

Könnte ich das Trike vielleicht bis zu Jacob Allein zu Haus schieben und es dort stehen lassen? Ich habe Jacob in diesem letzten Jahr gut kennengelernt, aber er hat mich noch nie gesehen – er weiß nicht einmal, dass es mich überhaupt gibt.

Die Welt um mich herum dreht sich jetzt. Ich stemme meine Füße bewusst in die Erde, aber es ist schon zu spät. Mein Magen zieht sich zusammen. Um mich herum verschwimmen die vom Mondlicht silbrigen Bäume, dann vervielfältigen sie sich.

Ohne Vorwarnung kippt die Straßenoberfläche hoch. Sie knallt in meinen Rücken und rammt mir die Luft aus der Lunge. Ich liege da wie eine Kellerassel, mit rudernden Gliedern. Wenn ein Auto um die Ecke kommt, sieht es mich viel zu spät.

Irgendwie schaffe ich es, den Ellenbogen aufzustützen. Ich rolle mich auf die Seite und übergebe mich. Nicht viel – ich habe nicht gegessen, bevor ich rausgegangen bin. Und trotzdem macht es meinen Kopf frei. Noch eine Minute, und der schlimmste Schwindel ist vorbei.

Ich gehe zu meinem Jorvik zurück, trenne das Kabel vom Motor, löse die Schrauben und ziehe das Rad heraus. Die vordere Radgabel halte ich nach oben und schiebe die Maschine so in einen Graben.

Aus meiner Gepäcktasche hole ich den Walkman heraus. Es ist ein WM-102 von 1987. Er war kaputt, als ich ihn fand. Ein paar Stunden mit einer Zahnbürste und einer Flasche Kassettenkopfreiniger haben ihn wieder flottgemacht.

Ich repariere gern Sachen. Besonders solche, die andere weggeworfen haben. Vor allem deswegen, weil es traurig ist zu sehen, dass sie nicht mehr geliebt werden, nur weil sie nicht mehr so gut funktionieren wie früher. In den letzten drei Jahren habe ich mir das Löten beigebracht, ich kann Stromkreisläufe überprüfen und alles Mögliche wieder heil machen. Ich weiß, dass das Unsinn ist. VHS-Player und Sprudelmaschinen und alte Walkmans haben keine Seelen – sie sind auch nicht traurig, wenn sie weggeworfen werden –, aber ich kann einfach nicht anders.

Ich repariere gern Sachen, aber was ich wirklich *liebe*, ist, andere Leute wieder heil zu machen. In den zwölf Monaten, seit ich nach Cranner's Ford gezogen bin, ist das praktisch eine Obsession für mich geworden. Nicht, dass ich besonders gut darin wäre. (Leute wieder heil zu machen, meine ich. Obsession kann ich ziemlich gut.)

Ich nehme meine Gepäcktasche aus der Befestigung und verstecke sie hinter einem Busch. Ich lasse sie geöffnet, damit meine Geranien atmen können. Den Schraubenzieher stecke ich in meine Hosentasche.

Anderthalb Kilometer die Copper Beech Lane hinunter gibt es eine Texaco-Tankstelle. Offiziell hat sie rund um die Uhr geöffnet. Aber das stimmt nicht immer. Trotzdem ist es die einzige Möglichkeit, die mir einfällt.

Ich setze die Kopfhörer auf und drücke auf Play. Ein paar Sekunden lang zischt das Band, dann erfüllt Randy Crawfords «Street Life» meinen Kopf.

Ich halte den kaputten Reifen in der Hand, den Blick auf den Mond gerichtet, um nicht aus dem Gleichgewicht zu geraten, und setze meinen Weg in Richtung Stadt fort.

ZWEI

Ich habe Glück.

Die Tankstelle leuchtet wie ein UFO aus dem All – oder einer von diesen Spielautomaten, die ich manchmal durch die Fenster von Pubs sehe. Das neonrote Vordach ruht auf vier grellweißen Säulen, die den Vorplatz in Licht tauchen.

Durch die Fenster sehe ich Tariq. Er kennt mich nicht, aber ich kenne ihn. Ich habe mir die Gesichter und Namensschilder aller Personen gemerkt, die nachts hier arbeiten. Ich kenne ihre Schichtzeiten und plane danach meine Besuche. Hier kaufe ich auch meine Lebensmittel – entweder für mich selbst oder für jemanden, von dem ich glaube, dass er sie gebrauchen könnte –, und ich will nicht, dass man sich an mich erinnert. Sie sind eine ganz eigene Spezies, diese Leute, die nachts arbeiten – keine Tagmenschen, auch keine Nachtmenschen, sondern ein Zwischending. Wächter, so nenne ich sie. Sie haben ein geschärftes Bewusstsein, einen Instinkt, der sie vor Gefahren warnt – etwas, was Tagmenschen normalerweise fehlt.

Ich schalte meinen Walkman aus und trage meinen Reifen über den Vorplatz. So spät stehen hier keine Fahrzeuge mehr. Drei Jugendliche, die Tariq von seinem Standpunkt aus nicht sehen kann, stehen gegen die Druckluftpumpenstation gelehnt. Zu ihren Füßen stehen Skateboards.

Ich sehe dieses Trio ständig in der Stadt: Drachenrücken,

Schmalzlocke und Lauch. Meine Namen für sie sind wirklich nicht nett, und ich habe deswegen ein wenig Gewissensbisse. Ähnlich wie die Wächter sind sie eine Art Grenzgänger. Wie alle Teenager versuchen sie, ihre Zukunft zu ertasten, herauszufinden, auf welcher Seite der Trennungslinie sie stehen wollen.

Ihre Unterhaltung erstirbt, als ich näher komme. Ich spüre ihre Blicke, aber ich sehe nicht hin, weil mir sofort bewusst wird, was ich trage: ein weißes T-Shirt, Baumwollshorts mit Latz, ochsenblutfarbene Doc Martens.

Drachenrücken murmelt etwas, als ich vorbeigehe. Schmalzlocke und Lauch kichern.

Ich werde rot und öffne die Ladentür. Drinnen ist es kühl. Ich bekomme eine Gänsehaut. Teils wegen der Klimaanlage. Teils deswegen, weil die Überwachungskameras auf mein Gesicht gerichtet sind.

Tariq, der hinter dem Verkaufstresen steht, blättert durch eine Autozeitschrift. Ohne etwas zu sagen oder mir in die Augen zu sehen, verkauft er mir ein Fahrrad-Flickzeug-Set, eine Flasche Dr Pepper und eine Packung Bubblicious-Kaugummi mit Traubengeschmack.

Als ich wieder draußen bin, steht vor einer Tanksäule ein alter VW-Bus, weiß und mintgrün, und der Fahrer füllt den Tank. Der Vorplatz kommt mir seltsam abgekoppelt von der Wirklichkeit vor. Es ist, als gäbe es ihn in zwei unterschiedlichen Realitäten und als stünde ich mit einem Fuß in jeder von ihnen.

Das passiert manchmal – es ist ein Nebeneffekt meiner Krankheit und weit furchterregender als der Schwindel.

Ich will am liebsten machen, dass ich wegkomme, aber das kann ich nicht.

Auf einem betonierten Teil des Vorplatzes, der gut beleuchtet ist, hocke ich mich neben mein Rad und hole den Schraubenzieher heraus. Ich brauche eine Weile und muss tief und regelmäßig atmen, bis sich der Reifen teilweise von der Felge löst. Ich ziehe den Nagel heraus, trage Gummikleber auf den Schlauch auf und drücke einen Flicken darauf. Das muss ein wenig trocknen, bevor ich ihn wieder aufpumpen kann. Ich hoffe nur, dass der Flicken fest genug sitzt.

«Aus deinem Abend ist wohl die Luft raus.»

Zwei bellende Hyänenlacher folgen auf den Kommentar. Ich schaue hoch und merke, dass die drei Amigos zu mir herübersehen. Drachenrücken – der wegen des roten Drachen auf seiner Jacke so heißt – sonnt sich in der Anerkennung seiner Kumpels.

Mir wird flau. Irgendwie bringe ich ein Grinsen zustande. Mutig geworden, stößt er sich von der Pressluftstation ab. Schmalzlocke und Lauch folgen ihm. Kurz darauf stehen sie um mich herum.

«Lass mich raten», sagt Drachenrücken gedehnt. «Du hast versucht, aus dem Zirkus zu fliehen. Du bist mit deinem Einrad über Glasscherben gefahren ... uuuuuuund *puff*.»

Wieder dieses Hyänenbellen von seinen Freunden. Ich lache ebenfalls – aber es klingt verzweifelt. Ich sage mir, dass es nur Teenager sind, die ein bisschen Spaß haben wollen. Aber trotzdem macht mir ihr Spott Sorgen. Ich weiß nicht recht, wohin das hier führt.

Eine Überwachungskamera hängt über Drachenrückens Kopf. Beobachtet Tariq uns? Oder ist er immer noch in die Lektüre seiner Autozeitschrift versunken? Ich will nicht noch mehr Aufmerksamkeit, egal, wie heikel das hier auch wird.

«Hey, krass – Dr Pepper.»

Drachenrücken nimmt meine Flasche. Er dreht den Deckel ab und nimmt einen langen Schluck. Sein Rülpsen hallt auf dem Vorplatz wider.

«Ey, *Digga*», sagt Schmalzlocke. «Brutal.»

Drachenrücken wirft die Flasche, die einen Salto in der Luft vollführt, und fängt sie wieder auf. Das Getränk schäumt. «Meinst du, ich hätte fragen sollen? Tut mir leid, Mamacita. Was dagegen?»

«Trink es ruhig aus», murmele ich. «Kein Problem.»

Ich weiß nicht genau, was *Mamacita* bedeutet. Vermutlich ist das Wort hässlicher, als es klingt. Aber *was* ich weiß, ist, dass Drachenrücken versucht, mich zu provozieren, um Eindruck bei seinen Freunden zu machen.

«Hast du mal 'ne Kippe?»

Ich schüttele den Kopf. «Ich rauche nicht.»

«Kaufst du uns welche?»

«Ich habe kein ...», beginne ich und halte dann inne. Ich wollte eigentlich sagen, dass ich kein Geld dabeihabe, aber das wäre eine Lüge, und ich vermeide es zu lügen. Ehrlichkeit ist immer der beste Weg.

«Du hast kein was?», fragt er.

«Ich weiß nicht.»

«Du weißt was nicht?»

Mehr Gackern. Meine Wangen werden ganz heiß. Warum lasse ich es zu, dass sie mir Angst einjagen?

Lauch wackelt mit dem Fuß. «Digga, sag ihr, sie soll mit uns hoch nach Rycroft Hollow kommen.»

«Kann ich nicht», sage ich zu ihm. Ich bin vielleicht eine Einsiedlerin, aber ich weiß trotzdem, dass die Leute nur aus zwei Gründen nach Rycroft Hollow gehen: um sich zuzudröhnen oder um sich flachlegen zu lassen. «Ich muss nach Hause.»

«Supercool», versetzt Drachenrücken. «Wir bringen dich.»

«Das ist sehr nett, aber ...»

«Um diese Zeit sind da draußen ein Haufen Haie auf der Jagd. Wohnst du allein?»

«Ich ...»

Er tritt näher an mich heran und neigt den Kopf zur Seite. «Scheiße, ich glaube, ich erkenne dich *wieder*.»

Wenn ich vorher nervös war, habe ich jetzt richtig Angst. All meine Instinkte schreien: *Lass den Reifen liegen und lauf!*

Aber ohne kann ich mein Trike nicht nach Hause bringen. Und ohne mein Trike habe ich nichts. Keine Verbindung zu denen, die ich in Cranner's Ford beobachte. Keine Möglichkeit, denen zu helfen, die es brauchen. Keinen Sinn.

An seine Freunde gewandt, sagt Drachenrücken: «Hört mal. Ihr wisst schon, wen ich meine – die Tussi auf dem roten Dreirad.»

Meine Luftröhre hat sich verschlossen. Keine Luft kommt rein. Keine Luft geht raus. Ich stütze mich mit der

Hand am Betonboden auf, um mich zu stabilisieren, und merke, dass mein ganzer Arm zittert.

Schmalzlocke legt den Kopf schief. Dann reißt er die Augen auf. «Digga, ich glaube, du bist …»

«Quizfrage», sagt eine Stimme hinter mir. «Wer spielt mit?»

DREI

Drachenrücken, Schmalzlocke und Lauch schauen hoch, ich drehe mich um.

Ein paar Meter von uns entfernt, im Gegenlicht, steht der Typ, der gerade seinen Bus betankt hat. Bis eben habe ich ihn kaum bemerkt. Jetzt erfüllt er meine ganze Welt.

Vielleicht ist es meine Erleichterung über eine potenzielle Fluchtmöglichkeit, aber in meinem ganzen Leben habe ich noch nie jemanden gesehen, der so faszinierend war. Es ist fast, als hätte er seine eigene Schwerkraft und zöge alles Licht und alle Aufmerksamkeit auf sich.

Er ist älter als ich. Weißere Zähne, dunkleres Haar, ausgeprägtere Wangenknochen. Seine grünen Augen leuchten so hell, dass ich zusammenzucke, als sie sich auf mich richten – und doch schaue ich nur Sekunden später wieder hin und frage mich, was sie wohl sehen: meine blasse Haut, zweifellos; mein selbst geschnittenes Haar; meine schmale Nase und den breiten Mund.

Er wird sicher meine Augen bemerkt haben – eins ist braun, das andere blau. Heterochromie nennt man das im Fachjargon. Manche Menschen werden damit geboren. Andere, wie ich, haben die unterschiedlichen Augenfarben auf gewaltsame Art bekommen.

Seine Kleidung passt ihm so gut, dass sie wirkt wie maßgeschneidert: weiße Jeans; ein schmal geschnittenes

Seidenhemd mit einem psychedelischen Muster; Vintage-Lederbowlingschuhe in Rot, Weiß und Marineblau. Um seinen Hals hängt an einer Schnur ein Yin-Yang-Anhänger aus Emaille. Als er die drei Amigos ansieht, kann ich wieder atmen, wenn auch nur flach.

Der VW-Bus-Typ neigt leicht den Kopf. Ein Lächeln umspielt seine Lippen. «Wie viele Skater braucht man, um einen Platten zu reparieren?» Er wartet kurz und antwortet dann selbst: «In diesem Skatepark keinen. Wie wäre es also, wenn ihr Jungs uns jetzt eine gute Nacht wünscht?»

Drachenrücken sieht ihn böse an. «Was weiß ich, Digga. Seit wann hast du eigentlich unseren Platz hier gemietet?»

Der VW-Bus-Typ lächelt. Diese Zähne sind wirklich ausgesprochen weiß. Er tritt näher und flüstert jetzt direkt ins Ohr von Drachenrücken. Die Worte kann ich nicht hören, aber ich sehe ihre Wirkung. Ich habe noch nie so schnell die Farbe aus jemandes Gesicht weichen sehen. Endlich tritt er einen Schritt zurück und schenkt den Jugendlichen den vollen grünen Eine-Million-Watt-Blick. Eine seelenvolle Ernsthaftigkeit hat sein Lächeln abgelöst. «Sieh mich genau an. Merkst du was?»

Drachenrücken schluckt hart und nickt. Er dreht sich zu mir um, sein Gesicht ist jetzt ganz grau. «Entschuldigung, dass ich so ein Arsch war.» Dann sagt er zu seinen Kumpeln: «Na los, hauen wir ab.»

Sie müssen irgendetwas in seinem Ton wahrgenommen haben. Ein paar Augenblicke später hört man nur noch, wie ihre Skateboards die Straße hinunterrattern.

Ich bin nicht wirklich erleichtert. Denn jetzt ist dieser grüne Blick auf mich gerichtet.

«Alles okay?»

«Das sind einfach Kinder», murmele ich. «Sie sind harmlos.»

«Vermutlich. Aber das kann um diese Zeit trotzdem unheimlich sein. Sie sollten sich dessen bewusst sein.»

Es ist seltsam zu hocken, während er steht. Ich richte mich auf, und der Platz unter mir neigt sich. Ich stolpere, fange mich aber. Ganz selten nur habe ich zwei Anfälle hintereinander, so wie jetzt. Liegt es daran, dass mich die Sache mit den Jugendlichen so mitgenommen hat? Oder daran, dass ich seit Wochen nicht mehr so viel auf einmal geredet habe? Gerade als ich denke, dass ich sicher stehe, kippt der Betonboden erneut, und die Tankstelle dreht sich um sich selbst – aber ich falle nicht zu Boden, weil der VW-Bus-Typ es irgendwie geschafft hat, rechtzeitig bei mir zu sein. Er hält mich an den bloßen Armen fest. Seine Haut auf meiner. Fleisch an Fleisch.

Menschlicher Kontakt.

Ich winde mich, meine Zähne jaulen auf. Diese grünen Augen schweben viel zu nah vor mir.

«Ganz ruhig», sagt er. «Ich halte dich fest. Willst du dich hinsetzen? Oder kannst du stehen?»

«Bitte. Mir geht es gut.»

Er lässt mich ganz vorsichtig los, als hätte er mich auf ein Drahtseil gestellt. Und ehrlich gesagt fühlt es sich auch genauso an. Als wäre da ein Abgrund zu beiden Seiten, der mich lockt, und ich nur die Breite eines Atoms davon entfernt, hineinzustürzen. Meine Haut brennt von der kurzen Berührung. Es fühlt sich an, als brodelte mein Blut unter der Oberfläche.

«Ich heiße Louis», sagt er und hebt die Hände. «Tut mir leid, wenn ich dich erschreckt habe. Ich wollte nur nicht, dass du hinfällst. Wenn ich dich in Ruhe lassen soll, dann ...»

«HEY! MÄDCHEN MIT DEM ROTEN TRIKE! SOLL ICH DIE POLIZEI RUFEN?»

Die Stimme scheint von überallher zu kommen – und gleichzeitig klingt sie wie aus einer Blechbüchse: Tariq, begreife ich, spricht über die Außenlautsprecher am Gebäude mit mir.

Das hier wird ja immer schlimmer. Ich sehe Tariq hinter der Fensterscheibe und schüttele den Kopf. Das Letzte, was ich jetzt gebrauchen kann, ist, dass er die Polizei ruft. Ich muss Louis in ein Gespräch verwickeln, egal wie kurz – ich muss meinem Wächter klarmachen, dass alles in Ordnung ist.

«Bei meinem Abend ist wohl irgendwie die Luft raus», zitiere ich Drachenrücken. «Aber jetzt ist es viel besser – also, mir geht es besser. Ich bin schon viel platter. Besser.»

Louis sieht mich prüfend an. Dann lacht er.

Wer kann es ihm verdenken? Ich klinge absolut albern. Wie ein kaputtes Spielzeug. Und jetzt erinnere ich mich noch an etwas anderes. Ich habe mich vorhin übergeben. Vermutlich hauche ich ihm gerade den Atem des Todes entgegen.

Ich wühle in meiner Tasche, hole mein Päckchen Bubblicious-Kaugummi heraus und stecke mir eins in den Mund. Louis starrt mich an, als wäre ich völlig von Sinnen. «Traubengeschmack», erkläre ich mit vollem Mund. Dann, weil es noch seltsamer wäre, wenn ich es nicht sagte: «Willst du auch eins?»

«Ich versuche, keine Süßigkeiten von Fremden anzunehmen.»

Ich nicke und kaue leise. Oder so leise, wie es geht. Louis' halbes Lächeln macht etwas Komisches mit meinen Innereien. Als er die Brauen hochzieht, verstehe ich, was er meint. «Mercy Lake», sage ich, erleichtert, dass sich all die Übungsstunden auszahlen – dass ich ganz natürlich klinge, wenn ich muss.

Einigermaßen natürlich.

«Mercy. Erbarmen», sagt Louis, nimmt ein Kaugummi von mir, und ich schaudere, als er den Namen ausspricht. Ich rolle das Rad zur Druckluftpumpenstation.

«Warte», sagt er hinter mir.

Ich beiße die Zähne zusammen, ignoriere ihn und gehe schneller.

«Es ist natürlich deine Entscheidung. Aber das ist eine alte Druckluftpumpe. Ohne Regulierung, hoher Druck. Wenn du die für deinen Reifen benutzt, kann es sein, dass der Schlauch platzt.»

Ich erstarre und schaue zur Pumpenstation. Langsam drehe ich mich zu ihm um.

Louis greift in seine Tasche. Er holt einen Gummiball hervor, der der Erdkugel nachempfunden ist. Daran hängt ein Schlüssel an einer Kette. «Hast du manchmal auch das

Gefühl, dass Dinge, die zuerst völlig zufällig erscheinen, doch irgendwie tiefere Geheimnisse bergen?», fragt er.

Ich versuche, fest auf dem Boden zu stehen. Jeder einzelne meiner Sinne steht unter Spannung. Ich sehe die Symbole auf Louis' Hemd. Sie erinnern mich an Astronomie. Ich kenne sie nicht, aber sie kommen mir wichtig vor. «Was meinst du damit?»

Er zeigt auf den geparkten VW-Bus. «Nur, dass ich eine Handpumpe hinten in meinem Bus habe. Wenn du sie vielleicht leihen möchtest, um deinen Reifen aufzupumpen, dann darfst du das gern machen und kannst voll auf meine guten Absichten vertrauen.»

Mein Herz hämmert. Ich schmecke Traubengeschmack und Kotze.

Louis macht eine Kaugummiblase. Sie platzt, und das Geräusch hallt auf dem Vorplatz wider. Trotz der grellen Lichter der Tankstelle und Tariq mit seiner Autozeitschrift habe ich plötzlich das Gefühl, wir wären die einzigen Lebewesen auf der ganzen Welt, vielleicht sogar im ganzen Universum, und dass alles, was vorher war, nur geschehen ist, damit wir uns in diesem Augenblick finden – ich und er, Mercy und Louis –, und dass ich hier sofort rausmuss, bevor das, was hier gerade unter dem neonroten Vordach aufkeimt, auch nur die geringste Chance hat zu wachsen.

VIER

Stattdessen sage ich: «Nur die Pumpe. Dann gehe ich.»

Louis wirft den Schlüssel mit dem Anhänger in die Luft und fängt ihn wieder auf. Er dreht sich um und geht zum Bus. Er scheint sich hundertprozentig sicher zu sein, dass ich ihm folge.

Was tust du da? Was riskierst du? Bist du vollkommen durchgedreht?

Ich kenne die Antworten darauf nicht. Aber wenn ich vor Sonnenaufgang zu Hause sein will, welche Wahl habe ich dann? Ich nutze den kurzen Weg über den Vorplatz, um mir Louis genauer anzusehen, ohne dem Blick dieser ungewöhnlich aufmerksamen Augen ausgesetzt zu sein. Ich rolle dabei das Rad neben mir her und rieche frische Seife, darüber einen Zitrus- und Sandelholzduft, außerdem Leder, Hopfen, rohen Schinken, Erdbeersorbet, reife Banane, Pfefferminz, Basilikum – es ist, als mixte jemand einen völlig verrückten Cocktail.

Es ist nicht so, dass ich all diese Gerüche *wirklich* wahrnehme – es ist nur mein dummes altes Hirn, das mir seine dummen alten Streiche spielt. Die meiste Zeit habe ich die olfaktorischen Fähigkeiten eines Ziegelsteins. Aber manchmal, so wie jetzt, stoßen die verletzten Teile meines Hirns zusammen, und dann explodieren die Gerüche, und meine Nase füllt sich mit irren Kombinationen.

Der Bus ist vollkommen makellos, als befänden wir uns in den 60ern und er wäre gerade vom Band gerollt – aber er wirkt so gedrungen, dass er nicht mehr im Originalzustand sein kann. Er liegt ganz tief auf Chromreifen, geduckt wie ein Raubtier, das zum Sprung ansetzt. Die mintgrünen und cremefarbenen Ledersitze darin wirken wie extra für ihn angefertigt.

Louis zieht die Schiebetür auf. Ich sehe Chromarmaturen und Holzvertäfelungen, ein Steuerrad aus poliertem Mahagoni und einen Vinylboden im Schachbrettmuster. Sogar einen Ausguss, einen Wasserhahn, einen Kühlschrank und ein teuer aussehendes Soundsystem gibt es darin.

«Mercy, darf ich vorstellen: Eleanor», sagt Louis und klettert hinein. «Eleanor ist 1963 geboren. Sie rostet und überheizt gern und liebt es, neue Motoren zu bekommen.»

Ich lege die Hand an den Türrahmen und habe ganz kurz den Eindruck, das Vibrieren eines fühlenden Wesens zu spüren. Das überrascht mich so sehr, dass meine Hand zurückzuckt.

Louis klettert wieder heraus und gibt mir eine Pumpe. «Soll ich dir helfen?»

Ich schüttele den Kopf.

Zuerst muss ich den Reifen zurück auf die Felge spannen. Ich mache mich an die Arbeit, und Louis setzt sich auf den Schachbrettboden seines Busses. Er streckt die Beine aus und stellt die Füße in den Bowlingschuhen auf den Vorplatz. «Wie fühlst du dich jetzt?»

Einen Augenblick lang weiß ich gar nicht, was er meint.

Und dann fällt mir das Spektakel wieder ein, das ich gerade veranstaltet habe – dass ich in ihn hineingestolpert bin. «Besser.»

Das ist nicht wirklich eine Lüge. Aber ganz richtig ist es auch nicht.

«Ist das schon mal passiert?»

«Ich habe mich daran gewöhnt.»

«Hat es einen Namen? Ich meine, eine medizinische Bezeichnung?»

«Vermutlich.»

Er nickt. «Halt den Mund, Louis. Kapiere den Wink mit dem Zaunpfahl.»

Ich schaffe es, den Reifen zurück auf die Felge zu schieben. Meine Finger sind schwarz vor Schmiere; meine Shorts sind ähnlich fleckig. Der Kontrast zwischen uns könnte stärker nicht sein.

Louis holt ein makellos weißes Taschentuch aus seiner Hosentasche und tupft sich die Schweißperlen von der Stirn. «Diese Hitze», sagt er. «Sie lässt einfach nicht nach, nicht einmal nachts. Man kann ihr nicht entkommen.»

«Wenn man nur weit genug nach oben geht, dann entkommt man ihr», sage ich und konzentriere mich auf das Rad. «Einfach näher an die Sterne heran, da kann man auch leichter atmen. Das mache ich fast jede Nacht.»

Ich pumpe den Schlauch auf und spüre Louis' Blick auf mir, schaue aber nicht hin.

«Also», sagt er. «Der Typ, der über Lautsprecher mit dir geredet hat, hat ein Trike erwähnt. Wenn du mit dem Reifen hierhergekommen bist, nehme ich an, dass du den Platten zu weit weg gehabt hast, als dass du es hierher hättest schieben können.»

Statt zu antworten, pumpe ich noch stärker. Die Stille zieht sich.

«Ich bin ein bisschen hin- und hergerissen», fährt er schließlich fort. «Ich würde dich gern zu deinem Trike fahren, wenn du mich darum bittest, aber ich will auch nicht der eklige Typ sein, der dir das aufdrängt. Andererseits scheinst du nicht besonders fest auf den Beinen zu stehen. Gibt es jemanden, den du anrufen kannst, damit er dich abholt? Sonst bezahle ich dir auch gern ein Taxi.»

Ich drücke den Daumen in den Reifen, um zu testen, wie prall der Schlauch schon ist. Louis hat nichts gesagt, was mein Misstrauen erregen könnte, im Gegenteil.

Und doch wird der Drang zu fliehen überwältigend.

Ich habe niemanden, den ich anrufen kann (hier bitte Geigen schluchzen lassen). Aber ich brauche auch niemanden (die Geigen bitte streichen), daher muss ich deswegen auch nicht traurig sein. Und meistens bin ich das auch nicht.

Und ich will auch nicht, dass Louis mir ein Taxi ruft, weil ich dann in seiner Schuld stehe. Dann muss ich ihn vielleicht wiedersehen – und das kann ich auf keinen Fall riskieren.

«Das ist sehr freundlich», höre ich mich sagen. «Du bist offenbar ein netter Mensch. Aber ich habe es nicht weit, und ich fühle mich jetzt viel besser, vielen Dank. Und ich mag die Nachtluft in dieser Jahreszeit sehr.»

Eben noch habe ich beinahe menschlich geklungen. Jetzt bin ich wieder ein kaputter Roboter. Ich spüre das Brennen von Louis' Aufmerksamkeit auf meiner Haut. Ich halte den Blick absichtlich von ihm abgewandt.

Der Reifen hat jetzt genügend Luft, um mich wieder nach Hause zu bringen. Ich nehme die Pumpe ab, beiße die Zähne zusammen und stehe auf.

Die Welt schwankt. Die Lichter auf dem Platz pulsieren. Aber meine Doc Martens bleiben fest auf der Erde. Ich bin jetzt eine Eiche, kein Gänseblümchen.

Ich gebe Louis die Luftpumpe. Als er sie nimmt, schließt sich der Stromkreis, und ich spüre einen kurzen elektrischen Schlag, so stark, dass er sich echt anfühlt.

Ich lasse die Pumpe los und murmele irgendeine peinliche Verabschiedung. Dann nehme ich das Rad und mache mich auf den Weg, wobei ich vorsichtig einen Schritt vor den anderen setze. Ich bin immer noch auf diesem Drahtseil, aber das sichere Ziel ist schon in Sicht.

Ich spüre, dass Louis, Tariq und die Überwachungskameras mir hinterherschauen. Ich atme tief durch und biege in die Copper Beech Lane ein. Die Nacht duftet nach Lavendel, Kokosnuss, Ananas, Anis und Ingwer.

Scheingerüche.

Trotzdem tröstlich.

Wie eine Erinnerung verblasse ich in ihnen.

FÜNF

Zwanzig Minuten später habe ich mein Rad wieder anmontiert und das Trike aus dem Graben geholt. Insgesamt hat der Platten mir eine Stunde Dunkelheit gestohlen. Ich bin nur froh, dass er nicht noch mehr genommen hat.

Ich klettere auf den Sattel und konzentriere mich auf die Nacht. Einen Augenblick lang glaube ich, weit entfernt ein Geräusch zu hören, das anschwillt und wieder nachlässt, wie klappernde Metallwerkzeuge. Aber als ich den Kopf wende, sehe ich keine Scheinwerfer in der Nähe.

Ich muss mich beruhigen, wieder zu mir kommen. Mein Herz klopft noch immer. Ich mache mir um die drei Amigos keine Sorgen. Ein größeres Problem ist Tariq, der Texaco-Wächter: *HEY! MÄDCHEN MIT DEM ROTEN TRIKE!*

Ich kaufe ziemlich oft Lebensmittel an der Tankstelle ein, aber ich habe mir dabei immer Mühe gegeben, dass man mich nicht bemerkt – zumindest hatte ich das geglaubt.

Keine Frage, mein rotes Trike ist auffällig. Aber heute bin ich ohne mein Gefährt an der Tankstelle angekommen. Wie hat Tariq mich wiedererkannt? Meine Frisur ist bestimmt nicht bemerkenswert, auch wenn ich mir die Haare selbst schneide. Vielleicht sind es die unterschiedlichen Farben meiner Augen. Vielleicht sollte ich beim nächsten Mal eine Sonnenbrille tragen – wobei das bei Nacht mindestens genauso auffällig ist.

Trotzdem lässt sich das Tariq-Problem mit ein bisschen Überlegen lösen. Aber Louis geht mir nicht aus dem Kopf. Wie er mich angesehen hat. Wie sich sein Blick auf meiner Haut angefühlt hat. Ich muss an das Kribbeln denken, als sich unsere Körper berührten; an die verrückten Gerüche, die in meiner Nase aufblühten.

Ist Louis ein Nachtmensch, so wie ich? Oder ein Tagmensch, der einfach aus Versehen spät draußen war? Ist er vielleicht ein Wächter? Oder sogar ...

Stopp!

Meine Muskeln tun weh. Ich muss mich ausruhen. Heute hatte ich eine Monatsdosis Adrenalin an einem Tag. Jetzt bleiben weniger als zwei Stunden tiefe Dunkelheit. Ich habe keine Zeit, alle für heute geplanten Besuche zu schaffen. Ich muss Prioritäten setzen – und es gibt ein Ziel, das ich auf keinen Fall auslassen darf.

Weitere zehn Minuten sind vergangen, und ich gleite den Abbot's Walk hinauf, am Fuß des Pincher's Mount. Unsere Lokalzeitung nennt die Straße hier die Millionärsmeile. Je höher die Straße ansteigt, desto luxuriöser sind die Häuser. Jedes Anwesen liegt weit von der Straße zurück, geschützt durch Eichen, Rhododendren und Lorbeerbüsche mit glänzenden Blättern.

Am höchsten liegt Arcadia Heights, es hat auch das größte Grundstück: Laubwald, hauptsächlich, abgesehen von einem Swimmingpool und einem Rechteck perfekten Rasens. Ein hydraulisches Tor, flankiert von Sicherheitskameras, versperrt die Hauptauffahrt. Von dort verläuft eine hohe Bruchsteinmauer in beide Richtungen. Fünfzig Meter weiter in Richtung Norden hat ein umgestürzter Baum die Mauer eingerissen. Das ist gleichzeitig mein Zugangspunkt und der Ort, an dem ich mein Trike verstecken kann.

Im Wald ist es noch viel dunkler. Trotzdem sind die Baumstämme nützliche Haltepunkte für jemanden, der zum Umkippen neigt. Ich bewege mich von Weißbirke zu Erle zu Esche und komme so stetig meinem Ziel näher.

Die Raffertys wohnen hier seit achtzehn Monaten. Ein Jahr zuvor haben sie Arcadia Heights für zwei Millionen gekauft und dann noch einmal eine riesige Summe investiert, um es zu sanieren.

Vor mir wird der Baumbestand dünner. Da liegt der Pool der Raffertys, von Unterwasserscheinwerfern grün beleuchtet. Wie immer stelle ich mir das Gefühl vor, wenn ich mich einfach ausziehen und eine Bahn schwimmen würde. Dazu werde ich natürlich niemals die Gelegenheit haben – inzwischen ist tiefes Wasser für mich keine gute Idee mehr. Stattdessen gehe ich vorsichtig durch perfekte Rabatten zu meinem Aussichtspunkt hinter der Filterpumpe.

Hinter dem Pool ragt das Haus auf, monströs und wachsam – eine Machtdemonstration aus Beton, Glas und Stahl, in willkürlichen geometrischen Formen. Wenn man auf dem Mars eine Gefangenenkolonie für Superreiche bauen würde, dann wäre Arcadia Heights ein gutes Vorbild dafür.

Heute Nacht ist das Erdgeschoss des Gebäudes hell erleuchtet, es fließt über vor Licht, keine Jalousien oder Fensterläden blockieren die bodentiefen Fenster.

Seit mein altes Leben vorbei ist, habe ich gelernt, dass die Reichen und Mächtigen ihre Gardinen nachts selten zuziehen. Anders als der Rest von uns fürchten sie sich nicht vor der Dunkelheit. Vielleicht, weil sie erwarten, ebenfalls gefürchtet zu werden.

Ich entdecke Simon Rafferty im Kinoraum. Er sitzt auf dem Boden, die Beine lang ausgestreckt, den Rücken an ein weißes Ledersofa gelehnt. Ein leeres Weinglas steht neben ihm. Er konzentriert sich auf ein MacBook, das er auf dem Schoß balanciert.

Simon ist ein großer Mann, tief gebräunt, elegante Haltung, sparsame Bewegungen. Manchmal, wenn ich ihn beobachte, stelle ich mir vor, dass jede seiner Muskelkontraktionen gut überlegt und im Voraus geplant ist. Vor drei Tagen ist er einundvierzig geworden, aber er wirkt weit jünger. Man würde niemals glauben, dass uns achtzehn Jahre trennen.

Nadia Rafferty, Simons Frau, sehe ich nicht. Vermutlich ist sie schon im Bett. Ich besuche die Familie selten so spät.

Eigentlich darf ich sie überhaupt nicht besuchen. Ihre einstweilige Verfügung gegen mich und das Kontaktverbot gelten noch drei Jahre. Wenn ich mich dem Paar auf weniger als dreißig Meter nähere – oder dem fünfjährigen Ollie Rafferty –, dann droht mir Gefängnis. Selbst den Fuß auf ihr Grundstück zu setzen, ist schon eine Straftat.

Eine Sicherheitskamera an der Wand überwacht den Poolbereich. Eine zweite Kamera, die an der Orangerie befestigt ist, sichert die Terrasse. Aber es gibt einen blinden Fleck. Durch den schaffe ich es bis auf ein paar Schritte vor die Orangerie-Tür. Weil drinnen die Lichter brennen, kann mich von innen keiner sehen – also schleiche ich so vorsichtig wie möglich ganz nah heran. Dann setze ich mich mit ausgestreckten Beinen auf die Gehwegplatten, in einer perfekten Imitation von Simons Haltung.

Wir sind einander schweigend zugewandt, eine von uns ist sich dessen bewusst, der andere hat keine Ahnung. Mein Herz schlägt jetzt eine Million Mal in der Minute, aber das ist in Ordnung. Ich muss das tun.

«Ich sehe dich», flüstere ich.

Simon schließt seinen Laptop. Er nimmt sein Weinglas, trinkt einen langen Schluck daraus und starrt mich durch das Fenster an.

Direkt an.

Die Muskeln an seinem Hals ziehen sich zusammen, als er den Wein herunterschluckt. Er starrt weiter. Ich starre weiter zurück. Eine Ader an seinem Hals pulsiert. Ich werfe einen Blick auf meine Uhr und zähle. Eine Minute später habe ich meine Antwort. Sein Puls schlägt achtundfünfzig Mal in der Minute – der Beweis dafür, dass Simon mich nicht *wirklich* gesehen hat, obwohl es vielleicht so wirkt. Er denkt über sein Spiegelbild nach und weiß nicht, was dahinter lauert.

Trotzdem, je länger wir die Stille miteinander teilen, desto unangenehmer wird es mir. Ich bin Nachtmensch, ich bin an Gefahr gewöhnt. Und jetzt blinken meine Instinkte rot auf. Ich spüre von irgendwoher einen Blick – und es ist nicht Simons. Ich schaue mich in der Dunkelheit um, und mein Magen zieht sich zusammen.

Ich rappele mich auf und gehe zur Filterpumpe. Von dort aus betrachte ich die dunklen Glasquader der oberen Etagen, die durch Betonsockel und gläserne Gänge voneinander getrennt sind.

Ist da oben jemand wach? Es ist dumm von mir, draußen vor der Orangerie zu sitzen, wo ich Simon und Nadia nicht zusammen im Auge haben kann. Der Platten heute – und das, was an der Tankstelle passiert ist – hat mich komplett aus der Bahn geworfen.

Ich beiße die Zähne zusammen, schleiche zurück durch die Bäume zu der Lücke in der Mauer und klettere auf mein Jorvik. Der Sonnenaufgang ist noch eine Weile hin, aber es wird nicht mehr lange dauern, bis ein zombiehaftes Grau den Himmel überzieht. Ich spüre, wie sich die Erde dreht und sich in die Sonne zu wenden droht. All dieses Licht, diese Hitze und das Leid.

Allein bei dem Gedanken werde ich ganz fieberhaft. Ich stelle mir vor, wie meine Haut verbrennt, die Augäpfel in ihren Höhlen vertrocknen – wie mich die Sonne von einem lebenden, denkenden Menschen in eine tote und verdorrte Hülle verwandelt. Ich muss wieder reingehen, bevor der Himmel auch nur über die Dämmerung *nachdenkt*. Aber zuerst ... Laurie.

Die wunderschöne Laurie.

Schlau, kreativ, freundlich, ruhig.

Und völlig am Arsch.

SECHS

Nadia Rafferty steht nackt in ihrem Badezimmer, den rechten Fuß auf den Schminktisch gestellt, und reibt ihre Haut mit Feuchtigkeitslotion ein.

Dieser Raum mit der eingelassenen Badewanne und den schwarzen Granitwänden sollte eigentlich ihr Heiligtum sein, aber es sieht viel zu maskulin aus für ihren Geschmack. Rückblickend hätte sie die Pläne des Architekten genauer überprüfen sollen. Die Kosten der Installationen, wie alles andere in diesem Haus, waren außergewöhnlich hoch. Für eine Frau, die nördlich von Pleven aufgewachsen ist, in der ärmsten Region Bulgariens, waren diese Summen praktisch schon unmoralisch. Also bleibt Nadia bei diesem Design, obwohl Simon es sicher sofort ändern lassen würde. Immerhin lässt das flackernde Kerzenlicht im Bad alles ein wenig weicher wirken.

Eine Wand besteht ganz aus Glas und bietet einen unglaublichen Blick auf die Sterne – nur nicht dort, wo die undurchdringliche Masse des Pincher's Mount den Himmel verdeckt. Nadia brauchte eine ganze Weile, um sich daran zu gewöhnen – vor allem nach dem, was im letzten Haus passiert war. Selbst jetzt, anderthalb Jahre nachdem sie eingezogen sind, hat sie manchmal das Gefühl, beobachtet zu werden, wenn sie badet. Die Polizei hat versprochen, sie müsse sich keine Sorgen machen, aber wer vertraut schon auf die Worte von Fremden? Und in letzter Zeit hat Nadia einen neuen Grund zur Sorge. Es ist etwas, was sie seit dem Augenblick beschäftigt, in dem sie es herausgefunden hat.

Ihr rechtes Bein ist jetzt eingecremt, und Nadia macht sich an ihr linkes Bein. Auf dem Schminktisch, neben ihrem Fuß, liegt der Clearblue-Schwangerschaftstest. Sie sieht ihn sich ein letztes Mal an. Dann steckt sie ihn ganz unten in den Abfalleimer, bläst die Kerzen aus, sprüht etwas Mitsouko von Guerlain auf und hüllt sich in ein Badetuch. Barfuß geht sie in das Hauptschlafzimmer.

Es ist ihr dritter Test in drei Tagen – und das dritte positive Ergebnis. Wenn ihre Ahnung stimmt, dann ist sie bereits sieben Wochen schwanger, was bedeutet, dass das Kind irgendwann im März kommen wird.

Vor dem Wandspiegel lässt sie das Badetuch fallen und betrachtet ihren Bauch. Er ist so muskulös und flach wie der eines Boxers, aber sie fragt sich, wie viel Schutz er dem winzigen Leben in ihr bieten kann. Die Fußböden in den meisten Räumen hier sind hart wie Diamant. Sie könnte ausrutschen und eine Fehlgeburt haben. Vielleicht sollte sie sich mit Kuchen und Süßigkeiten vollstopfen – ein paar Lagen Isolationsmaterial und Polster zulegen. Sie zieht sich einen Bademantel an und tritt ans Schlafzimmerfenster.

Nadia *spürt* seine Gegenwart, obwohl sie ihn nicht sehen kann: Pincher's Mount, dieser Koloss aus Erde und Fels, der in der Dunkelheit über ihr aufragt.

Auf dem Hof ihres Großvaters in den bergigen Stara Planina, wo ihre Eltern zu Weihnachten immer mit ihr hinfuhren, schlichen sich manchmal nachts Wölfe von den Anhöhen nach unten, um Schafe zu reißen, auch Hunde – alles, was sie finden konnten. Der alte Mann sagte immer: *Wenn die Wölfe sich vermehren, kommt das Unglück.* In den letzten drei Tagen hat Nadia überall die Anwesenheit von Wölfen gespürt.

Sie nimmt ihr Handy, scrollt ihre Adressliste herunter und wählt eine Nummer. Als jemand rangeht, nennt sie ihren Namen und fragt nach Detective Inspector Marius England.

Eine Minute später meldet er sich. «Mrs Rafferty?»

«Danke, dass Sie mit mir reden.»

«Natürlich. Es ist doch sicher schon ein Jahr her, seit wir zum letzten Mal miteinander gesprochen haben. Wie geht es Ihnen? Wie geht es Ollie?»

«Ollie geht es gut», sagt sie. «Mit mir ist auch alles okay.» Der Unterschied ist subtil, aber absichtlich so gewählt. «Spielen Sie noch Rugby?»

«Mrs Rafferty, gibt es ein Problem? Einen besonderen Grund, aus dem Sie anrufen?»

Nadia windet sich. Die Unterhaltung entwickelt sich schneller, als ihr lieb ist. Er hat ihr keine Zeit gegeben, ihn zu bearbeiten. «Ich weiß, dass es schon eine Weile her ist. Ich wollte nur fragen, ob Sie sie in letzter Zeit gesehen haben.»

«Keira Greenaway? Seit dem Prozess nicht mehr. Und danach hat die Bewährungshilfe die Verantwortung für sie übernommen. Aber das wissen Sie doch, Mrs Rafferty. Als wir das letzte Mal miteinander geredet haben, habe ich …»

«Wohnt sie immer noch bei ihren Eltern?»

«Ich habe keine Ahnung.»

«Könnten Sie vielleicht nachfragen? Jemanden von Ihren Leuten bitten, dort mal hinzufahren?»

«Ist irgendetwas passiert?»

«Nicht wirklich, aber ...»

«Hören Sie», sagt England. «Ich verstehe vollkommen, dass Sie sich hin und wieder fürchten, selbst nach all der Zeit, und ich will wirklich nicht so klingen, als wäre uns Keira Greenaways Freiheit wichtiger als Ihre, denn das stimmt nicht, überhaupt nicht. Aber wenn Sie keine konkreten Anhaltspunkte haben, fürchte ich, dass die Antwort nein lauten muss.»

«Kann ich mit ihrem Bewährungshelfer reden?»

«Tut mir leid, Mrs Rafferty, das geht nicht. Keira Greenaway hat sich an alle Auflagen ihrer Bewährungsstrafe gehalten. Sie hat jeden ihrer Termine im Resozialisierungsprogramm wahrgenommen. Sie hat jetzt ein Recht auf Privatsphäre. Wenn es Ihnen hilft, dann kann ich Ihnen sagen, dass es keinerlei Hinweise darauf gibt, dass sie wieder straffällig wird. In Anbetracht ihrer verschiedenen Leiden würde ich sogar sagen, dass das sehr unwahrscheinlich ist.»

Nadia tritt wieder an den Spiegel heran. Sie sieht, wie ihr Spiegelbild die Zähne zeigt. «Aber beim ersten Mal haben Sie sie auch nicht aufgehalten, nicht wahr?»

Der Detective schweigt. Dann sagt er: «Mrs Rafferty, wenn irgendetwas passiert – irgendetwas –, dann möchte ich, dass Sie wissen, dass Sie mich immer anrufen können, Tag und Nacht.»

«Das tue ich», lügt Nadia und legt auf. Denn wenn sie sich nicht einmal darauf verlassen kann, dass die Polizei lediglich nach dem Rechten sieht, dann ist es wohl am besten, sich überhaupt nicht auf sie zu verlassen.

Sie geht durch den Flur zu Ollies Zimmer. Der Junge liegt auf seiner Matratze und hat die Sommerdecke von sich getreten. Sie liegt jetzt auf dem Boden. Nadia deckt ihn nicht wieder zu – es ist viel zu heiß, und er scheint es bequem zu haben. Stattdessen setzt sie sich neben ihn hin und schaut zu, wie er schläft. Sie hat dieses Kind beinahe so lange beschützt, wie sie es kennt – abgesehen von den drei Tagen Hölle, in denen Keira Greenaway in ihr altes Haus spazierte und es entführte.

Ollie hält ein Spielzeug in der Hand. Nadia entwindet es ihm und streicht ihm das Haar aus der Stirn.

Wird sie sich je von den zweiundsiebzig Stunden Horror erholen? Wie Greenaway es geschafft hat, einer Gefängnisstrafe zu entgehen, trotz all ihrer Probleme, wird Nadia niemals verstehen.

Sie dreht das Spielzeug in den Händen. Es hat die Größe eines Wachteleis und ein kleines LCD-Display. Sie erinnert sich an diese Dinger aus den späten Neunzigern. Tamagotchis hießen sie damals – ein paar Jahre lang waren sie einfach überall. Ollies ist schon ziemlich ramponiert, das Plastik ist zerkratzt und verblichen. Sie schaut auf das Display und sieht, dass sein virtuelles Haustier schläft. Sie legt das Ding auf seinen Nachttisch und lässt die beiden in Ruhe.

Zurück in ihrem Schlafzimmer, scrollt Nadia erneut in ihrem Handy herum. Vielleicht ist ihr Einfluss auf den Detective schwächer geworden. Aber ihr Einfluss auf Konstantin Tapia nicht. Das heißt, wenn der Teenager, den sie in Gulyantsi kannte, noch am Leben ist. Es ist jetzt schon zehn Jahre her, vielleicht schon länger, dass sie mit ihm gesprochen hat – aber ihre Bindung ist unzerstörbar.

Konstantin um Hilfe zu bitten, wäre ihr letztes Mittel – es wäre, wie eine scharfe Granate in die Luft zu schleudern und es dem Schicksal zu überlassen, wo sie hinfällt. Konstantin war schon damals völlig durchgeknallt. Gott weiß, was die letzten zehn Jahre mit ihm angestellt haben.

Nadia findet seine Kontaktdaten. Dann geht sie nach unten zu ihrem Mann.

SIEBEN

Laurie – die wunderschöne, schlaue, kreative, freundliche, ruhige Laurie – besitzt *Her mit dem Teig*, eine Backstube in Cranner's Ford. Es erfordert sicher ziemlich viel Mut, ein eigenes Geschäft aufzumachen. Das ist noch etwas, was man an Laurie einfach bewundern muss: ihre Hartnäckigkeit.

Ich beobachte sie noch nicht so lange wie die Raffertys – anders als sie ist sie nicht der Hauptgrund, aus dem ich hier bin –, aber ich habe sie schon recht gut kennengelernt. Es hilft, dass sie eine Bäckerei betreibt. Selbst im Sommer ist sie oft vor Sonnenaufgang wach.

Trotz Lauries offensichtlicher Qualitäten kommt eine Riesenwelle Schmerz auf sie zu. Bevor es so weit ist, bereite ich sie so gut wie möglich vor.

Die Bäckerei ist auf der Bartholomew Street, zwischen einem China-Imbiss und einem Nagelstudio. Ich parke am Anfang der Gasse, die dahinter verläuft. Ich werde Laurie nicht durch die Frontfenster des Ladens sehen können. Jetzt gerade arbeitet sie sicher in der Backstube.

In der Gasse ist es so dunkel, dass ich nicht einmal meine Doc Martens erkennen kann. Ich schleiche an dem China-Imbiss vorbei, die rechte Hand zur Sicherheit ausgestreckt. Noch ein paar Meter, dann befinde ich mich hinter *Her mit dem Teig*. Hier gibt es endlich ein wenig Licht. Die Feuertür besteht aus einer Stahlplatte, ganz glatt, abgesehen von einem Codeschloss. Das hintere Fenster der Bäckerei ist lang und dünn, ganz oben in der Mauer. Ich steige auf eine leere Palette, die passenderweise darunter steht.

Und dann ist da Laurie. Strahlend. Umgeben von stählernen Arbeitsflächen und Aluminiumblechen.

Ich sehe an ihrem Gesicht, dass sie tief in Gedanken versunken ist. Ihre Brauen sind zusammengezogen. Der Blick ihrer blauen Augen scheint ins Leere zu gehen. Einen Augenblick lang frage ich mich, ob sie sich schon vor dem fürchtet, was auf sie zukommt, aber wie könnte das sein? Es sei denn, sie weiß mehr, als ich mir vorstellen kann.

Laurie hat sich das blonde Haar zurückgebunden. Auf der Nase klebt ein bisschen Zuckerguss. Auf ihrer Stirn glänzt Schweiß – vermutlich liegt es an der Hitze der Öfen. Und natürlich an ihrem Gewicht.

Lauries Oberarme wabbeln bei der Arbeit; die Schürze spannt sich über ihrem Bauch. Trotz ihres Umfangs sind ihre Bewegungen beim Teigschneiden die einer Tänzerin. Sie ist eine backende Venus, und ich liebe sie mit Haut und Haaren – weshalb ich vermutlich auch so traurig werde, wenn ich sie beobachte.

Ich fische aus meiner Hosentasche heraus, was ich mitgebracht habe: eine Silberkette, die früher meiner Großmutter gehört hat. Daran baumelt ein Anhänger, den ich speziell für Laurie gekauft habe.

Es ist ein Hammer. Nicht so wie der Zimmermannshammer, den ich zum Pflegeheim von William dem Navigator bringen wollte, bevor ich den Platten hatte. Dieser hier ist eine winzige Nachahmung von *Mjölnir*. Solche Anhänger wurden in Gräbern in ganz Skandinavien gefunden. Hauptsächlich in den Gräbern von Frauen.

In Lauries Hammer sind Runen aus dem Älteren Futhark graviert. Wenn sie sie jemals entschlüsselt, liest sie eine persönliche Nachricht von mir.

Es ist nicht das erste Symbol, das ich ihr als Warnung geschickt habe. Vor zwei Monaten hat Laurie vergessen, ihr Auto abzuschließen. Auf dem Beifahrersitz lag der Wollponcho, den sie trägt, wenn es morgens kühl ist. Ich habe die Tür geöffnet und ihn herausgeholt. Oh Gott, ihr *Geruch*! All das Gute und Opulente, ihr berauschendes Parfüm.

Ich habe schnell herausgefunden, welcher Teil des Ponchos direkt über ihrem Herzen liegt. Da habe ich die Brosche befestigt: einen alten Navajo-Pfeil, handgeprägt in Silber, mit einem gewölbt geschliffenen grünen Türkis im Schaft. Wenn Laurie es recherchiert, versteht sie die Bedeutung.

Eine Woche bevor ich den Navajo-Pfeil über Lauries Herz befestigte, hatte ich einen Umschlag durch die Eingangstür der Bäckerei gesteckt. Darauf hatte ich mit einer Schablone ihren Namen geschrieben, dazu ein chinesisches Symbol, das ich von der Website eines Tattoo-Studios kopiert hatte. Im Umschlag lag ein Silberring, den ich ihr gekauft hatte: ein chinesischer Drache mit Augen und Zunge aus Malachit.

An dem Morgen versteckte ich mich vor Sonnenaufgang auf der Straßenseite gegenüber, als Laurie die Tür aufschloss. Ich sah zu, wie sie den Umschlag aufhob und Vorder- und Rückseite betrachtete. Sie holte den Ring heraus und drehte ihn zwischen den Fingern.

Probiere ihn an, drängte ich sie in Gedanken. *Steck ihn*

dir an den Finger. Und dann, nach einer Weile, tat Laurie es. Ich stellte mir vor, wie der Drachenschwanz sich fest um ihren Finger wickelte und dann ihren Arm umschlang. Aber nichts dergleichen geschah, und dann nahm Laurie ihn auch schon wieder ab. Sie hielt ihn ins Licht und schaute nach, ob in der Innenseite etwas eingraviert war. Schließlich ließ sie ihn in ihre Schürzentasche gleiten. Seither habe ich sie ihn nicht tragen sehen.

Ich könnte stundenlang dastehen und zuschauen, wie Laurie ihre Kuchen und Brotlaibe zubereitet. Aber die Dunkelheit wird nicht mehr lange bleiben. Weil zig Millionen Tonnen brennendes Plasma über dem Horizont explodieren werden.

Ich küsse Lauries Hammer und hänge die Kette meiner Großmutter über das Schloss an der Feuertür.

Viel Glück, Laurie.

Du wirst es brauchen für das, was kommt.

Zurück vor dem Eingang in der Gasse schaue ich mich um, ob ich noch alleine bin. Einen Moment lang glaube ich das Rattern von Skateboardrädern zu hören. Kalt überläuft es meinen Rücken, als hätte etwas Untotes über meine Haut geleckt.

Es ist schon viel zu spät. Die Erde dreht sich weiter. Ich muss rein – und zwar schnell.

Ich klettere auf mein Trike und fahre in die Dunkelheit.

Zu Hause. Ich wohne in der Kellerwohnung eines umgebauten georgianischen Reihenhauses. Es ist überraschend, was man sich von einem Erbe alles kaufen kann, wenn man genau weiß, wie man es ausgeben will. Als die Raffertys Arcadia Heights kauften und ein Jahr später einzogen, suchte ich mir etwas in der Stadt.

Ich konnte ja nicht sofort zu ihnen nach Cranner's Ford ziehen. Damals hatte ich noch ein halbes Jahr Bewährungsstrafe von den zwei Jahren übrig, die sie mir aufgebrummt hatten. Das bedeutete, dass ich die Auflage hatte, zu bleiben, wo ich war, und mich regelmäßig mit meiner Bewährungshelferin zu treffen. Ich musste mich außerdem behandeln lassen. Gegen meine Phobie, sagten sie – und gegen mein zeitweilig obsessives Verhalten. Als die zwei Jahre vorbei waren, änderte ich meinen Namen und zog hierher um.

In meiner Wohnung ist es kalt. Ich gehe von Zimmer zu Zimmer und klemme die selbst gemachten Verdunkelungsplatten an die Fenster. Sie bestehen aus Pappe, bezogen mit schwarzem Stoff, und ich befestige sie mit Klettband. Wenn sie dran sind, ziehe ich die Verdunkelungsrollos herunter und die Vorhänge zu. Dann hänge ich Wandbilder davor, die von der Decke bis zum Boden reichen. Sie haben ein gemeinsames Thema. In jedem Zimmer stelle ich so eine andere Welt her: Das Wohnzimmer wird zum tropischen Strand; die Küche zu schneebedeckten Bergen. Mein Badezimmer ist ein Korallenriff. Mein Bett steht in einer Waldlichtung.

Erst wenn meine künstliche Welt fertig ist, schalte ich die Tageslichtlampen ein und kneife die Augen zu, damit sie sich langsam an die Helligkeit gewöhnen können. Dort, auf dem Regal, wo es mir gar nichts nützt, entdecke ich mein Fahrradflickzeug samt Handpumpe.

Eins a, Mercy. Ninja-Fähigkeiten.

Im Wohnzimmer hängt vor den Palmen, den Thai-Fischerbooten und dem türkisfarbenen Meer eine riesige Straßenkarte von Cranner's Ford. Die Stadt hat die Form einer Sanduhr, die zwischen zwei Erhebungen gequetscht ist: Pincher's Mount im Westen, gekrönt von diesem völlig sinnlosen gotischen Steinbauwerk; Old Cobb im Osten, auf den bis zum Gipfel eine Touristenstraße führt. Der River Gunn fließt von Norden nach Süden und trennt die georgianischen Gebäude der Altstadt, die sich an den Fuß des Pincher's Mount schmiegt, von den neueren Häusern in der Nähe vom Old Cobb.

Papierflaggen an Cocktailstäbchen, die ich mit Klebemasse auf der Karte befestigt habe, zeigen die Bereiche, die mich interessieren: meine Wohnung im Zentrum von Old Town; das Anwesen der Raffertys oben im Abbot's Walk; die Bäckerei *Her mit dem Teig*; das Pflegeheim *Tall Pines*; den *Deevis*-Hof; das Drive-in, wo ich den Verlorenen Travis treffe; Ollie Raffertys neue Schule.

Ich habe auch Flaggen für die Leute befestigt, die ich beobachte: für Liebeskummer-Linda, Jacob Allein zu Haus, Raj den Wiedergeborenen; Kalte-Hand-Carl; Tina Ohne Stolz, Edward mit den Grabbelhänden, für Brüll-Mary und viele andere.

Von meinem Arbeitstisch nehme ich eine neue Flagge. Darauf schreibe ich *LOUIS* und befestige sie auf der Copper Beech Lane.

Erst dann trete ich zum Kamin und erzähle Mum und Dad von meiner Nacht. Ihre petrolfarbenen Urnen, verziert mit winzigen Silberblättern, stehen rechts und links auf dem Kaminsims.

Ich bin zu erschöpft, um Sport zu treiben. Ich ziehe meine Doc Martens aus und bin sogar zu müde zum Essen. Ich klettere im künstlichen Wald in mein Bett und befehle meinem Smart-Lautsprecher, die Bäume mit Vogelgezwitscher zu erfüllen.

Kurz darauf senkt der Schlaf sich auf mich wie ein Umhang.

ACHT

Trotz all meiner Vorsichtsmaßnahmen öffne ich die Augen bei Tageslicht – und bin fünf Jahre in der Zeit zurückgereist.

Ich bin auf einem See, hundert Meter vom Ufer entfernt. Die Sommersonne Italiens ist nicht nur grell, sondern so stechend, dass sie meine Haut ganz wund brennt. Auf dem Wasser schwimmen eine Million rasiermesserscharfe Spiegelungen. Kein Wind. Keine Erholung von der weiß glühenden Masse über mir.

Die Hitze ist schlimm, aber ich fühle sie nicht. Meine nackten Schultern sind noch ebenso kühl wie zuvor, als ich die Augen geschlossen hatte. Meine gebräunten Beine, die ich im Ruderboot vor mir ausgestreckt habe, sind biegsam und gut definiert – besser werden sie nie aussehen; das ist etwas ganz anderes als die blassen Riesenmaden, zu denen sie inzwischen geworden sind.

Vom Ufer aus wachsen in alle Richtungen dichte Kiefernwälder die Anhöhen hinauf. Der See ist wie eine Niere geformt – oder wie ein etwa einen Monat alter Embryo. Hier am Ende des Sees kann ich nicht die gesamte Uferlinie sehen. Und ich sehe auch keinerlei Hinweis auf menschliches Leben: kein Fahrzeug, abgesehen von meinem eigenen; keine Stege, die ins Wasser ragen; keine Häuser oder Hochspannungsmasten, kein Rauch, der in den Himmel steigt; nicht einmal ein Kondensstreifen, der das Blau durchschneidet.

Über mir steht die Sonne so hoch, wie sie stehen kann. Es ist seltsam, wie ruhig ich bin, wie gleichgültig. Ich reibe mir den Hinterkopf, spüre die glatte Wölbung des Schädels. Weniger als ein Zentimeter Schutz für jede Erinnerung, jede Hoffnung, die ich je hatte. Jeder hat einen Schwachpunkt. Das hier ist meiner.

Über meine linke Schulter hinweg dringt ein Geräusch zu mir: das Schlagen von Flügeln, wie weit entfernte Schüsse. Ich drehe mich rechtzeitig um, um einen Schwarm Raben von den Baumkronen aufsteigen zu sehen. Dann das Schreien von Gänsen aus einem Teil des Sees, den ich nicht sehen kann. Nur wenige Augenblicke später sehe ich sie hart beidrehen und ganz niedrig über das Wasser auf mich zufliegen. Sie teilen sich vor meinem Bug, so nah, dass ich die Luftwirbel ihrer Flügelschläge spüre, als sie an mir vorbeifliegen.

Ich beuge mich vor, um nach meinen Rudern zu greifen. Und ich sehe, dass meine Hände ganz blutig sind. Es rinnt meine Ellenbogen hinunter, tropft auf meine Schenkel, klatscht auf das Holz des Bootes.

Ich werfe wieder einen Blick zum Ufer, suche nach der Felsnase, die das Haus am See verdeckt. Als ich wieder auf meine Hände schaue, sehe ich, dass das Blut vollkommen verschwunden ist.

Ich manövriere den Bug in Richtung meines Ziels. Dann verziehe ich das Gesicht und beginne zu rudern.

NEUN

Samstagabend. Ich verstecke mein Trike im Brombeergestrüpp neben dem Monk's Brook, einem kleinen Nebenflüsschen des Gunn, und wate durch das seichte Wasser auf den Pincher's Mount zu. Zu dieser Jahreszeit gibt es nur sieben Stunden völlige Dunkelheit. Ich muss jede Minute nutzen.

Ich bin mitten am Nachmittag aufgewacht und habe den frühen Abend damit verbracht, mein neuestes Fundstück zu reparieren – ein altes Spielzeug von 1977, ein «Little Professor»-Rechentrainingsgerät. Es brauchte nur ein neues LED-Display. Jetzt ist es wieder so gut wie an dem Tag, an dem es die Fabrik von Texas Instruments verlassen hat. Ich kenne einen kleinen Jungen, der es toll finden wird, wenn mir nur einfällt, wie ich es ihm bringen kann.

Die Nacht ist wieder warm. Ich schwitze schon nach einigen Minuten Aufstieg auf den Pincher's. Ich klettere nicht bis zum Gipfel – mein Feldstecher wird aus der Höhe nichts nützen. Stattdessen gehe ich zu meinem üblichen Punkt – einer Mulde im Felsen, ungefähr auf einem Drittel des Weges zum Gipfel, wo ich mich gegen Grasbüschel lehnen kann. Darüber hängt ein Mond, der so fett ist, dass er eigentlich in ein Märchen gehörte. Um mich herum zirpen die Grillen im Chor.

Zuerst richte ich den Feldstecher auf die Tankstelle. Von

dort springe ich nach Norden, hangele mich von Orientierungspunkt zu Orientierungspunkt, bis ich das Drive-in finde. Davor sammelt der Verlorene Travis Müll von der Straße ein. Hoffentlich hat er mein letztes Geschenk schon entdeckt.

Vom Drive-in fliege ich mit dem Feldstecher zur Chaplin Row. Dort befindet sich die traurige Wohnung von Liebeskummer-Linda, und das Licht auf der Veranda ist immer noch nicht repariert. Lindas Schlafzimmer ist hell erleuchtet. Sie ist garantiert allein dort. Vermutlich scrollt sie sich durch Dating-Apps. Kurz verweile ich auf ihrem Fenster, aber ich bekomme sie nicht zu Gesicht.

Linda ist mein nächstes Projekt. Niemand sollte so ein Leben führen müssen wie sie. Mit ein bisschen Glück muss sie es bald auch nicht mehr.

Von Lindas Wohnung gleite ich zur Sycamore Row, wo ich das Reihenhaus von Raj dem Wiedergeborenen finde. Seine Fenster sind noch immer mit Zeitungspapier zugeklebt, sodass ich nicht reinschauen kann. Raj, fürchte ich, bleibt vielleicht nicht mehr lange auf dieser Welt.

Die Linse des Feldstechers fliegt jetzt nach Osten, zum schäbigsten Teil der Stadt. Auf der Prospect Avenue steht das Haus, in dem sich Kalte-Hand-Carl eine Wohnung teilt. Die Fenster sind dunkel. Carl ist Nachtmensch, wie ich. Ich kann nicht sagen, was ihn antreibt, aber die *Cranner's Ford Gazette* schreibt regelmäßig über seine Verbrechen. Es ist wirklich erstaunlich, dass ihn noch kein Richter hinter Gitter gebracht hat. Allerdings ist er nicht der Einzige, der seinen Nutzen aus einem milden Rechtssystem zieht.

Ich richte den Feldstecher nach Süden aus. Mein Blick gleitet über den Abbot's Walk am Fuß des Pincher's Mount, an dem die teuersten Häuser der Stadt stehen. Ein paar Hundert Meter unter meiner kleinen Mulde finde ich Arcadia Heights. Die Glas-und-Beton-Konstruktion ragt stolz über den Bäumen auf, die sie umgeben.

Ich wappne mich für das, was ich vielleicht sehe, und gleite mit dem Feldstecher über die bodentiefen Fenster. Anders als gestern Nacht liegt das Haus fast ganz in Dunkelheit: Nur im Erdgeschoss brennen ein paar Lampen; ein Oval flackernder Kerzen ist in einem der oberen Räume zu sehen.

Die Türen zur Orangerie stehen offen. Draußen leuchtet der Pool in einem futuristischen Grün. Simon Rafferty schreitet daneben auf und ab, das Handy ans Ohr gepresst.

An einem Terrassentisch in der Nähe sitzt Hugo der Schatten. Hugo ist der geschäftsführende Direktor von *Sheergen*, dem Start-up für grüne Energie, das Simon vor zehn Jahren gegründet hat. Das Unternehmen baut, least und repariert Onshore-Windturbinen. Inzwischen ist es eine ernst zu nehmende Größe in der Energiebranche, sowohl hierzulande als auch in ganz Europa.

Seit Simon und Hugo nach Cranner's Ford gezogen sind, kann man ihren Einfluss auf die Landschaft hier – und auf die hiesigen Landbesitzenden – genau erkennen. Aus dieser Höhe kann ich fünf *Sheergen*-Turbinen zählen, deren Segel sich lautlos drehen.

Ich überlasse die beiden Männer sich selbst und kehre zu dem Betonwürfel im ersten Stock und dem Oval flackernder Kerzen zurück. Der Raum ist riesig, vollkommen mit schwarzem Granit verkleidet. In der Mitte des Ovals befindet sich eine in den Boden eingelassene Badewanne. Darin liegt Nadia Rafferty, und das Wasser schlägt kleine Wellen.

In meiner Brust vibriert es, als hätte man darin eine Saite zum Schwingen gebracht.

Ich stütze die Ellenbogen auf die Knie und schaue weiter zu, wie Nadia badet. Ich bin keine Voyeurin. Ich ziehe keine sexuelle Befriedigung aus unserer Begegnung. Das hier ist ein Ritual, das wir schon sehr oft geteilt haben. Wenn sie dem Wasser entsteigt, wende ich den Blick nicht ab. Stattdessen verfolge ich sie bis zum Schminktisch. Sie senkt den Kopf, weil etwas ihre Aufmerksamkeit erregt. Ein Makel an ihrem Körper? Eine Handy-Nachricht? Aus diesem Blickwinkel kann ich es nicht beurteilen.

Nadia verlässt das Badezimmer und erscheint nur Sekunden später im Schlafzimmer. Vor einem bodentiefen Spiegel drückt sie die Fingerspitzen in den Bauch und stellt sich auf die Zehenspitzen, um sich von allen Seiten anzusehen.

Eiseskälte steigt in mir hoch.

«Ich sehe dich», flüstere ich. *«Was siehst du?»*

Nur Sekunden nachdem ich das gesagt habe, beginnt meine Haut zu jucken, als kröchen verborgene Blicke über mich, aus den Tiefen des Hauses.

Ich lasse den Feldstecher sinken, atme tief durch – aber das Gefühl, jemandes Beute zu sein, bleibt. Und dann begreife ich voller Schrecken, dass das Gefühl einen Grund hat. Denn ich werde tatsächlich beobachtet. Und die Gefahr ist weit näher, als ich erwartet habe.

ZEHN

Zuerst ist da das Geräusch. Dann eine Bewegung.

Ich höre das Schaben auf Stein und Atmen. Ich sehe einen schwarzen Umriss die Anhöhe hinauf zu meiner Mulde kriechen.

Ich kann von hier aus nicht höher klettern. Außerdem klettere ich langsam, bin nicht sicher auf den Beinen. Stattdessen drücke ich meinen Rücken ins Gras. Mein Zimmermannshammer liegt in meiner Satteltasche zusammen mit dem Messer, ein paar Hundert Meter die Anhöhe hinunter. Hier oben habe ich nur meinen Feldstecher.

So wie gestern Nacht an der Tankstelle fühlt es sich an, als risse die bisher feste Dimension der Realität entzwei. Noch schlimmer ist das Gefühl, dass unaufhaltsame Schattenwesen in diesen Rissen hocken: namenlose Schrecken, die ihre Aufmerksamkeit jetzt auf mich richten.

Ein Arzt, der keine Ahnung hatte, sagte mir, das sei ein Nebenprodukt meines Leidens – wieder eine von diesen falschen Verknüpfungen in einem Hirn. Es muss wirklich schön sein, in einer Welt zu leben, die nicht von Dämonen bevölkert ist. Ich habe völlig vergessen, wie das ist.

Mit zusammengebissenen Zähnen sehe ich zu, wie dieser flüssige schwarze Umriss sich nähert. Entgegen meiner Erwartung dreht er sich um und setzt sich hin, keine fünf Meter unter meiner Mulde.

Unten in Cranner's Ford strömen die Leute aus den Pubs. Autos fahren durch von Straßenlaternen erhellte Straßen. Niemand hebt den Blick zum Pincher's Mount, wo ein Geist die Anhöhe hinaufgeklettert ist, um mich zu erwischen.

Meine Muskeln sind erstarrt. In meinem Kopf summt es wie ein kaputter Dimmer. Langsam schließt sich der Riss meiner Wirklichkeit wieder. Aber der Geist bleibt da, was bedeutet, dass ich ihn mir nicht einbilde. Als er endlich spricht, rauscht das Blut in meinen Ohren.

«Du hast gesagt, wenn ich nur hoch genug klettere, könnte ich der Hitze entfliehen», sagt Louis. «‹Einfach näher an die Sterne heran, da kann man auch leichter atmen.› Das hast du zu mir gesagt, und es stimmt.»

Ich höre ein Rascheln im Gras und stelle mir vor, dass eine Schlange die Anhöhe hinaufgleitet, mit offenem Maul, sodass man die Giftzähne sieht. Aber das Rascheln wird nur von meinem Bein verursacht, das zuckt, als wäre es von etwas besessen. Ich halte meinen Feldstecher fester und spüre, wie das Band, an dem er hängt, in meinen Nacken schneidet.

Louis seufzt. «Es ist so *anders* in der Nacht. Ich habe das Gefühl, das Weltall anfassen zu können. Du nicht?»

Erstaunlicherweise nicke ich. Denn ganz genau so fühle ich mich in Nächten wie dieser, wenn keine Wolken den Himmel verdecken.

Die Stille spannt sich wie ein Drahtseil. Meine Nase füllt sich mit wilden Gerüchen: Jasmin und Schießpulver, Geißblatt und Grillrauch. Ich muss dringend meine Zunge vom Gaumen lösen und etwas sagen. «Bist du mir gefolgt?»

Louis dreht den Kopf, sodass ich den Umriss seines Profils sehen kann. «Ich hatte schon befürchtet, dass du das denkst. Wenn du allein sein möchtest, Mercy, dann klettere ich jetzt einfach diesen Abhang hinunter, und du siehst mich nie wieder.»

Eine kleine Brise leckt über das Gras. Auf meinen Armen bildet sich eine Gänsehaut.

Wieder vergeht eine Minute, jede Sekunde zieht sich wie ein Äon. Endlich fügt Louis hinzu: «Es gibt aber noch eine andere Möglichkeit. Vielleicht denkst du darüber nach, bevor du dich entscheidest. Ich könnte einfach hier sitzen, und du sitzt da, und wir kommen einander nicht näher, und wenn wir beide Lust haben zu reden, dann tun wir das. Und wenn einer von uns nicht will, ist das auch okay.»

Wie an der Tankstelle beeindrucken mich auch jetzt sein Selbstbewusstsein und seine Gelassenheit. Ganz sicher schlägt *sein* Herz nicht schneller als die Flügel eines Eisvogels. Er gibt sich alle Mühe, mir keine Angst einzujagen, glaube ich. Wie ein Tierarzt, der einen kranken Vogel tröstet – oder ein sozial unbeholfenes Mädchen in den Zwanzigern, das eine lähmende Angst vor dem Tageslicht hat.

Louis schaut auf Cranner's Ford hinunter. Jetzt rieche ich Meeresluft und faules Obst. Mein Bein fängt wieder an zu zucken. Ich packe es mit beiden Händen, untersuche mich selbst und das, was ich trage: dasselbe weiße T-Shirt mit den schmuddeligen Shorts von gestern Nacht; dieselben ochsenblutfarbenen Doc Martens.

Louis nickt. In einer einzigen fließenden Bewegung steht er auf. «Gute Nacht, Night Eyes», sagt er. Als ich nicht reagiere, geht er los und den Abhang hinunter. Viel zu bald verschmilzt sein Umriss mit der Dunkelheit. Plötzlich kann ich glauben, dass ich ihn mir *wirklich* eingebildet habe.

Ich runzele die Stirn und versuche, mir den genauen Augenblick ins Gedächtnis zu rufen, in dem ich aufgehört habe, Angst zu haben. Oder genauer: in dem ich mir nicht mehr sicher war, was ich wollte. Ich presse die Knie zusammen, meine Pobacken. Und dann rufe ich Louis hinterher, er solle warten.

ELF

Zwei Minuten später kann ich kaum glauben, dass das hier wirklich passiert.

Louis sitzt neben mir in meiner Mulde, und ich tue trotzdem noch all die Dinge, die Menschen tun – ich atme, ich blinzle –, obwohl ich mich sehr konzentrieren muss, es nicht zu vermasseln.

Seit er sich zu mir gesetzt hat, hat er kein Wort gesagt. Vielleicht wartet er auf meine Erlaubnis. Es ist so lange her, dass ich mit jemandem gesprochen habe, der kein Arzt, Polizist oder Bewährungshelfer ist, dass ich komplett vergessen habe, wie das geht. Zumindest habe ich in der Stille die Gelegenheit, in Gedanken all die Dinge aufzulisten, die ich sagen *könnte*, aber lieber nicht sagen sollte – nicht nur zu meiner eigenen Sicherheit, sondern aus Angst, bescheuert zu wirken.

Ich werfe einen heimlichen Blick zu Louis. Das Seidenhemd von gestern Nacht ist verschwunden. Ebenso die weiße Jeans und die Vintage-Bowlingschuhe. Heute ist er ganz in Schwarz gekleidet: Poloshirt, Hose, Stiefel.

Als er sich mir zuwendet, zucke ich zurück.

«Alles in Ordnung?», fragt er.

Ich beiße die Zähne zusammen und zucke mit den Achseln. Selbst wenn ich den Mund zukneife, schaffe ich es noch, mich komplett lächerlich zu machen. Ich atme viel zu laut. Ich klinge, als würde ich gleich ein Kind zur Welt bringen oder einen Riesenhaufen machen.

Louis studiert mich mit einem Blick, der nur mitleidig sein kann. Und doch, als er spricht, erwähnt er nichts dergleichen, sondern etwas anderes.

«Wohnst du schon lange in Cranner's Ford?»

Ich öffne mühsam die Lippen. «Du denn?»

«Es ist auf jeden Fall ein netter Ort.»

Ich nicke. Small Talk. Nichts Neues gelernt, kein Geheimnis gelüftet. Damit komme ich zurecht – einigermaßen. «Warum hast du mich Night Eyes genannt?»

«Sorry. Das mache ich manchmal. Ich gebe den Leuten Namen. Welche, von denen ich finde, dass sie zu ihnen passen.»

Ich denke an Liebeskummer-Linda, Raj den Wiedergeborenen, William den Navigator, Kalte-Hand-Carl. «Da musst du dich nicht entschuldigen. Ich mache das auch.»

«Wirklich?»

«Ja, andauernd.»

Louis grinst. Ich grinse zurück.

Dieser Moment schafft eine Verbindung zwischen uns – zart und kurzlebig, aber eine Verbindung.

«Im koreanischen Raum glauben viele an *saju*», sagt er. «Hast du davon schon mal gehört?»

Ich schüttele den Kopf.

«Das bedeutet, dass das Schicksal eines Menschen direkt mit dem Augenblick seiner Geburt verbunden ist. Wenn der Geburtsname eines Menschen nicht zu seinem *saju* passt, dann ist das ein Garant für Unglück. In Seoul kann man ein *saju*-Zelt besuchen, und für ein bisschen Geld gibt einem ein Wahrsager einen neuen Namen – einen, der zu deinem Schicksal passt. Tausende Koreanerinnen und Koreaner machen das jedes Jahr.»

«Warst du schon mal da?»

«Ich habe eine Weile in Seoul gewohnt. In China, wo ich danach war, darf man Namen auf keinen Fall mit roter Tinte schreiben. In Japan sieht man das auch nicht gern. Jemandem einen Namen zu geben, ist ein viel machtvollerer Akt, als die meisten Menschen glauben. Es ist ein Schöpfungsakt. Menschliche Magie, wenn du so willst – oder Schwindel.»

Er sucht sich einen Kiesel vom Boden und hält ihn vor den Mond. «Das hier ist nicht mehr nur ein Kiesel», sagt er. «Dieser kleine Kerl hier heißt Otto. Möchtest du ihn kennenlernen?»

Ich zögere, dann strecke ich die Hand aus.

Louis hält mir seine hin – aber im letzten Augenblick wirft er Otto hinaus in die Nacht.

Ich keuche auf. Das Herz springt mir fast aus der Brust. Einen Augenblick lang schreckt mich seine Grausamkeit ab. Aber dann schüttele ich den Kopf, weil mir einfällt, dass es ja nur ein Kiesel war.

«Die Magie der Namen», sagt Louis.

Langsam komme ich wieder zu Atem. «Und warum Night Eyes?»

«Weil es deine Augen sind, an die ich mich seit gestern Nacht am meisten erinnere. Wie sie … na ja, einfach wie erstaunlich sie sind.» Er zeigt auf den Nachthimmel. «Wie etwas, was man da oben vielleicht finden kann.»

Ich brauche einen Augenblick, um das zu verdauen. Ich glaube – obwohl ich mir nicht ganz sicher bin –, dass er versucht hat, mir ein Kompliment zu machen. «Das nennt man Heterochromie», erkläre ich. «Vor ein paar Hundert Jahren hätte man mich als Hexe verbrannt. Damals glaubten die Leute, dass Augen wie die meinen in die Unterwelt schauen können. Sie haben Angst davor bekommen und sofort nach dem Feuerholz gegriffen. Man kann über die moderne Gesellschaft sagen, was man will, aber immerhin haben wir damit aufgehört, uns regelmäßig gegenseitig zu verbrennen.»

«Heutzutage haben wir Twitter.»

Ich nicke, als wüsste ich, wovon er spricht. «Es gibt die zentrale Heterochromie, das ist, wenn man unterschiedliche Farben im selben Auge hat. Die komplette Heterochromie ist, wenn jedes Auge eine unterschiedliche Farbe hat. Hässliches Wort, oder?»

«Ich glaube, ich ziehe Night Eyes vor.»

«Ich auch.»

«Ich habe was mitgebracht», sagt Louis. «Für den Fall, dass ich dich wiederfinde. Ich hoffe, es stört dich nicht.»

Er wühlt in seiner Tasche herum. Ich höre ein Ploppen, dann ein Zischen. Sekunden später reicht er mir ein Glas mit etwas, was vermutlich Champagner ist.

«Ich weiß nicht, warum ich nach dir gesucht habe», sagt er. «Ich weiß auch nicht, ob dies das letzte Mal ist, dass wir uns sehen, ob es der Anfang von etwas ist oder das Ende. Aber ich wusste schon, bevor ich heute Nacht hier hochkam, dass dich wiederzufinden – selbst wenn es nur bei diesem einen Mal bleibt – ein Ereignis von solcher Bedeutung ist, dass wir es feiern sollten.

Ich glaube nicht an Zufälle. Vielleicht früher mal, aber jetzt nicht mehr. Was gestern Nacht an der Tankstelle passiert ist – du, ich, diese Skaterjungs – alle zu exakt der richtigen Zeit am richtigen Ort. Ich glaube nicht, dass das Zufall war. Ich glaube, wir leben in einem Universum, das die Menschen aus bestimmten Gründen zusammenbringt, Mercy. In einem Universum, das, wo immer es möglich ist, ein Gleichgewicht herstellen will. Licht, das die Dunkelheit ausgleicht. Ordnung, die Chaos ausgleicht. Das Gute, das das Böse ausgleicht. Jeder von uns ist ein Gewicht auf einer Waagschale. Es liegt an uns, was wir wählen, aber nur indem wir unserem vorgegebenen Pfad folgen, können wir unser wahres Potenzial ausleben.»

Er hält inne und kaut auf seiner Unterlippe. Dann sagt er: «Du siehst mich so komisch an.»

Ich schüttele den Kopf und nehme das Champagnerglas. «Das liegt an meinen komischen Augen.»

Er lacht. Ich lache. Wir lachen.

Das ist irre.

Louis stößt mit mir an. «Auf komische Anfänge.»

«Eigentlich ...», beginne ich und zögere dann.

Eigentlich trinke ich nicht, wollte ich gerade sagen. Denn als zweibeinige Schwester des Schiefen Turms von Pisa macht man lieber einen großen Bogen um Alkohol.

Ich glaube, wir leben in einem Universum, das die Menschen aus bestimmten Gründen zusammenbringt, Mercy. In einem Universum, das, wo immer es möglich ist, ein

Gleichgewicht herstellen will. Licht, das die Dunkelheit ausgleicht. Ordnung, die Chaos ausgleicht. Das Gute, das das Böse ausgleicht.

Louis' Worten füge ich selbst noch ein paar hinzu: *Gesellschaft, die Isolation ausgleicht.*

Ich lächele und denke nicht an meine nicht zueinander passenden Augen, an mein selbst geschnittenes Haar, an meine schmuddeligen Shorts und schmutzigen Knie. Ich bin hier oben auf Pincher's Mount mit einem anderen Menschen – und es fühlt sich wie die gefährlichste Sache in meinem neuen Leben bisher an, aber auch wie die aufregendste.

«Prost», murmele ich. Und zum ersten Mal seit sechs Jahren trinke ich Champagner, und auf meiner Zunge kribbeln die Bläschen, und der Geschmack ist *herrlich* – holzig und fruchtig, mit dem Duft weißer Blüten.

Louis schenkt mein Glas voll, dann seins. «Das hier ist ein Louis Roederer Cristal. Sie produzieren ihn nicht jedes Jahr, sondern nur, wenn die Ernte besonders gut ist und die Trauben den perfekten Reifegrad erreichen.»

Ich spüre, wie ein Rülpser hinauswill. «Na ja», sage ich, «es ist verdammt viel besser als Dr Pepper. Wobei ich höre, dass sie das Gesöff das ganze Jahr produzieren.»

«Wen hast du denn beobachtet?»

Mein Magen wringt sich aus wie ein Geschirrtuch. «Ich?»

«Der Feldstecher», sagt Louis. «So ein Ding nützt ja nicht viel, wenn man sich für Astronomie interessiert.»

«Beobachtest du denn gern die Sterne?»

Seine Mundwinkel zucken. Er hat meinen Ablenkungsversuch sofort durchschaut. «Hin und wieder. Aber Menschen finde ich viel interessanter. Du nicht?»

«Vielleicht.»

«Wen hast du denn beobachtet?»

Der Mond, der wild am Himmel schwankt, ist eine Rettungsboje, die ich nicht erwischen kann. Mein Kopf sackt nach vorn. Das Zirpen der Grillen wird lauter. Plötzlich kommt mir ihr Lied vor wie ein Vorspiel. Etwas Schreckliches erwacht. Es ist, als machte sich der ganze Hügel daran, sich zu erheben und auf seine Granitbeine zu stellen. Von der Vorstellung wird mir ganz schwindelig und übel. Ich grabe meine Fingernägel in sonnentrockene Erde, vor lauter Angst, abgeworfen zu werden.

Wenn Louis meine Not bemerkt, dann zeigt er es nicht. «Mercy», sagt er, «tu mal einen Augenblick lang so, als wären wir nicht nur allein hier auf dem Hügel. Tu so, als wären wir allein auf dem ganzen Planeten, als schwebten wir durchs All und nur Kometen und Asteroiden leisteten uns Gesellschaft.

Nur wir beide. Keine Wertungen, keine Lasten. Egal, worüber wir reden, es bleibt unter uns, denn es gibt – nur an diesem einen Abend – nur dich und mich.»

Louis' Worte beruhigen die Schwingungen des Mondes. Seltsam, aber jetzt sehe ich unter uns kein einziges Auto. Man könnte beinahe glauben, dass wir wirklich als Einzige übrig geblieben sind – dass die Bewohnenden von Cranner's Ford und überall sonst spontan aufgehört haben zu existieren.

Ich bekomme Gänsehaut. Die Vorstellung ist erschreckend und auch köstlich. Keine Ärztinnen mehr, keine Bewährungshelfer oder Polizistinnen. Keine Tagmenschen, Nachtmenschen oder Wächter mehr. Wäre ich dann frei? Losgelöst von den Fesseln der Nacht? Was würde ich mit all meiner Zeit anfangen? Welchen *Sinn* hätte ich dann noch?

Und welchen Sinn hast du jetzt?

Ich mag diese Stimme nicht, also beachte ich sie nicht weiter. Ich will meine Knie mit den Armen umschlingen, aber ich habe noch mein Champagnerglas in der Hand.

«Ist es jemand, den du kennst?», fragt Louis. «Oder eine fremde Person?»

Ich krümme die Zehen in den Schuhen. Die Antwort ist natürlich weder noch. Denn ich beobachte ja nicht nur ein Leben, sondern eine ganze Sammlung. Ich sammele Leben – und greife in sie ein –, so, wie andere Pokémon-Karten sammeln, Parfümfläschchen oder Parkzettel. Bis jetzt ist mir noch nie aufgefallen, wie gruselig das wirken muss.

Louis neben mir wartet auf meine Antwort. Selbst *ich* merke, dass wir an einem Wendepunkt angelangt sind. Das, was ich als Nächstes sage, wird mein Leben verändern. Zum Guten oder Schlechten, ich weiß es nicht.

Ehrlichkeit ist immer der beste Weg.

Und doch ist das, was ich tue, nicht ehrlich. Ich schäme mich deswegen nicht, aber das ist es nicht.

Mein Champagnerglas ist schon wieder leer. Ich drehe es in den Fingern. Wenn ich will, dass diese Unterhaltung weitergeht, muss ich Louis *irgendetwas* bieten.

Letztlich ist es nicht die Ehrlichkeit, die meine Antwort bestimmt, sondern eine plötzliche, furchtbare Einsamkeit.

Ein Gefühl, das ich normalerweise tief in mir begraben halte, vielleicht ist es also doch Ehrlichkeit. Ich überlege kurz, wen ich nennen, welche Geschichte ich ihm bieten könnte. Und dann entscheide ich mich für eine.

«Sie heißt Linda», sage ich. «Und ich beobachte sie, weil ich glaube, dass sie Hilfe braucht. Eine Befreiung von all ihrem Leid.»

ZWÖLF

Louis füllt sein Champagnerglas wieder auf. Dann beugt er sich vor und schenkt auch mir nach. «Lonely Linda.»

Ich schüttele den Kopf. «Liebeskummer-Linda.»

«Liebeskummer?»

«Lange Geschichte.»

«Ich mag lange Geschichten. Besonders Liebesgeschichten.»

«Um ehrlich zu sein, ist sie gar nicht so lang, und mit Liebe hat sie auch nicht allzu viel zu tun. Sie ist nur traurig.»

«Hat sie denn ein Happy End?»

«Noch nicht.»

«Und da trittst du auf den Plan?»

Ich lecke mir über die Lippen. Ich habe schon mehr gesagt, als ich vorgehabt hatte. «Linda ist ein Problem, von dem ich nicht sicher weiß, ob ich es lösen kann.»

«Woher kennst du sie denn?»

Wieder krümmen sich meine Zehen. Diesmal spürt Louis offenbar mein Unbehagen, denn er insistiert nicht und stellt gleich die nächste Frage. «Was macht unsere Liebeskummer-Linda denn heute Nacht?»

«Weiß ich nicht genau.»

«Du hast es nicht überprüft?»

«Doch, aber ich habe sie nicht gesehen.»

Er schaut hinunter auf Cranner's Ford. «Wo wohnt sie denn?»

«Kennst du die Chaplin Row?»

«Eigentlich nicht.»

«Siehst du das Drive-in? Und die Reihenhäuser weiter östlich. Linda wohnt in dem Haus mit dem kaputten Verandalicht.»

«Kann ich mal deinen Feldstecher haben?»

Meine Finger werden zu Klauen. Ich brauche all meine Willenskraft, um sie wieder zu lösen. Zitternd reiche ich ihm den Feldstecher.

Louis stellt ihn auf die Reihenhäuser ein und fummelt an dem Rädchen für die Bildschärfe herum. «Sieht so aus, als wäre jemand zu Hause.»

«Sie ist jetzt bestimmt online.»

«Onlinedating?»

«Wie hast du das denn erraten?»

«Allein zu Haus an einem Samstagabend. Was sollte Liebeskummer-Linda sonst tun?»

«Sie lernt einfach nicht aus ihren Fehlern.»

«Sie ist schon einmal verletzt worden?»

«Der Schlimmste von allen ist ihr Ex-Mann. Er hat sie geschlagen, glaube ich, vor ihrer Scheidung. Und seit der Trennung will er sie einfach nicht in Ruhe lassen.»

«Das ist hart. Jeder hat das Recht auf einen Neuanfang. Beobachtest du eigentlich nur Linda?»

«Ja. Nein. Ich meine ... ich ...»

Ich kann praktisch spüren, dass er die Brauen hochzieht. Das würde ich jedenfalls tun, wenn ich so ein Geschwafel von jemand anderem hören würde. Aber so blitzartig Entscheidungen zu treffen, ist herausfordernd. Die schwierigsten Fragen kommen immer dann, wenn ich sie am wenigsten erwarte. Mein Hirn kämpft damit, Schritt zu halten.

«Denk dran, Night Eyes», sagt Louis. «Heute sind es nur du und ich. Keine Wertungen, keine Konsequenzen, keine Vorwürfe. Alles, was wir sagen, bleibt zwischen uns.»

Ich nicke. Meine Anspannung lässt ein wenig nach. Es ist ein Moment der Unbedachtheit, und meine Zunge übernimmt sofort. «Es gibt noch andere», sage ich. «Eigentlich sogar ziemlich viele.»

Louis lässt den Feldstecher sinken. Ich wünschte, ich könnte seine Gedanken lesen. Die Stille zwischen uns ist quälend – und schon wieder setzt sich meine Zunge in Bewegung, um sie zu füllen. «Ich weiß, wie das klingt. Aber die Leute, die ich beobachte ... einige von ihnen haben sonst niemanden. Sie brauchen doch jemanden, der ihr Leben so sieht, wie es ist. Sie brauchen jemanden, der ...»

Ich suche nach dem richtigen Wort.

«Der was tut, Mercy?»

«Der eingreift.»

Ich frage mich, ob er sehen kann, wie viel Blut mir gerade ins Gesicht gestiegen ist. Oder ob er die Hitze spürt, die von meinen Wangen ausgeht.

«Erzähl mir von einem der anderen. Wenn du willst, meine ich.»

Trotz der warmen Nacht schaudere ich. Ich werfe noch einen Blick zu Louis. Da sitzen wir nun, auf einem Planeten, der sich unerbittlich immer wieder der Sonne zuwendet, und ich möchte plötzlich nicht, dass der Augenblick endet. Egal, welchen Unsinn ich verzapft habe, wie seltsam mein Verhalten auch sein mag, ich bin immerhin hier, und das hier geschieht, und ich kann dieses Ereignis zu meinen Erinnerungen hinzufügen und behalten. Ich beginne zu begreifen, wie belebend es ist, zu Tode erschreckt zu werden, wenn das etwas ist, was man eigentlich genießt.

Während unseres Gesprächs ist der Abstand zwischen uns kleiner geworden. Bin ich näher zu ihm hingerückt? Oder haben wir das beide gleichermaßen getan? Wenn ich atme, füllt sich meine Lunge mit den Gerüchen von Gardenien und nassen Steinen. «Ich kann dir etwas über William den Navigator erzählen.»

Unter uns, im Gebüsch an den Ufern des Monk's Brook, beginnen die Nachtschwalben zu flöten.

DREIZEHN

Ich beobachte William den Navigator schon so lange, dass ich immer wieder vergesse, warum ich damit überhaupt begonnen habe. Meine Absichten damals waren unangebracht – und ich werde sie Louis ganz sicher nicht verraten.

Tall Pines, wo er wohnt, ist das exklusivste Pflegeheim der Stadt. Unter der glänzenden Oberfläche lauert eine unangenehme Wahrheit: hohe Gebühren, die nicht immer gute Pflege bedeuten.

Williams Zimmer im Erdgeschoss geht nach hinten raus. Ich kann von hier oben dort hineinschauen, wenn seine Jalousien geöffnet sind – zum Glück für mich halten es die meisten Pflegekräfte im *Tall Pines* nicht für nötig, sie abends zu schließen. Normalerweise halte ich im gepflegten Garten vor seinen bodentiefen Fenstern Wache.

Ich weiß nicht, ob William tagsüber Besuch bekommt – oder ob er überhaupt je sein Bett verlässt. Immer wenn ich nachsehe, liegt er allein auf dem Rücken im Bett, das Gesicht zum Himmel gewandt. In einer Nacht im März hat er so zwölf Stunden am Stück gelegen, ohne dass jemand gekommen wäre, um ihn umzudrehen oder ihm Gesellschaft zu leisten.

Sein Zimmer ist sauber, aber karg eingerichtet. Über dem Bett hängen eingerahmt seine Medaillen aus seiner Zeit bei der Luftwaffe. Sie sind das einzig Private in diesem

Zimmer – und sie hängen genau dort, wo William sie nicht sehen kann. Ich habe einmal ein Foto von ihnen gemacht, indem ich mit einer Taschenlampe ins Zimmer geleuchtet habe, als er schlief. Später habe ich dann ein bisschen Detektivarbeit geleistet. Die Tapferkeitsorden sind ganz schön wertvoll.

Monatelang habe ich mich gefragt, wie ich seine endlose Langeweile beenden kann. Der Platten von letzter Nacht hat mich daran gehindert einzugreifen.

Ich rieche jetzt etwas anderes, was sich über die Gerüche nach Gardenien und nassen Steinen legt. Es ist ein urtümlicher Geruch. Drängend. Ich weiß nicht, ob er von Louis oder von mir kommt oder ob er nur meinem Hirn entstammt. Er erregt mich, verunsichert mich. Er scheint mit kalten Fingerspitzen über meinen Bauch und meine Schenkel zu tanzen.

Bevor ich wirklich begreife, was ich tue, höre ich, wie ich Louis alles über William und seine Medaillen erzähle und dass niemand seine letzten Tage so allein verbringen sollte.

«Wenn ich in letzter Zeit sehe, wie sie ihn vernachlässigen, fahre ich zu einer Telefonzelle, rufe an der Rezeption an und sage ihnen, sie sollen ihre Arbeit gefälligst ordentlich machen. Sie regen sich natürlich furchtbar darüber auf, aber immerhin schaut danach immer jemand nach ihm.»

«Welches ist denn sein Fenster?»

Ich zeige es Louis.

«Die Jalousien sind offen», sagt er. «Aber darin brennt kein Licht. Man sieht von hier aus nicht viel.»

«Manchmal lassen sie die Nachttischlampe an, dann sieht man besser.»

«Es ist nett von dir, dass du auf ihn aufpasst.»

Meine Wangen werden ganz rot. Nicht weil das, was er sagt, wahr ist – sondern weil das seine Meinung ist. Wenn er mein ursprüngliches Motiv kennen würde, wäre er zweifellos abgeschreckt.

Louis gibt mir den Feldstecher zurück. Dann nimmt er mein Champagnerglas und steckt es in seine Tasche. «Du bist wirklich ein Rätsel, Mercy Lake. Einzigartig. Du hast mich zum Nachdenken gebracht, das ist mal klar.»

«Gehst du?»

Er sieht mich direkt an. Wieder krümmen sich meine Zehen so stark, dass einer meiner Doc Martens knarrt.

«Ich will dich nicht belästigen», sagt er. «Ich habe das Gefühl, dass das hier – hier zu sitzen und zu reden, meine ich – etwas ist, was du nicht oft tust. Vielleicht brauchst du eine Weile, um dich daran zu gewöhnen. Also lasse ich dir jetzt ein wenig Raum. Und wenn du dann irgendwann willst, sehen wir uns wieder.»

«Wann denn?», frage ich und zucke innerlich zusammen. Selbst *ich* weiß, dass man nie so wirken darf, als wäre man sehr erpicht auf Gesellschaft.

«Bist du Donnerstagnacht hier?», fragt Louis.

«Gegen Mitternacht.»

«Wer steht ganz oben auf der Beobachtungsliste?»

«Ich weiß nicht. William vermutlich. Nur um zu überprüfen, ob es ihm gut geht.»

«Okay, Night Eyes», sagt er. «Mit ein bisschen Glück sehen wir uns dann vielleicht.»

Ich nicke. Diese Geisterfinger streichen wieder über meine Haut, sie betasten und necken mich. Ich greife in meine Tasche, hole ein Bubblicious mit Grapefruitgeschmack heraus und stecke mir ein Stück in den Mund.

Louis lächelt. Dann steht er auf und klopft sich den Staub ab. Erst als ich wieder allein bin, merke ich, dass ich ihm gar kein Kaugummi angeboten habe.

Loserin. Die schlimmste auf der ganzen Welt.

Ich.

VIERZEHN

Nadia Raffertys fruchtlose Unterhaltung mit dem Detective hat sich vierundzwanzig Stunden später zu einer Wunde entwickelt, die sie nicht ignorieren kann. Immer wenn sie an seine kleine Ansprache denkt, wird sie wütender.

Keira Greenaway hat sich an alle Auflagen ihrer Bewährungsstrafe gehalten. Sie hat jeden ihrer Termine im Resozialisierungsprogramm wahrgenommen. Sie hat jetzt ein Recht auf Privatsphäre. Wenn es Ihnen hilft, dann kann ich Ihnen sagen, dass es keinerlei Hinweise darauf gibt, dass sie wieder straffällig wird. In Anbetracht ihrer verschiedenen Leiden würde ich sagen, dass das sehr unwahrscheinlich ist.

Blödsinn.

Blödsinn.

Nadia wird sich auf keinen Fall die nächsten sieben Monate ihrer Schwangerschaft Sorgen darum machen, wo Keira Greenaway sich befindet oder was sie vielleicht als Nächstes tut.

Zugegeben, in den drei Jahren nach dem Prozess ist die Frau nie wieder in ihrem Leben aufgetaucht. Und Nadia hatte bis vor einer Woche auch nicht mehr sehr oft an sie gedacht.

Aber die Schwangerschaft ändert alles. Wenn die gestrige Unterhaltung mit dem Detective eine Wunde ist, dann ist das Wissen, dass diese Greenaway irgendwo da draußen ist – auf freiem Fuß und unbeobachtet, in der Lage, ihr kaputtes Hirn auf irgendeine neue Obsession zu richten, die ihr einfällt –, zu einem eitergefüllten Geschwür von der Größe eines Busses geworden.

Ja, sie hat eine tragische Geschichte, aber das ist nicht Nadias Problem. Das Leben ist nun mal kein Märchen. Es kann grausam sein, das Schicksal schlägt willkürlich zu. Man kann hart arbeiten, immer nur die richtigen Entscheidungen treffen und trotzdem alles verlieren: ein Zug, der entgleist; ein Flugzeug, das vom Himmel fällt; Krebs, der deinen Namen aus dem Hut zieht.

Keira Greenaway hat nur falsche Entscheidungen getroffen – und dann noch weitere. Am schlimmsten war ihre kranke Besessenheit von Simon, die sie dann auf seinen Sohn übertragen hat.

Jetzt aber ist Nadias größte Sorge das Leben, das in ihr heranwächst. Das bedeutet, dass sie alle möglichen Bedrohungen im Voraus erkennen muss. Keira Greenaway ist eine Bedrohung, also muss Nadia sie finden – und irgendwie ein Auge auf sie haben.

Offenbar ist von der Polizei keine Hilfe zu erwarten. Und sie wird keinesfalls auf Fremde vertrauen. Simon will sie auch nicht einbeziehen – vor allem deswegen, weil sie ihm dann von ihrer Schwangerschaft erzählen müsste, und dazu ist sie noch nicht bereit. Vier Jahre Ehe haben ihre Gefühle für ihn kein bisschen abgestumpft – sie will, dass der Augenblick, in dem er erfährt, dass er erneut Vater wird, voller Freude ist, ungetrübt durch vergangene Schicksalsschläge. Außerdem verspürt sie die irrationale Furcht, die Gefahr nur noch herbeizubeschwören, wenn sie es ihm sagt.

An diesem Morgen hat Nadia bei ihrem Sicherheitsdienst angerufen, um ihre Hausanlage nachzurüsten, aber vergessen, dass Wochenende ist. Sie wird es am Montag erneut versuchen, wenn die Mitarbeitenden vom Vertrieb wieder am Platz sind.

Sie liegt in ihrer Badewanne, umgeben von Kerzenlicht, und scrollt auf der Suche nach dem Namen von gestern Abend durch ihre Adressliste.

Als Teenager war Konstantin Tapia ganz anders als all die anderen Jungen, die Nadia kannte. Vor allem versuchte er nie, mit ihr zu schlafen. Er zeigte auch keinerlei Interesse daran. Das weckte ihre Neugier, denn in ihrer Kleinstadt nördlich von Pleven gab es sonst nicht viel zu tun – mal abgesehen davon, Mistkrusten aus dem Fell von Schafen zu zupfen. Dank ihres Aussehens bekam Nadia eine Menge Aufmerksamkeit, und da sie Schaffelle nicht besonders mochte, ließ sie sich hin und wieder darauf ein, dem nachzugeben.

Konstantin dagegen schien vollkommen unbeeindruckt von ihr zu sein. Das frustrierte Nadia. Quälte sie. Sie beschloss, Eindruck zu machen.

Seine Eltern besaßen einen Hof ein paar Kilometer östlich von ihrer Schule. Eines Nachmittags folgte sie ihm nach Hause. Konstantin ging ins Haus, wo er eine Weile blieb. Dann ging er in eine der Scheunen, wo er blieb, bis es dunkel wurde.

Am nächsten Nachmittag fuhr Nadia mit dem Fahrrad dorthin, bevor Konstantin nach Hause kam, und schlich in die Scheune. Auf dem Heuboden fand sie ein Glas voller Zigarettenkippen und eine Kiste voller Zeitschriften. Aber diese Zeitschriften waren nicht von der Sorte, die sie erwartet hatte, sondern Exemplare von *Vokrug Sveta*, dem russischen Geografie-Magazin, und *Nauka i Zhizn*, dem Wissenschaftsmagazin. Viele von ihnen waren sehr alt. Einige stammten sogar noch aus der präsowjetischen Ära.

Konstantins Sammlung war durchdacht zusammengestellt. In den meisten der Titelstorys ging es um dieselben Themen: Vulkane, Steppenbrände, Supernovas, Atomwaffentests, Sonneneruptionen. Bei den Zeitschriften fand sie auch ein Buch über das Tunguska-Ereignis von 1908, den größten Asteroideinschlag in der Geschichte. Laut Text auf dem Buchrücken wurden dabei Rentiere getötet und Bäume niedergemäht, auf einer Fläche in Sibirien, so groß wie Moskau.

Nadia legte alles dorthin zurück, wo sie es gefunden hatte. Dann zog sie ihre Unterwäsche aus, setzte sich auf die Kiste und wartete. Als Konstantin auf der Leiter auftauchte, zeigte sein Gesicht keinerlei Überraschung über ihre Anwesenheit. Er sah sie eine Weile an, ohne auch nur mit der Wimper zu zucken. Dann kletterte er auf den Heuboden.

Nadias Herz klopfte, es war aufregend, etwas Neues zu erleben. Sie war in sein Territorium eingedrungen, hatte seine Privatsphäre verletzt. Wie würde er reagieren?

Konstantin holte seine Zigaretten heraus. Er zündete eine an und sog heftig daran. Aber er sagte kein Wort.

Langsam, überlegt, schob Nadia den Saum ihres Kleides

hoch und öffnete die Beine. «Wenn ich dir sagen würde, dass du heute, hier in dieser Scheune, alles mit mir machen könntest, was du willst – nur einmal und nie wieder –, was würdest du tun?»

Konstantin sog noch einmal an der Zigarette und blinzelte. «Sagst du mir das denn?»

Nadia schaffte es, ihre Lippen mit dem bisschen Spucke zu befeuchten, das ihr noch geblieben war. «Ja.»

«*Alles*, was ich will?»

Sie sah den Puls an seinem Hals zucken und nickte.

«Hast du meine Kiste geöffnet?»

«Nein.»

«Lügst du?»

«Nein.»

«Wenn du lügst, dann merke ich das.»

«Ich lüge nicht.»

«Zieh die anderen Kleider auch noch aus.»

Eine Minute später lag Nadia nackt auf dem staubigen Boden des Heubodens. Konstantin, noch immer voll bekleidet, saß neben ihr.

«Wird es wehtun?»

«Hast du Angst?»

«Nein. Tut es weh?»

«Natürlich.»

«Wo willst du es tun?»

«Hier», sagte er. Mit seinem Zeigefinger berührte er das Innere ihres rechten Oberschenkels, fünf Zentimeter von oben. In dem Augenblick, in dem sein Finger ihre Haut berührte, zuckte ihr Bein.

«Tu es», flüsterte sie.

Konstantin nahm die Zigarette aus seinem Mund. Er hielt sie genau über den Punkt, den er berührt hatte. Er schaute ihr über eine Minute direkt in die Augen. Dann drückte er die glühende Spitze auf ihre Haut.

Der Schmerz kam sofort und war brutal, und er wurde immer noch schlimmer – eine superheiße Nadel, die durch ihr Fleisch schnitt. Nadia biss die Zähne zusammen, ballte die Fäuste, schrie aber nicht auf. Sie hatte ihm schon etwas gegeben, aber *das* bekam er nicht von ihr.

Konstantins Pupillen wurden größer, zogen sich dann zusammen. Er ließ die erloschene Zigarette fallen und zündete eine weitere an. Nadia roch Tabakrauch und verbrannte Haut.

«Und?», fragte er.

«Und was?»

«Lässt du mich weitermachen?»

«Hab ich doch gesagt, oder? Zwei Mal, aber nicht mehr. Und nirgendwo, wo man es sehen kann.»

Konstantin berührte dieselbe Stelle, aber auf ihrem linken Schenkel. «Hier.»

Nadia verzog das Gesicht.

«Hast du Angst?»

«Nein.»

«Lügst du?»

«Ich habe keine Angst.»

Diesmal war der Schmerz *weit* schlimmer. Auch diesmal schrie sie nicht auf, aber die Tränen konnte sie nicht zurückhalten.

Konstantin knurrte, als er sah, wie sich die Brandwunde entwickelte: eine mit Flüssigkeit gefüllte weiße Blase. «In Zukunft», sagte er, «wird jeder Mann, der deine Beine öffnet, sehen, dass ich vor ihm da war. Es wird ihn vor Neid verrückt machen.»

Nadia schauderte. Rückblickend hatte sie ihm offenbar viel mehr gegeben, als sie vorgehabt hatte. Aber es war zumindest getan. Sie hatte ihr Wort gehalten und ihm ihren Schmerz nicht gezeigt.

«Feuer verbrennt, aber es schützt auch», sagte Konstantin. «Genauso, wie ich ab jetzt dich beschützen werde.»

Fast zwei Jahrzehnte später starrt Nadia in ihrer Badewanne auf seine Nummer und überlegt, was wohl passieren würde, wenn sie sie wählen und er rangehen würde.

Er würde spätestens tags darauf da sein – kein Zweifel –, aber das würde ziemlich sicher einen Preis haben. Und wenn er da war, würde sie für eine lange Zeit keine Kontrolle mehr über die Situation haben.

Sie hebt das linke Bein aus dem Badewasser und berührt die erbsengroße Narbe an ihrem Innenschenkel. Die Zeit hat sie ganz glatt werden lassen.

Nadia hält den Atem an und wählt die Nummer.

FÜNFZEHN

Ich brauche für den Abstieg vom Pincher's Mount länger als sonst. Vor allem deswegen, weil meine Beine nicht tun, was ich von ihnen will.

Ich bin nicht betrunken. Zumindest glaube ich das. Ich bin nur hyperempfindlich und achte auf alles, was mein Gleichgewicht beeinträchtigen könnte. Als ich endlich auf mein Trike steige und die Griffe am Lenker greifen kann, ist es eine Erleichterung, aber ich bin noch viel zu aufgedreht von der Begegnung, als dass ich gleich nach Hause fahren könnte. Außerdem muss ich etwas essen. Um diese Zeit gibt es da nur eine Möglichkeit.

Das Drive-in ist noch heller erleuchtet als die Texaco-Tankstelle. Es wirkt fast so, als wollte es Kundschaft aus dem All anlocken. Zwei Autoladungen hungriger Erdlinge stehen vor dem Bestellfenster Schlange. Im Restaurant holen ein paar Leute vom Lieferdienst die Bestellungen ab. Draußen, an den im Boden verankerten Tischen, sehe ich den Verlorenen Travis mit der Kehrschaufel mit dem kleinen Deckel hantieren.

Es hat mich *fasziniert*, dieses Gerät, als ich es zum ersten Mal gesehen habe. Ich habe eins für meine Wohnung bestellt und ein ganzes Wochenende damit verbracht, Dinge auf den Boden zu werfen und wieder aufzufegen. Wer braucht schon Freunde, wenn man seine eigenen Erdnussschalen aufsammeln kann, ohne sich bücken zu müssen?

Ich warte, bis alle ihr Essen abgeholt haben. Dann fahre ich zum Lautsprecher und gebe Einpeitscher-Becky meine Bestellung durch. Becky ist die Nachtschicht-Chefin und die Vorgesetzte vom Verlorenen Travis. Sie ist fast immer wütend, und ich habe nie herausgefunden, warum.

Ich bestelle einen Cheeseburger, Pommes und einen Erdbeershake. Nachträglich, weil ich superhungrig bin, füge ich noch eine Apfeltasche hinzu. Aus irgendwelchen unbekannten Gründen reizt das Becky zur Weißglut. Zum Glück verwandelt der Lautsprecher ihre Reaktion in Pfiffe und Knistern.

Ich fahre zum Abholfenster und nehme meinen Beutel der Schande entgegen. Dann fahre ich in einem Bogen zur Vorderseite des Gebäudes und parke mein Trike. Ich habe zwei Bissen von meinem Cheeseburger genommen, als ich eine vertraute Stimme höre.

«Hi, Merdy.»

Ich schaue auf, und da steht Travis. Er ist riesig – ein Riese mit groben Knochen, wuscheligem Haar, vertrauensseligen Augen und blondem Bartflaum. Seine Finger mit den stumpfen Spitzen hat er um den Griff seines Kehrgeräts gelegt.

«Hey, Travis. Neue Schuhe? Sehr cool.»

Er knurrt, erfreut, dass ich sie bemerkt habe. «Merdy hat 'n Milkshake.»

«Habe ich. *Und* eine Apfeltasche. Gierig, oder? Ich werde bestimmt fett.»

Er kichert darüber und wiegt sich auf den Fußsohlen vor und zurück. Dann greift er unter sein Hemd und holt eine Lederkette hervor. Daran hängt ein silberner Anhänger in der Form eines Blitzes. «Gefunden», sagt er. «Hat Merdy dagelassen.»

«Habe ich. Gefällt sie dir?»

«Blitz», erwidert Travis. «Krachbumm.»

«Ganz genau.»

«Blitz ist schlechtes Zeichen, sagt Becky. Bedeutet Ärger. Strafe. Aber egal. Macht mich hübsch.»

«Bestimmt hat Becky in vielem recht», sage ich vorsichtig. «Aber ein Blitz ist auch ein Zeichen für Stärke.»

«Travis stark.»

«Ich weiß, dass du stark bist. Wie ein Ochse. Aber bald ...»

«Spezialfritte!»

Travis zuckt so sehr zusammen, dass ich einen Moment lang glaube, dass ihn ein Blitz getroffen hat. Dann geht er in die Hocke, und seine Augen gleiten hin und her wie Suchscheinwerfer.

Becky ruft erneut und klatscht in die Hände. «Es reicht, Spezialfritte! Du kommst sofort hierher und wischst den Boden! Ich warte nicht die ganze Nacht.»

«Muss gehen», sagt er.

«Sie nennt dich Spezialfritte?»

Aber Travis hört nicht mehr, jedenfalls nicht auf mich. Ich schaue ihm hinterher, wie er vornübergebeugt und mit hängendem Kopf zurück zum Drive-in schlurft.

Blitz ist schlechtes Zeichen, sagt Becky. Bedeutet Ärger. Strafe.

Das ist das Letzte, was er hören sollte. Hat Travis mich Becky gegenüber erwähnt? Bis gestern Abend war er der einzige Mensch in Cranner's Ford, der meinen Namen kannte. Ihn Louis zu nennen, war eine sehr schlechte Idee, aber das ist eben das Problem mit der Isolation – sie bringt einen dazu, dumme Dinge zu tun.

Ich schaue mich auf dem Parkplatz um, vergewissere mich, dass ich noch allein bin. Dann zerknülle ich die Burger-Verpackung, trinke meinen Shake aus und verdufte.

SECHZEHN

Wenn es ein Geräusch gibt, das James Matthews mag, dann ist es ein Small-Block-V8-Motor, der Treibstoff durch einen Holley-Vierfachvergaser saugt und ihn in Flammen aufgehen lässt. Es klingt wie Musik.

Im Leerlauf hört sich sein Ford Shelby Mustang von 1966 an wie ein Rudel knurrender Wölfe. Aber wenn man nur einmal an diesem Vergaser zupft, heulen die Wölfe sofort los. Es ist der Klang einer vergangenen Ära, einer Ära, die James so gern erlebt hätte. Eine Ära, in der die Mädchen nicht mit der Wimper zuckten, wenn man ihnen einen Klaps auf den Arsch gab, weil man immerhin kein *Kommunist* war – und weil ein roter Handabdruck auf dem Hintern noch die geringste Sorge war, wenn der Iwan schweres Geschütz auffuhr. Es ist der Klang der Macht, der Freiheit. Des Selbstvertrauens und der uneingeschränkten Männlichkeit. Es sind 4,7 Liter Benzin und Luft, komprimiert und entzündet in acht monströsen Zylindern. Es ist zornig und gewalttätig, hungrig und ungeduldig, und James Matthews findet es sogar noch sexyer als das Wesen, das gerade auf seinem Beifahrersitz sitzt – wobei er zugeben muss, dass das ein knappes Rennen ist.

Sie hat den Absatz ihres Cowboyboots auf sein Armaturenbrett gelegt. James könnte bei dem Anblick schreien, aber das tut er nicht, obwohl er seinen Sex schon hatte, die

Zigarette auch, und es ihn einen Scheißdreck kümmern sollte, was sie denkt – denn der Winkel ihres Beines lässt die Falten ihres kakifarbenen Rocks perfekt fallen und zeigt immer wieder einen Streifen ihres sonnengebräunten Schenkels, wenn sie an einer Straßenlaterne vorbeikommen.

Gerade eben dachte James noch, er hätte genug gehabt. Jetzt ist er sich nicht mehr so sicher. Aber beim Fahren kann er nichts dagegen tun. Stattdessen öffnet er das Fenster.

Die Luft im Auto bewegt sich. Ein Hauch Parfüm zieht zu ihm herüber. Ja, eindeutig noch nicht satt. Er trommelt mit den Fingern auf dem Lenkrad herum. Sie sind jetzt auf der Liphook Avenue und nähern sich der Kreuzung an der Bartholomew Street. Er könnte umdrehen und einfach zurück zum Pincher's Mount fahren. Er fährt mit dem Mustang nie zum Rycroft Hollow, wo die Trottel der Stadt zum Ficken hingehen – der lose Schotter könnte seinen Lack beschädigen –, aber es gibt ja noch die Straße darunter. Trotzdem hat er eigentlich keine Lust darauf, sich zum zweiten Mal in dieser Nacht wie ein Artist im Auto zu verrenken ... und diese Cowboyboots machen ihn fertig.

«Also ... ich fahr dich jetzt nach Hause?»

Sie wendet sich ihm zu und zieht eine Augenbraue hoch. «Das hast du gesagt.»

«Ja. Ich meine, ich könnte auch mit reinkommen.»

Ihre Lippen werden breiter, wenn sie lächelt. «Du bist ja genauso durstig wie dieses Auto.»

«Auf dich ständig.»

Das stimmt nicht. Aber wenn Vollmond ist, ist er immer so höllisch geil – als lebte da ein kleiner Werwolf in ihm, der Testosteron, Nikotin und Motorenöl durch seine Adern schickt.

Ihr Grinsen verschwindet, und sie windet sich. «Meine Mitbewohnerin ist heute Abend zu Hause. Ich habe ihr versprochen, mit ihr zu quatschen.»

James hat Fotos von dieser Mitbewohnerin gesehen. Er hat schon oft davon fantasiert, es zu dritt zu treiben. «Weißt du, ich habe da eine Flasche Jim Beam unterm Sitz», sagt er. «Ich könnte mitmachen.»

«Ach Süßer. Da sind nur Frauen erlaubt, tut mir leid.»

James will es noch ein letztes Mal versuchen, als etwas Rotes aus der Bartholomew Street rast, direkt auf sie zu.

Er hat keine Zeit nachzudenken. Zum Glück funktionieren Muskeln, die mit Testosteron, Nikotin und Motorenöl betrieben werden, auch instinktiv. Er reißt das Steuer herum, der rechte Fuß tanzt zwischen der Bremse und dem Gaspedal. Der Mustang schert aus.

James lenkt dagegen an, kontrolliert die Schleuderbewegung, und das Gummi seiner Cooper-Cobra-Reifen gibt ein lang gezogenes Kreischen von sich. Er kämpft mit dem Asphalt und begreift, dass das Rote, das sich auf seine Chromstoßstange zubewegt, ein Erwachsenendreirad ist – gefahren von einer verrückt aussehenden Irren in Latzshorts und mit klobigen, bräunlichen Stiefeln.

Einen Augenblick lang glaubt er, dass er mit ihr zusammenstoßen wird und sie mitsamt ihrem Dreirad direkt über seinen Kühlergrill und über seine Motorhaube fliegen wird, in einem Zerstörungshorror aus Metall. Aber gerade als ihm die Kosten für die Reparatur durch den Kopf schießen, ist das Gefährt schon in seinem Rückspiegel, und er kurbelt das Lenkrad wieder zurück, sodass der Mustang wieder geradeaus fährt. Dabei drückt er gleichzeitig auf die Hupe.

Das Mädchen neben ihm wird in ihrem Sitz zur Seite geschleudert, und ihre Cowboyboots rutschen über das Armaturenbrett.

«Oh lieber *Gott*», stöhnt James. Plötzlich will er sie unbedingt loswerden. In diesen Boots ist sie einfach zu gefährlich. Vielleicht sollte er ihr ein Paar Ugg Boots kaufen oder darauf bestehen, dass sie von nun an barfuß geht. Fünf Minuten später bleibt er vor ihrem Haus stehen.

«Tut mir leid, dass ich dich nicht hereinbitte», sagt sie. «Es liegt nicht daran, dass ich dich verstecken will. Stattdessen Donnerstagabend?»

«Donnerstag kann ich nicht», sagt er knapp. «Hab Termine.» Womit er eine achtundzwanzigjährige Immobilienmaklerin namens Dani meint.

«Dann nächstes Wochenende? Vielleicht können wir ausgehen, in eine Bar oder so, statt immer nur ... du weißt schon.»

Sie schenkt ihm ein halbes Lächeln. In diesem Augenblick sieht er darin eine Verletzlichkeit, die er nicht vermutet hatte, und es durchzuckt ihn der Gedanke, dass das hier für sie mehr ist als nur Sex – dass sie tatsächlich begonnen hat, etwas für ihn zu empfinden.

Sein Magen zieht sich zusammen. Gewissensbisse fühlen

sich schlimmer an als eine Lebensmittelvergiftung. *Manchmal*, denkt er, *bist du wirklich ein Riesenarsch.*

Sie beugt sich zu ihm und küsst ihn. Er reagiert mit einem breiten, beschissenen Grinsen. Trotz seines schlechten Gewissens kann er nicht anders, er verzieht das Gesicht, als sie ihre Cowboyboots aus dem Wagen schwingt und dabei die Tür streift. Dann rast er davon.

Er bleibt bei der ersten Gelegenheit stehen, nimmt eine kleine Taschenlampe aus dem Handschuhfach und überprüft das Armaturenbrett. Keine Schäden, Gott sei Dank – ihr Absatz hatte offenbar keinen groben Schmutz hereingeschleppt. Er ist vielleicht ein Riesenarsch, aber diesmal hat das Karma ihn noch nicht bestraft. Die Erleichterung reicht aus, um seinen Appetit wiederzubeleben, und er scrollt durch sein Handy. Drei Voicemails, zwei unbeantwortete Anrufe und ein erfolgreiches Telefonat später fährt er vor der Greek Street 34 vor.

Hazel Docherty besitzt keine Cowboyboots. Sie hat auch keine Mitbewohnerin, die quatschen will. Sie besitzt allerdings eine Katze, von der James niesen muss, aber er hat genau für diesen Notfall immer ein paar Antihistaminika in seinem Mustang.

Hazel bereitet gerade ein spätes Abendessen vor, als er ankommt – irgendetwas mit Zwiebeln und Knoblauch, von dem ihm die Augen brennen. Es ist schwierig, das sexuelle Interesse aufrechtzuerhalten, wenn man ihr beim Essen zusieht – besonders, wenn sie die Katze mit kleinen Stückchen Fleisch direkt von ihrem Teller füttert oder sich an einem Petersilienstängel verschluckt und sich auf die Brust klopft, bis er sich wieder löst. Aber er schafft es gerade so eben, trotz ihres kleinen Rülpsers am Ende der Mahlzeit. In ihrem Badezimmer, vor dem Geschlechtsverkehr, entdeckt er Hinweise auf einen Rivalen: Handschellen mit einem Totenkopf darauf und eine Dose Dove-Men-Deo.

Der Sex, der auf das Abendessen folgt, ist routinemäßig, unbefriedigend. James verlässt Hazel, als sie in ihrem Kühlschrank nach etwas für den Nachtisch sucht. Er fährt besonders vorsichtig nach Hause, passt auf rote Dreiräder mit Irren in Shorts und klobigen Stiefeln auf, und auch auf andere Verrückte, die das Karma ihm vielleicht vorbeischickt. Seine Gewissensbisse von eben haben sich gelegt, das frustrierende Erlebnis bei Hazel hat ihm eine universelle Wahrheit ins Gedächtnis zurückgerufen: dass Frauen trotz ihrer sanften Stimmen und parfümierten Haut genau solche Schweine sein können wie Männer, mit denselben miesen Gewohnheiten.

Zu Hause fährt er seinen Mustang in die Garage und sitzt eine Weile nur so da. Dann geht er ins Haus.

Es ist dunkel darin, und still. James geht durchs Erdgeschoss, überprüft die Fenster und Türen und geht dann in den ersten Stock. Seine Hand gleitet über das Geländer, und er tastet nach kleinen Kratzern, so wie jenen, die Cowboyboots-Absätze mit kleinen Schotterstückchen verursachen.

Im Badezimmer duscht er und wäscht sich alle Spuren der Frauen dieser Nacht ab. Dann putzt er sich die Zähne und gurgelt. Ohne das Licht einzuschalten, geht er auf Zehenspitzen ins Schlafzimmer. Seine Frau ist ein zusammengerollter Klumpen unter der Decke.

James sieht zu, wie sich der Klumpen hebt und senkt, lauscht dem gleichmäßigen Zischen seines Atems. Sie schläft – da ist er sich fast sicher. Männer lügen, aber Frauen auch, und James weiß genau, welches Geschlecht besser darin ist. In letzter Zeit hat er den Verdacht, dass seine Frau vielleicht mehr über seine nächtlichen Affären weiß, als sie zugibt.

Er gleitet unter die Decke und achtet darauf, Abstand zu halten. Er ist vielleicht ein Riesenarsch, aber kein Monster. Und obwohl seine Unternehmungen von Außenstehenden vielleicht verurteilt werden, weiß James, dass seine Frau auch Schuld daran trägt. Sie haben keine Kinder, also welchen Grund hat sie daher, sich so gehen zu lassen? Auf dem Schminktisch, wo früher Mengen an Produkten standen, befinden sich nur noch eine Handvoll Kosmetikartikel aus dem Supermarkt. Ihre Sexspielzeuge wurden schon lange nicht mehr herausgeholt.

Die Matratze knarrt. James konzentriert sich. Hat sich ihr Atem verändert? Ist sie wach und tut nur so, als schliefe sie? Ihr Auto stand in der Einfahrt, als er ankam, aber er hat die Motorhaube nicht angefasst. War sie noch warm? Es kann sein, dass sie ihm zum Pincher's Mount gefolgt ist, sein Cowgirl-Rodeo beobachtet hat und dann nach Hause gefahren ist, während er bei Hazel war.

Irgendetwas dunkel Erotisches liegt in der Vorstellung.

Ganz vorsichtig flüstert James den Namen seiner Frau. Ihr Atem bleibt gleichmäßig: langsam ein, langsam aus.

Vielleicht ist er nur paranoid. Vielleicht hat er nur wieder Schuldgefühle, obwohl er eigentlich kaum Schuld an allem trägt.

Bei dem Gedanken an einen Small-Block V8, der Treibstoff durch einen Holley-Vierfachvergaser saugt, schläft er ein, aber dann träumt er von einem Mädchen in Latzshorts, das Reitersporen trägt und rittlings auf seiner Motorhaube sitzt, wobei sie die Sporen tief durch seinen Lack zieht.

SIEBZEHN

In meiner Wohnung spule ich meine übliche Routine ab: die Verdunkelungsplatten ans Fenster; Verdunkelungsrollos herunterziehen; Vorhänge zuziehen und Wandbehänge runterlassen.

Ich gehe über einen tropischen Strand und über schneebedeckte Berge durch waldiges Grün in mein Unterwasserriff. Es ist nicht ganz so wie die Wirklichkeit, aber gut genug. Zumindest das Beste, was ich je werde bekommen können.

Aus dem Badezimmerschrank nehme ich mir zwei Paracetamol und spüle sie mit einem Glas Wasser herunter. In meinem Kopf wummert es – ob vom Stress oder vom Champagner, weiß ich nicht.

Zurück auf meiner Waldlichtung öffne ich meinen Schrank und untersuche seinen Inhalt. Wenn ich Louis Donnerstagnacht sehe, kann ich nicht zum dritten Mal meine Latzshorts tragen, aber es ist viel zu heiß für Jeans, und ein Kleid besitze ich nicht.

Ich habe allerdings ein paar gestreifte Shorts, zwei Leggins mit Löchern an den Knien und noch zwei weitere Shorts in unterschiedlichen Jeansfarben. Kombiniert mit einem meiner Tops sehe ich damit aus wie eine Mischung aus Automechaniker und Zirkusclown.

Die Aufbewahrungstruhe neben meinem Bett ist meine

letzte Hoffnung. Aber als ich mich zu ihr umdrehe, kippt der Raum. Auf einem Fußboden zu balancieren, der im rechten Winkel zur Horizontalen steht, ist nicht möglich, selbst dann nicht, wenn man mit den Armen schlägt wie ein Kolibri. Ich falle nach unten, pralle vom Schrank ab und lande auf dem Bett. Irgendetwas schlägt gegen mein Knie. Dann falle ich in eine andere Richtung. Ich sehe die Aufbewahrungstruhe und stoße mit dem Gesicht gegen eine Ecke. Ein Feuerwerk explodiert hinter meinen Augen. Ein Tsunami aus Schmerz wäscht es fort. Ich liege auf dem Fußboden meines Schlafzimmers, betäubt und keuchend.

Ich sollte hier ein Weilchen warten und mich erholen, aber dafür bin ich viel zu dumm. Stattdessen rappele ich mich hoch und stolpere zurück in mein Unterwasserriff. Dort, vor dem Spiegel, überprüfe ich den Schaden: Ein Auge schwillt bereits an, und auf meinem Wangenknochen klafft eine Platzwunde.

Nach vierundzwanzig Stunden Chaos wird mir endlich etwas klar. Ich kann niemanden in mein Leben lassen. Ich kann einfach nicht. Louis hat mich Night Eyes genannt, mir Champagner gebracht, alle möglichen netten Dinge gesagt. In einer anderen Welt wäre das vielleicht der Beginn von etwas. Aber nicht in dieser.

Selbst wenn ich es riskieren *könnte* – ich sehe schlimm aus. Augen in verschiedenen Farben, um eines herum bildet sich ein Veilchen. Blut, das mir die Wange hinunterrinnt. Die meiste Zeit kann ich nicht einmal aufrecht stehen. Immer wenn ich meinen Mund aufmache, strömt unzusammenhängendes Zeug heraus.

Louis braucht mich nicht in seinem Leben. Und ich will ihn auch nicht in meinem. Es ist ja nicht so, als wäre ich allein. Ich unterhalte mich mit dem Verlorenen Travis, ich besuche die Raffertys und die anderen Leute in der Stadt, die ich beobachte. Mein Leben ist vielleicht nicht perfekt, aber es gibt Augenblicke der Freude, sogar viele. Sich darüber Sorgen zu machen, was ich anziehen soll, gehört jedenfalls nicht dazu. Ganz und gar nicht.

Louis weiß nichts über mich, abgesehen von dem Namen, den ich ihm gesagt habe – und damit wird er mich nicht finden können. Er hat mich an der Tankstelle gesehen, aber er weiß nicht, dass ich dort einkaufe, nur, dass ich dort meinen Platten repariert habe. Er weiß allerdings, dass man mich oben auf dem Pincher's Mount finden kann, was bedeutet, dass meine Welt jetzt noch viel kleiner geworden ist. Das wird eine Weile schwierig werden, aber es ist ja nicht für immer. Wenn ich am Donnerstag nicht auftauche, versucht es Louis vielleicht noch einmal. Danach verliert er sicher das Interesse – und das Leben ist dann wieder wie vorher.

Jetzt, da ich diese Entscheidung getroffen habe, mache ich mein Gesicht so gut sauber, wie ich kann. Dann gehe ich ins Wohnzimmer und schiebe das Sofa zurück an die Wand. Ich breite meine Yogamatte aus, ziehe Knieschützer und Ellenbogenschützer an und setze den Skaterhelm auf. Auf dem Helm ist Twilight Sparkle von My Little Pony abgebildet. Es schützt mich – wenn auch nicht immer – vor den Dämonen der Gleichgewichtsstörungen.

Letzte Nacht war ich zu erschöpft, um meine Übungen

zu machen. Aber das kann ich nicht einreißen lassen. Ich strecke die Arme aus wie eine Vogelscheuche, hebe ein Bein und beginne zu zählen. Als ich bei zehn ankomme, ohne dass ich wackele – *Weiter so, Mercy!* –, mache ich dasselbe mit dem anderen Bein. In den nächsten zwanzig Minuten absolviere ich den Rest meiner Übungen. Ich falle zweimal um. Zum Glück wohne ich im Erdgeschoss, sodass niemand unter mir wohnt, der sich beschweren könnte.

Erst als ich meine Ausrüstung weggepackt habe, gehe ich ins Bett. Es ist viel zu früh zum Schlafen. Trotzdem bin ich körperlich und geistig völlig erschöpft. Ich schalte meine Tageslichtlampen aus und liege in der Dunkelheit. Meine Wange pocht.

Ich habe vielleicht niemanden, der unter mir wohnt, aber eine Nachbarin über mir. Schnackselschätzchen nenne ich sie. Schätzchens Schlafzimmer liegt direkt über meinem. Heute hat sie Gesellschaft, und zwar von der Bienen-und-Blümchen-Sorte. Was zunächst als gedämpftes Rumsen beginnt, baut sich stetig auf und wird lauter. Es klingt, als rumpelte das Bett über die nackten Dielen. Bald pocht meine Wange im Takt mit dem Bett über mir.

Schwindel überkommt mich, ganz plötzlich. Obwohl ich mich nicht rege, fühlt sich meine Matratze an, als triebe sie auf einer Meereswelle. Ich packe meine Decke und versuche, mich irgendwie zu stabilisieren. Hier bin ich, höre zu, wie meine Nachbarin poppt, während mein Bett sich auf einem Meer wiegt, das nur in meiner Vorstellung existiert, und mein Hirn Bilder produziert, über die ich lieber nicht nachdenken möchte.

«Hey, Google. Spiel ‹Tragedy› von den Bee Gees, Lautstärke zehn.»

Mein virtueller Assistent tut, was ich sage – wenn auch irgendwie müde. Die Musik ist laut, aber sie übertönt nicht die Sexparty über mir. Ziemlich bald sind das Wummern der Bässe, das Pulsieren meiner Wange und das Rumsen von Schätzchens Bett perfekt aufeinander abgestimmt. Ich habe das Gefühl, gegen meinen Willen in den unerotischsten Dreier der Welt gezogen worden zu sein.

Als Schnackselschätzchens Stöhnen sich endlich in begeisterte Schreie verwandelt, drücke ich mir zwei Kissen auf die Ohren und singe durch die zusammengebissenen Zähne mit, bis es endlich vorbei ist.

Hinterher bin ich völlig erschöpft und begebe mich an einen Ort, den ich lieber vergessen würde.

ACHTZEHN

Sonne. Azurfarbener Himmel. Rasierklingen auf Wasser – jede scharf genug, dass sie in Fleisch schneiden könnten.

Wie in einem schlechten Heimvideo springt die Szene um. Plötzlich bin ich nicht mehr auf dem See. Der Bug meines Ruderbootes liegt auf dem Kiesufer.

Meine Converse All Stars sind durchnässt. Sie schmatzen bei jedem Schritt, und meine Füße drücken das Wasser aus den kleinen Löchern an den Seiten. Endlich hebe ich den Kopf. Und da, vor mir, steht das Haus am See: Giebeldach, Holzveranda, gestapelte Fichtenholzscheite. Ein silberner Mercedes parkt davor, zwischen einem schwarzen Porsche Cayenne und einem Bootsanhänger aus Aluminium.

Sie ist darin.

Sie sind alle dort.

Ich balle die Fäuste. Die Sonne über mir knallt mit einer Grausamkeit auf mich nieder, die kaum zu fassen ist. Ich drehe den Kopf und suche eine freie Stelle auf dem Feldweg, der auf die Hauptstraße führt. Später wird die italienische Polizei diese Stelle stundenlang fotografieren, ausmessen, den Dreck durchsieben. Irgendwann, Monate später, werden sie mich dazu zwingen hierherzukommen, weil sie unbedingt die Wahrheit herausfinden wollen. Aber jetzt muss ich die Stelle nur sehen, in dem Wissen, was später dort passieren wird. Der große Auftritt steht noch bevor.

Mein Körper fühlt sich an wie ein Sack voll mit etwas Geronnenem; mit einer dicken Flüssigkeit, in der erstarrte Stückchen schwimmen, wie Würmer. Ich wünschte, ich müsste das hier nicht tun, aber es geht nicht anders.

Ich bemühe mich nicht, mein Kommen zu verbergen. Niemand wird mich durch die vorderen Fenster sehen. Sie sind gerade mit etwas anderem beschäftigt.

Wieder springt die Szene. Ich stehe im Wohnzimmer. Ich stehe über *ihr*.

Blutspritzer sind kreuz und quer auf den Dielen zu sehen. Sie verschwinden im Flur, von wo sie sich hergeschleppt hat, um sich hier auf den Rücken zu rollen.

Ihre Augen – so dunkel wie antikes Holz – sind auf mich gerichtet. Aber jetzt sind sie blicklos. Meine Hände sind von ihrem Blut bedeckt.

Das ist es, was Besessenheit anrichtet. Das ist es, was *Lust* anrichtet. Und Gier; Zorn; Stolz. All die schlimmen Dinge zusammen.

Bisher war der Traum ganz still. Jetzt dringen die Geräusche hindurch. Ich höre Rascheln, flaches Atmen. Ich wende den Kopf und sehe das Baby. Das Kind sitzt neben dem Sofa, nackt, abgesehen von seiner weißen Windel. Als sich unsere Blicke treffen, kräht Ollie Rafferty und klatscht in die Händchen. Auch seine Hände und Füße sind voll vom Blut seiner Mutter.

NEUNZEHN

Dienstag, um die Mittagszeit, ist es unerträglich heiß im Nagelstudio *Glam It Up*, obwohl sich drei Deckenventilatoren drehen und die Eingangstür offen steht. Die nach Süden hinausgehenden Fenster wirken wie eine riesige Lupe und braten alles, was sich hinter ihnen befindet.

Nadia Rafferty schwört, dass das ihr letzter Besuch hier sein wird. Simon, der immer auf positive PR scharf ist, will, dass sie die lokalen Unternehmen unterstützt, wo sie kann, aber dieses Studio ist so stickig, und es stinkt so sehr nach Azeton, dass sie sich wirklich um die Gesundheit ihres Babys sorgt.

Wanda, der das Nagelstudio gehört, sitzt vornübergebeugt neben einer Tageslichtlampe. Ihr Neckholdertop klafft auf und bietet einen Blick auf ihre tiefbraun gebrannten Brüste – der Albtraum eines jeden Onkologen. Der essigartige Geruch ihres Schweißes lässt darauf schließen, dass sie vermutlich die ganze letzte Nacht getrunken hat. «Grün wollen nicht viele», nuschelt sie. «Ist keine beliebte Farbe, außer zu Halloween. Hast du eine Kostümparty oder so, Schätzchen?»

«Preisverleihung, Donnerstagabend», sagt Nadia. «Grüne Energie. Das Unternehmen meines Mannes steht auf der Liste der Nominierten.»

Wanda hängt ihr Airbrushgerät wieder auf und legt Nadias Hand unter eine UV-Trockenlampe. «Sag bloß, dass er derjenige ist, der überall diese Windturbinen aufstellt.»

«Nein, das ist er nicht», lügt Nadia.

«Jedes von diesen Dingern tötet fünfzigtausend Vögel», sagt Wanda. «In der *Woche*, unglaublich, oder? *Und* sie beeinträchtigen auch noch das Internet. Was soll eigentlich überhaupt so schlimm sein an der globalen Erwärmung? Das hier ist der beste Sommer, den wir je hatten.» Sie nickt durch das Fenster zur Straße, wo ein schwarzer Range Rover Evoque hinter einem mintgrün-cremefarbenen VW-Bus parkt. «Ich trage meinen Teil dazu bei. Dieses Ding säuft Benzin wie Chardonnay. Kostet mich jedes Mal einen Kleinkredit, wenn ich tanke. Und wo findet jetzt diese Preisverleihung statt, Schätzchen?»

«London», sagt Nadia. «Soho House.»

«Na, jetzt hast du wenigstens die Krallen dafür.»

Nadia betrachtet ihre Nägel: weiße Spitzen, die in dunklem Blattgrün auslaufen. Es ist gute Arbeit, trotz des unangenehmen Small Talks. Sie bezahlt und geht hinaus, wo sich eine lange Schlange vor der Bäckerei gebildet hat. Sie denkt an ihren flachen Bauch und den kargen Schutz, den er ihrem Baby bietet, und stellt sich ebenfalls an. Fünf Minuten später verlässt sie den Laden mit einer Schachtel Macarons, Blätterteigteilchen, Sahnewindbeuteln und einer riesigen Tarte Tatin.

Sie stellt die Kuchen in ihr Auto und überquert die Straße, um in die Apotheke zu gehen. Darin ist es wunderbar kühl. Im Gang mit den Schwangerschaftsartikeln findet sie die Dehnungsstreifencreme nicht, von der sie online gelesen hat, aber stattdessen eine große Auswahl an Alternativen, außerdem Nahrungsergänzungsmittel, Einlagen fürs Wochenbett, Brustwarzensalbe, Stilleinlagen, Sprays für einen gerissenen Damm, orthopädische Kissen, Schlafkissen und Thermometer.

«Das ist eine ganz neue Welt, oder?»

Der Mann, der das sagt, steht rechts von Nadia und betrachtet die Artikel. Sie mustert ihn kurz und beschließt, dass er harmlos ist. Als sie ihre Aufmerksamkeit wieder den Waren zuwendet, fügt er hinzu: «Wie soll man da wissen, welche Marke die beste ist.»

Nadia fährt sich mit der Zunge über die Zähne und schaut ihn noch einmal an. Er sieht recht anständig aus – ungefähr ihr Alter, womöglich einen Hauch älter – und trägt ein Leinenhemd, Shorts und weiße Schuhe. Ein Yin-Yang-Anhänger aus Emaille hängt um seinen Hals.

«Meine Freundin hat mich geschickt», sagt er. «Ich soll einen Schwangerschaftstest besorgen. Sie glaubt ...» Er zuckt mit den Achseln. «Na ja, drücken wir mal die Daumen.»

Nach einer Stunde bei Wanda ist Nadia nicht mehr in der Stimmung für Plaudereien, aber sie spürt, dass sie dennoch ein wenig auftaut. «Ich benutze die hier», sagt sie und zeigt darauf.

«Clearblue?»

«Funktionieren bei mir.»

Er nimmt eine Packung und dreht sie in der Hand. «Moment mal. Man muss auf die Dinger *pinkeln*?»

Sie lacht. «Wenn Sie das schon eklig finden, dann würde ich sagen, dass Ihnen einiges bevorsteht.»

Der Typ sieht sie an und grinst. Er sieht nicht nur recht anständig aus, denkt Nadia. Er ist sogar absolut attraktiv: starker Kiefer, gute Zähne, grüne Augen, die eine Kobra um den Finger wickeln könnten.

Er wirft einen Blick in ihren Einkaufskorb. «Sieht so aus, als hätten Sie die Sache schon voll im Griff.»

«Ach nein. Ich lerne auch noch.»

«Die wievielte Woche?»

«Achte, glaube ich.»

Das Lächeln des Mannes wird breiter. «Das sind ja gute Nachrichten.»

Nadia lächelt ebenfalls, sie kann nicht anders. Auf dem Weg zurück zu ihrem Auto wird ihr plötzlich klar, dass er der Erste ist, dem sie es gesagt hat.

Sie fährt nicht direkt nach Hause. Stattdessen biegt sie in die Straße ein, die im Uhrzeigersinn um den Pincher's Mount und in den Wald an der östlichen Seite führt. Sie parkt, setzt die Sonnenbrille auf, zieht die Laufschuhe an und steigt aus dem Auto. Zwanzig Meter im Wald findet sie einen Platz zum Hinsetzen: der Stamm einer umgekippten Eiche, auf einer Lichtung, von der aus man auf die Straße schauen kann.

Ihr leichtes Kleidchen mit den dünnen Trägern bietet kaum Schutz vor der Sonne. Wenn sie zu lange hier draußen bleibt, wird sie einen Sonnenbrand bekommen. Das würde bei der Preisverleihung nicht besonders gut aussehen. Zwanzig Minuten später kribbeln Nadias Schultern. Sie schaut auf ihr Handy, dann hebt sie den Blick. Und da ist er.

Der erwachsene Konstantin Tapia hat wenig mit dem kleinen Jungen von damals gemein. Er ist ein großer Mann, fleischig und haarlos, sein Kopf ist vollkommen kahl geschoren. Seine Kleider passen nicht zum Wetter: ein schwarzer Wollanzug und ein schwarzes Hemd, das bis zum Hals zugeknöpft ist. Sein nackter Kopf ist von einem Sonnenbrand gerötet. Schweiß rinnt seine Schläfen hinunter und in seinen Kragen. Nadia sieht ihn an und fühlt sich plötzlich atemlos, seltsam schwerelos. Als sie aufstehen will, schüttelt Konstantin den Kopf.

«Erzähl mir alles», sagt er. «Lass nichts aus.»

Nadia beginnt zu reden. Sie sagt ihm viel, aber nicht alles. Einige Dinge – Fragen, die sie nicht beantwortet hat, Verdachtsmomente, die sie ignoriert hat – will sie nicht teilen, nicht einmal mit ihm. *Besonders* nicht mit ihm. Denn sie weiß, dass er die Antworten ohnehin finden würde. Und dann würde sie ihn nicht mehr kontrollieren können.

Konstantin sieht sie durchdringend an. «Warum jetzt?», fragt er. «Nach all der Zeit. Was erschreckt dich so?»

Nadia schluckt. Ihre Finger zucken, und sie setzt sich auf sie, weil sie fürchtet, sonst ihren Bauch zu berühren. Sie will auf *gar keinen Fall*, dass er das erfährt; sie weiß nicht, wie er darauf reagieren würde. «Ist nur so ein Gefühl», sagt sie. «Das Gefühl, *beobachtet* zu werden. Du weißt doch, wie das ist. Hilfst du mir?»

Konstantin hält das Gesicht in die Sonne. Er nimmt ein Päckchen Zigaretten heraus, zündet sich eine davon an und zieht daran. Der Tabak knistert leise. «Zieh dich aus.»

Nadia wird ganz flau im Magen. Seltsamerweise ist das

Gefühl nicht nur unangenehm. Sie schaut durch die Bäume zur Straße, aber dieser Platz hier ist ganz abgelegen. Seit ihrer Ankunft hat sie keine anderen Fahrzeuge gesehen.

«Ich bin jetzt verheiratet», sagt sie.

«Ja.»

«Ich bin nur – aber nirgends, wo man es sehen kann. Okay?»

Konstantin zuckt mit den Achseln.

Nadia steht auf und lässt ihr Kleid zu Boden gleiten.

ZWANZIG

Donnerstagabend.

Neue Abenteuer, neue Gefahren, neue Chancen, ein besseres Leben zu führen. Bevor ich meine Wohnung verlasse, packe ich meine Fahrradtasche: Zimmermannshammer, Rucksack, Feenkostüm, das Little-Professor-Spielzeug, Spraydose, Bubblicious-Kaugummi mit Traubengeschmack.

Der Platten vom Freitag hat meine Abendaktivitäten ernsthaft beeinträchtigt. Der Abend auf dem Pincher's Mount hat mich noch weiter zurückgeworfen. Schlimm genug, dass ich Raj den Wiedergeborenen, Jacob Allein zu Haus und die anderen vernachlässigt habe. Aber es gibt da einen Ort, den ich nicht auslassen kann – einen Menschen, den ich unbedingt sehen muss –, auch wenn ich mit dem Besuch alles riskiere.

Ich habe mir das Haar zurückgebunden und mit einem Haarnetz gesichert. Darüber trage ich eine neonpinkfarbene Perücke im Bob-Schnitt und mit Ponyfransen. Zusammen mit meinem schweren Make-up sehe ich aus wie eine Figur aus einem Science-Fiction-Roman von William Gibson – und dabei ist die Verwandlung noch nicht einmal vollständig.

Vor der Tür zu meiner Wohnung zögere ich. Beim Gedanken an mein Ziel stellen sich mir die Härchen auf dem

Körper auf. Ich bin ein Nachtmensch, an Gefahr gewöhnt, und habe gelernt, meinen Instinkten zu trauen. Ich gehe zurück in die Küche und wühle in einer Schublade auf der Suche nach meinem Bärenspray. Es schießt konzentrierte Pfefferessenz bis zu zehn Meter weit. Wer davon eine Dosis abbekommt, wird es unendlich bedauern, dass ich es benutzt habe. Das Zeug ist in England illegal, aber man findet es, wenn man gut im Recherchieren ist.

Zehn Minuten später befinde ich mich auf dem Abbot's Walk, neben der zerstörten Mauer von Arcadia Heights. Ich verstecke mein Trike im Unterholz. Dann klettere ich über die herumliegenden Steine und verletze meine einstweilige Verfügung zum zweiten Mal innerhalb einer Woche. Ich schleiche durch die Bäume und komme an der üblichen Stelle neben der Filterpumpe des Pools wieder heraus.

Genau wie am Freitag ist das Erdgeschoss des Gebäudes hell erleuchtet. Trotzdem ist nirgends jemand zu sehen. Ich überlege, wo Simon und Nadia wohl sein könnten, als ich eine Bewegung in der Orangerie wahrnehme. Eine junge Frau erscheint: dunkles Haar, Mitte zwanzig, makelloses Äußeres. Sie ist barfuß, trägt Camouflage-Leggings und ein pinkfarbenes, bauchfreies Top. Das ist nicht Nadia, aber ich habe sie schon mal gesehen: Das Ehepaar hat sie zum Babysitten engagiert. Daisy Schau-zweimal-hin nenne ich sie, denn sie ist Simon ganz sicher aufgefallen. Ich schaue zu, und sie entrollt eine Yogamatte, geht auf alle viere und streckt ein Bein aus.

Perfekt. (Nicht das Bein, obwohl es wunderbar geformt ist.)

Perfekt, weil es bedeutet, dass Simon und Nadia nicht zu Hause sind.

Mein Blick gleitet zu Ollie Raffertys Zimmer oben im ersten Stock in einem der Betonquader, die am weitesten vom Pool entfernt sind. Wenn das hier irgendein anderes Haus wäre, würde ich es nicht erreichen können. Aber dank Arcadia Heights' speziellem Design gibt es einen Zugang: vom Pool zur grasbewachsenen Anhöhe; über den Betonsockel zum Austritt des mittleren Stockwerks; dann die Stufen an der Seite hinauf zur Terrasse; über die Glasbalustrade zu Ollies Balkon.

Das ist nicht ohne Risiko. Und für mich sind die Gefahren noch viel schlimmer. Trotzdem, selbst wenn ich falle, werde ich nirgends tiefer als einen Meter hinabstürzen. Abgesehen davon, dass ich mit dem Kopf auf Beton knallen kann, ist die größte Gefahr, dass ich irgendwo bewusstlos werde und dort bäuchlings liegend gefunden werde.

Natürlich ist das nicht alles. Hier gibt es zwei Überwachungskameras. Wenn ich von denen erwischt werde oder sonst irgendwelche Spuren meines Besuchs hinterlasse, werden die Konsequenzen fürchterlich sein.

In der Orangerie hat Daisy Schau-zweimal-hin jetzt ihre Pistol Squats gemacht und widmet sich als Nächstes dem Halbmond. Ich habe vielleicht eine halbe Stunde, bis sie eine Pause macht.

Ich behalte die Doc Martens an, ziehe mich aber bis auf die Unterwäsche aus. Dann hole ich aus meinem Rucksack das mitgebrachte Outfit: ein lavendelfarbenes Korsett, passende lange Handschuhe, einen Rock in verschiedenen Lagen mit einem Zipfelsaum. Irgendwo muss auch der Zauberstab sein. Gefunden.

Das hier ist irre. Schlimmer als irre. Es ist gefährlich, uneinsichtig, und es schreit förmlich danach, in einer Katastrophe zu enden. Aber so habe ich mich bei Ollie Rafferty gezeigt, so habe ich sein Vertrauen gewonnen. Ich habe keine Wahl, ich muss diesen Affenzirkus weitermachen. Berichte von einer Fremden vor dem Fenster des Jungen würden ganz sicher alle Alarmglocken schrillen lassen. Aber wenn er davon erzählt, dass Tinkerbell ihn besucht hat, dann reagieren seine Eltern vielleicht nicht.

Ich setze die Feenflügel und ein silbernes Plastikkrönchen auf. Dann schaue ich noch ein letztes Mal nach Daisy und wage mich aus der Deckung.

EINUNDZWANZIG

Sieben Minuten später habe ich den Hindernisparcours beinahe hinter mich gebracht. Meine Muskeln schmerzen. Meine Handflächen sind nass. Ich werde weit länger brauchen, wieder hinabzusteigen, als herauf. Wenn ich jetzt erwischt werde, kann ich nicht fliehen. An der Balustrade, die Ollies Balkon von dem trennt, auf dem ich stehe, verschnaufe ich kurz. Dann packe ich das Geländer mit beiden Händen und ziehe mich hinüber.

Die Glaswand seines Zimmers ist so schwarz wie die Nacht um mich herum. Zwei Oberlichter stehen zum Lüften offen. Ich trete näher heran, denke dabei immer daran, dass ich ja Tinkerbell bin. Dann, mit einem Atem, der so zittrig ist wie die Flügel an meinem Rücken, tippe ich fünfmal gegen die Scheibe.

Es ist spät. Das weiß ich. Ollie schläft vermutlich schon und wacht vielleicht nicht auf. Ich kann dann immer noch mein Geschenk dalassen, aber ich würde alles dafür geben, ihn zu sehen.

Ich stelle mir vor, wie Lichter im Zimmer aufblinken und all die Menschen vor mir erscheinen, die ich in Cranner's Ford beobachte; alle Augen sind auf mich gerichtet statt andersherum.

Es ist eine so verstörende Vorstellung, dass sich mein Magen hebt. Der Balkon tut dasselbe. Gerade als ich glaube, dass ich jetzt das Gleichgewicht verliere, erscheint ein Gesicht hinter der Scheibe. Ollie Rafferty wischt sich den Schlaf aus den Augen und blinzelt zu mir herauf. Seine Augen werden ganz groß, und sein Mund bleibt offen stehen.

Oh Gott. Ich liebe das.

Einen magischen Moment lang bin ich wirklich Tinkerbell, und meine Flügel sind nicht mehr Abfälle, die ich neu zusammengeklebt habe, sondern echte, bereit, mich zum Mond zu tragen, wenn ich das will. Mein Plastikzauberstab kann all die Zauber bewirken, die ich brauche.

Plötzlich verschwindet Ollie aus meinem Blickfeld. Ich warte. Er schaltet die Lampe auf seinem Nachttisch ein. Als er zurück zum Fenster flitzt, klimpere ich mit den Wimpern und lächle.

Er trägt eine Minions-Pyjamahose und sonst nichts. Seine Brust besteht nur aus zerbrechlichen Rippen. Er ist blond, wie seine Mutter, und hat dieselben Sommersprossen. Seine Augen sind hingegen genau wie Simons.

Eine Weile stehen wir regungslos voreinander und sehen uns im Lampenlicht an. Der Griff seiner Schiebetür ist nur wenige Zentimeter von mir entfernt, aber ich wage es nicht, ihn zu berühren, obwohl ich sicher bin, dass die Tür verschlossen ist – denn wenn das nicht so wäre, könnte ich jegliche Kontrolle verlieren. Ich könnte die Tür öffnen, ihn hochnehmen …

… und dann was?

Wir wissen doch alle, wie das das letzte Mal geendet hat.

Stattdessen lege ich die Handfläche gegen die Scheibe, die Finger gespreizt.

Ollie starrt mich fasziniert an. Dann tut er es mir nach.

Mein Herz hämmert wie eine Stammestrommel. Ich spüre sein Echo bis in meine Fingerspitzen, und es dringt durch die Scheibe hindurch in Ollies Hand.

Das hier ist ein Moment in meinem und in seinem Leben. Eine Erfahrung, die nur uns gehört. Tränen treten mir in die Augen. Um sie zu verbergen, beuge ich mich vor und mache ein Monstergesicht, indem ich die Zähne fletsche.

Ollie zuckt zurück und reißt die Hand weg. Dann legt er seine Stirn an die Scheibe und bleckt ebenfalls die Zähne. Ich tue so, als hätte ich Angst, und ducke mich. Sein Lachen – das man durch die offenen Oberlichter hören kann – ist wie plätscherndes Wasser.

Aus meinem Hosenbund hole ich das reparierte Little-Professor-Spielzeug. Ich habe noch ein Band daran befestigt. Ich stelle mich auf die Zehenspitzen, werfe das Spielzeug durch das Oberlicht und lasse es am Band zu Ollie hinunter.

Er bindet es los und wendet seine Beute in den Händen. Dann schaut er hoch und lächelt.

Sofort kippt der Holzbalkon erneut, als wäre ich an Deck von Captain Hooks Jolly Roger, die gerade in ein Unwetter gesegelt ist.

Ich beiße die Zähne zusammen und lasse den Anfall vorbeiziehen. Zum Glück ist es kein schlimmer – vielleicht helfen meine Feenflügel ein wenig dagegen –, aber es ist eine Warnung, endlich zu gehen. Ich deute auf den Little Professor und lege den Finger auf die Lippen. Ollies Zimmer ist mit Spielzeug vollgestopft. Unwahrscheinlich, dass dieses hier auffallen wird, aber ich fände es trotzdem besser, wenn er es versteckt halten würde.

Der Junge nickt ernsthaft. Als ich meinen Zauberstab schwinge, um mich zu verabschieden, bebt seine Brust, und seine Augen leuchten. Ich ziehe mich zurück zum Geländer und mache mich an den Abstieg.

ZWEIUNDZWANZIG

Mitternacht. Pincher's Mount. Meine vertraute kleine Mulde.

Samstagnacht habe ich einen Entschluss gefasst und geschworen, nicht mehr hierherzukommen. Und doch bin ich hier gelandet, nachdem ich Ollie zurückgelassen habe. Jetzt, da ich hier bin, zittere ich so sehr, dass mir die Zähne klappern.

Habe ich Arcadia Heights besucht, weil es so nah am Mount liegt? Um ehrlich zu sein, erinnere ich mich kaum, hier heraufgeklettert zu sein, auch nicht an die Fahrt vom Abbot's Walk hierher.

Das ist mehr als nur ein wenig erschreckend. Wie immer ist das, was ich am meisten fürchte, ein neues Symptom – ein Beweis, dass mein Hirnschaden nicht heilt, sondern sogar noch schlimmer wird. In den letzten fünf Jahren habe ich viel geschafft, oder zumindest rede ich es mir ein. Das Problem ist eben, dass nur ich das beurteile, niemand anders.

Ich gehe nicht zurück ins Krankenhaus. Ich kann den Gedanken an weitere Operationen nicht ertragen. Und ich hatte schon genügend Logopäden, Ergotherapeutinnen, Neuropsychologen und Fachärztinnen für Gehirntraumata.

Ich bin dankbar für alles, was die Medizin für mich getan hat. Ich bewundere jeden Arzt, jede Chirurgin, jeden Pfleger. Aber wenn ich sterbe, dann muss ich es nicht von einer fremden Person hören, die ein trauriges Gesicht aufgesetzt hat. Ich habe meine Übungen, und ich werde sie weiterhin tun. Wenn etwas in meinem Hirn explodiert, dann ist das eben so. Bis dahin versuche ich, mein Leben so zu leben, dass jeder Tag zählt.

Ich sitze in meiner kleinen Mulde und finde Ursa Major und Ursa Minor, den Großen und den Kleinen Bären. Mache ich das wirklich? Will ich wirklich hier sitzen, meine Knie umarmen und auf Louis warten? Ich erinnere mich an den winzigen Stromschlag zwischen uns an der Tankstelle; dieses Gefühl, dass da etwas Gefährliches aufkeimt.

Ich riskiere alles, und wofür? Manche Menschen halten mein Leben vielleicht für wertlos, aber ich nicht. Was gerade vor Ollies Kinderzimmerfenster passiert ist, war nicht wertlos. Weder für ihn noch für mich. Und auch wenn Ollie der Grund ist, aus dem ich hierhergezogen bin, gibt es noch viele andere in Cranner's Ford, für die ich mein Bestes gebe.

Gib es zu, Mercy. Du bist hier, weil du geradezu verzweifelt einsam bist.

Das stimmt nicht. Wirklich nicht. Ich habe den Verlorenen Travis und Jacob Allein zu Haus. Ich habe Laurie, meine backende Venus. Und natürlich habe ich Ollie.

Ich werfe einen Blick auf meine Uhr und sehe, dass es zehn nach zwölf ist. Viel beschäftigte Leute können nicht immer pünktlich sein. Ich erinnere mich an Louis' Worte, Samstagabend, als ich ihm sagte, dass ich gegen Mitternacht hier sein würde:

Okay, Night Eyes. Mit ein bisschen Glück sehen wir uns dann vielleicht.

Rückblickend war das kein bisschen verbindlich. Je länger ich darüber nachdenke, desto mehr begreife ich, dass Louis absolut gar nichts versprochen hat. Irgendwie hat mein Hamsterhirn eine dahingeworfene Nettigkeit zu einem Schwur von Gralsritterfeierlichkeit aufgeblasen.

Herrje, was für eine menschliche Tragödie.

Meine Nase füllt sich mit Petrichor – dem Geruch von Regen, der auf trockenen Boden fällt. Obwohl der Hang ausgedörrt ist, obwohl nicht einmal Wolken am Himmel sind. Der Petrichor ist wieder eine olfaktorische Halluzination. Eine erneute Erinnerung an das Durcheinander in meinem Kopf.

Wenn Louis nicht auftaucht, ist immerhin eine drohende Krise abgewendet, das ist kein Grund, enttäuscht zu sein. Ich brauche nicht traurig zu sein. Cranner's Ford ist voller Wunder, Geschichten und Abenteuer. Ich bin bereits üppig gesegnet.

Um siebzehn Minuten nach Mitternacht beschließe ich, dass Louis nicht kommt und dass das wirklich in Ordnung ist. Immerhin weiß ich so gut wie nichts über ihn. Die Suche nach seinem Autokennzeichen, das ich mir gemerkt hatte, blieb ergebnislos. Und ich konnte ja nun nicht seinen Vornamen googeln. Während unseres Gesprächs habe ich weit mehr von mir preisgegeben als er von sich, vor allem, weil ich einfach keine Fragen gestellt habe. Small Talk war selbst in meinem alten Leben keine meiner Stärken.

Er hat mich ein Rätsel genannt. Einzigartig.

Ich lasse es zu, mich ein wenig darüber zu freuen, obwohl das nur Worte waren. Ich beiße die Zähne zusammen und erinnere mich an unsere letzte Unterhaltung: wo ich heute um welche Zeit sein würde, wen ich zuerst beobachten würde.

Ich finde mein Bubblicious und stopfe mir ein Stück davon in den Mund. Der intensive Traubengeschmack erstickt mein Selbstmitleid auf einen Schlag. Ein bisschen schmatzendes Gekaue, und ich kann wieder klar denken.

Ich trage den Feldstecher um den Hals. Ich hebe ihn an und zoome die Texaco-Tankstelle heran. Dort tanken zwei Autos. Kein VW-Bus und kein Louis.

Von der Texaco aus lasse ich den Feldstecher südlich zur Rückseite vom *Tall Pines* gleiten – und merke sofort, dass da etwas nicht stimmt. So spät in der Nacht liegt das Zimmer von William dem Navigator normalerweise in tiefer Dunkelheit. Aber jetzt ist es hell erleuchtet.

Mein Magen zieht sich zusammen. Ich drehe am Fokussierrädchen, damit das Bild schärfer wird. Wenn das Bett leer ist, kann das nur eins bedeuten. Aber da ist William und liegt regungslos unter seinen Decken. Und dort, am offenen Fenster – eher im Zimmer als davor – steht Louis. Er hat ebenfalls einen Feldstecher dabei. Die Linsen müssen auf den Mount gerichtet sein, denn nur eine Sekunde nachdem ich ihn entdeckt habe, hebt er die Hand und winkt.

DREIUNDZWANZIG

Noch nie habe ich mich so schnell bewegt, so wenig auf meinen gesundheitlichen Zustand geachtet. Als ich wieder unten am Monk's Brook bin, bin ich so oft hingefallen, dass ich es nicht mehr zählen kann. Ich bin zerkratzt, zerbeult, habe Schürfwunden. Bin mit Staub und Schmutz bedeckt.

Ich wate durchs Wasser zum anderen Ufer und klettere auf mein Trike. In dem Moment, in dem ich auf der Straße bin, bringe ich das Jorvik an seine Grenzen. Wie kann es sein, dass Louis mich gesehen hat? Wenn sein Feldstecher nicht ein Nachtsichtgerät ist? Dort oben auf dem Pincher's Mount müsste ich eigentlich unsichtbar sein, eine winzige Gestalt an einem tiefschwarzen Hang.

Natürlich ist das nicht die wichtigste Frage. Nicht im Geringsten.

Was hat er in Williams Zimmer zu suchen?

Ich schlingere über die Straße und zische die Einfahrt zum *Tall Pines*-Pflegeheim hinauf. Kurz vor dem Hauptgebäude trete ich auf die Bremse und komme schlitternd hinter einem Rhododendronbusch zum Stehen.

Als ich vom Jorvik steige, kippt meine Welt. Rücklings in einen Rhododendron zu fallen, ist nicht so schmerzhaft, wie auf Asphalt zu knallen, aber es tut dennoch weh. Über mir drehen sich die Umrisse der Kiefern wie Gestalten mit spitzen Hüten um einen brodelnden Kessel.

Ich rolle mich auf die Seite, rappele mich wieder auf. Ich taste nach meinem Bärenspray im Bund meines Rocks und breche durchs Unterholz. Als ich den Baum erreiche, der dem Gebäude am nächsten steht, schlinge ich die Arme um seinen Stamm.

In Williams Zimmer ist es dunkel.

Ich brauche einen Augenblick, um das zu begreifen. Dann stolpere ich zum Fenster. Ich lege die Hände an die Schläfen, damit ich besser hineinschauen kann, und sehe, dass William in seinem Bett schläft. Allein.

Die ganze Kraft weicht aus mir. Ich setze mich hart auf den Boden.

Habe ich mir nur *eingebildet*, was ich da gerade gesehen habe? Vielleicht habe ich Louis mit einem der Pfleger vom *Tall Pines* verwechselt? Vielleicht habe ich das alles halluziniert. Also, *das* ist mal wirklich ein erschreckender Gedanke.

Ein Kratzer an meinem Arm blutet – ob es vom Sturz in den Rhododendron kommt, vom Dornengestrüpp am Monk's Brook oder von etwas anderem, weiß ich nicht. Ich komme wieder zu Atem und picke Steinchen aus der Haut meiner Handfläche.

Wenn ich schon mal da bin, kann ich die Gelegenheit gleich nutzen, auch wenn ich noch völlig durcheinander bin. Freitagnacht hatte ich einen Platten, der meine Pläne durchkreuzt hat. Aber jetzt habe ich freie Bahn. Ich gehe zurück zu meinem Jorvik, öffne meine Satteltasche und hole den Rucksack und den Zimmermannshammer heraus.

Wieder vor Williams Zimmer angekommen, nähere ich

mich der Glasscheibe und erstarre. Denn in der Nachtluft rieche ich Salbei, Minze und Zedernholz. Ich drehe mich um und sehe Louis hinter mir.

Es ist ein Schock, der mich fast ohnmächtig werden lässt, der mir den Magen zusammenzieht und ganz furchtbar ist. Wie ich es schaffe, das Gleichgewicht zu bewahren, kann ich nicht sagen. Ich trete einen Schritt zurück, aber mein Fuß landet ordentlich auf dem Boden. Meine Hüften bleiben, wo sie hingehören, mein Rücken ist gerade.

Der Mond hat Louis' Haut in Milch verwandelt. Seine Augen sind Zifferblätter aus Obsidian. Und selbst jetzt bin ich überrascht von seiner Schönheit, von seiner feinen Knochenstruktur und den vollen Lippen. Aber noch mehr beeindruckt mich sein Gesichtsausdruck – es ist der Eifer eines Welpen, der überhaupt nicht zu dieser Situation passt.

«*Du.*» Meine Stimme klingt zischend und superdramatisch. Aber das ist nicht wichtig – ich erwarte eigentlich, dass Louis in Rauch aufgeht. Als er das nicht tut, höre ich mich selbst sagen: «Ich dachte, du wärst eine Halluzination, als hätte ich mir das eingebildet. Aber du *warst* hier drin. Warum? Was machst du hier?»

Louis blinzelt. Einen Augenblick lang sehe ich etwas absolut Fremdartiges in seinem Gesichtsausdruck. Es ist fort, bevor ich es irgendwie festmachen kann – und ich frage mich, ob es überhaupt da war. Jetzt verwandelt sich sein Welpeneifer zu zerknirschter Niedergeschlagenheit.

«Ich habe es einfach nur aus einem Impuls heraus getan», sagt er und schämt sich sichtlich. «Es war die dümmste Idee in der Geschichte dummer Ideen. Ich hätte vorher bei dir nachfragen sollen. Tut mir leid, Mercy, das war ...»

Er verstummt. Ich merke, dass sein Blick auf meinen Hammer fällt. Es ist ein merkwürdiger Moment, den ich noch schlimmer mache, indem ich den Hammer hinter meinem Rücken verstecke.

«Hast du das mitgebracht, falls du ...», fängt Louis an. Jetzt wird seine Zerknirschtheit zu Bestürzung. «Du hältst mich für ein Ungeheuer.»

«Was?»

«Du hast einen Hammer mitgebracht, um dich zu verteidigen.»

«Nein, ich ...»

«Ich mache dir keine Vorwürfe. Ich ...»

Er runzelt die Stirn und tritt einen Schritt vor.

Ich weiche einen Schritt zurück.

«Bist du ...» Louis schüttelt den Kopf, als wäre ihm eine Wespe ins Ohr geflogen. «Sind das Flügel? Trägst du Engelsflügel?»

Ich sehe ihn finster an, wütend auf ihn und auf mich selbst. «Feenflügel.»

«Du hast dir einen eingerissen.»

«Tja, verdammt – dann kann ich wohl nicht mehr fliegen.»

Zum ersten Mal habe ich etwas gesagt, ohne vorher darüber nachzudenken. Und um ehrlich zu sein, bin ich recht zufrieden mit dem, was dabei herausgekommen ist.

Louis öffnet und schließt seinen Mund.

«Was hast du in Williams Zimmer gemacht?», will ich wissen.

«Er heißt gar nicht William.»

«Was?»

«Er heißt Sidney. Sidney Cottam. Aber ansonsten hast du recht. Er war wirklich Navigator. Vierundvierzigstes Geschwader – sie haben Avro-Lancaster-Bomber geflogen. Vermutlich hast du das alles an seinen Orden gesehen, außer seinen echten Namen.»

Nun ist es an mir, zerknirscht auszusehen. Aber da ist noch etwas, was ich weiß und Louis nicht, und noch etwas anderes, was ich daraus folgern kann. Simon Rafferty hat seinen Urgroßvater im *Tall Pines* untergebracht, nicht lange nachdem er nach Cranner's Ford gezogen war. Wenn der Nachname des alten Mannes nicht Rafferty ist, müssen sie über Simons Mutter miteinander verwandt sein.

Ich schaue durchs Fenster und erschrecke erneut. Denn die gerahmten Orden über dem Bett sind verschwunden. Als ich mich wieder zu Louis umdrehe, schwankt der Mond heftig am Himmel. «Was hast du mit ihnen gemacht?»

«Es sollte eine Überraschung sein. Ich musste die ganze Zeit an das denken, was du gesagt hast. Dass er abgesehen von seinen Orden offenbar gar nichts besitzt. Und dass selbst die an einer Stelle hängen, an der er sie nicht sehen kann. Ich dachte, das regele ich mal.»

Ich brauche einen Augenblick, bis ich verstehe. Ich wende mich wieder zum Fenster und lege die Hände an die Schläfen – und kann gerade so eben die Orden im Bilderrahmen sehen, die jetzt an der gegenüberliegenden Wand hängen.

«Wie ... wie hast du das denn hingekriegt?»

«Ich bin einfach reingegangen. Du hast mir das Haus ja von unserem Hügel aus gezeigt, daher wusste ich, wo sein Zimmer ist. Und dann musste ich nur einen Nagel einschlagen, ohne ihn aufzuwecken.» Louis holt den Hammer aus seinem Gürtel und hebt ihn hoch. Dann zuckt er mit den Achseln und versucht sich an einem Lächeln. «Du bist nicht die Einzige hier mit einem Hammer.»

«Und niemand hat dich aufgehalten?»

«Keine Menschenseele.»

«Du hast niemanden gesehen?»

«An der Rezeption war niemand. Der Haupteingang ist einfach aufgeglitten, als ich davorstand.»

«Das ist ja verrückt.»

«Manchmal spricht das Universum sehr deutlich», sagt er. «Also, dein Hammer war also eigentlich gar nicht für mich?»

«Nein, eigentlich nicht.»

«Dann wofür?»

Ich zögere, suche nach einer Ablenkung, aber ich bin in flagranti erwischt worden. «Was ich Freitagnacht tun wollte, bevor ich den Platten hatte.»

«Und das war …?»

Meine Wangen brennen. Denn jetzt kommt mir das so dumm vor. Ich lasse den Rucksack von den Schultern gleiten und hole das Vogelhäuschen heraus. «Ich dachte, ich könnte William etwas geben, was er anschauen kann, wenn er schon den ganzen Tag im Bett liegen muss.»

Wenn Louis mich für bescheuert hält, dann zeigt er es nicht. «Du hast das gebaut?»

«Na ja, ich habe es aus dem Müll gerettet. Abgeschrubbt und neu angemalt.»

«Kann ich mal sehen?»

Ich gebe es ihm und reibe mir die Arme, während er es sich anschaut. Wieder krallen sich meine Zehen in die Sohlen. Ich wünschte, sie würden das nicht ständig tun. «Ich habe die Haken selbst angebracht», sage ich zu ihm. «Ich habe ein paar von diesen Futterbällen mitgebracht, damit man sie dranhängen kann. Meisenknödel und Kürbiskerne.»

«Sieht toll aus.»

Ich kräusele die Nase. Er bemüht sich wirklich sehr – was weise ist, denn immerhin ist er einfach ins Pflegeheim hineinmarschiert, in Williams Zimmer eingebrochen, hat dort einen Nagel in die Wand des alten Mannes gehauen und seine Orden umgehängt. Andererseits, wenn es um die Verletzung von Privatsphäre geht, bin ich die Letzte, die etwas sagen darf.

«Darf ich dich jetzt wegen der Feenflügel fragen?», bittet er. «Und was das Haar und das Make-up sollen?»

Oh. Ähm. Herrje.

Das Haar und das Make-up.

Die Perücke kann ich nicht abnehmen – mein Haar darunter ist mit Gel am Kopf festgeklebt. Die Augen habe ich violett geschminkt und mir türkisfarbene Federwimpern angeklebt. Meine Lippen glänzen pink. Ich habe Glitzer auf beiden Wangen. Noch schlimmer: Ich trage nicht nur die Feenflügel noch, sondern auch das silberne Plastikkrönchen. Ich rupfe es mir vom Kopf und stopfe es in meinen

Rucksack. Dann reiße ich mir die Flügel ab und packe sie ebenfalls weg. Louis hatte recht. Einer von ihnen muss geklebt werden.

Den Zipfelrock habe ich ausgezogen, bevor ich den Pincher's Mount hochgeklettert bin, aber nicht das Korsett. Sinnlos zu fragen, *warum* ich vergessen habe, den Rest meines Kostüms auszuziehen, nachdem ich meinen Auftritt als Tinkerbell hatte. Jetzt trage ich nur den Teil meines Outfits, den ich vorher zusammengerafft hatte, um nicht zum dritten Mal in meinen Latzshorts gesehen zu werden. Daher trage ich einen Wollminirock mit rotem Schottenkaro, dessen Stoff voller Knötchen ist und den ich aus der Truhe geholt habe, mit der sich mein Gesicht Samstagnacht paaren wollte.

Ohne Flügel und Krönchen, aber noch immer in meinen weißen Strumpfhosen und den ochsenblutfarbenen Doc Martens bin ich eher Harley Quinn als Tinkerbell. Zumindest verdeckt mein lächerliches Make-up mein Veilchen und die Wunde auf der Wange. Ein Hoch auf den Silberstreif am Horizont.

Als Louis merkt, wie unangenehm mir das ist, besteht er nicht auf eine Antwort und zeigt auf das Vogelhäuschen. «Willst du das hier irgendwo festnageln?»

«Genau hier.» Ich zeige auf die Kiefer, die am nächsten steht. Dann, weil in meinem Kopf nur Chaos herrscht und ich nicht nachdenke: «Hilfst du mir?»

VIERUNDZWANZIG

Das Vogelhäuschen wird angebracht, und es sieht gut aus. William – ich kann mir einen anderen Namen für ihn einfach nicht vorstellen – hat so den perfekten Ausblick, wenn er aufwacht. Hoffentlich zieht es ein paar Vögel an.

Louis und ich haben es zusammen am Baum befestigt. Ich kann das immer noch kaum glauben. Wir standen nebeneinander und haben vollkommen harmonisch miteinander gearbeitet – und währenddessen habe ich nichts und alles gefühlt. Der Irrsinn in meiner Nase ist auf meine Zunge übergesprungen und hat ein ganzes Feuerwerk unterschiedlicher Geschmäcker entzündet: Tamarindenmark, dunkle Schokolade, Roederer-Cristal-Champagner.

«Wohin als Nächstes?», fragt Louis, der unsere Bastelarbeit begutachtet.

Die Empfindungen in meinem Mund verebben. «Was meinst du damit?»

Er sieht mich mit hochgezogener Braue an. «Du willst nirgends mehr hin?»

Ich habe die Hände in die Hüften gestemmt und spüre die Wölbung des Pfeffersprays unter dem Bündchen. Ich könnte es herausziehen, ihm konzentriertes Capsicum ins Gesicht sprühen und abhauen, bevor er sich davon erholt. Aber die Antwort ist kein großes Geheimnis. «Raj der Wiedergeborene ist mein nächstes Ziel.»

«Willst du Gesellschaft?»

Ich atme tief ein und wieder aus. Ich kann nicht Ja sagen, weil ich es nicht zulassen darf, dass Louis noch mehr über mein Leben in Cranner's Ford erfährt – und schon gar nicht über das, was davor war. Aber ich will auch nicht Nein sagen.

Es dauert eine Weile, bis ich ihn direkt ansehen kann – sein Blick ist mir zu intensiv. Stattdessen konzentriere ich mich auf den vom Mondlicht übergossenen Garten hinter ihm. «Freitagnacht an der Tankstelle. Was hast du da zu diesem Jungen gesagt? Damit er mich in Ruhe lässt?»

Louis zuckt mit den Achseln. «Ich habe ihm gesagt, er solle sich vorstellen, dass statt deiner seine Mutter auf dem Vorplatz kniet. Ich habe gefragt, ob er dann wollte, dass jemand wie ich ihr hilft – oder ob er lieber zulassen würde, dass sie weiter in die Enge getrieben wird. Und dann habe ich ihm erklärt, dass Karma keine menschliche Erfindung ist. Es gibt es wirklich. Das Universum führt Buch und findet immer einen Weg, zurückzuschlagen.»

«Seiner Reaktion nach zu urteilen, scheint er seine Mutter ja sehr zu mögen.»

«Wie es alle Jungen tun sollten.»

«Glaubst du das Zeug wirklich? Dass das Universum uns irgendwie ... beobachtet?»

Etwas gleitet über Louis' Gesicht, als ich das sage. Es ist eigentlich kein Schatten. Und auch nicht das, was ich vorher zu sehen geglaubt habe. Es ist eher ein Aufglimmen von Schmerz, vielleicht. Oder von Reue.

«Ich glaube, die Beweise sind überall», erwidert er. «Das

Universum arrangiert Situationen und stellt uns vor die Wahl. Ich bin überzeugt, dass es das war, was Freitagnacht bei der Texaco-Tankstelle passiert ist. Ich bin überzeugt, dass es das war, was uns wieder zusammengeführt hat. Wir haben die Wahl, im Namen des Universums zu handeln – das Gleichgewicht wiederherzustellen oder es zu bewahren. Oder wir können einen anderen Weg wählen.»

«Der da wäre?»

«Chaos. Unordnung. Entropie.»

Ich habe das Gefühl, dass sich meine Kopfhaut zusammenzieht. Ich hebe die Hand, berühre meinen Hinterkopf, spüre die Vertiefung darin. Louis' Worte sind schwer zu akzeptieren. Und doch, warum bin ich sonst nach Cranner's Ford gekommen, wenn nicht, um ein Gleichgewicht wiederherzustellen, Absolution für eine alte Sünde zu erlangen? Ich mag es vielleicht noch nicht geschafft haben, aber das hat mich nicht daran gehindert, es zu versuchen.

«Warum bist du hier, Louis? Wenn es doch so viele andere Orte gibt, an denen du sein könntest?»

«Fühlst du es nicht?»

Ich denke daran, was ich an der Tankstelle gefühlt habe, nachdem Drachenrücken, Schmalzlocke und Lauch fort waren – das Gefühl, dass er und ich die einzigen Lebewesen auf der Welt wären, vielleicht sogar im ganzen Universum, und dass alles, was vorher war, nur geschehen ist, um uns zu exakt diesem Moment zu führen. «Ich kann nicht erklären, was ich fühle.»

«Na ja», sagt Louis. «Ich wäre überrascht, wenn dir nicht ein bisschen mulmig zumute wäre. Vielleicht fühlst du eine

Art Ehrfurcht. Denn genauso *sollte* man sich fühlen, wenn man zum ersten Mal zu begreifen beginnt, was das Universum mit einem vorhat. Du wirst auf die Probe gestellt, Mercy. *Wir* werden auf die Probe gestellt.»

Ich zwinge mich dazu, ihm in die Augen zu sehen, in der Hoffnung, dass er nicht bemerkt, wie hart ich schlucken muss. «Was glaubst du denn, was wir tun sollen?»

FÜNFUNDZWANZIG

Wir fahren hintereinander durch die schlafenden Straßen.

Die Scheinwerfer des VW-Busses hinter mir werfen meinen monströs riesigen Schatten vor mich auf die Straße. Bei seinem Anblick frage ich mich, welche Version von mir ich Louis eigentlich zeige. Und welche Version von sich er mir zeigt.

Sycamore Row, wo wir schließlich landen, ist bekannt für die Abwesenheit von Sykomoren, von Maulbeerfeigenbäumen. Das hier ist der Teil von Cranner's Ford, wo die Draufgänger wohnen, bevor sie richtig reich geworden sind. Die Anwesen sind moderne Interpretationen der georgianischen Reihenhäuser in der Old Town.

Ich schließe mein Jorvik an eine Straßenlaterne an. Louis hält hinter mir an. «Also», sagt er und klettert aus dem Bus, «Raj der Wiedergeborene.»

Meine Geschichte mit Raj reicht zurück bis zum Kälteeinbruch letzten Februar. Ich erinnere mich nicht mehr, was mich in jener eisigen Sonntagnacht auf den Pincher's Mount gezogen hat. Ich hatte wohl erwartet, den Hügel für mich allein zu haben, und eine Weile lang war das auch so, bis ein Rascheln und Rutschen die Ankunft eines weiteren Kletterers ankündigte.

Raj sah mich nicht, obwohl er nur ein paar Meter an mir vorbeiging. Damals kannte ich seinen Namen noch nicht, sondern sah nur einen agilen asiatischen Mann, der eine Brechstange mit sich herumtrug. Er murmelte zusammenhanglos vor sich hin und zog eine säuerliche Whiskyfahne hinter sich her.

Ich war vorher erst ein einziges Mal zu Fuß auf den Gipfel des Pincher's Mount geklettert, und noch nie im Winter. Aber ich konnte nicht einfach in meiner kleinen Mulde sitzen bleiben. Emotionale Männer und nächtliche Berggipfel passen nicht so gut zusammen. Oder vielleicht auch zu gut.

Trotz des Whiskys legte Raj ein ordentliches Tempo vor. Ich holte ihn nicht einmal annähernd ein. Und als ich den Gipfel erreichte, war da keine Spur mehr von ihm.

Quizwissen: Das Wahrzeichen unserer Stadt, dieser Hügel, hat seinen Namen von Edwin Pincher, einem Adeligen und Astronomen, dem früher große Teile von Cranner's Ford gehörten. Pincher errichtete ein Observatorium auf seinem Grundstück, aber vor allem beobachtete er die Sterne vom Hügel aus. Im Jahr 1786 krönte er den Gipfel mit einem einigermaßen sinnlosen Bauwerk. Sternentreppe nannte er es. Der steinerne gotische Turm, fünfzig Meter hoch, hob Pincher sogar noch weiter in den Himmel. Heutzutage sind die riesigen Eichentüren mit einem gewaltigen Eisenschlüssel verschlossen, der im Rathaus aufbewahrt wird, aber nur ein dünner Riegel schützt den Dienstboteneingang hinten. Ein entschlossener Eindringling hätte keinerlei Probleme, ihn aufzubrechen.

Raj schien ganz genau diese Sorte Eindringling zu sein. Ich fand seine fortgeworfene Brechstange neben dem aufgebrochenen Riegel. Die Tür des Dienstboteneingangs stand offen. Die Öffnung war ein tiefschwarzes Dreieck.

Auf keinen Fall wollte ich dort hineingehen – ich hatte genügend Horrorfilme geschaut, um zu wissen, wie *diese* Szene weitergehen würde. Stattdessen ging ich zur Vorderseite des Turms und schaute am Gemäuer hoch. Dort, ganz oben, auf der Brüstung balancierend, stand Raj. Die Spitzen seiner Stiefel ragten über die Kante hinaus. Ich schaute zu, und er streckte die Arme zu den Seiten aus. Als ich etwas rufen wollte, erstarb die Stimme in meinem Hals.

«TU ES!», wütete Raj fünfzig Meter über mir. *«WORAUF WARTEST DU, DU LOSER!»*

Der Schwindel brachte mich ins Wanken wie die Schläge eines Schwergewichtsboxers. Plötzlich rollte ich, drehte mich, hinaus ins All, als hätten Raj und ich die Plätze gewechselt, als wäre *ich* vom Geländer gesprungen und fiele in den Tod.

Die Sterne drehten sich, dann explodierten sie. Da war Dreck in meinem Mund. Und Blut. Ich lag keuchend da und hörte Stiefel die Treppe hinunterpoltern. Raj erschien – stöhnend, fluchend, ganz wild vor Leid. Wieder stolperte er an mir vorbei, ohne mich zu bemerken. Erschöpft und sprachlos schaute ich ihm hinterher. Eine Minute später rappelte ich mich auf und folgte ihm.

Jetzt schiebe ich diese Erinnerungen fort und konzentriere mich wieder auf Louis. «Die Wiedergeborenen-Sache ist nur Wunschdenken», sage ich zu ihm. «Damals im Februar hat Raj sich nicht umgebracht, aber gesund ist er auch nicht geworden. Er ist Tagmensch, daher haben unsere Welten nicht viele Überschneidungen. Trotzdem habe ich genug gesehen und weiß, dass meine Möglichkeiten, ihm zu helfen, begrenzt sind. Natürlich muss ich es weiter versuchen.»

«Tagmensch?»

«Egal. Na komm – hier können wir nicht länger bleiben, ohne Aufmerksamkeit zu erregen.»

«Und wie lautet der Plan?»

Ich öffne meine Gepäcktasche und hole die rasselnde Farbspraydose heraus. «Eine kleine Heimwerkerstunde.»

Vor drei Wochen habe ich das Graffiti an Rajs Mauer gesehen und gedacht, dass entweder er oder die Kommune es wegmachen würde. Aber der gemeine Spruch blieb.

Im Dezember letzten Jahres hatte er flüchtige Berühmtheit erlangt, als eine Schülerin der Beacon Hill verkündete, sie sei schwanger von ihm. Die *Cranner's Ford Gazette* griff das Thema auf und blähte es auf.

Raj besaß ein erfolgreiches Steuerbüro, war im Vorstand der Kirche und unterrichtete einmal in der Woche freiwillig an der Schule Mathematik. Das Mädchen stellte sich als besonders fantasievoll heraus, und ihre Geschichte fiel schnell in sich zusammen. Die Polizei konnte Raj entlasten, lange bevor er die Sternentreppe erklomm.

Und doch verlor sein Unternehmen immer mehr Kundschaft. Sein Freundeskreis und die Leute aus seiner Nachbarschaft wandten sich von ihm ab. Raj trat von seinem Kirchenratsposten und auch von seinem ehrenamtlichen Unterricht zurück. Er ging nicht mehr aus. Er legte an Gewicht zu.

«Was ist denn mit dem Mädchen passiert?», fragt Louis. Wir gehen nebeneinanderher. «Gab es für sie irgendwelche Konsequenzen?»

«Eine Sitzung mit jemandem, der straffällige Jugendliche betreut, glaube ich.»

«Dafür, dass sie dem Typen das Leben ruiniert hat?»

«Wir kennen ihre Geschichte nicht. Wenn du mich fragst, ist den meisten Leuten, die schlimme Dinge tun, selbst Schlimmes widerfahren. Jeder verdient einen gewissen Vertrauensvorschuss.»

«Egal, was er getan hat?»

«So ziemlich.»

Ich gehe ein paar Schritte und merke erst dann, dass er nicht mehr neben mir ist. Als ich mich umdrehe, steht er auf dem Bürgersteig. Ich kann seinen Blick nicht deuten.

Louis sieht mich noch ein wenig länger an. Dann lacht er – zum Glück nicht so, wie jemand über ein Schnabeltier lachen würde. «Ich weiß, dass ich dir das schon mal gesagt habe, aber du bist wirklich ein Rätsel, Mercy Lake. Ich kann es nicht genug betonen.»

Sein Gesichtsausdruck verwandelt mein Inneres in eine zittrige Masse. Wenn es ein Wort für das gibt, was ich erlebe, dann kenne ich es wohl nicht.

Die Sycamore Row ist mit Straßenlaternen ausgestattet. So gut habe ich Louis seit der Tankstelle nicht mehr gesehen. Er hat eine Körperhaltung, die beinahe graziös wirkt, wie die einer Ballerina. Seine Gesichtszüge sind so symmetrisch, dass mir von ihrem Anblick die Zähne wehtun. Seinem Blick standzuhalten, ist nicht einfacher geworden. Es ist, als hielte ich meine Hand an einen Kessel, dessen Wasser gerade kocht. Ich ertrage es eine halbe Sekunde lang, vielleicht eine Dreiviertelsekunde, aber nicht mehr.

«Du hast gesagt, dass das hier eine Gegend ist, in der man besser nicht abhängt?»

Er hat recht. Das habe ich gesagt. Ich habe beinahe vergessen, dass ich in der Sycamore Row stehe und eine rasselnde Farbspraydose in der Hand halte. Schnell mache ich mich an die Arbeit. Mein Farbspray passt nicht so gut zur weißen Wand, aber es deckt das Graffiti ab, und das ist die Hauptsache. Ich bin fast fertig, als eine Tür aufgerissen wird. Die Stimme einer Frau schreit: «Lächle, Schlampe, hier ist eine Sicherheitskamera. Jetzt *verpiss* dich gefälligst von meinem Range Rover.»

Ich schaue so schnell hoch, dass die Welt ins Schwanken gerät. Ich habe das Gefühl, als müssten alle Autos die Straße hinunterrutschen. Zum Glück tun sie es dann doch nicht, und als die Falten in der Welt sich wieder glatt ziehen, sehe ich Rajs Nachbarin in der Tür stehen.

Sie heißt Wanda. Ihr gehört das Nagelstudio *Glam It Up* ein paar Türen weiter von der Bäckerei *Her mit dem Teig*. Sie ist vollkommen angstfrei – das menschliche Gegenstück einer Abrissbirne.

Ich nenne sie Weiße-Knöchel-Wanda. Ich sehe sie oft in der Stadt aus einer Bar stolpern und in ihren Range Rover klettern. Einmal, als sie besoffen nach Hause fuhr, schlingerte sie mit dem Auto über die Straße und hätte mich beinahe umgemäht.

Heute Nacht fällt sie fast aus einem schenkellangen Kimono aus himbeerfarbener Seide. In der Hand hält sie ein Glas mit bernsteinfarbener Flüssigkeit. Eiswürfel klimpern darin. Wanda tritt jetzt auf die Stufe vor ihrer Tür, schiebt die Hüfte zur Seite und bleckt die Zähne. «Hast du gehört, du Missgeburt?»

Jetzt gehen die ersten Lichter in den benachbarten Häusern an. Ich packe Louis beim Arm und zerre ihn die Straße hinunter. Als ich bei meinem Jorvik ankomme, fummele ich am Schloss herum. Bestimmt hat schon jemand die Polizei gerufen. Ich kann nicht zulassen, dass sie mich in Cranner's Ford entdecken. Das geht nicht. Sie werden wissen wollen, was ich hier tue. Und am schlimmsten von allem ist, dass sie garantiert die Raffertys vor mir warnen.

«Mercy?», fragt Louis, als ich das Schloss in meine Gepäcktasche stopfe. «Du hast nichts Schlimmes getan. Das hier ist eine öffentliche Straße.»

Der Gestank von brennendem Haar steigt mir in die Nase, so eklig, als wäre er echt. Ich packe meinen Lenker und schwinge ein Bein über den Sitz.

«Du musst gar nicht weglaufen», sagt Louis. «Graffitis abzudecken, ist ja wohl kein Verbrechen. Du bist hier sicher. Bei mir.»

Ich ringe nach Atem und schüttele den Kopf. «Du kannst mir hinterherfahren – aber ich gehe.»

Dann reiße ich den Elektromotor so weit hoch, wie es geht, und rase davon.

SECHSUNDZWANZIG

Die Preisverleihung ist unerträglich für Nadia. Nicht, weil Simons Firma nicht gewinnt – das tut sie, und zwar mit Abstand –, sondern wegen der Sitzordnung.

Sie sitzt eingeklemmt zwischen Hugo Jepp, *Sheergens* Geschäftsführer, und dessen weiblicher Begleitung. Hugo ist laut, aufdringlich und aggressiv. Nadia findet ihn grauenvoll. Seine Begleitung, nimmt sie an, kommt von einem Escortservice. Von einem teuren, aber dennoch von einem Escortservice.

Der Rest der Leute am Tisch ist kaum besser. Marcie und Patrick Lockheart leasen gerade zwei riesige *Sheergen*-Windturbinen auf ihrem Hof außerhalb von Cranner's Ford. Simon hat sie nur eingeladen, weil er auf einen positiven PR-Artikel in der Lokalzeitung hofft. Ganz sicher sind sie nicht wegen ihres Scharfsinns hier.

Nadia weiß, dass sie gemein ist, aber es ist ihr egal. Was den Abend noch unangenehmer macht, ist die erbsengroße Blase auf ihrer linken Pobacke.

Sie versucht, die Tatsache zu verbergen, dass sie nicht trinkt, indem sie nur hin und wieder ganz winzige Schlückchen von ihrem Wein nimmt – ein Plan, der dadurch sabotiert wird, dass ihr das Servicepersonal ständig nachschenkt. Sie fragt sich, ob Simon, flankiert von seinen Geschäftsführern, das wohl bemerkt; und ob er irgendeine Ahnung davon hat, auf übernatürliche Weise oder sonst wie, dass er neulich dabei geholfen hat, ein neues Leben zu schaffen.

Es ist eine Erleichterung, als sie endlich in den geschützten Raum ihres von einem Chauffeur gefahrenen Wagens steigen kann. Drei Stunden dauert die Fahrt nach Hause. Es ist entspannt, bis sie durch das Tor von Arcadia Heights fahren. Als Nadia einen Blick in den Rückspiegel wirft, sieht sie, dass ihnen ein anderes Fahrzeug folgt. «Wer ist das denn?», fragt sie Simon mit müder Gleichgültigkeit. «Bitte sag mir, dass du nicht Hugo und diese Nutte zu einer After-Party eingeladen hast.»

«Nenn sie nicht so.»

«Wenn er für ihre Dienste bezahlt, ist sie eine Nutte. Ach hör doch auf, Si – es ist zwei Uhr morgens. Was tust du da?»

«Ich feiere», fährt er sie an. «Falls du dich nicht erinnerst – wir haben heute Abend einen riesigen Preis gewonnen – *Sheergen* hat den Preis gewonnen –, und ohne Hugo hätten wir das nicht geschafft. Es ist nur richtig, dass wir unsere Wertschätzung zum Ausdruck bringen.»

Nadia zuckt zusammen, sie merkt, dass sie egoistisch ist – sie weiß, wie lange und wie hart diese beiden Männer für den Erfolg gearbeitet haben. Sie berührt entschuldigend Simons Bein.

«Sie bleiben nicht lange», sagt er sanft. «Lächle, sei nett, und ehe du dich's versiehst, sind wir beide wieder unter uns.»

Drinnen bezahlt er die Babysitterin, und sie geht nach oben, um nach Ollie zu sehen. Heute ist der Junge mit zwei kleinen Spielzeugen in den Händen eingeschlafen.

Nadia geht durchs Zimmer zum Fenster. Es ist so spät, dass der Mond schon über den Pincher's Mount gezogen ist und seine westliche Flanke bescheint. Einen Augenblick lang glaubt sie, dort eine Lichtreflexion zu sehen, wie zwei aufblitzende Augen – und erinnert sich an die Wölfe, die den Hof ihres Großvaters in den Stara Planina regelmäßig heimsuchten.

Als sie die Tür zu Ollies Balkon überprüft, ist sie überrascht, dass sie nicht verschlossen ist. Sie drückt auf den Hebel und sichert sie – und bemerkt auf der Scheibe den winzigen Handabdruck ihres Jungen. Die Zerbrechlichkeit davon, die Vergänglichkeit seines Abdrucks weckt eine Furcht in Nadia, die sie nicht recht erklären kann.

In ihrem Schlafzimmer stellt sie sich vor den Spiegel und betrachtet ihr Spiegelbild. Seit dem ersten positiven Schwangerschaftstest vor acht Tagen hat sich die ganze Welt verändert. Was vertraut war, fühlt sich jetzt fremd an. Was sicher wirkte, birgt jetzt tausend Gefahren.

Wieder unten geht sie in den Kinoraum. Simon hat offenbar nicht nur Hugo Jepp und seine Nutte eingeladen. Marcie und Patrick Lockheart sind ebenfalls da und widerlich besoffen. Noch schlimmer ist, dass Hugo jetzt eine Linie weißen Pulvers auf dem Glasbeistelltisch zieht.

Sie starrt ihn wütend an. «Wer hat dir die Erlaubnis gegeben, das zu tun?»

Er verdreht die Augen. «Werd erwachsen, Nadia. Wir sind alle volljährig.» Die Nutte kichert.

Auf einem Beistelltisch steht die neoklassizistische Skulptur der Drei Grazien. Nadia würde sie Hugo am liebsten über den Kopf ziehen. Stattdessen beugt sie sich über die Sofalehne und sagt direkt in sein Ohr: «Rede in meinem eigenen Haus nicht so mit mir. Rede nie wieder so mit mir.»

Hugo wendet den Kopf und sieht sie mitleidig an. «Wie wär's, wenn du Simon mit dem Schampus hilfst?»

Nadias Zorn verwandelt sich in Weißglut, weil sie so machtlos ist – denn wenn es eine Nacht gibt, in der sie Hugo nicht rauswerfen kann, dann ist es diese. Mit brennenden Wangen marschiert sie davon. In der Küche lässt Simon den Korken einer Flasche Pol Roger knallen. «Die schnupfen Kokain da drin», zischt sie.

Er füllt eine Champagnerflöte. «Tut mir leid.»

«Mehr hast du nicht zu sagen? Dein *Sohn* schläft oben.»

«*Mein* Sohn?» Simon runzelt die Stirn. «Nadia, was ist denn los mit dir? Du warst den ganzen Abend schon so angespannt. Eigentlich schon die ganze Woche. Hier.» Er gibt ihr die Flöte. «Entspann dich doch ein bisschen.»

Sie kippt den Champagner angeekelt in den Ausguss. «Ich *mag* ihn einfach nicht. Ich habe ihn *nie* gemocht. Er ist ein frauenfeindlicher Arsch, und ich möchte, dass er nicht mehr hierherkommt.»

Simons Kiefer spannt sich an. «Dann muss ich dich wohl enttäuschen.»

Nadia knallt die leere Sektflöte auf den Tisch. Sie berührt ihren Bauch und reißt die Hand dann wieder weg. Acht Wochen schwanger, und sie muss sich mit diesem Mist auseinandersetzen – Hugo Jepp, der mit seiner Hure und zwei besoffenen Landbesitzern eine Linie Koks zieht, während Simon heiter den Gastgeber gibt. Dieses Haus muss sich für sie *sicher* anfühlen. Nach dem, was Simons erster Frau passiert ist, hätte sie gedacht, dass ihm das ebenso wichtig ist.

Nadia muss an die Wölfe denken, die früher von den Hügeln herabkamen, um nachts um den Hof ihres Großvaters herumzuschleichen. Ihr fallen wieder die Augen ein, die sie gerade zu sehen geglaubt hat, Augen, die sie vom Pincher's Mount aus beobachteten.

Wenn die Wölfe sich vermehren, kommt das Unglück.

Und was ist Hugo Jepp, wenn er kein Wolf ist?

«Morgen werde ich die Alarmanlage upgraden lassen», sagt sie. Damit hat sie das Thema gewechselt. Sie hatte die Sicherheitsfirma am Montag erneut angerufen. Morgen ist der erste freie Termin, den sie hatten.

Simon sieht sie erstaunt an. «Warum?»

«Ich wollte das schon eine ganze Weile lang machen. Dieses Haus steht praktisch auf dem Präsentierteller. Wir brauchen besseren Schutz. Neue Technologien.»

«Ist was passiert?»

«Nein.»

«Bist du sicher? Denn wenn ...»

«Es ist wirklich nichts passiert. Es ist nur ...»

Nadia will mehr sagen, als sie etwas in seinem Gesichtsausdruck bemerkt. Sie kann es nicht benennen, aber es ist da. «Was ist denn mit dir? Hast *du* etwas bemerkt?»

Er schüttelt den Kopf, aber es kommt einen Hauch zu spät.

«Simon, lüg mich nicht an.»

«Nur eine komische Sache, letzte Woche. Es ist nichts. Zumindest nichts Konkretes.»

«Das hast du mir gar nicht erzählt.»

Sein Blick gleitet zu den schwarzen Fenstern. «Wie gesagt, eigentlich gibt es da gar nichts zu erzählen.»

«Meinst du, es ist wieder sie?»

«Nein. Um Gottes willen, nein. So etwas nicht. Es ist eher ein Gefühl, so als würde ich plötzlich am ganzen Körper Gänsehaut bekommen.» Er nimmt die Champagnerflöten mit der perlenden Flüssigkeit. «Hör mal, du hast recht. Das Alarmsystem auszubauen, ist eine gute Idee. Und jetzt komm mit zu uns. Mach deinen Frieden mit Hugo.»

«Lieber schlitze ich mir selbst die Kehle auf.»

«Wenn du dich hier versteckst, hat er gewonnen.»

«Ich verstecke mich hier nicht. Ich gehe ins Bett.»

Oben summt ihr Handy auf dem Schminktisch.

«Ich habe dich gebeten, mir alles zu sagen», sagt Konstantin Tapia, als sie rangeht. «Du hast mir nicht mal die Hälfte gesagt.»

«Ich habe dir gesagt, was ich sagen konnte.»

«Keira Greenaway wohnt nicht mehr im Haus ihrer Eltern.»

«Was?»

«Sie ist vor einem Jahr ausgezogen. Fast genau an dem Tag, an dem sie ihre Bewährungsstrafe abgeleistet hat.»

Nadias Schultern prickeln, als hätten sich winzige Krallen in ihre Haut gegraben. «Sie ist hier. Oder? In Cranner's Ford.»

«Das weiß ich noch nicht. Aber wenn, dann brauche ich nicht lange, bis ich sie finde.»

«Tu es», sagt sie zu ihm. «Bitte.»

Konstantin legt auf. Nadia steigt aus ihrem Kleid. Ihre Hand gleitet zu der Blase auf ihrer linken Pobacke. Sie berührt sie. Zuckt zusammen. Dann beißt sie die Zähne zusammen und sticht mit dem grün lackierten Fingernagel tief in die Wunde.

SIEBENUNDZWANZIG

Geschwindigkeit und Distanz – das ist alles, was zählt. Ich bin Nachtmensch, ich bin an die Gefahr gewöhnt, und meine Instinkte sagen mir, dass ich abhauen soll.

Das Jorvik fährt mich durch verlassene Straßen, keine Fahrzeuge, keine Menschen verlangsamen meine Fahrt. Ampeln werden grün, wenn ich mich nähere, als erwachte die Stadt unter meinen Rädern zum Leben und wollte mir den Weg zeigen. Ich summe unaufhaltsam über Kreuzungen, und die feuchte Nachtluft treibt mir die Tränen in die Augen.

Gott weiß, wie ich wohl aussehe. Pinkfarbenes Haar, Feen-Make-up, lavendelfarbenes Korsett, ein schäbiger Schottenrock, weiße Strumpfhosen und klobige Stiefel. Und jetzt, um das Elend komplett zu machen, verläuft das Make-up auch noch – der Eyeliner vermischt sich mit dem Glitzer und rinnt meine Wangen hinunter.

Mein Kopf platzt beinahe vor Sorgen und Was-wäre-wenns. Mehr noch, er platzt vor *Louis*. Das Gefühl seiner Blicke auf meiner Haut. Wie sich sein Arm anfühlte, als ich ihn packte. Echtes Fleisch. Echte Knochen. Nicht das Produkt meiner Fantasie, das ich halb erwartet hatte.

Ich vertraue dem Teil von mir nicht, der die Tür geöffnet und Louis eingelassen hat, denn der schert sich offenbar kaum um die Gefahr. Ich habe dieses Leben aus den Trümmern eines anderen erschaffen. Wenn ich es vermassele, wird es kein drittes Leben geben. In Wahrheit habe ich keine einzige Sekunde verdient.

Und doch frage ich mich jetzt, ob das, was ich aufgebaut habe, hier in Cranner's Ford, überhaupt ein Leben ist.

Ich höre das wässrige Klappern von Louis' VW-Bus hinter mir. Wie vorher malen seine Scheinwerfer eine groteske Silhouette von mir auf die Straße vor uns. Ich fahre nach Osten auf den Pincher's Mount zu – aber ich kann nicht zweimal in derselben Nacht am Anwesen der Raffertys vorbeifahren. Statt nach rechts auf den Abbot's Walk abzubiegen, lenke ich das Jorvik nach links und im Uhrzeigersinn unseren berühmten Hügel hinaus. An einer Straßengabelung nehme ich die steilere Route. Sie endet an einem Schotterparkplatz in einer Senke an der nördlichen Flanke des Hügels.

Diesen Ort nennen die Einheimischen Rycroft Hollow. Dorthin wollten Drachenrücken, Schmalzlocke und Lauch mich am Freitag bringen. Leute in meinem Alter fahren dorthin, um sich zu besaufen, Hasch zu rauchen oder flachgelegt zu werden. Deswegen komme ich niemals hierher – wobei ich ganz offenbar Louis hierhergebracht habe.

Der Wald zu beiden Seiten des Parkplatzes hält den Wind ab. Ein Pfad führt durch die Bäume hindurch zu einem Aussichtspunkt. An den Wochenenden stehen in Rycroft Hollow ein paar Autos mit beschlagenen Fenstern, ein, zwei Motorräder, und vielleicht heulen ein paar betrunkene Tanzende den Mond an. Aber heute ist ein Wochentag. Jetzt liegt die Senke verlassen da.

Ich fahre um den Parkplatz herum und halte unter den Bäumen an. Louis bleibt neben mir stehen und schaltet die Scheinwerfer aus. Ich lausche dem Ticken des VW-Busses, dessen Motor langsam abkühlt.

Okay, Superhirn, was jetzt?

Ich trage das Bärenspray an der Hüfte. In meiner Gepäcktasche liegt ein Küchenmesser, das verdammt scharf geschliffen ist.

Mein Atem geht wieder schneller. Meine Nase ist voller Gerüche: Schotterstaub, Schuhcreme, frisch gebackene Scones. Ich rieche an meinem Handgelenk und atme tief ein, aber ich kann den Duft nicht wahrnehmen, den ich aufgesprüht habe, bevor ich rausgegangen bin. Vielleicht ist der Duft in der uralten Flasche Issey Miyake gekippt. Vielleicht hat das Adrenalin all meine Sinne verbrannt. Es ist weit nach Mitternacht, und ich bin in Rycroft Hollow mit einem Mann, den ich kaum kenne. Das tun die Tagmenschen zum Spaß. Ich frage mich, ob sie sich wohl auch so fühlen. Als ich vom Sattel klettere und neben meinem Jorvik stehe, zittert jeder Muskel in meinem Körper vor Anspannung.

Louis öffnet die Fahrertür. Er taucht neben mir auf. Meine Augen haben sich noch nicht an die Dunkelheit gewöhnt, aber ich sehe, dass er etwas in den Händen hält. Hoffentlich ist es nicht noch mehr Champagner.

«Da oben ist eine Aussichtsplattform», murmele ich. «Den Pfad da hoch, durch die Bäume hindurch. Da kann man sitzen.»

«Wollen wir dorthin?»

Meine Fingerspitzen prickeln. Jetzt, da ich hier bin, weiß ich nicht mehr, was ich will. Und weil Ehrlichkeit immer der beste Weg ist, sage ich Louis genau das.

«Wenn es dir hilft», sagt er, «kann ich dir sagen, was ich möchte.»

«Vielleicht hilft es wirklich.»

«Ich will verstehen, warum das Universum uns zusammengebracht hat. Ich will den Sinn ergründen. Stell dir bloß mal vor, was alles passieren musste, Freitagnacht, um uns zu diesem Augenblick zu bringen: dein Platten, mein leerer Tank, diese Skater, diese hingeworfene Bemerkung, aufgrund derer ich dich wiedergefunden habe. Ich weiß, dass das kein reiner Zufall war. Irgendetwas hat mich zu dieser Texaco-Tankstelle gezogen. Ich glaube, dich hat es ebenfalls dorthin gezogen. Die Frage, auf die ich bisher aber keine Antwort hatte, ist, warum es so war.»

«Und jetzt kannst du sie beantworten?»

«Jetzt, da ich gesehen habe, was du tust, habe ich da so eine Ahnung.»

«Und die wäre?»

«Ich nehme an, dass ich dir helfen soll.»

Seine Worte sind zu viel, um sie zu begreifen. Mir stellen sich die Nackenhaare auf, und ich setze mich in Bewegung. Louis hält mit mir Schritt.

Die Bäume werden weniger. Der Himmel öffnet sich. Ich sehe die Aussichtsplattform: zwei Parkbänke an einem Pfad, der sich in die Anhöhe gräbt. Zwanzig Meter unter uns liegt der untere Teil des gegabelten Weges, auf dem wir hierhergekommen sind. Cranner's Ford glitzert im Westen, aber von hier aus schaut man in Richtung Norden über einen Hügelrücken.

Ich wähle eine der beiden Bänke. Wir setzen uns.

«Also», fängt er an. «Hast du ...?»

«Bitte. Ich habe dir schon so viel erzählt. Mehr, als ich je irgendjemandem erzählt habe. Du hast mir praktisch gar nichts erzählt.»

«Stimmt», sagt er. «Was willst du denn wissen?»

Ich halte den Blick auf die mondbeschienenen Hügel gerichtet. Ich hatte eine Million Fragen, und jetzt kann ich kaum denken. «Dein voller Name wäre vielleicht ein guter Anfang.»

Okay, das war keine der eine Million Fragen, aber das muss reichen.

«Louis Carter.»

Ich nicke. Es ist ein netter Name, mit einem netten Klang. Er kommt mir ausbalanciert vor. «Kommt Louis Carter aus Cranner's Ford?»

«Nein, tut er nicht. Mercy Lake denn?»

Ich schüttele den Kopf. Dann fällt mir wieder ein, dass ich ja die Fragen stellen sollte. «Wohnst du in der Stadt?»

«Ich wohne nirgends.»

Ich werfe ihm einen Blick zu, um herauszufinden, ob er das ernst meint. «Und das heißt?»

«Genau das. Eleanor ist mein Zuhause. Schon seit einer ganzen Weile. In Wirklichkeit ist sie natürlich mehr als nur ein Schlafplatz. Eleanor ist eine Art motorisierte Wünschelrute. Ich setze mich hinters Steuer und finde heraus, wo ich hinsoll.»

Ich denke an meine Kellerwohnung, an die Verdunkelungsplatten – das ist der absolute Gegensatz von dem, was Louis da beschreibt. «Wie lange machst du das schon so?»

«Ein halbes Jahr, mehr oder weniger. Davor war ich ein Jahr in Indien, zwei Jahre in Südostasien, achtzehn Monate in Südamerika. Rückblickend befand ich mich schon auf einer Reise, bevor ich das überhaupt begriffen habe.»

«Du musst ja schon eine Menge gesehen haben.»

«Und dabei gibt es noch so viel zu entdecken.»

«Wie hat es dich denn nach Cranner's Ford verschlagen?»

«Freitagnacht, auf der Schnellstraße. Ich brauchte Benzin. Normalerweise tanke ich an Raststätten. Aber da habe ich, ohne nachzudenken, die Ausfahrt genommen. Ich war noch nie hier. Ich hatte noch nicht einmal von dieser Stadt gehört. Ich bin anderthalb Kilometer gefahren, praktisch mit Autopilot, und bin auf die Texaco-Tankstelle gerollt. Und dann bist *du* aufgetaucht.»

Ich schaudere. Es ist ein angenehmer Schauder. «Gruselig.»

«So kann man es auch nennen.»

«Und wo hast du dann geschlafen?»

«In den ersten paar Nächten habe ich Rastplätze an den Straßen in den Hügeln gefunden. Am Montag habe ich mir einen Stellplatz auf einem Campingplatz vor der Stadt gemietet.»

«*Seven Crosses?*»

«Genau.»

«Wenn du dein ganzes Leben auf Reisen verbringst, wie verdienst du dann dein Geld?»

«Vor einer langen Zeit», sagt Louis, «war ich Angestellter Nummer drei.»

«Was bedeutet das?»

«Ein Tech-Start-up. Ich war der dritte auf der Liste. Der Typ hatte kein Geld, also habe ich Aktien als Bezahlung genommen. Als er mit dem Unternehmen an die Börse gegangen ist, habe ich meine Anteile zu einem Bruchteil ihres Wertes aufgekauft. Dann habe ich sie wieder verkauft und gekündigt.»

«Also bist du reich?», frage ich und beiße sofort die Zähne aufeinander. «Tut mir leid. Unhöfliche Frage. Bitte antworte nicht darauf.» Ich werfe ihm einen heimlichen Blick zu in der Sorge, dass ich ihn vielleicht beleidigt habe. «Ich bin nicht an so was gewöhnt. Ans Reden, meine ich.»

«Du musst dich nicht entschuldigen. Du sagst, was dir durch den Kopf geht, und das gefällt mir. Wenn das alle häufiger täten, wäre die Menschheit vielleicht nicht so am Arsch. Ja, da war Geld. Vielleicht viel zu viel. Wenn ich länger geblieben wäre, wäre vielleicht auch mehr Geld drin gewesen. Geld macht einen Riesenunterschied, wenn man keins hat, aber wenn es einem bereits gut geht – nicht so sehr.»

«Du hättest es weitergeben können. Ein wenig davon zumindest.» Ich deute auf die Lichter unter uns. «Viele Menschen da unten brauchen Hilfe. Ich glaube, dass das für die ganze Welt gilt, aber hier bin ich mir *sicher*.»

Louis schaut ebenfalls auf die Stadt hinunter. «Wie viele beobachtest du?»

Mein Magen krampft sich zusammen. Nervig, dass er das

tut, jedes Mal, wenn er eine Frage stellt. Aber er war offen mit mir. Ich schulde ihm dasselbe. Bevor ich es mir noch anders überlegen kann, klemme ich meine Hände zwischen die Schenkel und sage: «Ungefähr zwölf, mal mehr, mal weniger. Es ist schwer zu rechtfertigen. Niemand mag Schnüffler. Aber ich bin ja keine Perverse oder so – und es ist nicht nur Neugier. Ich beobachte nur Leute, die Probleme haben, die sie offenbar nicht selbst lösen können, und nur dann, wenn ich das Gefühl habe, dass ich helfen kann. Wenn man Menschen kennenlernt, auch nur ein kleines bisschen, und selbst, wenn sie einen überhaupt nicht kennen, dann will man irgendwann nur das Beste für sie. Das steckt vielleicht in jedem von uns.»

«Du bist ein Engel», sagt Louis. «Der Engel von Cranner's Ford.»

Ich schaue erneut zu ihm. Bestimmt nimmt er mich auf den Arm. Aber als sich unsere Blicke treffen, sehe ich nur Ehrlichkeit.

«Unter denen, die du beobachtest – wie viele haben Probleme, die allein mit Geld gelöst werden könnten?», will Louis jetzt wissen.

«Ganz sicher einige.»

«Aber nicht William der Navigator. Auch nicht Raj der Wiedergeborene. Und nach dem, was du gestern erzählt hast, auch nicht Liebeskummer-Linda.»

Heilige Scheiße. Habe ich ihm wirklich all die Namen genannt? Ich schaue zu, wie zwei Scheinwerfer unter uns die Straße hinaufkriechen. Mein Kopf fängt an zu schmerzen. Das kommt von der Anstrengung, eine Unterhaltung zu führen – all das *Nachdenken*. Denn obwohl ich ehrlich sein will, gibt es Dinge, die ich auf keinen Fall erzählen darf.

«Meiner Erfahrung nach», sagt Louis, «ist es nicht das Geld, das die Probleme der meisten Menschen verursacht. Es sind die anderen Menschen.»

Unten auf der Straße rollt das Auto vorbei. Ich schaue ihm hinterher, und die Rücklichter leuchten dunkelrot – wie Augen, die mein Interesse bemerkt haben. «Ich würde sagen, dass die meisten Menschen eher Gutes als Böses tun wollen. Die meisten wollen einfach nur geliebt werden.»

«Ist es das, was du willst, Mercy?»

Ich kneife die Augen zu. Wenn ich eine Kreidetafel hätte, würden meine Fingernägel jetzt darüberkratzen. Auf keinen Fall komme ich mit einer derart intimen Unterhaltung zurecht.

«Das war ungeschickt, tut mir leid», schiebt Louis hastig hinterher. «Hier, ich hab dir ein Geschenk mitgebracht. Etwas, was dir bestimmt gefällt.»

Als ich die Augen wieder öffne, reicht er mir etwas – einen Plastikbehälter in der Größe eines Schuhkartons.

«Was ist das denn?», frage ich. Vor lauter Neugier vergesse ich meine Manieren. «Ich meine – vielen Dank. Was ist es denn?»

Louis lacht. «Na los. Mach es auf.»

Es ist mit einer Metallklammer verschlossen, die ich öffne. Dann hebe ich den Deckel.

Darin liegt der größte und teuerst aussehende Feldstecher, den ich je gesehen habe.

«Das ist ein Steiner-Fernglas», sagt er. «Aus ihrer Military-Reihe. Achtzig-Millimeter-Linsen, zwanzigfache Vergrößerung.»

Der Feldstecher sieht aus wie eine futuristische Waffe. Ich fürchte mich fast, ihn zu berühren. «Louis, du kannst nicht einfach ... Das ist ...»

«Hast du nicht gerade vorgeschlagen, ich solle mein Geld einfach weggeben?»

Ich sehe ihn bestürzt an. «Ich habe damit doch nicht gemeint, dass du es *mir* geben sollst.»

«Ich mache bloß Witze, Mercy. Bitte, ich will doch nur, dass du dich darüber freust. Probier ihn einfach mal aus.»

Vorsichtig hebe ich den Feldstecher aus seinem Behälter. Er ist viel schwerer als mein Celestron. Ich kann ihn nicht so leicht mit einer Hand halten.

«Du brauchst ein Stativ für längere Beobachtungen», sagt Louis. «Ich hab dir eins besorgt.»

Ich nehme den Linsendeckel ab und mache mich mit dem Fokusrädchen vertraut. Dann zoome ich die Texaco-Tankstelle heran. Das Bild ist außergewöhnlich gut. Ich kann nicht nur genau sehen, wer am Verkaufstresen steht – Haseem hat gerade Dienst, nicht Tariq –, sondern auch die Zeitschrift, die er liest. Das Stativ gibt dem Bild eine solche Stabilität, dass ich sogar die Coverstory lesen kann.

«Das ist, als stünde man direkt davor», sage ich zu Louis. «Eigentlich ist es so, als stünde man sogar *im* Laden.» Ich schlucke, ich habe vor Rührung einen Kloß im Hals. «Ich habe gar keine Worte dafür. Ich weiß nicht, wie ich dir danken soll.»

Unter uns hält das Auto auf der Straße an. Als der Motor ausgeschaltet wird, verlöschen auch die roten Augen. Und plötzlich weiß ich, wer da unten ist.

Louis neben mir fragt: «Wie wäre es, wenn du mir etwas sagst?»

Ich lege den Feldstecher zurück in seinen Behälter, so schnell, als wäre er glühend heiß. Ehrlichkeit ist immer der beste Weg, aber Verschwiegenheit kommt dicht danach. Doch dafür ist es jetzt zu spät. Ich nicke und wappne mich für das, was jetzt kommt.

Louis sieht mich todernst an. «Was ist das für ein verrücktes Outfit?»

Uff.

Ich atme erleichtert aus. Aber ich bin noch nicht vom Haken. Auf keinen Fall darf ich Louis von meinen Besuchen in Arcadia Heights und bei Ollie Rafferty erzählen. Selbstdemütigung ist meine einzige Option. «Ich hatte Angst, was du von mir denkst, wenn ich drei Nächte hintereinander in Latzshorts auftauche.»

Louis neigt den Kopf zur Seite. «Warum interessiert dich das?»

«Ich weiß nicht. Ich bin nicht besonders gut in solchen Sachen. Nicht besonders erfahren, meine ich.»

Ich zupfe am Saum meines schäbigen Schottenrocks. Wenn man hier auf der Bank die Weltmeisterschaft im Peinlichsein veranstalten würde, würde ich sie gewinnen, mit Abstand. «Herrje. Das wollte ich gar nicht sagen, auch wenn es das ist, was ich denke. Jedenfalls» – ich deute auf meine Kleider – «*voilà*.»

Louis lächelt erneut. «Ich fühle mich geschmeichelt, dass du dir solche Mühe gegeben hast. Ich muss sagen, dass das pinkfarbene Haar wirklich eine Überraschung war. Und die Feenflügel.»

«Die solltest du eigentlich gar nicht sehen.»

«Darf ich dich denn danach fragen?»

«Lieber nicht.» Ich brauche eine Ablenkung. «Willst du noch einen Bewohner von Cranner's Ford kennenlernen?», frage ich, ehe ich darüber nachdenken kann.

«Ich kann mir nichts Schöneres vorstellen.»

Mit einer großen Geste deute ich auf das Auto unter uns.

«Louis Carter, darf ich Ihnen Edward mit den Grabbelhänden vorstellen?»

ACHTUNDZWANZIG

Wie Kinder – oder wie ein Kind und seine Ein-Euro-Laden-Fee mit pinkfarbenem Haar – schleichen wir den Abhang hinab. Das im Mondlicht ganz bleiche Gras kitzelt an meinen Schenkeln. Immerhin haben wir hier Versteckmöglichkeiten, wenn wir welche brauchen. Ich hoffe nur, dass es hier keine Schlangen gibt.

Das hier war Louis' Idee, nicht meine. Aber nach meiner feierlichen Vorstellung kann ich ihm keinen Vorwurf wegen seiner Neugier machen. Mein Versuch, ihn abzulenken – oder eher, vor ihm anzugeben –, ist nach hinten losgegangen.

Trotz seines Spitznamens ist an Edward mit den Grabbelhänden gar nichts lustig. Ich finde ihn in erster Linie abstoßend. Die meisten Menschen, die ich in Cranner's Ford beobachte, sind irgendwie Opfer – entweder von Armut, Trauer, Isolation oder von Missbrauch. Andere, so wie Edward, verbreiten aktiv Kummer und Elend. Es gibt nichts, was ich tun kann, um ihn aufzuhalten, aber ich kann immerhin denjenigen helfen, denen er schadet. Wenn ich schon sonst nichts bewirke, dann ist wenigstens das ein guter Grund, um ihn im Auge zu behalten.

Wir steigen den Hang hinab, bis wir auf Höhe von Edwards Autodach sind. Er hat sich auf seinem Fahrersitz umgedreht und das Fenster ein paar Zentimeter heruntergefahren. Ich höre seine Bassstimme murmeln und die höhere Stimme seines Beifahrers. Die Erfahrung lässt mich daran zweifeln, dass ihre Unterhaltung lange dauern wird.

Louis zieht mich in die Hocke hinunter. «Setz mich über Edward mit den Grabbelhänden ins Bild.»

«Er ist verheiratet, das zuerst. Zweitens – es ist ziemlich sicher nicht seine Frau in dem Auto da.»

«Gibt es eine dritte?»

Ich nicke. «Wer auch immer das ist, sie glaubt vermutlich, sie sei die Einzige. Aber er bringt eine Menge andere hier herauf.»

Unter uns schwankt das Auto, weil seine Insassen ihre Position verändern. Wenn wir hier noch lange bleiben, wird es losgehen. Das ist schon für mich allein superpeinlich. Aber es mit jemand anderem ansehen zu müssen, ist unerträglich.

Wie zur Provokation erscheint der Plateauabsatz einer Frau im Fahrerfenster und tippt wie ein Schnabel gegen das Glas.

«Die machen ja nicht lange rum.»

«Eigentlich schon.»

Er kichert leise. Kurz löst sich die Anspannung. Aber dann erscheint wieder dieser Plateauabsatz im Fenster. Ich höre Geräusche, die jeden Filmzensor ganz gerade sitzen lassen.

«Das ist irgendwie komisch», murmelt Louis.

«Stimmt.»

Ein paar Augenblicke später fügt er hinzu: «Und irgendwie auch tragisch. Dieser Typ hat einen Schwur geleistet – und da ist er jetzt und entweiht ihn. Ein einziger Fehler ist vielleicht noch verständlich. Aber das hier nicht.»

Louis hat recht. Das, was wir hier sehen, ist Betrug von der allerschlimmsten Sorte. Wenn ich in diesen letzten Jahren irgendetwas gelernt habe, dann ist es die Unantastbarkeit menschlicher Beziehungen – und die Konsequenzen, wenn wir sie doch verletzen. Aber ich habe auch gelernt, nicht mehr zu verurteilen. «Wir kennen Edwards Geschichte nicht», sage ich. «Vielleicht sind alle möglichen schlimmen Dinge passiert, die ihn so haben werden lassen.»

«Jedem passieren schlimme Dinge. Deswegen hat man immer noch keinen Freifahrtschein.»

Das stimmt wohl auch. Ich will zwar Edwards Taten nicht verurteilen, aber verteidigen kann ich sie auch nicht.

Louis wendet sich mir zu. «Ich habe eine Idee», sagt er. «Vertraust du mir? Denk mal darüber nach. Und antworte nur, wenn du dir sicher bist.»

«Ja, aber ...»

«Super. Dann warte mal hier.»

Bevor ich noch etwas fragen kann, ist er schon wieder auf dem Hang. In Sekunden verliert sich seine Spur zwischen den Bäumen.

Ich ziehe die Knie an und umschlinge sie mit den Armen. Ich weiß nicht, was Louis vorhat oder ob ich Angst haben soll oder mich freuen oder beides. Was ich aber genau weiß, ist, dass ich gleich Teil von etwas sein werde – auch wenn ich noch nicht weiß, von was.

Ein paar Meter unter meinem Versteck quietschen die Federn von Edwards Auto. Die Geräusche der körperlichen Freude werden immer lauter.

Louis kommt zurück. Als ich sehe, was er da bei sich hat,

werden meine Wangen ganz rot. Ich will etwas sagen, aber meine Worte – ebenso wie mein Atem – bleiben mir im Hals stecken.

Ich sehe zu, wie er hinunter zur Straße klettert. Die Personen im Auto sind viel zu beschäftigt, um ihn zu bemerken.

NEUNUNDZWANZIG

Als James das Haus verlässt, schläft seine Frau schon. Zumindest liegt sie im Bett und macht all die richtigen Geräusche. Es ist unmöglich herauszufinden, ob sie *wirklich* schläft, aber James ist sich ziemlich sicher. Er hat gesehen, wie ihre Augen unter den Lidern gezuckt haben. Nur eine vollkommene Psychopathin würde das tun, um es so scheinen zu lassen, als schliefe sie.

Der Mond steht in seinem Fahrerfenster, als er durch die Stadt fährt, ein Verbündeter und Jagdpartner auf seiner unendlichen Suche nach Sex. In einer der Zeitschriften seiner Frau hat er vom Einfluss des Mondes auf die Sexualität gelesen. Statistisch gesehen haben während der Vollmondnächte mehr Frauen ihren Eisprung als in anderen Nächten. Ihre Hormonspiegel sind dann höher, sodass auch ihre Libido ansteigt.

Jetzt, da er durch die Straßen von Cranner's Ford fährt, *spürt* James die aufgestaute Anspannung, die unausgelebte sexuelle Energie. Wenn es nur eine Möglichkeit gäbe, sie zu lokalisieren. Eine App wäre toll – Google Maps mit leuchtend roten Punkten, wie Bomben, die kurz vor der Explosion stehen. James würde ein *Vermögen* dafür bezahlen. Er würde dafür vielleicht sogar den Mustang verkaufen.

Immerhin weiß er heute Nacht, wo einer dieser roten Punkte ist. Auf Google würde er wild im *Cave 173* blinken, einer etwas abgelegenen stylishen Weinbar in Old Town. James findet einen Parkplatz direkt davor.

Vollmond oder nicht, Dani Whitaker lässt sich sicher nicht ohne sehr viel Veuve Clicquot als Gleitmittel in seinen Mustang locken. Daher muss er eine Stunde in der Bar verschwenden, Cola light trinken und sich mit zusammengebissenen Zähnen Danis peinliches Lachen anhören.

Es ist aber nicht alles schlimm. Als Gegengewicht zu ihrer Champagner-Angewohnheit und ihrem Hyänenlachen besitzt sie einen Körper, der eindeutig den Wert eines guten Personal Trainers beweist. Dani ist weich, wo sie weich sein soll, und ansonsten überall fest. Heute hat sie sich in ein weißes Minikleid gequetscht, das sich an ihre Haut schmiegt wie ein Gummihandschuh. Ihre Haut ist golden von der Sonnenbank, ihre Zähne weißer als Klaviertasten. Ihre Nägel sind der Hammer: gelbe Flammen, die auf perfekt pinkfarbenem Untergrund von den Spitzen nach oben lecken. James denkt über ihre Schärfe nach und darüber, was sie mit seiner Haut anstellen könnten – oder mit den Vinylpolstern seines Mustangs.

Kurz nachdem sie das *Cave 173* verlassen haben, erreichen sie die Straße, die um Pincher's Mount herumführt. Danis Parfüm und ihr natürlicher Geruch bringen James' Blut zum Kochen und lassen sein Herz schneller schlagen. Hinter der Straße, die nach Rycroft Hollow hinausführt, findet er einen Rastplatz.

Verfluchte Axt, er ist vielleicht geil. Manchmal denkt er, dass die Natur bei ihm irgendeinen Fehler gemacht hat, dass er in einer polygynen Spezies hätte geboren werden müssen, wo jedem Alphamännchen ein treuer Harem zugeteilt wird. Er hätte zum Beispiel ein Rothirsch werden können, oder ein Seeelefant. Vielleicht sogar ein Mantelpavian mit einem wunden, übermäßig benutzten, pinkfarbenen …

«Ich bin doch kein Seehund», sagt Dani und schaut aus dem Beifahrerfenster.

James zuckt zurück. «Wie hast du …?»

«Wir liefern hier doch keine Show», fährt sie fort. «Das ist doch dieser Platz, wo die Leute in aller Öffentlichkeit ficken, oder?»

Er atmet aus. «Du meinst die Senke, in der sich die Jugendlichen immer treffen? Die ist weiter oben am Hang. Ich habe gehört, dass sie da nur am Wochenende sind.»

«Sicher?»

«Hör nur, wie still es hier ist», sagt er und bemüht sich, geduldig zu wirken. «Wir sind garantiert die Einzigen hier.»

Dani nickt. Wenige Augenblicke später drückt sie ihre Lippen auf seine, zischt Anweisungen und zerrt an seinen Kleidern.

James reagiert, berührt sie gierig mit den Händen, endlich bekommt er die Belohnung für eine Stunde nervtötender Unterhaltung. Ihm schießt ein Gedanke durchs Hirn, und er verzieht das Gesicht, versucht, ihn wegzuschieben, aber er kommt wieder und kreist in seinem Kopf wie eine Motte um das Licht.

«Schuhe», murmelt er, und seine Zähne stoßen gegen Danis. In der Bar hat er ihre Schuhe überprüft, damit ihm nicht wieder so etwas wie mit dem Cowgirl von Samstagnacht passiert. Die Sohlen von Danis Korkplateauschuhen sehen aus, als hätte sich in sie eine Menge fieser, kratziger Scheiß eingebohrt. «Zieh sie aus.»

Dani nimmt die Hand von seinem Schritt, um sie auszuziehen. James zischt frustriert. Sie schafft es, einen Schuh auszuziehen, hat aber Schwierigkeiten mit dem anderen, und er braucht all seine Selbstbeherrschung, um nicht zu fluchen – oder zu kreischen wie ein Mantelpavian. Verzweifelt hilft er ihr, zerrt am Schuhriemen, seine Finger stören ihre, und sie behindern einander wie in einem pornografischen Slapstickfilm.

Endlich fällt der Schuh in den Fußraum. Aber jetzt ist das Lenkrad im Weg. James schlägt sich beinahe einen Zahn aus. «Hast du …?», fängt er an. «Sollen wir …?»

«Was?»

«So.»

Er gibt Dani einen Klaps auf den Schenkel und beschreibt einen Kreis mit dem Zeigefinger. Sie versteht und dreht sich um, bis sie auf allen vieren ist. Noch ein paar kleine Anpassungen, und sie sind mittendrin.

Der Mustang quietscht. Seine Vinylpolster kreischen auf ihrer Haut. Wieder flattert eine Gedankenmotte durch James' Hirn. Er greift nach der Decke auf dem Rücksitz und versucht, sie auf den Beifahrersitz zu ziehen.

«Was», sagt Dani zwischen zwei Keuchern, «zum Teufel ist das denn?»

«Fingernägel», sagt er. «Um die Polster zu schützen …»

«Nein. Dieser *Geruch.*»

Jetzt, da die Decke an Ort und Stelle ist, ist James alles

andere egal. In seiner Nase sind nur ihr Parfüm und ihr Schweißgeruch. Beides macht ihn ganz verrückt.

«Riecht wie ...», sagt Dani und stöhnt, weil er härter zustößt. «Wie Benzin.»

Und dann bemerkt James es ebenfalls. Er hält inne und glaubt, draußen etwas zu hören – das Scharren von Schuhen auf dem Asphalt –, und dann nimmt er eine Bewegung hinter dem Beifahrerfenster wahr, einen grauen Streifen in der Schwärze.

Angst erfüllt ihn. Er zieht sich aus Dani heraus, streift sich hastig die Hose über. Seine Nase brennt jetzt von diesem chemischen Geruch. Irgendeine Lösung oder ein Brandbeschleuniger.

Sofort wird seine Angst zu tiefem Schrecken. Jede Horrorgeschichte aus seiner Kindheit kommt zurück, jede urbane Legende – Paare, die auf einsamen Landstraßen stranden; Köpfe, die gegen Autodächer gerammt werden; geile Liebende, die in flagranti von maskentragenden Irren hingerichtet werden.

Wenn sie das Schrappen eines Streichholzes hören, ist es zu spät. James kann nicht im Mustang bleiben, aber er ist auch nicht scharf auf eine Begegnung mit einem puritanischen Fanatiker, der ihn unbedingt kastrieren will. In diesem Augenblick wünscht er sich, überall zu sein, nur nicht hier – im Bett mit seiner Frau vielleicht –, und bereut jeden Betrug an der Frau, die er einst genügend liebte, um sie zu heiraten.

Seine Hand schwebt über dem Türöffner. Dani neben ihm windet sich auf ihrem Sitz in die richtige Position. «Was ist das?», zischt sie und zieht sich das Kleid herunter. «Ist da verdammt noch mal jemand draußen?»

Die Panik in ihrer Stimme gibt den Ausschlag. James reißt seine Tür auf und stolpert heraus. Er wirbelt herum, nachtblind, und schlägt mit den Fäusten ins Nichts, um sich zu verteidigen. Aber seine Fäuste treffen auf keinen Widerstand, und als er mitten auf der Straße steht, merkt er, dass er allein ist. Keine verletzten Köpfe. Keine maskentragenden Irren. Keine puritanischen Fanatiker, die mit Skalpellen oder Scheren fuchteln.

James keucht, sein Herz hämmert immer noch wild – denn er *weiß*, dass er sich den grauen Streifen nicht eingebildet hat, der in der Nacht verschwunden ist, und auch nicht den chemischen Gestank in seiner Nase. Jemand *war* da. Jemand *hat* sie beobachtet. Und dieser Jemand hat einen Beweis für seine Gegenwart dagelassen.

Die Beifahrertür des Mustangs öffnet sich. Dani klettert heraus, barfuß. Sie schaudert, trotz der Feuchtigkeit und der Hitze. James beugt sich ins Auto und nimmt seine kleine Taschenlampe heraus. «Das ist doch wohl ein Scherz», flüstert Dani.

James starrt in ungläubigem Schrecken aufs Auto.

DREISSIG

Wir fahren.

Louis sitzt hinterm Steuer. Ich sitze neben ihm.

Ich dachte, ich würde nie wieder in ein anderes Fahrzeug steigen – schon gar nicht zu einem anderen Menschen. Ich dachte, ich würde mich gefangen fühlen, Platzangst bekommen, in Panik geraten. Stattdessen ist es angsteinflößend und Gänsehaut-großartig.

Mein Jorvik, das hinter uns steht, ist *nichts* im Vergleich zu der Freiheit, die Louis' VW-Bus bedeutet. Wenn Eleanor Verdunkelungsvorhänge hätte – und ich Auto fahren könnte –, wären die Möglichkeiten unendlich.

Wir überqueren die Brücke nach Cranner's Ford, und ich kann kaum glauben, wie anders alles aussieht. Vielleicht liegt es an meiner neuen Perspektive vom Beifahrersitz des VW-Busses aus. Vielleicht liegt es an meiner eigenen neuen Perspektive.

Ich schaue heimlich zu Louis, wann immer ich kann. Die Straßenlaternen lassen Licht und Schatten über sein Gesicht gleiten. Einen Moment lang ist es bernsteinfarben, dann wieder in Dunkelheit gehüllt. Je öfter ich hinsehe, desto mehr möchte ich sehen. Ich weiß, dass ich zur Besessenheit neige, aber das ist selbst für meine Begriffe irre.

Ich muss immer wieder daran denken, was gerade passiert ist – was wir gerade hinter uns gelassen haben. Jedes

Mal ist es für mich schwieriger, mich zurückzuhalten. Endlich bricht der Damm. Ich kichere, dann lache ich schallend. Ich bin nicht ans Lachen gewöhnt, schon gar nicht in Gesellschaft. Ich klinge wie eine schreiende Kuh, und der Gedanke lässt mich völlig hemmungslos werden.

Louis grinst. Und dann verliert auch er die Zurückhaltung. Bald wiehern wir beide vor Lachen. Als er den Arm um meine Rücklehne legt, merke ich, dass sich die allerletzten Reste meiner Angst vor ihm vollkommen aufgelöst haben.

Wieder denke ich an das, was passiert ist. An den rhythmisch wackelnden Mustang. Louis, der die Farbspraydose aus meiner Gepäcktasche holt. Das leise Zischen des Sprays, das beinahe von den Geräuschen der Leidenschaft im Auto geschluckt wird. Wie ich langsam lesen kann, was er da Buchstabe für Buchstabe auf die Kühlerhaube des Mustangs schreibt.

F…R…E…M…D…G…E…H…E…R

Dann: Louis' hastiger Rückzug; im Auto ist es plötzlich ganz still; das Geräusch der sich öffnenden Autotür; Edward mit den Grabbelhänden, wie er herausstolpert und sich auf der Straße im Kreis dreht; wie er langsam, verblüfft zurückkommt.

Und bei allem meine Begeisterung darüber, dass Louis womöglich etwas erreicht hat, was mir nie gelungen ist, was mir nicht einmal eingefallen ist: wie man Edward sanft dazu bringen kann, einen weniger zerstörerischen Weg einzuschlagen.

Okay, *sanft dazu bringen* ist vielleicht nicht das richtige Wort dafür.

Eher sanft unter Druck setzen.

Oder nur unter Druck setzen.

«Mir tut das Auto ein bisschen leid», sage ich. «Wird sicher nicht billig, das wieder hinzukriegen.»

«Muss es nicht. Wer einen Shelby Mustang fährt, hat keine Geldprobleme, das garantiere ich dir. Für unseren Freund dort ist es eine Unannehmlichkeit, keine Katastrophe.»

Wir haben die Old Town durchquert und fahren nun den Old Cobb hinauf. Pincher's Mount ist nicht der einzige Hügel, der über Cranner's Ford aufragt, nur der höchste. Der Anstieg hier ist weniger steil, und eine Straße führt bis hinauf auf den Gipfel.

Heute gehört der Gipfel uns. Ich bin wieder einmal erstaunt, wie anders die Stadt von hier aus aussieht. Das ganze letzte Jahr war sie ein Ort der Wunder, der Geschichten und Abenteuer, aber jetzt kommt es mir noch mehr so vor. Vielleicht ist so das Leben, sobald man jemanden hat, mit dem man es teilen kann.

Wenn der Motor ausgeschaltet ist, kommt einem der VW-Bus viel kleiner vor. Ich versuche, meine Euphorie zu bewahren, aber schon wieder drängt sich die Angst zurück in mein Bewusstsein. Louis spürt offenbar die Veränderung, denn er schaltet Musik ein und öffnet seine Tür. «Komm.»

«Wo ...», fange ich an, aber er ist bereits ausgestiegen. Die Bässe in Jackie Wilsons «Higher and Higher» wummern aus den Lautsprechern. Es ist unmöglich, Angst zu haben, wenn man den Song hört.

Louis taucht im Scheinwerferlicht des VWs auf. Zum

ersten Mal an diesem Abend sehe ich, was er anhat – einen salbeigrünen Leinenanzug, dazu weiße Slipper. Der Nachthimmel hinter ihm ist der perfekte Hintergrund. Er sieht aus wie ein Schauspieler in einem Film. Ich kann den Blick nicht abwenden.

Louis zieht die Jacke aus, und darunter trägt er ein Hemd mit Blumenmuster, das außer ihm niemand anders tragen könnte. Er hängt die Jacke an den Rückspiegel. Dann lädt er mich mit ausgebreiteten Armen dazu ein, zu ihm zu kommen. Ohne nachzudenken, öffne ich die Beifahrertür.

Wieder habe ich das Gefühl, dass die Realität in Scherben zerspringt, dass ich aus dem VW-Bus direkt in eine andere Dimension getreten bin, in der die normalen Regeln nicht gelten. Als meine Füße den Boden berühren, wirkt er fest, verlässlich – und absolut fremd. Ich habe das Gefühl, als könnte ich die Arme in die Luft strecken und eine Pirouette drehen, ohne Gefahr zu laufen hinzufallen, ein menschlicher Kreisel, der das Universum so erfahren kann, wie es das Universum vorsieht.

Louis lächelt. Ich bin offenbar *tatsächlich* in einer anderen Realität gelandet, denn ich gehe, ohne zu zögern, zu ihm und keuche auf, als er meine Hand nimmt.

«Sollen wir?», fragt er und legt seine freie Hand auf meinen Rücken.

Ich reagiere mit einem Geräusch, das klingt, als verschluckte sich ein Kind an einem Lolli. Denn auch in diesem Paralleluniversum kann ich mich problemlos zum Affen machen. Ich räuspere mich und weise auf das Offensichtliche hin: «Ich kann nicht tanzen.»

«Heute Nacht schon», erwidert Louis. Und dann bewegt er sich. Ich kann nicht anders, ich muss seinen Bewegungen folgen, und deswegen muss ich mich an ihm festhalten. Mal abgesehen von Seiltanzen fällt mir nichts ein, was ich in meinem Zustand schlechter kann.

Und dennoch stolpere ich nicht. Ich verheddere mich nicht in Louis' Beinen. Ich falle auch nicht hin und ziehe ihn mit mir. Niemand könnte ernsthaft behaupten, dass das, was ich da tue, Tanzen ist – aber ich bewege mich mit ihm zusammen, immerhin, und die Welt bleibt, wo sie hingehört, obwohl sie sich dreht.

Plötzlich ist mein schäbiger Schottenrock egal, auch mein verschmiertes Tinkerbell-Make-up und mein blödes pinkfarbenes Haar. Denn ich erlebe hier auf dem Hügel einen Augenblick, an den ich immer wieder denken kann, noch lange nachdem Louis sein Interesse verloren haben und weitergezogen sein wird.

Die Lichter der Stadt und des Nachthimmels werden hell wie Juwelen, dann explodieren sie in wunderschönen Spektralfarben. Meine Nase ist voller Düfte; sie kommen in Wellen, überlappen sich, verschränken sich, zu viele und zu flüchtig sind sie, als dass ich sie alle benennen könnte. Jackie Wilson macht Platz für Marvin Gaye. Marvin Gaye wiederum wird von Dusty Springfield abgelöst.

«Night Eyes», murmelt Louis, und seine Bewegungen werden langsamer. Dann nimmt er mein Kinn zwischen Daumen und Zeigefinger, um mein Gesicht sanft anzuheben. «Deine Wange», sagt er. «Hast du dir da wehgetan?»

Ich grinse beschämt. «Kleine Auseinandersetzung mit

einem Möbelstück. Wir haben uns hinterher wieder vertragen.»

«Du bist wieder hingefallen?»

«Es war eher eine Notlandung.»

«Dein Arzt ...», fängt er an, aber ich bringe ihn mit einem Kopfschütteln zum Schweigen. Jetzt singen Mitch Ryder and the Detroit Wheels, und wir klettern wieder in den Bus.

«Du bist eine Agentin des Universums, Mercy Lake», sagt Louis und schaut nachdenklich in den Nachthimmel hinauf. «Ob du es weißt oder nicht. Es haut mich um, was du da tust – wie du versuchst, den Menschen zu helfen, einfach nur deshalb, weil sie Hilfe brauchen. Menschen, die du gar nicht kennst. Mit denen du noch nie geredet hast.»

Ich schaue zu ihm, überrascht von seinen Worten, und noch mehr überrascht von den Gefühlen, die ich in seinem Gesicht sehe. Ich möchte die Hand ausstrecken und seine nehmen. Natürlich tue ich als ungeschickte Loserin so etwas nicht.

«Du bringst Licht in die Dunkelheit», fährt er fort. «Mitgefühl, wo es nur Vernachlässigung gibt. Zum Beispiel William der Navigator, der in diesem Zimmer gefangen ist, in dem nichts die Monotonie seines Daseins durchbricht. Du hast es gesehen, und du hast etwas *unternommen*. Ohne jede Erwartung, ohne Hoffnung auf Anerkennung.»

Meine Wangen werden heiß. Ich kann nicht einfach dasitzen und das ungerechtfertigte Lob genießen. Schon gar nicht, was William angeht. Als ich damit begann, Simon Raffertys Urgroßvater zu beobachten, waren meine Absichten kein bisschen altruistisch. Wenn überhaupt, dann wollte ich, dass der alte Mann stirbt. Zum Glück bin ich jetzt nicht mehr so.

«Ich habe dieses Vogelhäuschen irgendwo im Müll gefunden. Jemand anders hat es weggeworfen. Es war gar nichts wert.»

«Ich bin mir sicher, dass es William etwas wert ist. Und ich rede nicht nur von ihm. Raj zum Beispiel? Du hast gesehen, was die Leute auf seine Wand gesprüht haben, und dann hast du dir alle Mühe gegeben, um es zu übermalen. Die Leute in seiner Nachbarschaft hätten dasselbe tun können, haben sie aber nicht. Du denkst vielleicht, dass das, was du getan hast, nicht wichtig ist, Mercy, aber es ist wichtig für ihn. Es sollte der ganzen Stadt wichtig sein.»

«Ehrlich», sage ich. «Wenn du das so sagst, klingt es viel größer, als es ist. Ich fummele nur ein bisschen am Rand herum. Es gibt viel mehr Leute in Cranner's Ford, denen ich *nicht* geholfen habe – der Frau von Edward mit den Grabbelhänden zum Beispiel. In einer Nacht hast du vielleicht mehr für sie getan, als ich in der ganzen Zeit tun konnte.»

Louis schüttelt den Kopf. «Diese Sache ist noch nicht beendet, Mercy. Nicht in Ansätzen. Ein Typ wie Edward benimmt sich nicht plötzlich, nur weil ihm jemand etwas aufs Auto sprüht.»

«Wissen wir nicht. Vielleicht ist er jetzt gerade zu Hause und schwört, von nun an ein anderes Leben zu führen. Und selbst wenn nicht, ich wette, er denkt nächstes Mal zweimal darüber nach, wenn er in Versuchung ist, sie wieder zu betrügen.»

«Unwahrscheinlich.»

«*Sehr* wahrscheinlich. Und was ist mit William dem Navigator, da du ihn ja gerade erwähnt hast? Du bist einfach ins Pflegeheim reinspaziert und hast die Orden woanders hingehängt, ohne zu zögern. Du tust Dinge, von denen ich nicht einmal träumen kann, weil ich viel zu viel Angst habe, erwischt zu werden.»

Louis kaut auf seiner Unterlippe herum. Als er mich diesmal ansieht, ist sein Gesichtsausdruck ein anderer. «Weißt du, was ich glaube?»

«Ja», sage ich und blinzele. «Eigentlich nicht, nein.»

«Ich glaube, das Universum zeigt uns seinen Plan. Ich glaube, wir haben in dieser Stadt einiges zu tun. Ich glaube, dass wir zusammen unaufhaltsam sind.»

«Wirklich?»

«Wir sind wie die beiden Seiten einer Medaille, Mercy. Wie Yin und Yang.»

Ich grinse. «Wie Fish and Chips?»

«Wie Donner und Blitz.»

Ich presse die Knie zusammen. Das hier wird nicht halten. Es *kann* nicht halten. Nicht nur, weil es sich wie ein Märchen anfühlt und Märchen nun mal nicht real sind, sondern weil es Dinge gibt, die Louis niemals erfahren darf, obwohl Ehrlichkeit der beste Weg ist. «Ich gehe wohl lieber nach Hause.»

«Ich fahre dich.»

Ich schüttele den Kopf und zeige auf mein Jorvik. «Niemals einen guten Hügel verschwenden, schon gar nicht, wenn man oben auf dem Gipfel ist. Das ist die erste Regel.»

Es gibt noch einen Grund. Ich will nicht, dass Louis weiß, wo ich wohne.

«Darf ich dich anrufen?», fragt er.

«Ich habe kein Telefon.»

«E-Mail?»

«Ich lebe lieber analog.»

«Okay», erwidert Louis. Er trommelt mit den Fingern auf dem Schaltknüppel herum. «Okay.»

«Wir können uns irgendwo treffen», sage ich.

«Wie wäre es am Samstag mit Mittagessen?»

Falsche Frage, brummt der Buzzer. «Ich esse nicht zu Mittag», sage ich zu ihm. «Zumindest nicht dann, wenn andere Menschen zu Mittag essen. Tatsächlich habe ich es generell nicht so mit dem Tag. Wie wäre es Samstagnacht?»

«Dann haben wir ein Date», sagt Louis. «Sag einfach, wo.»

EINUNDDREISSIG

James fährt Dani zu ihrer Wohnung und dann nach Hause. Zumindest ist kein Verkehr auf den Straßen. Niemand, der mit dem Finger auf ihn zeigen und lachen kann. Niemand, der die *verdammte Beleidigung* auf seiner Motorhaube liest.

Ihm fallen spontan sechs Arten ein, wie er den Schuldigen häuten könnte, wenn er ihn erwischt. Dummerweise weiß er nicht, *wer* ihm auf den Pincher's Mount gefolgt ist und seinen Mustang verunstaltet hat. Dani wusste es auch nicht, aber das hinderte sie nicht daran, anderen die Schuld zuzuschieben.

«War das deine verdammte *Ehefrau*?», hatte sie wissen wollen, als sie auf der Straße stand und die hingesprühten Buchstaben las.

«Ich habe nicht ...»

«Herrgott noch mal, James. Diese Frau ist verdammt noch mal eine Psychopathin, hörst du? Wir müssen hier weg, sofort. Sie lungert hier vielleicht noch herum.» Wieder im Auto, drehte Dani weiter am Rad. «Die Türen waren nicht einmal verriegelt. Sie hätte einfach hineingreifen und unsere Kehlen aufschlitzen können. Sie hätte Benzin reingießen und uns *kremieren* können.»

«Hör mal ...»

«Nein, *du* hörst jetzt mal zu. Was willst du jetzt unternehmen? Du solltest sie bei der Polizei anzeigen. Weißt du was? Vielleicht mache *ich* das auch.»

James hörte Danis Wutausbruch zu und wusste, dass der Abend ruiniert war – dass er sie nicht davon würde überzeugen können, das zu beenden, was sie begonnen hatten, selbst wenn er einen neuen Rastplatz fand. Und inzwischen hatte er auch die Lust verloren. Danis Stimme – und ihr Gejammer – ging ihm langsam auf die Nerven.

Jetzt, ein paar Häuser von zu Hause entfernt, hält James sein Auto an und montiert die Motorhaube ab. Sie ist schwer, aber er schafft es gerade so eben. In der Garage wickelt er sie in zwei weiche Decken und lehnt sie gegen die Wand. Dann fährt er den Mustang hinein.

Im Haus ist es dunkel, als er hereinkommt. In der Küche findet er Spuren des Abends seiner Frau: einen Teller mit Krümeln darauf, ein Messer, an dem noch Butter klebt. Der Anblick macht ihn traurig. Und dann denkt er an die böswillige Beschädigung seines Mustangs. Seine Hände ballen sich zu Fäusten. Ein Fingerknöchel knackt.

Statt ins Bett zu gehen, öffnet James die Eingangstür. Er schaut das Auto seiner Frau an, das in der Einfahrt steht. Keine Schönheit. Wie das meiste in ihrem Leben ist auch ihr Auto einfach nur praktisch. Er überquert den Asphalt und legt die Hand auf die Motorhaube.

Warm.

Hatte sie erzählt, dass sie heute Abend verabredet war? Um ganz ehrlich zu sein, weiß er es nicht mehr. Wenn sie redet, schaltet er meistens ab.

Ganz leise schleicht James die Treppe hinauf. Er geht auf

die Toilette und putzt sich die Zähne. Dann öffnet er die Schlafzimmertür. Wie Samstagnacht, als er das letzte Mal mit anderen Frauen unterwegs war, ist seine Ehefrau eine zusammengekuschelte Masse unter der Bettdecke. Aber diesmal lässt ein winziger Spalt zwischen den Vorhängen ein Dreieck aus orangefarbenem Straßenlampenlicht herein. James steht regungslos da. Hat sie ihn beim Zurückkommen beobachtet?

Diese Frau ist verdammt noch mal eine Psychopathin. Die Türen waren nicht einmal verriegelt. Sie hätte einfach hineingreifen und unsere Kehlen aufschlitzen können. Sie hätte Benzin reingießen und uns kremieren *können.*

Vielleicht ist es an der Zeit, Dani weniger zu sehen, trotz ihres perfekten Körpers und der Killer-Nägel. Auf jeden Fall würde er ein Vermögen sparen, weil er nicht mehr so viel Champagner kaufen müsste.

James zieht sich aus. Dank der Straßenbeleuchtung kann er den Krimskrams auf dem Nachttisch seiner Frau erkennen. Das Zeug scheint ihre neueste Marotte zu sein, wie das Nähen von Patchworkdecken, ein Hobby, dem sie eine Weile nachging, bis er ihr erklärte – einfühlsam natürlich –, dass sie nicht gut darin war.

Heute liegt da neben einem Drachenring und einer Brosche in Form eines Pfeils eine Silberkette, an der ein winziger silberner Hammer hängt. Dass all diese Dinge etwas mit Gewalt zu tun haben, erweckt in ihm ein gewisses Unbehagen.

Herrgott noch mal, James. Diese Frau ist verdammt noch mal eine Psychopathin.

Mal angenommen, das wäre wahr. Mal angenommen, wie verdammt unfassbar *angsteinflößend* das wäre.

Er steigt nackt ins Bett. Seine Frau neben ihm seufzt und dreht sich um. Sie streckt die Hand aus und legt sie auf seine Brust.

James liegt starr da und konzentriert sich auf ihren Atem. *Ist* sie doch wach? *War* sie da oben auf der Straße? Hat sie FREMDGEHER auf sein Auto gesprüht?

Unter ihren schlafenden Fingern hämmert sein Herz wie wild. Er fragt sich, wie laut er wohl schreien würde, wenn sie ihm dieses Wort ins Ohr flüstern würde.

Sie tut es nicht, aber James kann trotzdem nicht schlafen.

ZWEIUNDDREISSIG

Ich kann nicht direkt nach Hause fahren. Ich bin viel zu aufgedreht. Mache mir zu viele Sorgen, bin zu aufgeregt und verwirrt. Ich fahre die Straße den Old Cobb hinunter, dann in östliche Richtung durch die Stadt, ohne groß zu überlegen, wohin ich fahre. Erst als ich am Fuß des Pincher's Mount ankomme, merke ich, dass ich sowieso dorthin wollte. Einen kleinen Aufstieg später erreiche ich den Platz, an dem ich oft sitze.

Über mir scheinen die Sterne heller als sonst, die Geheimnisse des Himmels sind noch unerklärlicher. Zum ersten Mal in meinem Leben frage ich mich: Werde *ich* vielleicht auch beobachtet, von irgendwo da oben aus? Der Gedanke ist so beunruhigend, dass ich eine Gänsehaut bekomme. Heute Nacht waren Louis' Worte so überzeugend, dass es mir kaum gelingt, sie abzuschütteln.

Stell dir bloß mal vor, was alles passieren musste, Freitagnacht, um uns zu diesem Augenblick zu bringen: dein Platten, mein leerer Tank, diese Skater, diese hingeworfene Bemerkung, aufgrund derer ich dich wiedergefunden habe.

Ich habe mir immer wieder gesagt, dass das, was zwischen uns ist, nicht andauern kann, weil es Dinge gibt, die Louis nie erfahren darf: nicht nur, dass ich die Raffertys beobachte oder letzten Winter vor drei Jahren Ollie entführt habe, sondern auch das, was zwei Jahre davor passiert ist.

Was wäre, wenn – wcnn? alles, was Louis mir gesagt hat, wahr wäre? Dass unser Zusammentreffen an der Texaco-Tankstelle *kein* Zufall war. Dass wir uns aus einem bestimmten Grund kennengelernt haben? Ich glaube das nicht, keine Sekunde lang ... aber was wäre, wenn?

Ich weiß, dass das kein reiner Zufall war. Irgendetwas hat mich zu dieser Texaco-Tankstelle gezogen. Ich glaube, dich hat es ebenfalls dorthin gezogen. Die Frage, auf die ich bisher aber keine Antwort hatte, ist, warum es so war.

Und jetzt kannst du sie beantworten?

Jetzt, da ich gesehen habe, was du tust, habe ich da so eine Ahnung.

Und die wäre?

Ich nehme an, dass ich dir helfen soll.

Ich schließe die Augen und denke an meinen Besuch in Arcadia Heights: Ollie Rafferty, der in seiner Minions-Pyjamahose hinter der Scheibe steht; der Griff an seiner Schiebetür, nur wenige Zentimeter von mir entfernt; mein Schrecken, als ich ihn berühre und merke, dass die Tür offen ist, die Angst, dass ich jede Kontrolle über mich verliere; dass ich die Tür öffne und ihn mitnehme.

Eine Szene läuft in meinem Kopf ab. Louis und ich sitzen vorn im VW Bus und fahren eine Küstenstraße entlang, irgendwo, wo es heiß ist. Das Sonnenlicht dringt durch die Fenster. Irgendwie habe ich keine Angst. Er lächelt mich an, ich lächle zurück, und dann drehe ich den Kopf und sehe hinter uns ...

Ich zucke zusammen, öffne die Augen und atme tief durch.

In meinem Schoß liegen der Feldstecher und das Stativ, das mir Louis in Rycroft Hollow geschenkt hat. Ich stelle das Stativ auf, lege die Augen an die Linse und suche Arcadia Heights. Die Auflösung ist so hoch, die Vergrößerung so außergewöhnlich gut, dass ich kurz erschreckt zurückzucke. Dann schaue ich ein zweites Mal hin.

Simon Rafferty steht an der Kücheninsel und löst die Silberfolie von einer Champagnerflasche. Er trägt einen Smoking, die Jacke hat er abgelegt. Eine Fliege hängt lose um seinen Hals.

Im Kinoraum sitzt Hugo der Schatten auf einem der weißen Sofas. Er ist genauso gekleidet wie Simon. Neben ihm sitzt eine Frau, die ich nicht kenne, wunderschön in einem silbernen Paillettenkleid. Gegenüber sitzt ein weiteres Paar.

Ich lasse meinen Blick durch den Feldstecher über das Haus schweifen, aber Nadia sehe ich nicht. Ich halte die Linse auf die dunklen Fenster von Ollies Zimmer und glaube, eine Bewegung hinter dem Glas zu sehen, ganz kurz nur. Eine Minute später geht im Hauptschlafzimmer das Licht an.

Da ist sie ja. Platinblonder Bob, perfekter Körper, hinreißendes smaragdfarbenes Kleid. Es raubt mir den Atem, wie klar ich alles sehe. So genau konnte ich ihr Schlafzimmer noch nie erkennen.

Nadia tritt an ihren Spiegel. Eine Weile betrachtet sie ihr Spiegelbild. Dann zieht sie den Stoff ihres Kleides über dem Bauch fest und dreht sich hin und her.

Ich spüre ein Kribbeln in meinem eigenen Bauch – dort

rührt sich etwas, das meiner Einbildung entsprungen ist. Es ist verstörend, aber nicht so verstörend wie das, was ich da offenbar beobachte. Das hier ist am Samstag schon so passiert. Jetzt gibt es eigentlich keinen Zweifel mehr darüber, was es bedeutet.

In ihrem Schlafzimmer schaut sich Nadia Rafferty weiter im Spiegel an. Dank meines neuen Feldstechers habe ich das Gefühl, direkt hinter ihr zu stehen – als könnte ich, wenn ich wollte, ihren Hals berühren, ihren Puls mit meinen Fingern spüren.

Den Puls einer Mutter, stark und gleichmäßig. Und doch so unglaublich zerbrechlich.

DREIUNDDREISSIG

Zur Mittagszeit, am Samstag, sind es bereits siebenunddreißig Grad im Schatten. Auf der Straßenbank, auf der Konstantin Tapia die letzte Stunde gesessen hat, ist es noch weit heißer. Die Haut auf seinem kahlen Kopf, der direkt in der Sonne ist, brutzelt wie Fleisch auf dem Grill.

Tapia liebt die Hitze, verehrt sie. Wenn es dafür einen Knopf gäbe, würde er ihn auf die höchste Stufe drehen. Er würde zusehen, wie das Gras schwarz wird, die Bäume in Flammen aufgehen, Menschen sich wie Kerzen entzünden, um dann zu einer Pfütze flüssigen Talgs zu zerschmelzen.

Tapia weiß, dass diese Gedanken unkonventionell sind. Im Laufe der Jahre hat er gelernt, sie zu verbergen. In der Nacht, wenn sich die Erde von der Sonne abgewandt hat, stärkt er sich mit Aufnahmen von Atomexplosionen. Er badet im weißen Blitz, im anschwellenden Orange, in der Feuersbrunst eines erdbebenartigen Ereignisses. Wenn es eine Wiedergeburt gibt, dann will Tapia als Wüsteneidechse auf die Welt kommen – wo er auf einem Nukleartestgebiet in der Sonne badet, bis die Höllenfeuer ihn aufnehmen.

Seine Bank ist ein paar Meter von der Straße entfernt. Das Haus, das er beobachtet – ein umgebautes georgianisches Reihenhaus im Herzen der Old Town –, steht ungefähr zehn Meter zu seiner Rechten. Wenn seine Informationen richtig sind, dann wohnt Keira Greenaway in der

Kellerwohnung – wobei der Ausdruck «versteckt sich in der Kellerwohnung» passender scheint angesichts der schweren Vorhänge vor dem Wohnzimmerfenster.

In der Papiertüte auf Tapias Schoß liegen drei Bhut-Jolokia-Chilischoten. Er greift hinein, nimmt eine heraus und beißt sie bis zum Stiel ab. Einmal zugebissen, und schon füllt sich sein Mund mit Schmerz. Es ist nicht ganz die Hitze einer Atomexplosion, aber nahe dran. Von außen sieht man ihm nichts an.

Von hier aus hat er die Kellerwohnung nicht im Blick, aber dafür den Hauseingang. Wenn Greenaway herauskommt, wird er sie sehen.

Neben ihm auf der Bank stehen ein paar verschlossene Pakete. Darauf liegt der *National Geographic* – die Vesuv-Ausgabe. Darin liegen zwei Zeitungsbilder von Greenaway von ihrem Prozess, die er ausgeschnitten hat.

Das Feuer in Tapias Mund schwillt an, bis es beinahe unerträglich ist, aber er behält die Kontrolle. Über eine Million auf der Scoville-Skala – und letztlich eine Enttäuschung.

Er steht auf, nimmt seine Pakete und überquert die Straße. Er geht zur Einfahrt des Reihenhauses, steigt die Stufen empor und drückt auf alle Klingeln, außer eine.

Er beugt sich über die Balustrade. Von hier aus kann er das Fenster der Kellerwohnung viel besser sehen. An den Rändern der Vorhänge kann er etwas ausmachen, was wie selbst gemachte Verdunkelungsplatten aussieht.

Als eine Stimme durch die Gegensprechanlage erklingt, sagt Tapia: «Amazon.»

Die Tür summt, und er drückt sie auf.

Zu seiner Rechten hängen Briefkästen aus Metall in einer Reihe über einem Tisch, auf dem Restaurantflyer herumliegen. Auf dem Briefkasten für Wohnung eins steht der Name *M. LAKE*.

Zu seiner Linken führen Stufen hinauf. Hinter einer Tür am Ende des Flurs führt eine weitere Treppe nach unten. Tapia folgt ihr. Unten geht ein bewegungsgesteuertes Licht an. Es beleuchtet den Eingang der Kellerwohnung und ein Paar ochsenblutfarbene Doc Martens, die auf der Fußmatte stehen.

Tapia hält das Ohr an die Tür.

Stille.

Ist das echte Stille? Oder die Stille, die entsteht, wenn jemand den Atem anhält? Steht Keira Greenaway vielleicht auf der anderen Seite, den Kopf im selben Winkel gegen die Tür gelehnt? Er könnte die Tür aufbrechen, um es herauszufinden, aber das entspricht nicht seinem Stil. Stattdessen legt er das Auge an den Spion und stellt fest, dass es drinnen dunkel ist.

«Bist du da, kleines Fischlein?», flüstert er. Er fährt mit der Zunge über sein Zahnfleisch und schmeckt die letzten Reste der Schärfe des Bhut-Jolokia-Chilis. Auf dem Weg aus dem Gebäude hinaus lässt er seine leeren Pakete auf den Tisch unter den Briefkästen fallen.

Zwei Straßen weiter schließt er seinen Mietwagen auf. Die Mittagssonne hat das Innere in einen Hochofen verwandelt. Er setzt sich auf den Ledersitz und kommt sich vor wie ein Naan-Fladen, der gegen die Lehmwand eines Tandoor-Ofens geklatscht wird.

Das Lenkrad ist so heiß, dass man es kaum anfassen kann. Tapia packt es dennoch fest und genießt den Schmerz. Dann holt er seine Zigaretten heraus und zündet sich eine an. Er starrt die glühende Spitze an und erinnert sich an den Geruch von Nadias verbrannter Haut.

Er schließt die Augen und rezitiert die ersten Zeilen seines Lieblingsgedichts von Robert Frost:

«Manche sagen, dass im Feuer die Welt vergehen wird,

Andere – im Eis.»

Tapia betet, dass es das Erstere ist.

VIERUNDDREISSIG

Samstagnacht. Nur eine gute Woche nach der Texaco-Tankstelle.

Ich bin auf der Bartholomew Street und überquere die Kreuzung zur Liphook Avenue, wo ich Weiße-Knöchel-Wandas Range Rover ein paar Häuser weiter vom *Cave 173* parken sehe. Vor zwei Nächten hat mich die Besitzerin des Nagelstudios angeschrien, als ich das Graffiti an der Mauer der Wohnung von Raj dem Wiedergeborenen übermalt habe. Sie ist ganz sicher in der Weinbar und kippt sich einen letzten Drink hinter die Binde, bevor sie betrunken nach Hause fährt.

Ich fahre an dem Auto vorbei und ärgere mich mal wieder über meine übliche Untätigkeit – und dann, bevor ich überhaupt begreife, was ich da tue, wende ich und bleibe hinter ihrem Auto stehen.

Ich klettere von meinem Jorvik, öffne die Gepäcktasche und nehme das Messer heraus. Jetzt ist es ganz still auf der Straße – aber so wird es nicht lange bleiben. Wenn ich das hier tun will, muss ich schnell sein.

In mir summt das Adrenalin. Ich schleiche zum Vorderrad des Range Rover und ramme meine Klinge in den Reifen.

Die Luft entweicht explosiver, als ich erwartet hatte – mit einem Geräusch wie die Druckluftbremsen eines Busses.

Ich laufe zu meinem Jorvik, verstaue das Messer und sehe zu, dass ich wegkomme.

Fünf Minuten später sitze ich am Fenster des Drive-ins. Unter dem Tisch zittern meine Knie wie Espenlaub. Es ist so verdammt *hell* hier drin – wie in einem Laboratorium, oder wie in einer Raumstation. Ich schaue gedankenverloren in meinen fast leeren Milkshake, als Louis sich auf den gegenüberliegenden Sitz setzt.

«Buh!», macht er und lächelt mich an.

Ich zucke zusammen, suche nach einer schlauen Replik, aber mein Hirn reagiert nicht – und als ich dann doch etwas murmle, muss ich husten, sodass Louis mich fragt, ob es mir auch gut geht.

Ich nicke, trinke von meinem Milkshake und zwinge mich zu einem Lächeln. Ich überlege, ihm zu erzählen, was ich gerade getan habe. Aber stattdessen zeige ich auf den Touchscreen neben uns. «Willst du auch was?»

Er schaut sich im Restaurant um und kräuselt die Nase. «Nein danke.»

Vor zwei Nächten hat Louis vorgeschlagen, ich solle den nächsten Treffpunkt auswählen. Langsam schwant es mir, dass normale Menschen vermutlich kein Drive-in wählen würden. Ich will mich schon entschuldigen, als eine vertraute Stimme sagt: «Hi, Merdy.»

Ich schaue hoch, dankbar für die Ablenkung. Der Verlorene Travis, der sanfteste unter den Riesen, ragt über uns auf.

«Hey, Travis. Wie geht's?»

Der Blick seiner großen braunen Augen ist auf Louis gerichtet. «Merdy hat einen neuen Freund.»

«Genau.»

Etwas befangen stelle ich sie einander vor. Travis verbeugt sich feierlich, um dann seine Aufmerksamkeit wieder mir zuzuwenden.

«Blitz», sagt er. «Krachbumm.» Er greift in seine Uniform und zieht den Anhänger hervor. «Schlechtes Zeichen. Bedeutet Ärger kommt.» Er will noch mehr sagen, aber dann werden seine Augen ganz groß. Er zieht sich zurück wie eine Schildkröte in ihren Panzer.

Ich drehe mich um und sehe Einpeitscher-Becky auf uns zumarschieren. Ihr Gesichtsausdruck könnte einer Schlange die Schuppen vom Körper schmelzen. «*Runter* von der Verkaufsfläche», zischt sie und geht an Travis vorbei, ohne langsamer zu werden.

Er reagiert wie auf einen Pistolenschuss, zieht den Kopf ein und flitzt zur Personaltür. Es ist schrecklich mitanzusehen.

«Da kommt allerdings Ärger», murmelt Louis. «Ist das einer von deinen?»

«Travis ist der unschuldigste, vertrauensseligste Mensch auf der ganzen Welt.»

«Ist er der Grund, aus dem wir hier sind?»

«Nein, wobei ich froh bin, dass du gesehen hast, was da gerade passiert ist. Schau nicht hin, aber da ist ein Typ an der Ketchup-Station. Adidas-Sportanzug, graue Baseballkappe.»

Louis' Blick bleibt auf mich gerichtet. «Der ungewaschene Schmierlappen? Anfang dreißig? Gebrochene Nase und schmutzige Fingernägel?»

Mir bleibt der Mund offen stehen. «Du hast ja gar nicht hingeschaut.»

«Hab ihn beim Hereinkommen gesehen.»

Ich schlürfe die letzten Reste meines Milkshakes. «Bist du Geheimagent?»

«Vielleicht. Erzähl mir vom Schmierlappen.»

«Du meinst Kalte-Hand-Carl.»

«Vermutlich. Erzähl mir von Kalte-Hand-Carl.»

Ich schaue mich im Restaurant um. Jetzt gerade ist nur die Hälfte der Tische besetzt. Ich beuge mich vor und spreche leise, trotzdem.

Man würde Carl Edward Sergeant vermutlich nicht als den fähigsten Einbrecher in Cranner's Ford bezeichnen – aber er ist vermutlich der erfolgreichste. Anders als andere Einbrecher operiert er ausschließlich nachts. Es scheint ihm gar nichts auszumachen, in Häuser einzudringen, in denen die Bewohnenden schlafen. Wenn überhaupt, dann genießt er es vermutlich sogar.

Ich bin Carl vor neun Monaten zum ersten Mal begegnet, als er versuchte, in Arcadia Heights einzubrechen. Damals hatten die Raffertys noch keine Überwachungskameras, und ich benutzte noch mein altes Versteck – hinter dem Pizzaofen auf der anderen Seite des Pools. Carl trat zwischen den Bäumen hervor und schlich zur Küchentür. Vor Schreck bekam ich beinahe einen Herzanfall. Trotzdem war ich entschlossen, die Raffertys mit niemandem zu teilen. Ich warf einen Stein und traf die Fensterscheibe. Carl floh, aber das zerbrochene Fenster versetzte Nadia in Alarmbereitschaft. Am nächsten Tag installierte die Familie Überwachungskameras. Als Carl mir zum zweiten Mal über den Weg lief, begann ich, ihn zu beobachten.

Er ist ein Gewohnheitstier. Seine Samstagabende beginnen immer im Drive-in. Von hier aus geht er die Straßen entlang, sucht sich neue Ziele und beobachtet die, die er bereits für sich markiert hat. Er beobachtet ein Anwesen drei Wochenenden hintereinander, bevor er sich dafür entscheidet. Manchmal bricht er nicht ein. Meistens schon.

Es ist ein unbarmherzig effizientes System, wenn auch überraschend vorhersagbar. Wenn die Polizei sich ebenso viel Mühe damit gäbe, Carl zu verfolgen, wie sie damals mich verfolgt haben, dann würde die Kriminalitätsrate in Cranner's Ford sofort rapide absinken.

Carl bestiehlt Witwer, Rentnerinnen, Familien und junge Berufsanfänger. Jeden, der etwas hat, was er will. Kleine, wertvolle Gegenstände sind seine Lieblingsbeute: Geld, Schmuck, Laptops; Dinge, die in Taschen oder einen Rucksack passen.

Das erste Haus, bei dessen Einbruch ich ihn beobachtet habe, steht in der Copper Beech Lane. Jacob Allein zu Haus' Wohnsitz war das perfekte Ziel: ein großes Grundstück, umgeben von Wald; ein Bewohner mit schlechtem Gehör, in der frühen Trauerphase; keine Nachbarschaft in Hörweite; kein Alarmsystem, auch kein bellender Hund.

Mir ist immer noch ganz schlecht bei dem Gedanken, dass ich es zugelassen habe. Zugegebenerweise kannte ich Jacob Creese damals noch nicht. Ich hatte keine Ahnung, dass er erst vor Kurzem einen solchen Verlust erlitten hatte, dass er seine Frau mit einer Leidenschaft liebte, die die meisten Menschen niemals erleben, oder dass das Paar keine Kinder hatte, mit denen Jacob seine Trauer hätte teilen können. Nicht, dass das einen großen Unterschied gemacht hätte. Zu meiner Verteidigung muss ich sagen, dass ich Carls Methode herausfinden wollte, um künftige Opfer beschützen zu können.

In jener Nacht lief er elf Minuten ungehindert durch das Haus. Die *Gazette* schrieb später, Carl sei mit dem Ehering und dem Verlobungsring von Jacobs verstorbener Frau geflohen, außerdem habe er die Spieldose mitgenommen, in der er die beiden Ringe aufbewahrt hatte.

Ich sage Louis nichts von der Sache bei den Raffertys, erzähle aber, was bei Jacob Allein zu Haus passiert ist.

«Also», sagt er, als ich fertig bin. «Damals hast du nicht eingegriffen. Und danach?»

Mein Knie stößt gegen die Tischplatte. Ich atme tief durch. Und dann erzähle ich von den Nachrichten, die ich bei den Häusern in die Briefkästen stecke, die Carl beobachtet. Auf allen steht dasselbe:

> Ihr Haus wird von jemandem beobachtet, der in der Dunkelheit einbricht. Bitte seien Sie besonders vorsichtig und passen Sie auf.
> DAS HIER IST KEIN SCHERZ.

«Funktioniert es?»

«Schwer zu sagen. Bisher gibt es mindestens ein Haus, in das er nicht einbrechen konnte, nachdem ich die Nachricht hinterlassen hatte. Der Besitzer hat ebenfalls ein paar Sicherheitskameras installiert.»

«Dann hat es wohl funktioniert. Bist du schon zur Polizei gegangen?»

Ich schüttele den Kopf.

«Warum nicht?»

«Die würden vermutlich ohnehin nichts tun.»

«Andererseits vielleicht doch.»

«Vielleicht.»

Louis neigt den Kopf zur Seite. Ich winde mich unter seinem Blick. Plötzlich kommt mir das Licht hier noch heller vor. Die Geräusche im Restaurant lauter. Zum Glück wählt Carl genau diesen Augenblick aus, um seinen Tisch zu verlassen. Wir warten, bis er draußen ist. Dann folgen wir ihm.

FÜNFUNDDREISSIG

Konstantin Tapia liebt Hitze, aber Feuchtigkeit kann er nicht ausstehen.

Hitze reinigt; sie beseitigt Infektionen, brennt Krankheiten weg.

Feuchtigkeit dagegen führt zu Fäulnis – und es ist seit Sonnenuntergang immer feuchter geworden. Eine Stunde vor Mitternacht ist die Luft beinahe gesättigt.

Der hintere Teil des Vans ist praktisch ein Sumpf. Tapia sitzt auf einem Liegestuhl und ist nass vor Schweiß. Er hat schon zwei Badetücher durchnässt, aber er wird auf keinen Fall das Fenster herunterlassen oder die hintere Tür öffnen. Es ist wichtig, dass der Van so aussieht, als parkte er über Nacht hier. Wenn jemand mit der Taschenlampe durch die Windschutzscheibe hereinleuchtet, werden sie ihn nicht sehen können, weil er hinter der Abtrennung sitzt.

Er hat das Fahrzeug erst an diesem Nachmittag gekauft. Weil er Löcher in die Karosserie gebohrt hat, hat er einen Rundumblick. Von außen sieht man die Veränderung nicht, weil der Van einen großen Werbeschriftzug für einen inzwischen nicht mehr existierenden Hundesalon trägt.

Gegenüber steht das Reihenhaus, das er zur Mittagszeit bereits besucht hat. Wegen der Verdunkelungsplatten vor den Fenstern kann er nicht sagen, ob Keira Greenaway zu Hause ist oder nicht. In den fünf Stunden, die er nun schon das Haus beobachtet, hat niemand das Gebäude verlassen oder betreten, der auch nur ansatzweise so aussieht wie sie.

«Jetzt sei nicht so schüchtern, Fischlein», murmelt Tapia. «Ich fange dich vielleicht, aber ich bringe dich nicht um. Jedenfalls nicht heute Nacht.»

Aus seiner Papiertüte holt er einen Carolina-Reaper-Chili und beißt hinein. Schärfe, Hitze, dann Schmerz, dann Qual. Als er schluckt, gleitet das Feuer im Mund die Kehle hinunter. Es fühlt sich an, als würden Hautschichten verbrennen. Tapia keucht begeistert auf. Er beißt erneut ab – und sieht eine junge Frau aus dem Vordereingang des Reihenhauses treten.

Keira Greenaway bleibt unter dem Verandalicht stehen und schaut direkt zum Van. Sie ist ein ungewöhnliches Exemplar. Zottelig geschnittenes Haar, unebene Gesichtszüge, wilder Blick. Tapias Ohren jucken, als er sie betrachtet. Sie trägt Latzshorts und dieselben ochsenblutfarbenen Doc Martens, die er vor ihrer Wohnung gesehen hat. Sie ist so *bleich* – wie ein seltener weißer Trüffel, den man aus der Erde gewühlt hat.

Vorsichtig, als hätte sie zu viel getrunken, steigt Greenaway die Stufen hinunter. Sie öffnet einen Schuppen und schiebt ein kirschrotes Trike hinaus.

«Dann wollen wir mal herausfinden, wo du hinwillst, kleines Fischlein», sagt Tapia und klettert auf den Vordersitz. Als Greenaway losfährt, wartet er ein paar Augenblicke und folgt ihr dann. Fünf Minuten später steht er auf dem Parkplatz eines Drive-ins und beobachtet sein Fischlein durch die Frontfenster des Restaurants. Sie wirkt nervös. Vielleicht wegen des seltsamen Vandalismus-Akts, den sie auf dem Weg begangen hat. Als sich ein Mann ihr gegenüber hinsetzt, zuckt Greenaway zusammen, dann lächelt sie ihn schüchtern an.

Aha. Also hat das Fischlein einen kleinen Kumpel. Der Kumpel wirkt schlau, scharfsinnig, wachsam. Aber er ist kein Problem.

Tapia beobachtet sie, ohne sich zu rühren. Je mehr er über Keira Greenaways bleiches, mondgeküsstes Fleisch nachdenkt, desto hungriger wird er. Die Brennwunde, die Nadia im Wald zugelassen hat, war zwar intim, aber nicht mehr als ein Appetitanreger. Wenn überhaupt, dann ist er jetzt noch hungriger.

Als das Paar aus dem Drive-in tritt und das Trike in den VW-Bus lädt, startet Tapia den Motor.

SECHSUNDDREISSIG

Randall Road. Den Leuten, die hier wohnen, geht es gut. Die Häuser stehen einzeln, haben doppelte Fronten und viel Platz, mit gepflegten Vorgärten und zwei oder drei Autos, die in den Einfahrten stehen. In den letzten zehn Minuten ist Kalte-Hand-Carl zweimal diese Straße auf und ab gegangen. Beim zweiten Mal ist er über eine Mauer gesprungen und hat sich hinter einer großen Zypresse versteckt. Von dort aus beobachtet er das Grundstück gegenüber. Louis und ich hocken zwei Häuser weiter neben einem Mülleimerunterstand.

Bisher bin ich Carl noch nie hierher gefolgt. Ich nehme an, dass er wieder mögliche Opfer auskundschaftet. In einem der Erdgeschossfenster des Hauses, das er beobachtet, brennt eine Lampe hinter weißen Fensterläden. Der Rest des Hauses liegt im Dunkeln.

In der Tasche meiner Latzshorts steckt ein Umschlag, in dem meine Nachrichten stecken. Aber ich werde sie heute Nacht nicht überbringen können, denn jetzt springt Carl über die Mauer und überquert die Straße. Innerhalb weniger Sekunden ist er schon durch das schmiedeeiserne Tor gegangen und hinter dem Haus verschwunden.

«Tja», sagt Louis. «Da geht er hin.»

Ich starre bestürzt zum Haus. Dank der Straßenlaternen ist es hier recht hell. Auf dem vorderen Teil der Veranda hängen zwei schon ganz müde Ballons von einer an der Wand befestigten Kutschenlaterne. Unter den Ballons lehnt ein pinkfarbener Roller an der Verandawand.

Also wird wieder eine Familie aus Cranner's Ford Carls Opfer. Dass diese gerade einen Geburtstag gefeiert hat, kommt mir besonders grausam vor. Ich versuche mir vorzustellen, was wohl im Inneren des Hauses passiert. Ist Carl schon drin? Durchwühlt er bereits die Habseligkeiten der Familie? Vielleicht ist er von einem Sims gerutscht und ist vom Zaun aufgespießt worden. Oder er hat sich die Halsader aufgeschlitzt, weil er durch eine zerbrochene Scheibe geklettert ist.

Ich blinzele und zucke zusammen.

Das sind nicht meine üblichen Gedanken.

Gerüche blühen in meiner Nase auf: der Geruch von Knochenmehl, nasses Metall. Ich halte mich an dem Unterstand fest und verziehe das Gesicht. Ich glaube, etwas hinter einem der Erdgeschossfenster gegenüber zu sehen – das Flackern einer Taschenlampe.

«Er ist drin», murmelt Louis. Immerhin konzentriert er sich auf das Haus und nicht auf die kaputte Chaotin neben sich – aber dann berührt er meinen Arm. «Du hast wieder einen Anfall.»

«Geht schon vorbei.»

«Willst du dich hinsetzen?»

«Nein. So ist es gut.»

«Da sind Kinder im Haus. Unschuldige Kinder.» Louis schweigt einen Moment. Dann fügt er hinzu: «Warte auf mich.»

Er ist schon halb auf der anderen Straßenseite, bis ich

überhaupt begreife, dass er losgelaufen ist – und da ist es zu spät, um ihm hinterherzurufen. Louis geht, ohne zu zögern, die Einfahrt hinauf.

In meinen Ohren brüllt es, als stünde ich im Wind, als fiele ich durch Luftturbulenzen. Als ich den Mülleimerunterstand loslasse, schwankt die Welt wie ein Jo-Jo. Ich habe keine Wahl, ich muss mich wieder festhalten.

Deswegen habe ich ihn nicht mitgebracht. Das war nicht der Plan.

Was dachtest du denn, was passieren würde? Dachtest du, er würde einfach hier stehen bleiben und nichts tun?

Als Louis durch das Seitentor verschwindet, kann ich ein Stöhnen nicht unterdrücken. Das hier ist alles meine Schuld. Ich verlasse den Schutz des Unterstands und schaffe es fünf Schritte auf das Haus zu, bis die Welt vor mir flieht. Der Boden schlägt auf meine Seite wie ein Baseballschläger. Mein Schädel knallt auf den Asphalt. Die Welt schrumpft und verschwindet schließlich.

Als ich wieder zu Bewusstsein komme, habe ich keine Ahnung, wie lange ich ohnmächtig war. Ich schwinge die Beine und setze mich auf, überlege, ob ich mich übergeben muss. Irgendwie schaffe ich es, mich aufzurappeln. Die Straße ist ein Surfboard, auf dem ich nur unter großen Schwierigkeiten aufrecht stehen bleiben kann. Vor mir zerfällt das Haus, das Louis und Kalte-Hand-Carl geschluckt hat, in zwei Bilder. Keines von beiden wirkt besonders vielversprechend, aber ich wähle das, das näher ist, und schlurfe darauf zu.

Die aufsteigende Einfahrt ist das nächste Problem für

mein kaputtes Hirn. Irgendwie gehe ich im Zickzack hinauf und drücke gegen das schmiedeeiserne Tor. Ich atme bereits schwer und stütze mich an der Wand seitlich davon ab. Ich taste mich durch eine Tür mit Glasfenstern, stolpere beinahe über eine Betonstufe. Meine Hand schlägt gegen eine Plastikregenrinne und gegen ein Fenstersims, auf dem ein paar Gartenwerkzeuge liegen geblieben sind. Ich wische eins davon hinunter und zucke zusammen, als es auf die Pflastersteine fällt.

Hau ab! Jetzt! Raus da!

Aber Louis kann ich auch nicht im Stich lassen.

Ich komme zur Ecke des Hauses und bleibe stehen, bis die beiden Bilder vor meinen Augen zu einem einzigen verschmelzen. Gegenüber sehe ich ein paar Korbmöbel, die um eine Feuerstelle herum stehen. Auf dem großen Rasen befindet sich ein hölzernes Klettergerüst.

Zu meiner Linken sehe ich den hinteren Teil des Hauses: Hauswirtschaftsraum, Küche mit Doppeltüren, Esszimmer mit bodentiefen Fenstern, alle dunkel. Eines der beiden bodentiefen Fenster steht einen Spaltbreit offen.

Ich schaue hoch, keine Lichter über mir. Zwei der Fenster im ersten Stock sind mit Stickern beklebt, Spielsachen liegen auf den Fensterbrettern.

Ich halte die Luft an, renne an der Doppeltür der Küche vorbei, wobei ich bete, dass ich nicht hinfalle. Ich weiß, dass mich jeder sehen kann, der sich darin befindet. Ich glaube, eine Bewegung zu sehen – Dunkelheit, die zu Schatten wird –, aber dann ist sie wieder fort. Als ich bei den bodentiefen Fenstern ankomme, trete ich hindurch.

Ich habe immer noch keine Ahnung, wie lange ich bewusstlos war. Eine Minute? Fünf? Eindeutig nicht lange genug, um von einem Auto überfahren zu werden, aber das wäre auch unwahrscheinlich gewesen – um diese Zeit ist es in den Wohnstraßen hier still.

Im Haus ist es noch viel dunkler. Meine Augen brauchen eine Weile, bis sie sich daran gewöhnt haben. Ich sehe den Umriss eines Esstisches, acht Stühle, die Silhouette einer Anrichte und etwas, was vielleicht zwei Vitrinen sind.

Eine Tür zu meiner Linken führt in die Küche. Aus der Nähe höre ich vage, verwirrende Geräusche: mäuseartige Quietscher, ein Klicken und Tropfen, ein zischendes und unregelmäßiges Atmen.

Über mir knarrt eine Diele. Ich erinnere mich an die Fenster im ersten Stock: zwei Kinderzimmerfenster, ein Treppenhausfenster; ein viertes Fenster mit Milchglasscheibe.

Oben geht eine Klospülung, die die leiseren Geräusche übertönt, die ich vorher gehört habe. In den Wänden hört man die Rohre. Ein Spülkasten gluckert und füllt sich wieder.

Ich erreiche die Tür und lehne mich gegen ihren Rahmen. Der Raum dahinter ist nicht nur eine Küche, sondern auch ein Wohnzimmer – Kücheninsel, ein paar Sofas, viel gefliester Boden.

Eine Gestalt sitzt an die Kücheninsel gelehnt, die Beine ausgestreckt. Irgendetwas ist mit ihrem Kopf nicht in Ordnung.

SIEBENUNDDREISSIG

Minuten nachdem er das Drive-in verlassen hat, entdeckt Tapia etwas Seltsames: sein kleines Fischlein und ihr Kumpel befinden sich offenbar auf ihrer eigenen Jagd.

Das erweckt sein Interesse, aber es birgt auch Gefahren. Der VW-Bus vor ihm fährt offenbar ziellos herum, bleibt immer wieder am Straßenrand stehen, um an der nächsten Kreuzung wieder schneller zu werden. Tapia ist gezwungen, sich seiner Fahrt anzupassen und dasselbe zu tun. Als das Paar endlich parkt und aussteigt, weiß er immer noch nicht, was ihr Ziel ist.

Er steigt aus seinem eigenen Fahrzeug und verfolgt sie zu Fuß in einer Wohnstraße. Als sie sich hinter einem kleinen Betonunterstand für Mülltonnen verstecken, tut Tapia hinter ihnen dasselbe.

In den nächsten zehn Minuten wartet und beobachtet er, und endlich weiß er, was es ist, was die beiden interessiert – ein Typ in Jogginganzug mit Baseballkäppi, der verstohlen die Häuser auskundschaftet und sich schließlich hinter einem Baum verbirgt. Ein paar Minuten vergehen. Dann kommt der Typ aus seinem Versteck. Er überquert die Straße und geht die Einfahrt eines Hauses hinauf.

Nur einige Augenblicke später folgt das Kumpelfischlein. Kurz danach auch das kleine Fischlein – aber es schafft nur ein paar Schritte und bricht dann zusammen.

Tapia betrachtet ihren Körper, wie er auf der Straße liegt. Er weiß wirklich nicht, was hier eigentlich los ist. Aber das macht ihn nur noch entschlossener, es herauszufinden. Leise schleicht er zum VW-Bus.

Das Innere ist makellos, nichts liegt herum, was irgendeinen Rückschluss auf die Persönlichkeit des Fahrers zulassen würde. Der Bus an sich allerdings hat Ausstrahlung. Tapia hat das schräge Gefühl, dass er weiß, dass er in ihm ist, und dass er ihn abcheckt. Er schüttelt den Kopf. Vielleicht ist das eine komische Nebenwirkung des Carolina-Reaper-Chilis.

Aus seiner Hosentasche holt er den Tracker, den er online bestellt hat. Es ist eine Plastikschachtel, kleiner als ein Kartendeck, ganz schlicht, abgesehen von zwei Neodym-Magneten. Er hat ihn bereits mit seinem Handy verbunden. Die App dazu benutzt Google Maps und dazu neun weitere Schnittstellen. Der Tracker wird die Position des Busses in Echtzeit übertragen, außerdem aufnehmen, wo er hält und wie lange.

Es ist so schade, dass er keinen Tracker hat, der so klein ist, dass er ihn am Trike installieren kann. Vielleicht könnte es mit einem Apple AirTag klappen, den er in den Rahmen steckt, aber dafür bräuchte er Zeit – und der AirTag funktioniert nicht besonders gut. Der Fahrzeugtracker ist die weit bessere Lösung. Tapia kriecht halb unter den Bus und befestigt ihn. Ein kurzer Blick auf die App bestätigt, dass er ein Signal empfängt.

Sein kleiner Fisch auf der Straße rührt sich jetzt. Bevor sie sich richtig erholen kann, überquert Tapia die Straße und geht die Einfahrt hinauf zum Haus.

ACHTUNDDREISSIG

Auf dem Boden sehe ich unregelmäßig verteilte dunkle Flecken. Unwahrscheinlich, dass es sich um kleine Makel auf den Fliesen handelt. Vermutlich sind es Blutflecken.

Bisher kann ich nicht erkennen, dass sich die Gestalt an der Kücheninsel regt – aber dann füllt sich seine Brust. Mir ist so schlecht vor Angst, dass ich einen Augenblick brauche, um mich zu fassen. Dann sehe ich eine weitere Gestalt auf einem der Sofas.

Oben stöhnt der Spülkasten, dann stoppt der Zufluss. Jetzt höre ich nur noch meinen Atem. Ich gleite mit der Hand über die Wand. Als ich einen Schalter finde, beiße ich die Zähne fest zusammen und erfülle die Küche mit Licht.

Die Gestalt, die zusammengesackt an der Kücheninsel sitzt, ist ein Mann. Ich erkenne ihn an seinen Kleidern, nicht an seinem Gesicht – weil sein Kopf vollkommen mit Frischhaltefolie umwickelt ist.

Ein paar lange Sekunden ist der Anblick zu verwirrend, als dass ich ihn verstehen könnte. Also drehe ich mich zu dem nächsten Sofa um und sehe Louis. Sein Gesicht ist mir zugewandt, seine Augen glänzen unter zwei Reihen LED-Spots an der Decke.

«Was ist hier los?», zische ich.

«Ich hatte eine kleine Unterhaltung mit Carl», erwidert er. «Ich habe ihm erklärt, dass wir nicht glücklich sind mit seinem Verhalten. Und Carl, das muss man ihm zugutehalten, hat versprochen, sich andere Karriereoptionen zu überlegen.»

Ich werfe einen Blick auf den mit Folie umwickelten Kopf des Einbrechers. Ein kleines Loch ist auf Höhe seines Mundes durch das Plastik gebohrt worden. Dadurch bekommt er genügend Luft, aber er muss sich trotzdem sehr mühen. Die Frischhaltefolie drückt sein Gesicht bei jedem Einatmen zusammen und bläht sich, wenn er wieder ausatmet. Aus seiner Nase kommt Blut und verteilt sich unter der Folie. Es sieht aus, als schaute man einer Larve zu, die sich einen Kokon baut.

«Du stimmst dieser Einschätzung doch zu, Carl?», fragt Louis.

Das Geräusch, das aus dem blutigen Loch kommt, ist kaum ein Wort. «*Ua.*»

«Wir haben sogar schon über einige Karrieremöglichkeiten gesprochen. Würdest du sie meiner Freundin bitte erläutern, um zu beweisen, dass du aufgepasst hast?»

«*Afflifa*», stammelt der mit Plastik umwickelte Kopf. «*Afflifafaha.*»

«Auslieferungsfahrer, genau», sagt Louis. «Für Amazon vielleicht. Oder UPS. Eine weit bessere Arbeit als die eines Einbrechers. Du hast die Leute gesehen, die hier wohnen, Carl. Sie wirken nett. Sie brauchen keinen Carl Edward Sergeant in ihrem Leben. Und ganz *sicher* verdienen sie nicht das Trauma, das ein Einbruch in der Nacht verursacht. Findest du doch auch, oder?»

«*Ua.*»

Ich frage mich, wie Louis überhaupt etwas über die Leute wissen kann, die hier wohnen. Dann sehe ich das Foto an der Wand gegenüber. Es ist ein Familienfoto, aufgenommen an einem Klettergerüst. Mum und Dad gehen vermutlich einer wissenschaftlichen Tätigkeit nach, sie wirken ein bisschen nerdig, aber voller Energie. Ihre Tochter ist ein blonder kleiner Kobold. Sie hat den Arm um einen älteren Bruder geschlungen, dessen Gesichtszüge die klassischen Anzeichen des Downsyndroms zeigen. Sein Lächeln sieht aus, als wäre er dem Geheimnis des ewig währenden Glücks auf die Schliche gekommen.

Ich habe selten Menschen gesehen, die so eindeutig Liebe ausstrahlen. In diesem Moment wird mein Herz ganz hart gegenüber Kalte-Hand-Carl. Ich weiß, dass er vermutlich einige Schwierigkeiten in seinem Leben hatte, aber ich kenne seine Vorgehensweise. Er hat dieses Haus sicher mindestens zweimal ausbaldowert, bevor er eingebrochen ist. Er hat durch diese Schiebetüren gespäht und die Gesichter auf dem Foto gesehen. Und ihm müssen die Ballons an der Kutscherlampe aufgefallen sein.

«Oh verdammt», sage ich, weil mir plötzlich alles zu viel ist. Und weil mir gerade etwas Wichtiges klar geworden ist.

Louis wirft mir einen Blick zu. «Was ist los?»

«Mir wird schlecht.»

«Sicher?»

«Ziemlich sicher. Ich glaube, ich kann nicht ...»

«Ausguss.»

Ich habe mich schon in Bewegung gesetzt. Zum Glück erreiche ich die Kücheninsel, ohne zu stolpern, und dann kotze ich viertausend Liter Erdbeermilkshake in das Porzellanbecken. Ich keuche und spüle mit kaltem Wasser nach. Dann gurgele ich mit Wasser und spucke es wieder aus.

«Wieder gut?», fragt Louis.

«Super. Hat echt Spaß gemacht. Können wir jetzt wieder weg?»

«Wir können ...»

Dann hält er inne, und ich weiß genau, warum. Denn ich habe es auch gehört: das Knarren einer Diele irgendwo tief im Inneren des Hauses, gefolgt vom Geräusch einer Treppe, die unter dem Gewicht von jemandem ächzt.

«Lichter», sagt Louis.

Ich stolpere zur Wand und schlage mit der Handfläche auf den Schalter. Die LED-Spots über uns verlöschen. Sofort sind wir blind. Die Dunkelheit ist für uns viel schlimmer als für die Person, die die Treppe hinunterschleicht.

Ich höre ein letztes Quietschen der Dielen, dann folgt Stille. Es ist unmöglich zu sagen, ob die oder der Unbekannte am Fuß der Treppe stehen geblieben ist oder über festen Boden in unsere Richtung geht. Viel zu langsam gewöhnen sich meine Augen an die Dunkelheit. Ich sehe Louis, Kalte-Hand-Carl und, durch einen Durchbruch in der Wand gegenüber, den Umriss eines Mädchens, das ein wenig älter ist als der kleine Kobold auf dem Familienfoto.

Sie bleibt im Durchbruch stehen und schnüffelt. Ich denke an die viertausend Liter Erdbeermilkshake, die ich ausgekotzt habe. Ich nehme an, man riecht es.

Endlich rührt sich das Mädchen. Ihre bloßen Füße klatschen auf dem Fliesenboden. Ich höre das Quietschen einer

Schranktür, das Scharren von Glas auf einer Oberfläche. Sie geht durch die Küche und schafft es irgendwie, den Blutspritzern auszuweichen. Am Ausguss füllt sie ihr Glas, trinkt hastig und seufzt dann.

Carl sitzt direkt rechts von ihr. Nur wenige Zentimeter trennen sie voneinander. Wenn er sich rührt, auch nur ein wenig, hört sie ihn. Dann wird sie schreien, und ihre Eltern werden herbeigerannt kommen. Wenn sie einen anderen Weg nimmt, um zurückzugehen, stolpert sie über seine Beine, und das Ergebnis wird dasselbe sein.

Das Mädchen gähnt und reibt sich die Augen. Dann setzt sie das leere Glas wieder ab, dreht Carl den Rücken zu und verschwindet aus der Küche. Ich höre die Treppe knarren, die Dielen über uns quietschen, dann fällt eine Tür ins Schloss.

Sofort schalte ich das Licht wieder ein. Ich weiß, dass das ein Risiko ist, aber ich muss sehen, was los ist. Louis ist schon auf den Beinen. «Wir gehen», sage ich zu ihm.

«Okay.»

«Wir müssen das Blut wegmachen.»

Er öffnet eine Tür unter dem Ausguss, findet einen Lappen, hält ihn unter den Wasserhahn und beginnt aufzuwischen. «Sie werden niemals erfahren, dass wir hier waren. Carl, steh auf und sei leise, damit wir dich nicht noch mehr bestrafen müssen.»

Der große Mann hievt sich erst auf die Knie, dann auf die Füße. Jetzt sehe ich auch die Frischhaltefolie um seine Handgelenke. Sein Kopf bewegt sich von links nach rechts, als versuchte er, seine Umgebung aufzunehmen.

Louis nimmt Carls Rucksack und stopft den blutigen Lappen hinein. Ich schalte das Licht aus. Dann führen wir unseren Einbrecher wie eine Ziege hinter uns her und verlassen das Haus auf demselben Weg, auf dem wir hereingekommen sind. Die bodentiefen Fenster schließen wir hinter uns.

Auf der Straße draußen ist es immer noch ganz still. Wir gehen zur Kreuzung, wo die Büsche, die über eine Mauer quellen, ein wenig Sichtschutz bieten.

«Setz dich», sagt Louis.

Kalte-Hand-Carl gehorcht.

«Heb die Hände. Ich gebe dir dein Handy zurück.»

Wieder tut Carl, was er von ihm verlangt.

«Hervorragend», sagt Louis zu ihm. «Du bist wirklich sehr gut darin. Wie ich dir bereits vorher erklärt habe, warst du schon viel zu lange ein Unruhestifter. Von jetzt an wirst du ein Ordnungsstifter sein. Du wirst zuhören, was dir das Universum sagen will, und dann dementsprechend handeln. Nicht wahr, Carl?»

«*Ua.*»

«Du hast gerade ein paar sehr aufmerksame Follower bekommen – Menschen, die sich ebenfalls für Recht und Ordnung einsetzen, ganz genau wie du. Wir werden dich beobachten, Carl. Wir werden deinen neuen Karriereweg mit großem Interesse verfolgen. Ich weiß, dass du uns beeindrucken wirst, aber nur zur Sicherheit will ich dir ein paar Grundregeln erklären. Sie sind nicht verhandelbar, daher pass lieber gut auf. Den gesamten nächsten Monat wollen wir dich nicht nach Sonnenuntergang auf der Straße sehen.

Denn egal, wo du hingehst, Carl, wir werden dich finden. Und es würde dir nicht gefallen, was dann passiert. Sag mir, dass du das verstanden hast.»

«I uaschee.»

«Sehr gut. Wir lassen dich jetzt allein – geben dir ein bisschen Zeit zum Nachdenken. Ich habe einen Timer auf deinem Handy eingestellt. Wenn er klingelt, darfst du gehen. Dein Rucksack liegt zu deinen Füßen. Das Teppichmesser steckt noch in der Seitentasche, falls du Schwierigkeiten mit der Frischhaltefolie hast. Und versuche, dich nicht damit zu schneiden.»

«Kee.» Carl atmet tief durch und schaudert. Sein Adamsapfel hüpft. *«Anke.»*

«Gern geschehen.»

Sanft legt Louis den Arm um meine Taille. Ich zucke nicht zurück. Tatsächlich bin ich seltsam euphorisch. Zusammen gehen wir die Straße hinunter.

NEUNUNDDREISSIG

Der Gipfel des Old Cobb. Louis, ich und eine völlig auf den Kopf gestellte Welt, in der wir über die Regeln entscheiden können.

Wir sitzen auf Eleanors Vordersitzen. In meinem Schoß liegt ein altes *Speak & Spell*-Gerät, das ich aus einem Container gefischt habe, an dem wir vorbeigekommen sind. Man kann damit Buchstabieren lernen. Im Radio singen die Temptations «The Way You Do the Things You Do». Super Song, aber in meinem Kopf herrscht das reinste *Chaos*. Ich bin verstört, geschockt, abgeschreckt, ungläubig. Ich frage mich, ob ich mich gerade verliebe. Ganz sicher habe ich mich so noch nie gefühlt.

«Wie geht es deinem Magen jetzt?», fragt Louis.

«Er schämt sich.» Ich schiebe mir ein Bubblicious mit Traubengeschmack in den Mund. Diesmal denke ich daran, ihm auch eins anzubieten, aber Louis schüttelt den Kopf. «Glaubst du, das funktioniert?», frage ich. «Dass er einfach aufhört?»

«Schwierig zu beantworten. Aber ich glaube wirklich, dass er es vielleicht tut.»

Ich kaue mein Kaugummi und denke darüber nach. Ich denke an all die Menschen, bei denen Carl eingebrochen ist, während ich Zettel in ihre Briefkästen gesteckt habe. Ich war so *zufrieden* mit mir. Ich habe sogar vor Louis damit geprahlt.

Ihm ist es zu verdanken, dass diese Familie in der Randall Road morgen früh nichts Schlimmeres erlebt als meinen Kotzegeruch. Wenn unser heutiges Eingreifen auf lange Sicht funktioniert, wer weiß, wie viele andere Familien verschont bleiben? Kalte-Hand-Carls mit Frischhaltefolie verpackter Kopf war ein furchtbarer Anblick, absolut albtraumhaft. Aber in diesem Fall heiligt der Zweck womöglich die Mittel. Ich spüre, wie diese merkwürdige Euphorie zurückkehrt.

«Oh, das hätte ich fast vergessen», sagt Louis. «Ich habe dir was mitgebracht.»

Ich werfe ihm einen Blick von der Seite zu. «Schon wieder ein Geschenk?»

«Drei, eigentlich. Nur ein paar Dinge, von denen ich dachte, dass sie dir vielleicht gefallen.» Er greift hinter sich und reicht mir ein in Taschentücher gewickeltes Bündel.

Ich lege es auf meinen Schoß und stecke die Hände zwischen meine Schenkel. Ich will den Moment genießen, jede Einzelheit in mich aufnehmen. Denn das ist wieder ein Beweis, dass Louis an mich gedacht hat, während wir getrennt waren, dass ich etwas in seiner Welt hinterlassen habe. Ich weiß, wie peinlich das klingt, wie vollkommen bar jeden Selbstrespekts – aber bis vor ungefähr einer Woche waren meine sozialen Kontakte auf ein paar Unterhaltungen mit dem Verlorenen Travis beschränkt. In nur acht kurzen Tagen hat sich mein Leben völlig verändert.

«Los», drängt Louis. «Mach es auf.»

Als ich das Papier aufreiße, finde ich darin ein Sommerkleid, knallrot wie die britische Post, bedruckt mit winzig kleinen weißen Blüten.

«Das ist vielleicht nicht dein Stil», sagt er. «Und das ist natürlich völlig in Ordnung. Ich habe es eigentlich aus einem Impuls heraus gekauft. Ich habe es gestern gesehen und dachte, dass du richtig cool darin aussehen würdest. Dann ist mir wieder eingefallen, dass du dir neulich solche Sorgen um deine Garderobe gemacht hast.»

Ich streiche über den roten Stoff und genieße das Gefühl. «Ich finde es toll», sage ich, denn das stimmt. «Ehrlich, es ist perfekt. Meinst du, ich kann es zu meinen Doc Martens tragen?»

Louis lächelt. «Ich glaube, du könntest es sogar zu Gummistiefeln tragen. Du würdest immer noch toll aussehen.» Er greift in das Innenfach der Tür und gibt mir ein goldfarbenes iPhone. «Und dann ist da noch das hier. Im Ernst, ich bin *wirklich* nicht beleidigt, wenn du es nicht willst, aber ich habe meine Nummer eingespeichert, für alle Fälle.»

Das Handy erwacht zum Leben, als ich es berühre. Auf dem Display sehe ich das Bild des Pincher's Mount im Morgengrauen. Die Sonne steht wie ein orangefarbener Feuerball am Himmel. Das reicht, um mich zum Schaudern zu bringen – beinahe am ganzen Körper. Zum Glück scheint Louis das nicht zu bemerken. Ich drehe das Handy um, sodass man das Display nicht mehr sehen kann.

«Ich dachte, so hätten wir einfach mehr Möglichkeiten», sagt er. «Wir können uns so treffen, ohne dass wir auf das Drive-in angewiesen sind.»

«Rückblickend war das wirklich eine schlimme Wahl.»

«Immerhin habe ich so Travis kennengelernt – und den Ort gesehen, wo du den ganzen Milkshake getrunken hast, den du später ausgekotzt hast.»

«Oh Gott, hör auf.»

«Bist du bereit für dein letztes Geschenk?»

«Louis, ich ...»

«Es gilt dasselbe wie für die anderen beiden.» Er dreht sich auf dem Sitz um und holt eine weiße Box bevor, die so lang ist, dass sie über unsere beider Knie hinausragt. «Okay», sagt er. «Ich muss zugeben, dass ich bei diesem Geschenk doch ein bisschen aufgeregt bin.»

Als ich den Deckel anhebe, brauche ich einen Augenblick, bis ich begreife, was ich da sehe. Dann verschlägt es mir den Atem. Auf einem Knautschsamtkissen liegt ein Paar Flügel. Aber das hier sind nicht die billigen Kostümflügel wie die, die ich in jemandes Müll gefunden und geklebt habe. Es sind auch keine Schmetterlingsflügel.

Diese haben Federn, anatomisch ganz genau nachgeahmt, eine unfassbar opulente Kaskade von ihnen. Sie sehen aus wie ein Ausstellungsstück in einem Fantasy-Museum – oder die Flügel eines echten Engels. Ich berühre sie und erwarte fast, verletzte Muskeln und Blut zu fühlen. Ihre Elfenbeinfarbe erinnert mich an die Tasten eines antiken Klaviers. An alte Spitze.

Meine Kostümflügel waren für Ollie Rafferty, aber ich habe schon immer von echten Flügeln geträumt. Wenn es schon schwierig ist, auf zwei Beinen aufrecht stehen zu bleiben, kann man leicht vom Fliegen träumen.

«Ich weiß, dass es keine Feenflügel sind», sagt Louis. «Aber sie erschienen mir irgendwie passend.» Er hält inne und sagt dann: «Mercy Lake, der Engel von Cranner's Ford.»

Wenn ich nicht angeschnallt wäre, liefe ich Gefahr, durch das offene Fenster fort und ins All zu schweben. Ich kann kaum glauben, wie viel *Überlegung* er in diese Geschenke gesteckt hat.

Ich drehe mich zu Louis um und begreife, dass wir gerade einen Augenblick erleben – einen Augenblick mit einem großen A. Im Radio beginnt ein neuer Song: «Happy Together» von The Turtles. Jetzt ist es nicht nur das A, das großgeschrieben ist, sondern das ganze Wort, gebildet aus riesigen Glühbirnen und blinkend wie eine Seenotbake.

Man muss Louis zugutehalten, dass er nicht den ersten Schritt macht. Ich übernehme das. Wir kommen einander näher wie zwei welkende Blumen, wie eine Kapsel, die an eine Raumstation andockt, wie tektonische Platten, wie ...

Hör auf damit, Mercy, und küss ihn endlich.

Endlich tue ich genau das. Ich schließe die Augen, unsere Lippen berühren sich. Es ist eine ganz neue Erfahrung, überwältigend in ihrer Intensität. Es ist unverzeihlich, wirklich, dass ich mein Kaugummi völlig vergessen habe.

«Tut mir leid», sage ich, ziehe mich von ihm zurück und spucke das Bubblicious in meine Handfläche, um dann wieder zu einer welkenden Blume zu werden, zu einer Raumkapsel, zu einem Mädchen, das nicht in der Lage ist, funktionierende Metaphern zu bilden – ein Mädchen mit zwei verschiedenen Augen, selbst geschnittenem Haar und unvergleichlicher Freude im Herzen.

Es wird nicht halten, das weiß ich, aber ich genieße den Kuss.

VIERZIG

Konstantin Tapia fährt mit ausgeschalteten Scheinwerfern den Old Cobb hinauf. Ungefähr auf halber Höhe fährt er an die Straßenseite und versteckt seinen Van hinter einem Stapel Rohre, die hier vermutlich irgendwann gelegt werden sollen. Dann geht er zu Fuß weiter hoch zum Gipfel.

Da steht der VW-Bus auf Schotter, mit der Nase zur Stadt und in der Nähe des steilsten Hanges des Old Cobb. Die Fenster sind heruntergefahren. Musik läuft. Über allem hängt ein Mond, der so rund und wunderschön ist, dass sich Tapia bei seinem Anblick an seine Lieblings-Mondgeschichte erinnert.

Ein Jahr nachdem die Sowjets ihren *Sputnik* ins All geschossen hatten, verloren die USA das Rennen um die Vorherrschaft im All. Man brauchte etwas Auffälliges – eine riesige Ablenkung. Die Air Force entwickelte daher das Project A119: den Plan, eine Atomrakete zum Mond zu schießen. Geld wurde ausgegeben. Carl Sagan wurde engagiert, um das Projekt zu berechnen. Tragischerweise wurde das Projekt abgesagt, bevor die Menschheit die Schönheit des Mondes in voller Blüte genießen konnte.

Tapia seufzt. Was hat dieses Pärchen in einer heißen und feuchten Nacht hier auf diesem Gipfel zu suchen? Ihm fällt kein anderer Grund ein als dieser eine, aber nach dem Irrsinn, den er in jenem Haus in der Randall Road gesehen hat, ist es gut möglich, dass sie ihn erneut überraschen.

Er duckt sich, sodass er nicht höher aufragt als die Kammlinie, und umgeht den Gipfel, bis er sich dem VW-Bus direkt gegenüber befindet. Ganz vorsichtig hebt er den Kopf.

Die beiden im Bus sehen sich an wie Frischverliebte. Jetzt neigen sie sich zueinander und küssen sich. Es ist ein vorsichtiger, zarter, schmerzhaft süßer Kuss. Vielleicht ist es sogar ihr erster.

Tapias Haut kribbelt.

Je mehr er über Keira Greenaway erfährt, desto mehr träumt er davon, sie zu verbrennen. Er weiß, dass Nadia das nicht von ihm verlangen würde, selbst wenn sie es sich wünschte. Sie hat keine Ahnung davon, wie sehr sich seine Lust auf Feuer in den Jahren seit ihrem ersten Besuch in seiner Scheune entwickelt hat, und schon gar nicht davon, was er für die Befriedigung dieser Lust auf sich genommen hat.

Ohne Nadia hätte er das vielleicht alles überhaupt nicht erlebt. Tapias Gefühle für sie schwanken deswegen zwischen Hass und Verehrung – ein Konflikt, von dem er weiß, dass er ihn eines Tages lösen muss. In den letzten zehn Jahren hat er vier Menschen angezündet und dabei zugesehen, wie sie verbrennen. Es gibt keine größere Intimität zwischen zwei Menschen, das hat er erfahren, als Zeuge der ersten Sekunden der Verbrennung von jemandem zu werden. Ein Funken verwandelt sich in wallendes Orange, in rollende, samtige Hitze. Augen werden zu Fenstern. In ihnen hat er den Schatten von Offenbarungen gesehen, verlockende Mysterien. Manchmal hat er sogar Ekstase gesehen. In allen vier Fällen hat Tapia nicht so sehr den Tod gebracht als vielmehr Vollkommenheit, die durch das Feuer aus Unvollkommenheit gewonnen wurde.

Er schließt die Augen und stellt sich Keira Greenaway an einen Pfahl oben auf diesem Hügel gefesselt vor, ihre pilzbleiche Haut glänzend vor Ethanol, ihr zotteliges Haar ganz durchnässt davon. Er stellt sich vor, wie ihre Glieder steif werden, weil sie ahnt, was passieren wird, wie sie starr vor Angst wie ein Häschen blickt.

Tapia hat noch einen Carolina-Reaper-Chili. Er beißt hinein und spürt, wie sein Mund, seine Kehle und seine Kopfhaut heiß werden.

Mit dem Schmerz kommt die Offenbarung; die Erweiterung seiner Erkenntnis.

Jetzt sieht er nicht nur die mit Brandbeschleuniger übergossene Keira Greenaway, sondern auch ihren kleinen Kumpel. Er stellt sich vor, wie er sie an verschiedene Pfähle bindet, ein paar Meter voneinander entfernt, und zwar so, dass sie einander ansehen, sich aber nicht berühren können. Er sieht sich selbst zwischen ihnen stehen, mit einem Feuerwerksanzünder in der Hand.

In diesen ersten Momenten des Feuers wird er das ganze Ausmaß ihres Verlustes mit ihnen teilen, außerdem den Beginn ihrer getrennten Reisen ins Unbekannte. Er wird Zeuge ihrer Angst und ihrer Qual werden – und schließlich ihrer Erlösung. Für sie wird es eine einzigartige Erfahrung werden. Für ihn ein Augenblick des Nirwanas.

Tapia läuft das Wasser im Mund zusammen. Er öffnet die Augen, sieht zu, wie sich das Pärchen weiter küsst, und stellt sich das Gefühl ihrer Lippen auf seinen vor.

Er schaudert trotz der Wärme, ihm ist schwindelig, obwohl er vollkommen nüchtern ist. Tapia schleicht den Hang wieder hinunter.

EINUNDVIERZIG

Dienstagabend. Zweiundsiebzig Stunden, seit Louis und ich uns getrennt haben.

Mein neues Handy hat nicht geklingelt, es hat nicht einmal gepiepst. Aber Louis hätte es nicht gekauft, wenn er nicht die Absicht gehabt hätte, Kontakt zu mir aufzunehmen, daher mache ich mir keine Sorgen.

Okay, zumindest bin ich nicht vollkommen *hysterisch*.

Aber ich *bin* verzweifelt.

Gestern Nacht bin ich zum ersten Mal seit Monaten zu Hause geblieben, weil ich die ganze Zeit darauf gewartet hatte, von ihm zu hören. Ich habe mit meiner Kehrschaufel die Erdnussschalen aufgefegt. Ich habe mir den Twilight-Sparkle-Pony-Helm aufgesetzt und meine Übungen gemacht. Ich bin in meinem roten Kleid herumstolziert und vor der Fremden in meinem Spiegel zurückgeschreckt. Ich habe sogar meine neuen Engelsflügel anprobiert.

Aber als die Nacht voranschritt, wurde ich immer niedergeschlagener. Ich habe online neue Unterwäsche bestellt. Ich habe die *Cranner's Ford Gazette* gelesen. Ich habe das kleine *Speak & Spell*-Gerät, das ich Samstagnacht im Müll gefunden hatte, auseinandergenommen und wieder zusammengesetzt. Erst als ich gegen Morgengrauen meine Verdunkelungsplatten anbrachte, habe ich gemerkt, wie viel Zeit ich verschwendet, wie viele Besuche ich verpasst habe.

Den Fehler mache ich nicht noch einmal. Es ist besser, etwas Nützliches zu tun, als jammernd herumzusitzen. Ich werfe einen letzten Blick auf meine neonpinkfarbene Perücke, schließe den Rucksack und gehe damit hinaus zu meinem Jorvik.

Zehn Minuten später befinde ich mich auf dem Abbot's Walk und ducke mich auf dem Grundstück von Arcadia Heights. Einen Steinwurf von meinem Versteck aus leuchtet der Pool der Raffertys in einem überirdischen Grün.

Von hier aus habe ich einen guten Blick auf Ollie Raffertys Balkon, ebenso auf meinen üblichen Aufstieg dorthin. In meinem Rucksack steckt neben der Tinkerbell-Verkleidung auch das reparierte *Speak & Spell*-Spielzeuggerät. Ich weiß noch nicht, ob ich es ihm geben werde. Es ist weit größer als meine bisherigen Geschenke – und Ollie wird es nicht so gut verstecken können. Trotzdem, das muss ich heute Nacht nicht entscheiden. Es ist sowieso besser zu warten. Erstens, weil sie drei neue Sicherheitskameras zu den bisherigen zwei installiert haben und ich noch nicht recht weiß, wie ich sie umgehen soll. Zweitens, weil jetzt gerade jemand in dem Pool schwimmt.

Nadia Rafferty – bronzefarbene Haut, platinblonder Bob, scharf geschnittene Wangenknochen – gleitet wie ein Seehund durchs Wasser. Erst neulich habe ich sie zweimal vom Pincher's Mount aus erspäht, aber diesmal sehe ich sie nach langer Zeit wieder aus der Nähe.

Körperlich ist sie makellos. Silikon und Kollagen tun das, was Yoga und gute Gene nicht schaffen. Der Gesamteindruck ist beunruhigend, beinahe beängstigend, aber dennoch unbestreitbar verlockend. Es wirkt, als schwömme ein Androide perfekte Bahnen, als hielten geölte Schnittstellen unter der Haut ein ausgefeiltes hydraulisches System in Bewegung.

Eine kurze Zeit lang, vor einem halben Jahr, war ich regelrecht besessen von Simon Raffertys zweiter Frau. Das ging so weit, dass ich mir das Haar ebenfalls zu einem Bob schnitt, die gleiche Yogamatte kaufte und mir die gleichen Gemüsesmoothies machte. Ich kaufte ihr sogar einige Outfits nach.

Aber je mehr ich versuchte, sie zu kopieren, desto mehr traten meine Unzulänglichkeiten zutage. Hätte man uns nebeneinandergestellt, hätte man mich sofort als Fälschung identifiziert. Rückblickend kann ich mein Verhalten einordnen. Ich hatte versucht, in Nadias Kopf einzudringen, um zu sehen, was sich darin befindet. Als hätte ich ihre Geheimnisse erfahren können, indem ich mich kleidete wie sie und aussah wie sie. Natürlich hat sie womöglich gar keine Geheimnisse. Tatsächlich ist es sogar sehr wahrscheinlich, dass sie keine hat.

Nadia beendet eine Bahn und dreht um, um die nächste zu beginnen. Hinter dem Pool öffnet sich die Tür zur Orangerie. Simon Rafferty tritt auf die Terrasse.

Darauf war ich nicht vorbereitet, das habe ich nicht erwartet – und deswegen trifft es mich unvermittelt. Sofort atme ich durch zusammengebissene Zähne und kämpfe darum, das Gleichgewicht zu behalten.

Heute trägt er ein weißes Leinenhemd über pastellfarbenen Surfershorts. Das Hemd steht offen und entblößt eine unbehaarte Brust. In der Hand hält er ein Glas mit einem doppelten Whisky.

Jetzt fällt es mir schwer zu glauben, wie ich damals für ihn gefühlt habe. Vor Ollies Geburt dachte ich, Simon Rafferty habe alles, was man sich von einem Partner wünschen kann: Freundlichkeit, Humor, Intelligenz und gutes Aussehen.

Das war natürlich, bevor *Sheergen* an die Börse ging. Bevor *wirklich* Geld hereinkam. Bevor Simon so perfekte Schönheiten wie Nadia anzog.

Ich mache ihr keine Vorwürfe. Nicht mehr. Sie war nicht die Erste, und ich bezweifle, dass sie die Letzte sein wird. Wenn überhaupt, mache ich mir um ihre Zukunft Sorgen. Wenn dieser Androiden-Körper die ersten Mängel aufweist, wenn Zeit und Schwerkraft Silikon und Kollagen besiegen, dann wird sie vermutlich irgendwann überflüssig sein. Ich hoffe nur, dass sie das überlebt. Das Letzte, was ich brauchen kann, ist ein Androide, der neben mir im Gras hockt und zuschaut, wie sein Upgrade im Pool Bahnen schwimmt – und davon träumt, ihn zu zerstören.

Nur um das klarzustellen, ich habe keinerlei Absicht, Nadia Rafferty zu zerstören. Ich habe keinerlei Absicht, irgendwen zu zerstören.

Simon geht über die Terrasse. Er schwenkt sein Whiskyglas, den Blick auf seine Frau gerichtet, die durchs Wasser schwimmt. Ich sehe, ganz kurz, seinen selbstgefällig-zufriedenen Blick: die Freude eines Mannes, der sich teure Spielzeuge leisten kann und seine Lieblingsanschaffung betrachtet.

Bis vor drei Tagen war Simon Rafferty der einzige Mann, der mich je geküsst hat. Ich bin so froh, dass das nicht mehr so ist.

Als Nadia ihn bemerkt, stellt sie sich hin. Wasser tropft aus ihrem platinblonden Haar. Es schimmert, grün und golden, auf ihrer perfekten Haut – perlendes Androiden-Schmiermittel.

Hinter mir, in Richtung Straße, höre ich das Knacken eines Zweigs, gefolgt von dem Geräusch einer Nachtkreatur, die durchs Unterholz huscht.

Ich erstarre. Simon hebt den Blick zu der Stelle, an der ich mich verstecke. Es fühlt sich an, als schaute er mir direkt in die Augen.

«Geh rein», sagt er.

Mein Herz setzt einen Schlag aus. Simon kann mich nicht gesehen haben. Ich kann auch nicht der Adressat seines Befehls sein. Trotzdem kann ich nicht atmen, bis er Nadia anschaut und sein Kommando wiederholt.

«Was ist denn?», fragt sie.

«Nicht hier draußen.»

Etwas Unausgesprochenes geschieht zwischen ihnen. Mühelos entsteigt sie dem Wasser. Simon reicht ihr ein Handtuch.

Ich sehe zu, wie sie im Haus verschwinden. Nadias Füße hinterlassen nasse Spuren, die sich wie Geister auflösen. Ich schaue erneut zu Ollies Balkon und dann zu den drei neuen Sicherheitskameras, die leider einen Teil meiner alten Aufstiegsroute abdecken. Hätte ich Zeit, würde mir sicher ein Weg einfallen, wie ich ihnen ausweichen kann, aber meine

Nachtmenschen-Instinkte schlagen Alarm. Heute ist keine gute Nacht, um es zu versuchen.

Ich würde sehr gern näher heranschleichen und Simons und Nadias Gespräch lauschen. Sie sind in die Orangerie gegangen, haben aber nicht hinter sich abgeschlossen. Doch ich bin nicht Louis. Und schon ein einziger falscher Schritt auf dem Grundstück von Arcadia Heights wäre vermutlich fatal.

Mein Bein beginnt zu vibrieren. Nur dass es nicht mein Bein ist – es ist mein neues Handy. Zum Glück habe ich es auf lautlos gestellt. Als ich rangehe, sagt Louis: «Kann ich dich abholen?»

Seine Stimme – so lässig nach unseren zweiundsiebzig Stunden Trennung – bringt mich innerlich ins Schleudern. Mit einem letzten Blick auf Ollies Zimmer haste ich zurück ins Unterholz. «Klar.»

«Wo bist du?»

Ich kann ihm nicht sagen, dass ich in Arcadia Heights bin. Noch nicht einmal, dass ich mich am Abbot's Walk verstecke. Ich komme zum umgekippten Baum an der Mauer des Grundstücks, steige hinüber und klettere auf mein Jorvik. «Kennst du die Marlborough Avenue?»

«Ich gebe sie ins Navi ein.»

«Gut. Da treffen wir uns.»

Ich lege auf und atme schwer. Keine Lügen. Ehrlichkeit noch intakt. Alles ist gut.

ZWEIUNDVIERZIG

Zehn Minuten später klettere ich auf den Beifahrersitz des VW-Busses. Louis lädt mein Jorvik ins Auto. Als er sich hinters Steuer setzt, küssen wir uns. Meine Zehen krampfen sich wieder zusammen.

Er löst sich von mir und betrachtet meine neonpinkfarbene Perücke. «Ich nehme an, du hast einen Plan.»

«Der *Deevis*-Hof», sage ich. «Neben dem alten Steinbruch.»

«Den kenne ich nicht. Kannst du mich navigieren?»

«Kein Ding.»

Er lässt den Motor an, und wir fahren los. Im Radio singt Aretha Franklin «I Say a Little Prayer». Wenn ich den Text höre, muss ich an Nadia Rafferty denken, wie sie mit perfekten Schwimmzügen perfekte Bahnen durch den perfekten Pool der Raffertys zieht. Dann richte ich meine Gedanken bewusst auf das, was vor uns liegt.

Werden wir heute Nacht die Welt verändern? Hinter der Windschutzscheibe wimmelt es nur so von Möglichkeiten in Cranner's Ford: Situationen, die verbessert, Menschen, die geheilt, und Kriminelle, die bekehrt werden müssen.

«Ich habe nachgedacht», sagt Louis. «Wie wäre es an diesem Wochenende mit einem kleinen Ausflug? Das Wetter soll gut werden. Wir könnten mit Eleanor ans Meer, ein bisschen Boot fahren. Am Strand grillen.»

Ich verziehe das Gesicht. «Ich kann nicht.»

«Du hast was vor?»

«Eigentlich nicht.»

Er wirft mir einen Blick zu. «Zu früh?»

«Nein. Das klingt toll. Es ist nur ...»

Als Louis schweigt, habe ich das Gefühl, die Stille füllen zu müssen. «Erinnerst du dich an letzte Woche? Als ich sagte, dass ich nicht zu Mittag esse? Und dass ich eigentlich gar nichts mit dem Tag anfangen kann? Das habe ich genau so gemeint. Buchstäblich.»

«Du kannst nichts mit dem Tag anfangen?»

«Um genau zu sein, habe ich es nicht so mit dem Tageslicht.»

Louis lacht. «Schläfst du in einem Sarg?»

Das tut weh, aber ich gehe darüber hinweg. «Ich weiß, dass das ziemlich merkwürdig ist.»

Er wirft mir einen Blick zu. «Wann hast du zum letzten Mal die Sonne gesehen?»

Ich wende mich ab und schaue aus dem Fenster. Jetzt, da er die Frage gestellt hat, kann ich ihr nicht mehr ausweichen, aber ich fürchte mich vor seiner Reaktion.

«Mercy?»

«Vor fünf Jahren.»

«Fünf ...» Louis atmet tief durch. «Du hast seit *fünf Jahren* nicht mehr das Tageslicht gesehen?»

«So schlimm ist das gar nicht. Ich nehme Vitamin D. Und ich habe Tageslichtlampen zu Hause.»

«Aber trotzdem ... *fünf Jahre*, Mercy? Wie kann man nur so leben?»

«Ich lebe genauso wie alle anderen», sage ich zu ihm. «Ich lebe nur nachts, mehr nicht. Ich bin mir sicher, dass ich nicht der einzige Mensch auf der Welt bin, der das tut.»

Diesmal sagt Louis nichts mehr dazu. Ich wünschte, ich könnte seine Gedanken lesen. Vor elf Tagen an der Tankstelle erschütterte mich die Vorstellung, dass er und ich die einzigen lebenden Wesen auf der Welt, vielleicht sogar im ganzen Universum sind und dass alles, was vorher war, nur geschehen ist, um uns zu diesem Augenblick zu bringen. Voller Angst floh ich in die Dunkelheit, entschlossen, all das im Keim zu ersticken, was sich zwischen uns zu entwickeln begann. Elf Tage später habe ich jämmerlich versagt. Der Keim hat Wurzeln geschlagen und Blüten getrieben. Ich habe ihn wachsen lassen, ohne seine Verletzlichkeit zu beachten – und jetzt habe ich schreckliche Angst, ihn zu verlieren.

«Fährst du?», fragt Louis. «Hast du ein Auto?»

Ich schüttele den Kopf.

«Und wie kommst du dann herum? Ich meine, außerhalb von Cranner's Ford.»

«Gar nicht.»

Wieder Schweigen. Ich spüre, wie die Blüten unserer seltsamen Pflanze welken – wie die Wurzeln in der Erde verkümmern.

«Warst du deswegen mal in Behandlung?», fragt Louis. «Bei einem Therapeuten oder so?»

«Ich will das nicht. Nicht mehr. Ich habe mich jetzt dran gewöhnt. Nehme es hin.»

«Man kann die Dunkelheit nicht ohne das Licht haben»,

sagt er. «Nicht für immer. Ebenso wie man nicht für immer den Winter haben kann. Irgendwann wird es Sommer.»

Ich weiß nicht, wie ich darauf reagieren soll. Es klingt eigentlich nicht wie ein Tadel – eher wie eine Feststellung. Louis sieht nicht so abgeschreckt aus, wie ich befürchtet hatte, aber sein mitleidiger Gesichtsausdruck ist fast noch schlimmer.

«Wenn es eine Zauberpille gäbe», sagt er, «die dich heilen könnte, ohne Nebenwirkungen – würdest du sie nehmen?»

«Hast du denn eine dabei?»

«Ich meine es ernst.»

Die Vision, die ich Donnerstagnacht auf dem Pincher's Mount hatte, kommt mir wieder in den Kopf: Louis und ich, wie wir eine Küstenstraße entlangfahren, das Sonnenlicht, das auf dem Wasser glitzert, und hinter uns, auf dem Rücksitz, Ollie Rafferty.

«Ich würde dir die Finger abbeißen», sage ich. Dann setze ich mich gerade hin. «Biege nach links ab und halte am Straßenrand. Den Rest des Weges können wir von hier aus zu Fuß laufen.»

DREIUNDVIERZIG

Der *Deevis*-Hof. Ein Ort des Schreckens, ganz offen für jedermann zu sehen. Wenn irgendein Ort meinen Glauben an die Menschlichkeit erschüttern kann, dann ist es dieser.

Einen knappen Kilometer die Mullpenny Lane entlang finden wir ein verriegeltes Tor und klettern hinüber. Es ist sehr dunkel. Die Nebengebäude des Hofes sind nur als Umrisse gegen den Nachthimmel zu erkennen. Weit über uns drehen sich leise die Flügel von zwei *Sheergen*-Windturbinen. Unter unseren Füßen erstreckt sich ein Schlachtfeld aufgesprungener Erde. Wir überqueren es vorsichtig und schweigend. Mehr als einmal habe ich hier in der Dunkelheit das Licht einer Taschenlampe gesehen. Auf diesen Feldern sind Eindringlinge ganz eindeutig nicht willkommen.

Das Bauernhaus steht zu unserer Linken. Eine brennende Glühbirne über der Hintertür ist der einzige Hinweis darauf, dass hier jemand wohnt.

Ich führe Louis zwischen zwei riesigen, offenen Lagerhütten hindurch. Wir erreichen eine Weggabelung und wenden uns nach rechts. Der Weg führt uns über eine Anhöhe. Jetzt können wir vom Bauernhaus aus nicht mehr gesehen werden, auch nicht von der Straße aus. Vor uns kann ich gerade so eben den Umriss eines einstöckigen Schuppens erkennen. Als wir näher kommen, haben wir nicht mehr das Gefühl, so leise sein zu müssen. Der Lärm, der aus dem Schuppen herausdringt, ist laut genug, um unsere Stimmen zu übertönen: ein Bellen und Heulen – so muss es in der Hölle klingen, wenn es sie gibt.

«Was *ist* das?», fragt Louis.

Wir nähern uns dem Gebäude bis auf zwanzig Meter. Der Gestank nach Fäkalien und Verwesung dringt mir in die Nase. Echt, keine Halluzination – und er ist so stark, als hätte ich etwas davon gegessen.

Ich hocke mich hinter einen verrosteten Traktor und mustere den Schuppen. Fensterlose Holzwände stützen ein Wellblechdach. Kein Licht dringt aus den Ritzen der Tür. Eine Schubkarre steht davor, die bei meinem letzten Besuch noch nicht da war.

Ich muss das hier tun, bevor ich die Nerven verliere – oder die Kontrolle über meinen Magen. Ich schaue mich ein letztes Mal um, rappele mich auf und ziehe Louis über den gefurchten Boden zur Tür.

Hier ist der Gestank so fürchterlich, dass ich würgen muss. Es ist zu dunkel, als dass ich hineinschauen könnte, aber das, was diesen Geruch verursacht, ist ganz klar da drinnen. Ich höre etwas, was so klingt wie wimmelnde Maden in einem Kadaver.

Die Tür ist auf Stahlrollen gelagert. Sie gleitet widerstandslos auf. Sofort wird das Bellen lauter. Ob die Bewohner des Schuppens wohl Futter erwarten? Ich ärgere mich, dass ich keins mitgebracht habe.

Als wir drinnen sind, schalte ich meine Taschenlampe ein. Sie beleuchtet eine Szene, die direkt einem Albtraum zu entstammen scheint. Zu beiden Seiten von uns stehen willkürlich übereinandergestapelte Käfige die gesamte Länge des Schuppens entlang. Durch die Gitterstäbe sehe ich Augen. Hunderte von ihnen.

Einige Käfige beherbergen einzelne Welpen; in den meisten sind ganze Würfe gefangen. In ihrer Eile, zum Licht zu kommen, krabbeln sie übereinander. Die, die zu schwach sind, sich zu rühren, winseln unter dem Gewicht ihrer stärkeren Geschwister.

Es ist abstoßend und herzzerreißend. Es ist absolut erschreckend. Und viel schlimmer als bei meinem letzten Besuch. Einige Hunde sind in so schlechtem Zustand, dass ich nicht einmal mehr ihre Rasse erkennen kann. Fell, das weich und glänzend sein sollte, ist uringetränkt und mit Exkrementen verklebt. Gesichter, die noch nie Tageslicht gesehen haben, sind fahl vor Elend und Leid. Fäkalien schwimmen in den Wassernäpfen. Sie kleben an dem vergammelten Stroh ihrer Lager.

Es ist schwer vorstellbar, wie man diese Geschöpfe so sauber bekommen soll, dass man sein Gegenüber beim Kauf hereinlegen kann – aber ich nehme an, dass das genau das ist, was man hier beabsichtigt. Selbst wenn nur die Hälfte von ihnen lange genug überlebt, um eine neue Besitzerin oder einen neuen Besitzer zu finden, ist der Gewinn immer noch riesig. Es kostet sicher so gut wie nichts, sie unter diesen üblen Umständen zu halten – abgesehen von der moralischen Integrität.

Louis' Atem hinter mir geht jetzt anders. Ich halte ihm meine Taschenlampe ins Gesicht und sehe, wie er das Kinn vorschiebt, die Zähne zusammenbeißt. Er schaut in einen

Käfig, in dem vier Welpen sitzen, vermutlich Labrador Retriever. Drei von ihnen sehen aus, als stünden sie kurz vor dem Tod. Der vierte ist gerade eben stark genug, um sich aufrecht zu halten. Er zittert unter Louis' Blick, den Schwanz zwischen die Beine gezogen. Als Louis den Finger durch das Gitter steckt, versucht er, an ihm zu saugen.

«Das ist völlig skrupellos», sagt er. «Mehr als das. Es ist das schiere Böse.»

Er hat recht. Wirklich, es gibt dafür keinen anderen Ausdruck. Selbst so spät in der Nacht ist die Luft hier immer noch stickig. Die Temperaturen am Tag müssen höllisch sein.

«Hast du das schon gemeldet?», fragt er.

«Sechsmal dem Gemeinderat. Beim Tierschutzverein dreimal.»

«Auch der Polizei?»

«Der Bürgerwehr, ja.»

«Und nichts ist passiert?»

«Ich weiß nicht, ob etwas getan wurde. Vielleicht ein bisschen.»

«Mercy», sagt er. «Ich will wirklich keine Sekunde behaupten, dass du irgendeine Mitschuld an der Sache trägst.»

Ich wische mir über die Augen, ich kann nichts gegen die Tränen tun. Denn egal, was Louis sagt, Menschen haben dieses Elend verursacht, und ich habe es nicht aufhalten können. «Ich dachte, wenn ich es dir zeige ... dass wir vielleicht zusammen etwas dagegen tun könnten.»

Er dreht sich um und sieht mich an. «Spürst du das?»

«Was denn?»

Louis' Augen glänzen. «Das Universum – das seine Frage durch deine Lippen stellt. Wir werden auf die Probe gestellt, Mercy. *In diesem Augenblick* werden wir getestet.»

Seine Worte sind so hypnotisch – so überzeugend –, dass ich ihnen nicht widerstehen kann. Mein Atem stockt plötzlich. Ich habe das Gefühl, dass in meinem Bauch Küken schlüpfen.

«Als Kind hatte ich einen kleinen Hund», sagt Louis. «Nur ganz kurz. Er hat eines Abends auf den Teppich gepinkelt, als mein Dad betrunken nach Hause kam. Was danach kam, hat er nicht überlebt. Aber was noch schlimmer war, ist, dass ich untätig danebenstand. Ich war klein und hatte Angst, aber das ist keine Entschuldigung.»

Er schaut sich im Schuppen um. «Weißt du was? Das hier ist doch die Gelegenheit, das endlich wieder in Ordnung zu bringen. Lass uns die Wasserschüsseln spülen und wieder auffüllen. Wir denken uns was aus und kommen zurück.»

VIERUNDVIERZIG

Ich hätte nicht gedacht, dass der *Deevis*-Hof Louis so sehr schockiert. Die Geschichte aus seiner Kindheit hatte ich ebenso wenig erwartet. Heute haben wir uns gegenseitig zum ersten Mal etwas Wichtiges aus unserer Vergangenheit erzählt. Offenbar haben wir einen neuen Meilenstein erreicht, beinahe, ohne es zu merken.

Von dem Hof fahren wir zurück nach Cranner's Ford. Zwei Straßen vor der Chaplin Row bitte ich Louis anzuhalten.

«Brüll-Mary», sage ich zu ihm. «Es dauert nicht lange.»

Ich steige aus dem VW-Bus, gehe mit knirschenden Schritten über Marys Kieseinfahrt und nehme die beiden Mülltonnen, die an ihrer Wand stehen. Am besten ist es, das hier voller Selbstbewusstsein zu tun, egal, wie laut es ist. Ich ziehe die Mülltonnen zum Bürgersteig, wo die anderen schon aufgereiht stehen. Dann gehe ich zurück zu Louis.

«Brüll-Mary hat Demenz», erkläre ich. «Mülltonnen gehören zu den Dingen, die sie vergisst.»

«Sie brüllt?»

Ich schüttele den Kopf. «Als ich sie die ersten Male getroffen habe, lief sie mit einem Besen die Straßen entlang. Sagte, sie habe einen Löwen in der Gegend gesehen und müsse die Kinder hier beschützen.»

«Aber es gab keinen Löwen?»
«Wenn es einen gab, dann habe ich ihn nie gesehen.»
«Wohin fahren wir jetzt?»
«Chaplin Row.»
«Liebeskummer-Linda?»
«Du hast es dir gemerkt.»

Eine Straße von Lindas Wohnung entfernt klettere ich zu meinem Trike, das hinten im Bus steht. Aus meiner Gepäcktasche hole ich meinen neuen Feldstecher heraus, außerdem zwei Glühbirnen. «Ihr Verandalicht», erkläre ich. «Es ist schon seit Wochen kaputt. Ich weiß nicht, ob es eine Birne zum Reindrehen oder eine Bajonett-Birne ist, also habe ich beide mitgebracht.»

«Der Engel von Cranner's Ford», sagt er. «Bringt denen Licht, die es ersehnen.»

Ich kräusele die Nase. Ich mag es immer noch nicht, wenn er mich so nennt – aber es ist zumindest ein Zeichen, dass er sich ein wenig von den Schrecken des *Deevis*-Hofes erholt hat.

«Würdest du mir helfen?», frage ich. «Als ich das zum ersten Mal versucht habe, konnte ich das Gewinde gar nicht erreichen. Ich habe schon darüber nachgedacht, eine Trittleiter mitzunehmen.»

«Das ist vielleicht nicht so schlau, wenn man mal bedenkt, dass du Gleichgewichtsprobleme hast.»

«Das ist einer der Gründe, aus dem ich die Sache immer vor mir hergeschoben habe.»

Lindas Maisonettewohnung liegt ungefähr in der Mitte der Straße. Von dort aus können wir ihr Wohnzimmer im Erdgeschoss nicht sehen – es sei denn, wir gehen weiter südlich etwas die Anhöhe hinauf. Das Verandalicht ist in eine holzvertäfelte Decke eingelassen. Louis schraubt die kaputte Birne heraus und zeigt mir das Gewinde. Ich gebe ihm den Ersatz. Er dreht ihn hinein, und Licht ergießt sich über die Veranda. Wir ziehen uns zurück, bevor uns jemand sehen kann. Dann navigiere ich Louis zurück auf den Hügel. Mein letzter Besuch bei Linda ist schon eine Weile her. Ich will nachsehen, ob es ihr gut geht. Oben an der Straße halten wir an einem Kinderspielplatz, der von einer Kette umgeben ist. Das Tor ist nicht abgeschlossen, also treten wir ein. Ich setze mich auf eine Schaukel und richte den Feldstecher auf das Wohnzimmer.

Linda hat es sich auf dem Sofa mit ihrem Laptop gemütlich gemacht. Sie trägt Pyjamashorts mit türkis-weißen Streifen. Darin sieht sie sogar noch verletzlicher aus als sonst. Sie wirkt auf mich wie ein kleines Mädchen, das eine allein lebende Frau imitiert – und es nicht so richtig hinbekommt.

«Erzähl mir von Linda.»

«Ende dreißig», sage ich. «Noch nicht lange geschieden. Sie verbringt sieben Tage die Woche in diesem Zimmer, es sei denn, sie hat ein Date, was sehr selten vorkommt. Sie will unbedingt ihrer großen Liebe begegnen. Ich würde wetten, um was du willst, dass sie gerade auf einer Datingseite ist – aber Linda ist eine von diesen Frauen, die immer nur Arschlöcher anziehen und verletzt werden.»

«Edward mit den Grabbelhänden?»

«Noch nicht. Aber genau diese Sorte Typ meine ich.»

«Darf ich mal?»

Ich gebe ihm den Feldstecher. Während Louis Linda beobachtet, beobachte ich Louis. Das ist einfacher, wenn er abgelenkt ist. Diesen grünen Augen entgeht nichts. Ich fürchte, sie sehen die Teile von mir, die ich lieber geheim halten würde.

«Sie macht einen traurigen Eindruck», sagt er nach einer Weile.

«Ja.»

«Diese Phobie, die du hast. Gibt es da eine Verbindung?»

Ich packe die Kette meiner Schaukel fester. «Eine Verbindung?»

«Zu deinem Gleichgewichtsproblem», erwidert er. «Zu deinen Ohnmachtsanfällen. Und den unterschiedlichen Augenfarben.»

«Man kann auch von Geburt an unterschiedliche Augen haben.»

«Und manchmal auch durch Einwirkung von außen.» Er lässt den Feldstecher sinken und sieht mich an. «Ich habe es recherchiert. Ich hoffe, du findest das nicht übergriffig.»

«Nein», sage ich und frage mich, ob ich das auch so meine.

«Vor fünf Jahren, wie alt warst du da?»

«Achtzehn.»

«Ist damals etwas passiert, was das hier verursacht hat?»

«Damals ist eine ganze Menge passiert. Aber ich bin nicht ...»

Ich bin nicht mehr der Mensch, der ich war.

Ich richte den Blick zum Himmel und schaue den Blinklichtern des Flugzeugs hinterher, das hoch über uns hinwegfliegt.

«Heute, bevor wir uns getroffen haben», sagt Louis. «Wo warst du da? Was hast du gemacht?»

Ich halte mich jetzt so sehr fest, dass meine Knöchel ganz weiß werden. «Warum fragst du?»

Er zuckt mit den Achseln. «Ich will nur die ganze Mercy-Lake-Geschichte hören. Nicht die polierte Version.»

Ich denke an meinen Besuch in Arcadia Heights heute Abend: an die neuen Sicherheitskameras, an Simon Rafferty, der Nadia befahl, aus dem Pool zu steigen, an den Zweig, der hinter mir knackte und etwas im Unterholz aufschreckte.

«Was hast du denn getan?», frage ich. «Kurz bevor du mich angerufen hast?»

«Ich war auf dem Campingplatz. Und habe mich gefragt, ob du wohl rangehst, wenn ich anrufe. Und was der Abend wohl bringt, wenn du es tust – was das Universum von uns will, wie wir reagieren sollen.»

Er verstummt. Dann sagt er: «Du bist dran.»

Ich atme tief durch. Dann noch einmal, weil Ehrlichkeit immer der beste Weg ist und ich ihm jetzt meine erste Lüge auftischen werde. «Ich war zu Hause.»

Louis starrt mich an und blinzelt dann. Es kommt mir vor, als hielte die Zeit an – als wäre ich gerade über den Rand einer Klippe ins Leere getreten und die Schwerkraft hätte noch nicht eingesetzt.

Er hält meinen Blick weiter. Dann wendet er sich wieder dem Haus zu und sagt: «Sieht so aus, als hätte Liebeskummer-Linda Gesellschaft.»

FÜNFUNDVIERZIG

Ich erkenne das Auto, das vor Lindas Wohnung steht – und auch den Mann, der aussteigt. Viel zu schnell richte ich mich auf. Die ganze Welt schwankt wild.

«Gibt es ein Problem?»

«*Er* ist eins. Komm. Ich muss das hören.»

Wir überqueren den Spielplatz und öffnen vorsichtig das Tor, damit es nicht quietscht. Dann rennen wir die Straße hinunter. Lindas Besucher geht den Weg zur Tür und lehnt sich gegen die Klingel.

«Hugo Jepp», murmele ich und ziehe Louis hinter ein gegenüber geparktes Auto. «Alias der Schatten.»

«Hugo ist der Ex-Mann?»

«Genau.»

Ich sage ihm nicht, dass Hugo außerdem der Geschäftsführer von *Sheergen* ist, dem Unternehmen, das Simon Rafferty gegründet hat. Auch nicht, dass ich ihn letzten Donnerstag gesehen habe, als er mit der Frau im Paillettenkleid im Kinoraum der Raffertys saß.

Neben der Eingangstür ist eine Scheibe Milchglas eingelassen. Ich sehe dahinter ein Licht angehen, dann Lindas Silhouette, die die Treppe hinunterschwebt. Sie sagt etwas durchs Glas, was ich nicht verstehe.

«Echt jetzt?», schreit der Schatten. «Du lässt mich hier draußen stehen und schreist durch die geschlossene Tür?

Soll deine gesamte Nachbarschaft alles über unsere Angelegenheiten wissen? Das will ich nicht, Linda. Aber wenn es sein muss, von mir aus.»

Schweigen. Ich zähle bis drei. Dann öffnet sich die Tür.

«Hey», sagt Hugo mit aufgesetzter Freundlichkeit. «Da bist du ja. War doch gar nicht so schlimm, oder? Ich war nur gerade in der Gegend – und dachte, ich sage kurz Hallo.»

Linda verschränkt die Arme vor der Brust. «Du hast versprochen, das nicht mehr zu tun.»

«Was denn?», fragt er. «Nach dir zu sehen? Zu schauen, ob es dir gut geht?»

«Mir geht es gut, Hugo. Aber es ist spät, und ich bin müde.»

Der Schatten stützt sich mit der Hand am Türrahmen ab. «Neuer Schlafanzug. Oder nennt man das jetzt Spielhöschen? Jedenfalls sagt Hugo Wau. Bist du allein?»

Ich spüre Lindas Unbehagen noch auf der gegenüberliegenden Straßenseite.

«Bitte», sagt sie. «Tu das nicht.»

«Lass mich raufkommen. Nur eine halbe Stunde.»

«Hugo ...»

«Las mich rauf.»

«Bitte, ich ...»

«Triffst du dich mit jemandem?»

«Nein.»

«Ist da oben jemand?»

«Nein.»

«Wo ist dann das Problem?»

«Es ist spät, wie ich schon sagte. Und ich bin müde. Und ich muss morgen früh raus, und du ...»

«Ach leck mich doch am *Arsch*», faucht Hugo. «*Leck* ... mich. Glaubst du, dass ich diese Scheiße einfach so hinnehme? Glaubst du, du könntest mich einfach so *wegwerfen*?» Er ballt die Hände zu Fäusten, ehe er sie wieder lockert. «Okay. Wenn du es so willst. Gib mir den Fernseher.»

«Was?»

«Den verdammten *Fernseher*, Linda. Ich habe ihn gekauft. Ich *will* ihn. *Jetzt*.»

«Können wir nicht bitte einfach ...?»

«Eigentlich», sagt er, «kannst du mir auch gleich noch die Mikrowelle geben. Du bist ja so erwachsen – dann kannst du dir auch deine eigenen Geräte kaufen, so wie jeder andere auch.»

«Hugo, das ist das Einzige, was ich *behalten* habe. Ich hätte die Hälfte von allem verlangen können. Meine Rechtsanwältin hat mich für verrückt erklärt. Sie wollte ...»

«Gut, in diesem Fall gib mir den halben Fernseher. Und die halbe Mikrowelle. Deine Entscheidung, welche Hälfte du behalten willst, aber ich verschwinde nicht ohne meinen Anteil. Entweder gehst du also und holst die Sachen, oder ich komme rein und hole sie selbst.»

«Hugo, das ist ...»

«Ich zähle bis drei, Linda. Dann reiße ich die Tür aus den Angeln, wenn ich muss. Deine Entscheidung.»

Ich halte mich immer noch an Louis' Arm fest. Sein Bizeps spannt sich unter meinen Fingern an. Gerade als ich glaube, dass er mich abschütteln und eingreifen wird, macht Linda einen Schritt zurück. Der Schatten folgt ihr hinein und knallt die Tür hinter sich zu.

Ich merke erst, dass ich den Atem angehalten habe, als ich wieder ausatme.

«Menschen wie Hugo», sagt Louis, «erkennen Schwäche sofort. Aber das Einzige, was sie verstehen, ist Stärke. Ich glaube nicht, dass deine Freundin ihm standhalten kann.»

Mein Magen zieht sich zusammen. «Ich glaube, sie war früher mal stark genug. Aber die Scheidung, das Alleinleben, die Tatsache, dass sie noch niemand anderen gefunden hat – das war alles zu viel.»

«Willst du ihr helfen? Glaubst du, das will das Universum von uns?»

Ich schaue hoch zu Lindas Schlafzimmerfenster und versuche mir vorzustellen, was dahinter passiert. «Ja. Vielleicht. Ich weiß nicht. Ich weiß nicht, wie.»

«Manchmal», sagt Louis, «gibt es wirklich nur eine Lösung für ein Problem. Ich liebe deine Kreativität, Mercy – deine Ideen. Aber Vogelhäuschen und Verandalampen bringen uns nur begrenzt weiter. Manchmal muss man ein Problem direkt angehen.»

In meinem Kopf höre ich ein Pfeifen wie von einem Zug in der Ferne. Das sind unangenehme Wahrheiten, denen ich mich nur ungern stelle. Plötzlich bin ich wieder in diesem Haus in der Randall Road. Kalte-Hand-Carl sitzt zusammengesunken an der Kücheninsel, Frischhaltefolie um den blutigen Kopf gewickelt.

Ich erinnere mich, wie ich mich in den Stunden danach fühlte, als ich vom Old Cobb aus auf Cranner's Ford hinunterschaute. Mein Schock, meine Freude. Das Gefühl, dass wir selbst über die Regeln entscheiden können. Ich erinnere mich an das, was Louis sagte: *Ich glaube, das Universum zeigt uns seinen Plan. Ich glaube, wir haben in dieser Stadt einiges zu tun. Ich glaube, dass wir zusammen unaufhaltsam sind.*

Die Tür von Liebeskummer-Linda wird aufgerissen. Hugo Jepp taucht mit einem riesigen Fernseher auf. Mit einer Ecke macht er einen Kratzer an der Wand ihrer Holzveranda. Er lädt den Fernseher in sein Auto und kommt zurück. Linda steht hilflos in der Tür, eine Maus, starr vor Angst. Eine Minute später trägt Hugo eine Mikrowelle heraus. Der Stecker schleift hinter ihm her.

Ich könnte ihr eine neue besorgen. Ich könnte sie sauber machen und sie ihr auf die Stufen legen. Einen Fernseher zu finden ist sicher schwieriger, aber ich habe Geld auf dem Konto. Ich könnte einen Ersatz bestellen. Ich könnte ihr sogar meinen schenken.

«Ich glaube, hier werden wir wieder auf die Probe gestellt», sagt Louis. «Eigentlich bin ich sogar überzeugt davon. Aber die Entscheidung liegt bei dir. Wenn du willst, dass wir das hier regeln, musst du nur ein Wort sagen.»

Hugo steht jetzt wieder vor Linda und atmet schwer.

«Du hast, was du wolltest», sagt sie. «Bitte lass mich ...»

Der Schlag kommt aus dem Nichts. Das Geräusch hallt wie ein Schuss wider. Linda taumelt zurück. Sie knallt gegen die Tür, prallt davon ab.

«Gott *verdammt* noch mal», zischt Hugo und schüttelt seine brennenden Finger. «Warum bringst du mich dazu, das zu tun? *Warum*, Linda? Ich wollte *nichts* davon. Zu behaupten, das sei nicht so, ist eine Lüge.»

Er marschiert zu seinem Auto. Linda, die ihren blutigen Mund betastet, starrt ihm hinterher.

«Okay», sage ich. «Ich will, dass wir das hier regeln.»

SECHSUNDVIERZIG

Kurzzeitig erreichen die Temperaturen am Mittwochnachmittag in Cranner's Ford achtunddreißig Grad – ein Grad höher als der Rekord von letzter Woche.

Für Konstantin Tapia, der sich ständig mit derlei Dingen beschäftigt, ist dieser Meilenstein besonders befriedigend. Achtunddreißig Grad sind über einhundert auf der alten Fahrenheit-Skala. Das ist noch deutlich unter der Temperatur, bei der menschliches Fleisch aufplatzt, aber es ist trotzdem eine große, saubere Zahl.

Er verbringt den Morgen oberkörperfrei und röstet seine Haut so richtig durch. Zur Mittagszeit geht er in ein mexikanisches Restaurant in Cranner's Ford, wo er Caldo-Xóchitl-Suppe, Mais-Tacos mit Rindfleisch und mariniertes, in Bananenblättern gedünstetes Lamm isst. Er bestellt ein Schüsselchen mit grüner El-Yucateco-Soße, der schärfsten auf der Speisekarte. Als der Kellner seine Enttäuschung sieht, weil sie ihm nicht scharf genug ist, bringt er eine Chilisoße in einer Flasche vorbei, die geformt ist wie eine Handgranate. Den Rest der Mahlzeit verliert sich Tapia in Schmerz und Ekstase – und gibt ein großzügiges Trinkgeld, obwohl er eigentlich lieber vergessen werden würde.

Draußen wirft er einen Blick auf seine Tracking-App. Der VW-Bus ist immer noch auf dem Campingplatz *Seven Crosses* geparkt, wo er schon die letzten vier Stunden stand. Tapia ist dort gestern vorbeigekommen und hat ihn auf einem Schotterparkplatz entdeckt. Dann hat er sich ein Bier von einem Imbisswagen bestellt und zwei Stunden lang in der prallen Sonne gesessen, aber der Besitzer des Fahrzeuges ist nicht aufgetaucht.

Tapia wusste, dass Keira Greenaway sich in ihre Kellerwohnung verzogen hatte, wo sie zweifellos bis zum Sonnenuntergang bleiben würde. Nach vier Tagen Beobachtung hat er ihren Tagesablauf langsam begriffen. Es scheint, dass es stimmt, was er in den Nachrichten gesehen hat: Die Hirnverletzung, die sie vor fünfeinhalb Jahren erlitt, hat zu einer Tageslichtphobie geführt. Er schaut hinauf in die Sonne und spürt ihre erbarmungslose Hitze. Er kann sich ihre fürchterliche Qual gar nicht vorstellen. Niemand, ganz egal, was er in der Vergangenheit getan haben mag, verdient so etwas. Wenn Tapia sie irgendwann in der Zukunft in Brand setzt, weiß er, dass er ihr Frieden bringen wird.

Das Café, das Nadia für ihr Treffen vorschlägt, ist nicht viel mehr als ein Kühlschrank mit einer Durchreiche darüber, die zur Straße hinausführt. Er wartet auf einem der Hocker auf dem Bürgersteig auf sie und verbrennt sich die Zunge an einem Americano. Auf dem Tresen vor ihm liegt sein Exemplar des *National Geographic*.

Nadia taucht auf und setzt sich auf den Sitz neben ihm. Er fragt sich, ob sie den apfelgrünen Hosenanzug trägt, weil er so viel Haut verdeckt. Er fragt sich, ob sie dieses Café vorgeschlagen hat, weil er sie nicht mitten auf der Straße verbrennen kann. Ihre Nägel sind ebenfalls grün, bemerkt er. Vielleicht ist *das* der Grund für den Anzug.

«Du hattest gestern Nacht Besuch», sagt er.

Nadia erstarrt und sieht ihn an. Sie schweigt einen Augenblick. Dann sagt sie: «War sie es?»

Er nickt. «Ein Teil eurer Grundstücksmauer ist eingebrochen. So ist sie reingekommen. Sie ist nicht lange geblieben. Außerdem solltest du wissen, dass sie jetzt einen Kumpel hat.»

«Es waren zwei?»

«Eigentlich nicht. Greenaway ist allein gekommen. Er ist kurz danach aufgetaucht und zu ihr reingegangen. Ich glaube nicht, dass sie wusste, dass er auch da war.»

«Wer ist er?»

Tapia zuckt mit den Achseln. Er blättert eine Seite seines *National Geographic* um, zu einem Foto, das ihn besonders beeindruckt. Das Foto wurde bei Nacht aufgenommen und zeigt den Ätna. Die Silhouette des Vulkans erkennt man nur durch das leuchtende Magma, das seine Hänge hinunterkriecht. Er sieht Bäche geschmolzenen Gesteins. Feuer und Rauch. Ein Augenblick der Schöpfung und der Zerstörung. Es ist faszinierend. Perfekt.

«Erzähl mir von ihm», sagt Nadia.

«Anfang dreißig. Dunkles Haar, gute Zähne. Ich glaube, du würdest finden, dass er ein angenehmes Äußeres hat. Er wohnt auf dem Campingplatz vor der Stadt.»

«Hast du ein Foto?»

«Nein.»

«Kannst du mir eins besorgen?»

Tapia mustert ihren Hosenanzug. Wenn er an die weiche Haut denkt, die sich darunter verbirgt, zucken seine Finger. «Könnte ich.»

Nadia rutscht auf dem Stuhl herum und überschlägt die Beine. «Mir egal, was es kostet, Konstantin.»

Er macht die Augen ganz schmal. «Das hier war nie eine finanzielle Beziehung.»

«Ich würde dich niemals beleidigen, indem ich das behaupte. Du weißt, wovon ich rede – freiwillige Geschenke. Machst du es?»

«Natürlich.»

Nadia nickt, beugt sich vor, mustert ihn genauer. «Deine Kopfhaut ist verbrannt. Vielleicht solltest du ein bisschen Sonnencreme kaufen. Oder eine Mütze.»

«Danke für den Tipp.»

SIEBENUNDVIERZIG

Die unerbittliche Hitze am Mittwoch hält bis in den Abend hinein an. Die Sterne über uns sind von einer Klarheit, die ich selten gesehen habe. Wir fahren durch Old Town. Im Radio singen Creedence Clearwater Revival über einen bösen Mond, der aufgeht.

Seit Louis mich abgeholt hat, ist er ziemlich still. Hoffentlich denkt er nicht über mehr Fragen nach. Langsam bedauere ich die Lüge, die ich ihm gestern Nacht aufgetischt habe – dass ich zu Hause gewesen sei, bevor wir uns trafen, obwohl ich in Wirklichkeit in Arcadia Heights war. Ich habe die schlimme Ahnung, dass er die Wahrheit kennt – wobei, wenn das so wäre, würde das noch etwas viel Verstörenderes bedeuten als den Umstand, dass er von meiner Unehrlichkeit weiß: nämlich dass er mich ohne mein Wissen beobachtet.

Wieder rufe ich mir ins Gedächtnis, was gestern Abend geschehen ist: Nadia Rafferty, die aus dem Pool stieg; das Rascheln im Unterholz; Simon Rafferty, der mich direkt in meinem Versteck ansah. Als wüsste er *Bescheid*.

«Bist du bereit für das hier?», fragt Louis.

Ich weiß, wo wir sind. Ich werfe ihm einen Blick zu, lächele ihn an, nicke. Meine Doc Martens sind fest geschnürt, die Senkel mit einem Doppelknoten gesichert. In einer meiner Taschen befindet sich mein Bärenspray. In der anderen mein Handy.

«Das wird jetzt nicht besonders schön», fährt er fort. «Aber ich hoffe, es wirkt.»

«Wenn es wirkt ...»

«Du musst nicht dabei zusehen. Eigentlich fände ich es sogar besser, wenn du es nicht tätest. Da wäre noch etwas anderes zu erledigen, was für das große Ganze genauso wichtig wäre. Besonders für das, was danach kommt.»

Zehn Minuten später haben wir Old Town hinter uns gelassen und fahren Landstraßen entlang. Keine Straßenlaternen, keine anderen Fahrzeuge. Als wir die Mullpenny Lane erreichen, wird Louis langsamer und fährt den VW-Bus vorsichtig in einen Graben neben den Hecken. Er schaltet den Motor aus, dann die Scheinwerfer. «Denk dran – wenn irgendetwas schieflaufen sollte ...», fängt er an.

«Dann gehe ich und rufe dich nicht an, bis ich da raus bin.»

«Wenn sich etwas komisch anfühlt, irgendetwas ...»

«Gehen und nicht anrufen, bis ich da raus bin.»

«Kuss?»

Ich beuge mich vor. Unsere Lippen berühren sich.

«Okay, Night Eyes. Dann mal los.»

ACHTUNDVIERZIG

Marcie Lockheart ist nicht so leicht zu erschrecken.

Sie lebt schon lange genug in diesem Bauernhaus, um zu wissen, dass es in der Nacht erwacht. Holzbalken, die in der Sommersonne angeschwollen sind, knarren, wenn sie sich wieder zusammenziehen. Rohre ticken und klopfen. Manchmal streifen die Geister ehemaliger Bewohnender durch die Zimmer – und hinterlassen Spuren ihrer Besuche. Unten entdeckt sie dann die Scherben einer umgekippten Vase; oder eine Mütze ist von ihrem Haken gefallen. Seltsam, aber nicht furchterregend. Jedenfalls nicht, wenn das alles ist, was sie draufhaben.

Marcie blinzelt in der Dunkelheit und überlegt, was sie aufgeweckt haben könnte. Sie muss nicht auf die Toilette. Das Haus ist im Augenblick ganz still.

Ihr Mund fühlt sich trocken an, wie Gummi – die Folge vom Alkohol von gestern Abend. Als sie nach Patrick tastet, fühlt sie nur kühle Laken. War er noch unten, als sie ins Bett ging? Die Erinnerung daran, wie der Abend endete, ist verschwommen.

Marcie rollt sich auf die Seite. Sie tastet mit der Hand auf ihrem Nachttisch herum, sucht erfolglos nach Brille und Handy. Entweder hat sie sie nicht mit ins Bett genommen, oder die Geister spielen ihr wieder einen Streich. Patrick hat einen altmodischen Radiowecker auf seiner Seite, aber von hier kann Marcie die leuchtend roten Ziffern nicht sehen.

Sie hört, dass sich etwas regt, in der gegenüberliegenden Ecke des Raums.

Das klingt nicht wie knackendes Gebälk. Auch nicht wie eine Maus, die in den Wänden kratzt. Irgendetwas im Schlafzimmer kommt ihr komisch vor.

Marcie setzt sich auf. Die Luft ist irgendwie lastend, schwer, als wäre eine Präsenz darin. Vielleicht ist das hier nicht der Geist eines ehemaligen Bewohners. Vielleicht ist es ein Geist aus Marcies Vergangenheit. Aus ihrer Familie vielleicht. Ihre Mutter.

«Hau gefälligst ab von mir, du dreckige alte Schlampe», zischt sie. Sie hat die alte Frau schließlich nicht unter die Erde gebracht, nur damit sie wieder heraufsteigt. Aber die Präsenz gibt sich nicht zu erkennen, und Marcie glaubt nicht wirklich, dass ihre krebskranke alte Mutter zurückkommen kann. Was zum Teufel war bloß in diesem No-Name-Gin, dass sie jetzt solche Angst hat?

Draußen schreit ein Fuchs.

Sie schwingt die Beine aus dem Bett. Patrick bewahrt immer einen Baseballschläger im Schrank auf – als Schutz gegen irgendwelche Leute, die sich ums Haus herumtreiben oder einbrechen, bevor er an den Waffenschrank herankommt. Außerdem ist da auch noch ein fünfundzwanzig Zentimeter langes Jagdmesser.

Marcie tastet wieder auf ihrem Nachttisch herum, diesmal sucht sie nach dem Lichtschalter der kleinen Lampe. Sie blinzelt, um ihre Augen zu schützen, und drückt ihn. Nichts.

Sie denkt an Patricks Radiowecker – die roten Ziffern, die jetzt schwarz sind. Ihr Herz schlägt schneller. Also ist es nicht nur eine durchgebrannte Birne.

Ist er deswegen weg? Um die Sicherungen zu überprüfen? Wenn er einen Einbruch vermutete, hätte er sie ganz sicher geweckt. Sie denkt an all die Geldverstecke im Haus – und wie oft sie Patrick gewarnt hat, sich nur nicht zu schlau vorzukommen. Nur weil man immer zu Hause und der Waffenschrank voll ist, bedeutet es nicht, dass man sich in Sicherheit wiegen kann. Schon gar nicht, wenn die Waffen unten sind, Marcie aber hier oben und Patrick wie von Zauberhand verschwunden.

Sie steht auf, atmet tief durch – und glaubt einen Augenblick lang, das Rasierwasser eines Mannes zu riechen. Als sie sich auf den Kleiderschrank zubewegt, protestieren die Dielen mit einem Knarren. Warum ist es bloß so verdammt dunkel?

Noch ein tastender Schritt, und Marcie berührt den Schrank. Sie öffnet die Tür und greift zwischen Patricks Kleidern hindurch. Sie schließt die Finger um den Baseballschläger. Da rammt sich eine Faust in ihre Nieren.

Der Schmerz ist verblüffend. Sie kann nicht einmal schreien, denn schon packt eine Hand ihr Haar und reißt sie zum Bett. Ihre Schienbeine krachen gegen den Holzrahmen, und sie liegt auf dem Bauch – und ein *Monster* sitzt rittlings auf ihrem Rücken.

Marcie schnauft und prustet. Sie versucht, ihre Lunge zu füllen, aber ihr Mund ist voller Bettwäsche. Als sie es endlich schafft, etwas Luft einzusaugen, presst sie nur ein Wort hervor: «*Wichser.*»

Ihre Frechheit wird sofort mit weiterer Gewalt bestraft: wieder eine Faust. Diese trifft sie in den Nacken. Es ist ein niederschmetternder Schlag, so hart, dass er womöglich ernsthafte Schäden anrichtet. Sie jault die Luft wieder aus sich heraus, die sie gerade so mühevoll eingesogen hat, und spürt, wie ihre Hände hinter ihrem Rücken mit Klebeband zusammengeschnürt werden.

Als der Druck auf ihr Gesicht nachlässt, ergreift Marcie ihre Chance. Sie hebt das Kinn, füllt ihre Lunge. Aber bevor sie schreien kann, klebt ein Streifen Klebeband auf ihrem Mund.

Das verwirrt sie, lässt ihre Gedanken erstarren. Wieder wird ihr Haar gepackt und ihr Kopf zurückgerissen, sodass ihre Kehle freiliegt, ihre Sehnen sind zum Zerreißen gespannt. Ein Schnitt, und ihre Adern werden die Matratze mit Blut bespritzen.

Aber das, so scheint es, ist gar nicht der Plan ihres Angreifers.

Stattdessen wird das Klebeband dreimal um ihren Schädel gewickelt, sodass Mund und Nase bedeckt sind. Jetzt kann Marcie *wirklich* nicht mehr atmen. Sie bockt, tritt, windet sich unter dem Gewicht ihres Angreifers. Ganz plötzlich ist der Druck von oben fort. Sie liegt allein auf dem Bett, erstickt langsam, ihre Augen schwellen in den Höhlen an.

«Du kannst dich wehren», sagt die Stimme eines Mannes ganz nah an ihrem Ohr. «Den Rest deines Sauerstoffs verbrauchen. Oder du rollst auf den Rücken und bleibst ganz still liegen – wie ein *braves* Mädchen. Vielleicht lasse ich dich dann atmen.»

In ihren siebenunddreißig Jahren hat sich Marcie noch niemals jemandem unterworfen. Aber sie war auch noch nie dem Tod so nah. Diese Stimme ist erschreckend ruhig. Sogar ein wenig spöttisch.

Sie rollt sich auf den Rücken, auf ihre zusammengeklebten Hände. Dabei muss sie ihre gesamte Willenskraft aufbringen, um nicht gegen den Instinkt anzukämpfen, sich gegen ihre Fesseln zu wehren. Sie zwingt ihre Glieder zur Regungslosigkeit, zu einer Ruhe, die sie nicht fühlt, liegt schlaff da und versucht, den sich immer weiter aufbauenden Druck in ihrer Brust zu kontrollieren.

«Vorsichtig jetzt», sagt die Stimme. «Ich würde dir nur ungern die Nase abschneiden.»

Marcie ballt die Fäuste und beginnt zu zittern. Sie hört zweimal ein ploppendes Geräusch, und plötzlich schnauft sie wie ein Walross, zieht die Luft durch die beiden Löcher im Klebeband.

Jetzt, da sie wieder atmen kann, fällt ihr eine weitere Schrecklichkeit auf. Sie trägt nur ein T-Shirt. Beim Kampf ist es über ihre Taille hinaufgerutscht. Sie weiß nicht, was dieser Irre will, aber wenn es *das* ist ...

Eine Hand packt ihr rechtes Fußgelenk und windet Klebeband herum. Wenn er ihre Beine auseinanderzwingt, sie an den beiden Bettpfosten fixiert, dann ist sie hilflos.

Marcies Angst verwandelt sich in brennende Wut. Sie dreht die Hüften, tritt mit den Beinen, aber ihr Angreifer ist stärker. Er packt ihren linken Fuß. Sie braucht einen Moment, um zu begreifen, dass er ihre Beine *zusammen*klebt, nicht auseinander.

Das ändert alles – das bedeutet, dass das, was sie befürchtet hatte, nicht sein Plan ist. Aber wenn es das nicht ist, was dann? Einige Augenblicke später stülpt sich ein Kissenbezug über ihren Kopf.

«Ich behandle dich wie ein Tier», flüstert der Mann. «Ist es das, was du denkst?» Er zwirbelt die Kante des Kissenbezugs zusammen, sodass er ihren Kopf daran hochziehen kann. «Aber das ist nichts dagegen, wie du *sie* behandelst, oder, *Marcie*?»

Und da versteht sie, worum es hier geht. Nicht um Eindringlinge, die landwirtschaftliche Werkzeuge klauen. Das hier ist niemand, der auf Bargeld aus ist.

Das hier ist Vergeltung. Es geht um Patricks goldene Gans, um *ihre gemeinsame* goldene Gans. Es geht um den fensterlosen Schuppen auf ihrem Grundstück, der stetig Geld ausspuckt.

Vielleicht ist der Typ ein fanatischer PETA-Anhänger. Vielleicht ein einsamer Wolf. Jedenfalls ist ihre Situation weit schlimmer, als sie zu Beginn angenommen hat.

Abrupt lässt der Fremde den Kissenbezug los. Sie hört, wie er das Zimmer verlässt und die Treppe hinabsteigt. Die Hintertür schlägt zu.

Stille.

Marcie dreht sich auf den Bauch. Sie zieht die Knie unter sich und schiebt ihren Kopf auf der Matratze vor und zurück, bis sie den Kissenbezug von ihrem Kopf geschoben hat. Sie arbeitet mit Hüften und Schultern, sodass sie vom Bett auf die Knie fällt.

Draußen beginnt ein Dieselmotor zu knattern. Marcie

hält inne und neigt den Kopf zur Seite. Das ist ihr Bagger. Sie hört, wie er mit quietschenden Raupen über den Hof fährt.

Sie lässt sich auf den Bauch fallen und versucht, nicht in Panik zu geraten. Wie ein Wurm kriecht sie über den Boden. Nicht weit vom Bauernhaus entfernt beginnt der Bagger zu graben.

NEUNUNDVIERZIG

Ich höre die Hunde in dem Augenblick, in dem ich den Gipfel der Anhöhe erreiche. Langsam fahre ich den Hang hinunter, und ihr Bellen wird lauter. Ob sie meine Anwesenheit wohl spüren?

Der *Deevis*-Hof war Teil des heutigen Plans von dem Moment an, in dem Louis mich abgeholt hat. Wir mussten nur warten, bis es spät genug für unseren Besuch war.

Ich ziehe die Schuppentür auf, und der Gestank von Verwesung wabert mir entgegen, scharf und reif. Galle steigt mir in die Kehle. Irgendetwas ist hier drin gestorben, vor Kurzem – und ist dann aufgebläht. Im Schein meiner Taschenlampe sehe ich das bekannte Elend: Hunde, die übereinanderkriechen, um ans Licht zu kommen; schwangere Hündinnen und säugende Muttertiere wenden sich davon ab. Überall kleben Exkremente.

Ein Element unseres Eingriffs auf dem *Deevis*-Hof bestand darin, festzustellen, ob dieser Schuppen – und seine Bewohnenden – noch existierte. Meine Aufgabe war es, das herauszufinden.

In einer Ecke sehe ich Säcke mit Trockenfutter. Schnell verteile ich ihren Inhalt. Schweiß rinnt mir von der Stirn hinunter in meine Augen. Ich hätte schon längst wieder fort sein sollen, aber ich kann das Leiden nicht ertragen. Ich würde am liebsten alle Käfige öffnen und die kleinen Hunde befreien. Aber Louis' Vorschlag ist viel besser.

Ich verlasse den Schuppen wieder, doch da durchschneidet ein besonders jämmerliches Geräusch die Dunkelheit. Ich halte meine Taschenlampe auf seine Quelle und leuchte direkt in ein Paar völlig verzweifelter Augen. Der Welpe – ich kann nicht einmal seine Rasse erkennen – ist das einzige lebende Wesen in einem Käfig voller toter Klumpen. Ich stecke meine Finger durch das Gitter, und er zittert, zieht sich aber nicht zurück.

Ich kann den Schluchzer nicht unterdrücken. Ehe ich überhaupt begreife, was ich da tue, fummele ich schon am Riegel herum. Ich hole den Welpen heraus, erschrocken über seine Leichtigkeit, ungläubig, dass er stark genug war, meine Aufmerksamkeit zu erregen. «Okay, kleines Kerlchen», murmele ich und blinzele gegen die Tränen an. «Okay.»

Es ist ein männlicher Welpe. Der einzige Überlebende aus einem Wurf von vielleicht sechs oder sieben. Ich glaube nicht, dass er noch lange überlebt. Ihn mit mir zu nehmen, ist sinnlos, sentimental. Aber er verdient eine Chance, so klein sie auch sein mag.

Als die anderen Hunde begreifen, dass ich wieder gehe, wird ihr Bellen intensiver. Ich widerstehe der Versuchung, ihre Käfige zu öffnen. *Hilfe ist auf dem Weg*, verspreche ich ihnen. *Hilfe ist auf dem Weg.*

Vielleicht ist es die frische Luft nach dem klebrigen Gestank im Schuppen. Vielleicht sind es meine Gefühle oder die kaputten Verbindungen in meinem Kopf. Aber als ich hinaustrete, zerbricht die Nacht.

Zwei weiße Monde hängen über der Anhöhe am Himmel. Sie sehen aus wie zwei finster dreinblickende Augen. Die Sterne sind ein Silbersturm. Ich kämpfe mich mit unsicheren Schritten hindurch.

Das Herz des Welpen flattert an meinen Fingern. Vor einer Minute noch haben sich unsere Wege nicht gekreuzt. Jetzt kommen sie mir unauflöslich miteinander verbunden vor.

Der Silbersturm wird stärker. Ich beiße die Zähne zusammen, straffe die Schultern, stolpere den Hang hinunter. «Manchmal», sage ich zum Welpen, «ist das Leben irgendwie verwirrend. Es macht einem dann auch Angst. Aber wenn man einfach weitermacht, wird das meiste eigentlich wieder gut.»

Das Kerlchen windet sich in meiner Hand. Ich bleibe stehen, weil mir plötzlich schwindelig wird.

Hinter der Anhöhe höre ich das Klirren von etwas Mechanischem. In meiner Nase sind jetzt seltsame Gerüche: nasses Heu, Zimt, verbrannter Kaffee. Die Welt schrumpft zu einem runden Punkt in einem schwarzen Tunnel zusammen. Wieder beiße ich die Zähne zusammen und zwinge sie dazu, sich wieder auszuweiten. Das hier ist der schlimmste Anfall seit Monaten. Vielleicht seit Jahren.

Endlich bin ich auf der Anhöhe. Und mein Atem stockt.

Ganz nah am Bauernhaus haben Autos und Laster einen Halbkreis um eine riesige Grube gebildet, die in der Erde entstanden ist. Die Scheinwerfer der Fahrzeuge sind hinein gerichtet. Es wirkt so, als seien es ganz viele Fahrzeuge, aber ich denke daran, dass ich ihre Zahl ja durch zwei teilen muss. In der Nähe der Grube nimmt ein gelbes Ungetüm mit zwei Hälsen kleine Bissen aus der Erde.

Langsam schieben sich die beiden Realitäten zu einer zusammen. Jetzt wird der Hals des gelben Ungetüms ganz gerade. Sein Maul, mit Erde gefüllt, hängt direkt über der Grube.

Als ich erkenne, was darunter liegt, kann ich nicht gerade stehen bleiben. Ich falle auf die Knie, dann zur Seite, und mein einziger Gedanke gilt dem Kerlchen – auf keinen Fall darf ich den Welpen zerquetschen.

Und dann fällt der Vorhang.

FÜNFZIG

Marcie Lockheart liegt auf dem Rücken, die Hände drücken in ihr Rückgrat. Sie hebt die Füße hoch zur Kante ihrer Schlafzimmertür. Sie beugt ihre Knie und streckt sie wieder und reibt mit ihren gefesselten Fußgelenken gegen den Riegel. Er ist schwergängig. Die Tür wackelt, der Riegel bewegt sich und schnappt wieder zurück. Marcies Schenkel brennen vor Anstrengung. Aber langsam, ganz langsam macht sie Fortschritte.

Draußen ist der Bagger still geworden. Sie hat Automotoren gehört und sie erkannt: ihr Volvo, Patricks Discovery, Janeks Qashqai und die beiden Hof-Pick-ups. Zuerst dachte sie, dass die Autos jetzt gestohlen werden, aber ihre Motoren liefen nur kurz, dann wurden sie wieder ausgeschaltet.

Marcies angespannte Muskeln sind jetzt erschöpft. Sie macht eine Atempause, wartet, dass das Brennen aufhört. Dann hebt sie die Füße und macht mit ihren Sägebewegungen weiter. Sie spürt, wie die Fasern des Klebebands langsam nachgeben. Sie ist noch nicht frei, aber es funktioniert.

Ihr Angreifer hat den Baseballschläger im Schrank nicht mitgenommen. Er hat das Jagdmesser nicht gefunden. Wenn sie sich befreit, bevor er zurückkommt, dann wartet eine Überraschung auf ihn.

Mit einem Geräusch wie zerreißendes Fleisch lösen sich die letzten Fasern voneinander. Marcie atmet zweimal durch. Dann rappelt sie sich auf die Knie. Erst einen Fuß, dann den anderen, und sie richtet sich auf.

Von unten dringt ein Geräusch zu ihr herauf – eine Tür, die aufgerissen wird. Adrenalin rast durch ihre Adern. Sie dreht sich um und sägt das Klebeband an ihren Handgelenken am Riegel auf. Jetzt, da sie steht, ist es viel einfacher. Sie kann die Tür mit den Füßen zuhalten.

Das Licht einer Taschenlampe zuckt über die Stufen. Marcie sägt schneller. Sie reißt sich das Handgelenk an der scharfen Metallkante auf. Spürt die Wunde, aber nicht den Schmerz.

Schritte, Atemzüge, weißes Licht in ihren Augen. Dann eine Hand, die sie am Haar reißt. «Gut», sagt die Stimme. «Du hast deine Beine befreit. Das erspart mir die Arbeit.» Wieder stülpt sich der Kissenbezug über ihren Kopf. «Los.»

Er schiebt sie aus dem Zimmer, die Treppe hinunter. Unter Marcies Füßen werden die nackten Dielen zu Küchenlinoleum. Nur Momente später ist sie draußen. Beton wird zu rissiger Erde. Durch den Kissenbezug riecht sie frisch aufgegrabene Erde. Sie erinnert sich an den Bagger, den sie gehört hat. Irgendwo in der Nähe sieht sie Lichter.

Der Boden ändert sich. Sie erklimmt eine Anhöhe, die es vor heute Nacht nicht gab. Dann gleitet und stolpert sie die andere Seite wieder hinunter. Lehm dringt zwischen ihren Zehen hervor, klebt an ihren Fußsohlen. In ihrem Körper ist so viel Adrenalin, dass sie das Gefühl hat, ihre Brust müsse platzen.

«Stopp!», sagt die Stimme hinter ihr. «Rühr dich nicht, bis ich es dir sage.»

Vorhin haben Marcies Instinkte ihr befohlen, sich zu wehren. Jetzt schreien sie ihr zu, sie solle fliehen. Aber sie ist blind, gefesselt und barfuß. Ihre Chancen zu entkommen sind gleich null.

Eine Hand reißt ihr den Kissenbezug weg. Weißes Licht blendet sie. Marcie blinzelt, neigt den Kopf, versucht, Sinn im Irrsinn zu finden.

Sie steht am Boden einer riesigen Grube, die der Bagger ausgehoben hat. Fünf Fahrzeuge parken am Hang, die Nasen auf den Boden der Grube gerichtet, die Scheinwerfer aufgeblendet.

Den Anblick zu begreifen, ist nicht leicht. Neben sich sieht Marcie etwas noch Verwirrenderes: den rot gestrichenen Käfig, der normalerweise vor ihrem Futterschuppen steht – ein abschließbarer Lagerraum für die Propangasflaschen des Hofes. Aber statt der Gasflaschen sieht sie darin ihren Ehemann.

Patrick liegt auf dem Rücken, den Mund zugeklebt, die Hände gefesselt. Er trägt Jeans, sonst nichts. Sein riesiger Bauch lässt ihn aussehen wie eine schwangere Kröte.

In Patricks Augen liegt Angst. Sie sind weiter aufgerissen und weißer, als sie sie je gesehen hat. Obwohl er keine sichtbaren Verletzungen hat, windet er sich vor Schmerzen. Jetzt, da sie ihn so ansieht, verspürt Marcie Ekel. Sie hat nie einen Mann gebraucht, damit er sie beschützt, aber sie erwartet verdammt noch mal, dass er es wenigstens versucht. Patrick wirkt aber so, als würde er sich lieber hinter ihrem Rücken verstecken, als zu kämpfen.

Neben ihm liegt Janek, ihr polnischer Arbeiter. Er ist

nackt, abgesehen von seinen lächerlich engen Unterhosen. Janek ist ebenfalls gefesselt – und er leidet eindeutig genauso viele Schmerzen –, aber er hat immerhin den Anstand, wütend deswegen zu sein. Sein mörderischer Blick macht Marcie froh. Gut, dass sie ihn gefickt hat. Er ist vielleicht so dumm wie ein halbes Schwein, aber seine Eier sind zehnmal so dick wie die ihres Mannes.

Plötzlich taucht ihr Angreifer vor ihr auf. Sie blinzelt, versucht, seine Züge zu erkennen, aber die Scheinwerfer machen ihn zu einer Silhouette.

Aber nicht alles ist überblendet. Marcie sieht, dass sie falschlag, was den Baseballschläger angeht. Denn er hält ihn in der Hand.

Oh Scheiße.

Sie wirft einen Blick in den Propangas-Käfig und bemerkt etwas, das sie vorher übersehen hat: Janeks Kniescheiben sind zweimal so dick wie normal. Patricks Knie sehen unter seinen Jeans ähnlich deformiert aus.

Plötzlich kann sie kaum atmen. Sie saugt Luft durch das durchlöcherte Klebeband und fragt sich, wie viel schlimmer wohl der Tod durch Ersticken sein wird im Vergleich zu dem, was jetzt kommt.

Wenn sie nur mit dem Typen *sprechen* könnte, mit ihm reden, dann könnte sie ihn sicher überzeugen. Das Problem ist nur, dass ihr Mund zugeklebt ist. Sie kann nicht verhandeln.

Sicher wird er *ihr* die Knie nicht zerschmettern, nur wegen eines Schuppens voller blöder Hunde. Patricks und Janeks vielleicht, aber doch nicht ihre.

«Viel mehr Bargeld in diesem Haus als Gehirnzellen, um es sicher zu verstecken», sagt der Fremde. «Im Ernst. Der Toilettenkasten? Die Gefriertruhe? Und siebentausend haben hinter dem Klavier geklebt.»

Marcie ärgert sich, trotz ihrer Situation. Die siebentausend waren ihre – Geld für einen Neustart, wenn sie je wegkommen würde. Sie spürt Patricks Blick auf sich, ignoriert ihn.

«Ich hatte mal einen Hund, als ich klein war», sagt der Typ. Er tritt zur Seite, und zum ersten Mal sieht sie ihn klar. Er ist jünger als sie. Schwarzes Haar, grüne Augen, weiße Zähne. Er sieht sie mild an – und gleichzeitig absolut gnadenlos. «Na ja, bis ihn jemand umgebracht hat.»

Marcie summt angestrengt hinter ihrem Klebeband.

«Oh, du willst was sagen?»

«Mmm.» Sie nickt. *«Mmm!»*

«Okay», sagt er. «Ich breche nur kurz eine, dann kannst du reden, okay?»

Marcie quiekt und schüttelt wild den Kopf. Und dann schwingt der Typ den Schläger und zerschmettert ihre rechte Kniescheibe.

Der Schmerz ist wie eine Nagelbombe, die in ihrem Fleisch explodiert. Der Himmel dreht sich, und sie knallt ungebremst zu Boden. Die Luft wird ihr so hart aus der Brust gepresst, dass ihre zugeklebten Lippen aufreißen.

Der Schmerz wird immer schlimmer – zu viel. Marcies Rücken schmerzt. Ihr Schädel liegt auf dem Lehm, in ihm hämmert es. Blut ist in ihrem Mund, Feuer in ihrem zersplitterten Knie. Ein brüllendes Inferno.

«Wow», sagt der Mann. «Ich meine, das sieht echt schlimm aus. Nicht so schlimm wie ein Schuppen voller Hundescheiße und Tod, aber sonst ganz sicher. Wie viel kostet eigentlich ein Labrador Retriever neuerdings, mal so aus Interesse? So einen hatte ich nämlich. Wie viel kann man mit einem ganzen Wurf verdienen? Mit denen, die überlebt haben?»

Marcie stöhnt, als läge sie in den Wehen. Sie streckt ihr gesundes Bein, schiebt sich damit nach hinten. Dabei wallen neue Schmerzen in ihr auf, aber egal, sie muss weg von ihm.

«Ach, du möchtest lieber nicht antworten? In diesem Fall hätte ich da noch eine andere Frage, die ich mir schon lange stelle: Wenn man deine Kniescheiben beide zerschmettert, welche tut mehr weh? Die erste? Oder die zweite?»

Er hebt den Schläger. Marcie schließt die Augen. Sie hört ein Krachen, wie einen Schuss – das Geräusch, als ihr linkes Knie zersplittert. Der Schmerz ist ein Tsunami, er reißt sie mit. Ihr Hirn schafft es nicht, sein Ausmaß zu begreifen. Sie knirscht mit den Zähnen. Sie wird sich übergeben – und dann, wegen des Klebebandes, an ihrem Erbrochenen ersticken. Vielleicht ist das auch besser so. Sterben kann nicht schlimmer sein als das hier.

Der Typ packt sie erneut bei den Haaren und zerrt sie durch die Grube. Sie ist jetzt blind vor Schmerzen. Vollkommen von ihnen vereinnahmt. Sie spürt das Metallgitter des Käfigs in ihrem Rücken, hört, wie die Tür zugeworfen wird, das Klicken eines Schlosses.

«Tja», sagt er. «So werden die Gefängniswachen zu Gefangenen. Wenn das mal nicht ein Beispiel dafür ist, wie das Universum zurückschlägt, dann weiß ich auch nicht. Wie ist es denn so, da drinnen zu sein und rauszuschauen? Verändert das die Perspektive?»

Marcie blinzelt, bis ihre Augen wieder klar sehen. Durch die Gitterstäbe sieht sie ihn, den Baseball über die Schulter gelegt – ein dämonenschwarzer Umriss im Gegenlicht der Scheinwerfer.

«Hey», fährt er fort. «Ich hätte da eine Idee. Vielleicht solltet ihr heute mal draußen schlafen, ihr drei. Wie findet ihr das?» Er hält inne, wartet auf eine Antwort, von der er weiß, dass sie nicht kommt, dann schüttelt er den Kopf. «Aber es ist natürlich nicht so mollig warm hier wie in eurem Schuppen, nicht wahr? Vielleicht decke ich euch noch zu.»

Er wendet sich ab und klettert aus der Grube. Marcie schaut zu, wie er um den Rand herumgeht. Er erreicht den Bagger und springt ins Führerhäuschen. Als der Dieselmotor anspringt, kochen ihre Innereien wie in einer Mikrowelle.

Die Baggerschaufel schwingt nach unten. Die Schaufel greift Lehm von dem Haufen, der am Rand liegt. Mit einem pneumatischen Zischen fährt er hoch und direkt über sie.

Vielleicht decke ich euch noch zu.

Patrick und Janek beginnen unter ihrem Klebeband zu schreien, und Marcie schreit mit ihnen.

EINUNDFÜNFZIG

Die Welt kommt wieder zurück; ein Geräusch wie Luft, die in ein Vakuum dringt, ein Gefühl, als streute jemand Knisterbonbons auf mein Hirn.

Glühwürmchen tanzen vor meinen Augen. Erst als ich die Fäuste balle und mich ganz stark konzentriere, werden sie zu Straßenlaternen, Autolichtern, angestrahlten Straßenschildern, die vorbeisausen. «Time Is on My Side» von den Rolling Stones spielt, den Song habe ich immer schon gemocht.

«Da bist du ja wieder», sagt Louis neben mir. «Wo warst du denn?»

Ich setze mich auf dem Beifahrersitz des VW-Busses auf und reibe mir die Augen. «Die Smaragdstadt? Ich weiß es nicht. War ich ... bin ich ...?»

«Willst du Wasser?»

«Nein.» Ich schüttele den Kopf. «Danke.»

«Kaugummi?»

«Louis, was ist da passiert? Wie habe ich ...?»

«Du erinnerst dich nicht?»

Woran erinnere ich mich überhaupt?

«Ich erinnere mich an zwei Monde.» Ich hickse, werfe Louis einen Blick zu, kräusele die Nase, weil ich so einen Unsinn erzähle. Es war eine schräge Nacht, aber das ist keine Entschuldigung. Ich klinge, als hätte ich eine Vision gehabt.

Unter den zwei Monden erinnere ich mich an eine Grube in der Erde, an ein gelbes Ungetüm mit zwei Hälsen, und in meinen Armen ...

Ich beuge mich heftig nach vorn. Der Gurt gräbt sich in meine Brust. «Wir müssen sofort zurück.»

«Können wir nicht.»

«Aber das Kerlchen ...»

«Das was?»

«Oh nein!» Ich raufe mir die Haare. «Ich wollte ihn da *rausbringen*. Er war meine Verantwortung. Wenn er stirbt, dann ist es meine Schuld.»

Louis deutet hinter sich. «Ach, du meinst *das* Kerlchen?»

Ich wende mich auf meinem Sitz um. Und da ist er, zusammengerollt auf einem Handtuch. Er sieht sogar noch elender aus als vorher: zwei kugelrunde Augen in einem jämmerlichen Fellknäuel.

Ich stöhne erleichtert auf, bin Louis dankbar, dem Universum, allem anderen. Ich lege mir das Kerlchen auf den Schoß.

«Schon gut», sage ich zu ihm, obwohl es überhaupt nicht gut ist. Sein Fell stinkt. Er sieht unglaublich krank aus. Zu Louis sage ich: «Wir müssen ihm etwas zu fressen besorgen. Milch, glaube ich. Wobei ich nicht weiß, was für welche.» Ich hole mein iPhone heraus und beginne zu suchen. «Es gibt hier ein Rezept für Welpenmilch», sage ich. «Ziegenmilch, Eigelb, Vollfett-Joghurt, Maissirup oder etwas Ähnliches. Wir können vieles davon in der Tankstelle kaufen, aber ich weiß nicht, wo wir eine Flasche herbekommen sollen.»

«Draußen vor der Stadt gibt es einen Supermarkt, der rund um die Uhr geöffnet hat», sagt Louis. «Wir können alles dort kaufen.»

Ich nicke. Ich fürchte, wir schaffen es nicht rechtzeitig, fürchte alles mögliche andere. Als ich an die Grube auf dem Bauernhof denke, an die Fahrzeuge, deren Scheinwerfer hinunter in die Grube gerichtet waren, wird meine Angst noch größer.

«Louis?»

Er schaut mich an.

«Der *Deevis*-Hof. Was habe ich verpasst?»

«Wir haben uns darum gekümmert.»

«Wir?»

«Sie werden es nicht noch einmal tun.»

«In diesem Schuppen – da war so viel Tod. Das Kerlchen hier war der letzte noch lebende Welpe in seinem Wurf.»

Louis löst seine Hand vom Lenkrad. Er streichelt den Welpen mit einem Finger.

«Hast du angerufen?»

«Kurz bevor du aufgewacht bist.»

Jetzt beginnt Mick Jagger einen neuen Song: «Sympathy for the Devil». Louis stellt ihn lauter und tritt aufs Gaspedal. Eleanor fährt uns durch die Stadt. Wir sehen nur wenige andere Fahrzeuge auf den Straßen, abgesehen von zwei Polizeiautos, die mit Blaulicht an uns vorbeirasen.

In dem Supermarkt kauft Louis ein, während ich bei dem kleinen Fellknäuel bleibe. Wie soll ich mich nur um einen Welpen kümmern? Ich habe keine Ahnung. Je mehr ich darüber lese, desto mehr Angst bekomme ich.

Louis kommt mit allem auf meiner Liste wieder. Wir verlassen den Supermarkt und fahren in Richtung Norden zum Old Cobb. Auf dem Gipfel klettere ich in den hinteren Teil des Busses und mische die Welpenmilch an.

Der Welpe nimmt nicht viel zu sich. Trotzdem ist das immer noch besser als gar nichts. Hinterher setzen wir Wasser auf. Eine Pfanne dient als Badewanne. Wir wechseln das Wasser vier Mal, bevor wir so etwas wie einen Welpen in dem Fellhaufen erkennen. Ich trockne das Kerlchen ab und wickele den Welpen in eins von Louis' Hemden.

Es ist schon spät. Oder früh. Ich weiß nicht genau, was von beidem. Ich weiß, dass ich jetzt nach Hause muss. Ich kann schon sehen, dass sich die Sonne auf den Horizont zubewegt. Ich schaudere, wende mich zu Louis – und ertappe ihn dabei, wie er mich vom Fahrersitz aus beobachtet.

«Du wirst unruhig», stellt er fest.

«Ich muss nach Hause.»

«Bleibt, ihr beide. Im Bus, mit mir. Wir können die Vorhänge zuziehen und das Licht aussperren.»

«Ich kann nicht. Ich weiß, dass das verrückt klingt, aber das reicht nicht. Ich muss rein. Verdunkelungsrollos, alles. Tut mir leid. Wirklich.»

Er nickt. Wir sehen einander immer noch in die Augen.

«Wir könnten es aber andersherum machen», schlage ich vor. «Du könntest mit uns zu mir kommen. Mit dem Kerlchen, meine ich. Das heißt, wenn du das willst.»

Louis' Adamsapfel hüpft, er schluckt. Ich schlucke ebenfalls. Bevor ich es mir noch anders überlegen kann, habe ich ihm schon meine Adresse gesagt.

ZWEIUNDFÜNFZIG

Seltsam: Jetzt, da ich einen anderen Menschen mit in meine Wohnung bringe, sehe ich sie wie zum ersten Mal. Und heilige Scheiße, ich muss wirklich wie eine völlig Durchgeknallte wirken.

Louis gibt keinen Kommentar ab, als ich die Verdunkelungsplatten anbringe, die Rollos herunterziehe und die Wandbehänge entfalte. Sein Blick gleitet zu meinem Arbeitstisch, meiner aufgerollten Yogamatte, meinem Twilight-Sparkle-Skaterhelm. Er schaut sich mein Hydrokultur-Zelt mit den Pflanzen an, mein rotes Kleid, das auf einem Bügel hängt, meine Engelsflügel, die ich einer Schneiderpuppe aufgeschnallt habe. Dann tritt er an mein Bücherregal, neigt den Kopf zur Seite und liest die Titel auf den Buchrücken. Zum Glück gleitet sein Blick über mein Album, ohne innezuhalten.

Ich hätte nie gedacht, dass jemals jemand diese Wohnung zu sehen bekommt.

Ich hatte nie vor, sie zu zeigen.

Als Louis vor meiner Karte von Cranner's Ford steht und die kleinen Fähnchen betrachtet, kann ich kaum atmen. Viele dieser Orte haben wir bereits besucht, aber ein paar wichtige sind noch übrig. Arcadia Heights und Ollie Raffertys Schule sind diejenigen, von denen ich am wenigsten will, dass er sie sieht.

«Hey», sagt Louis. «Auf dieser kleinen Flagge hier steht mein Name.»

«Die Texaco-Tankstelle», erkläre ich, dankbar für die Ablenkung, auch wenn alles an der Situation beschämend ist. «Die Nacht, in der wir uns getroffen haben.»

Sein Blick fängt meinen auf. Er grinst. Dann geht er zum Kamin, nimmt die Urne meines Dads in die Hand, schraubt den Deckel auf und späht hinein.

Ich bin so verblüfft, dass ich mich gar nicht rühren kann. Ich hatte keine Zeit, ihn zu warnen, und jetzt ist es zu spät.

Alle Farbe weicht aus Louis' Gesicht – ein klarer Hinweis darauf, dass er erst jetzt begreift, was er da in den Händen hält. «Tut mir leid», murmelt er, setzt den Deckel wieder auf und stellt die Urne zurück an ihren Platz. «Wow, Mercy. Ich wollte nicht ... Es tut mir ja so leid. Was tue ich da nur?»

Ich habe das Gefühl, dass mein Magen ein paar Zentimeter nach unten sackt. «Ist schon in Ordnung», sage ich. «Wirklich. Du konntest es nicht wissen. Die meisten Leute bewahren ihre Eltern schließlich nicht auf dem Kaminsims auf.» Erschrocken lege ich die Hand über den Mund. Warum habe ich das bloß gesagt?

Louis' Blick gleitet von der Urne meines Dads zu der meiner Mum. Er tritt zögernd einen Schritt zurück. Dann lässt er sich aufs Sofa fallen. Er sieht aus, als würde er gleich in Ohnmacht fallen. «Ich kann mit dem Tod nicht so gut umgehen.»

Na, das ist ja mal ein Stimmungskiller. Aber statt das Thema zu wechseln, höre ich mich selbst erklären. «Sie wollten immer, dass ihre Asche im Meer verstreut wird, damit sie auf den Grund sinkt. Ich konnte das nicht tun, und ich glaube ... irgendwie habe ich mich inzwischen daran gewöhnt, sie hier zu haben.»

Es ist total peinlich. Zum Im-Boden-Versinken peinlich. Ich mache ein Nest aus Kissen für den Welpen. Dann stelle ich mich neben die Tür und reibe mir wie ein Superschurke die Hände. «Ich weiß was», sage ich. «Ich mache mal Musik an.»

Louis schaut zu mir hoch. «Okay.»

«Ich meine, soll ich? Würde dir das gefallen?»

Verdammt. Was mache ich da bloß? Es ist, als hätte ich einen winzigen Clown in meinem Kopf, der ständig schlimme Sprüche schreibt – nur dass der winzige Clown ich bin.

Louis nickt. «Klar.»

«Gut. Dann mach ich das.»

Ich gehe zu meinem Smart-Speaker – und es ist mir so peinlich, vor Louis mit dem Gerät zu sprechen, das ja im Prinzip nur ein Roboter ist, dass ich die Stimme senke und flüstere, und natürlich missversteht mich das Ding und beginnt, irgendwelche Fakten über Pyramiden abzuspulen, und dann rege ich mich auf und schreie es an, es solle den Mund halten.

«Wie wäre es zuerst mit einem Drink?»

«Whisky wäre gut», sagt Louis. «Vielleicht mit ein bisschen Eis.»

Ich spüre, dass ich zu schwitzen beginne. «Tut mir leid. Das habe ich nicht.»

«Dann ohne.»

«Nein, ich meinte: ‹Tut mir leid. Ich habe keinen Whisky.›»

«Aber Eis?»

«Nein. Eigentlich habe ich weder Whisky noch Eis.»

«Bier?»

«Ich kann ... ich habe Dr Pepper.» Ich schlucke. «Oder Lucozade. Das ist ein Energydrink. Ich habe auch Milch, wenn du willst. Halbfette Milch. Ich trinke wohl auch eine Dr Pepper. Ich trinke eigentlich keinen Alkohol. Das Zeug, was wir auf dem Pincher's Mount getrunken haben, war der erste Alkohol seit *Jahren*, weshalb ich keinen in der Wohnung habe, normalerweise. Aber um ehrlich zu sein, könnte ich vielleicht einen Shot gebrauchen, bitte hindere mich am Faseln, vielleicht sogar eine Beruhigungstablette, eine von denen, die auch Elefanten ...»

«Ich hätte gern ein Glas Milch, bitte», sagt Louis. «Kalt, kein Eis, nur ein Glas. Hör mal – Mercy. Ich weiß, dass das seltsam für dich ist. Und stressig. Wenn du willst, dass ich gehe, dann sag das nur. Das ändert überhaupt nichts. Das hier ist deine Wohnung.»

Ich bin völlig atemlos. Warum bin ich so atemlos? Ich fliehe in die Küche, wo ich mich gegen den Kühlschrank lehne und bete, dass der kleine Clown keine Tinte mehr hat. Als ich mich wieder erholt habe, gebe ich Louis seine Milch. Dann mische ich ein bisschen Nahrung für das Kerlchen. Ich versuche den Kleinen noch mit dem Futter zu locken, nachdem ich schon längst weiß, dass er satt ist, einfach nur, weil ich solche Angst habe vor dem, was als Nächstes kommt. Aber irgendwann kann ich die Sache nicht mehr aufschieben. Louis hat seine Milch ausgetrunken. Ich habe mir irgendwie meine Dr Pepper reingezwängt.

Es fühlt sich jetzt an, als hätte jeder Schritt dieser Reise zu genau diesem Augenblick geführt. Von der Texaco-Tankstelle bis zum Pincher's Mount. Zu all den Orten in Cranner's Ford. Zum tropischen Strand in meinem Wohnzimmer, zur Waldlichtung meines Schlafzimmers, zu Louis und mir und niemandem sonst.

In jener ersten Nacht, als ich Gefahr witterte, bin ich mit meinem Rad davongelaufen. Seitdem habe ich es mehrmals wieder versucht. Aber es ist schwer, Gesellschaft abzulehnen, wenn man keine hat. Ein Leben in Einsamkeit ist trist, selbst wenn man sehr gut darin ist, so zu tun, als wäre es anders.

Wir sitzen auf meinem Bett, dann liegen wir darauf. Künstliches Vogelgezwitscher erfüllt die künstlichen Bäume meiner künstlichen Welt. Unter diesen künstlichen Zweigen finde ich eine neue Erfahrung, eine neue Bedeutung. Und für kurze Zeit auch Trost.

Aber als ich die Augen schließe, schlafe ich ein.

Und träume von Blutvergießen.

DREIUNDFÜNFZIG

Ein Sonnenstrahl dringt durch das Fenster des Hauses am See und unterteilt das Wohnzimmer in zwei Hälften. Staubpartikel tanzen darin, von der Sonnenwärme zu einem kurzen und prachtvollen Leben erweckt.

Neben dem Sofa kräht das rote Baby und klatscht in die Händchen.

Der Sonnenstrahl ist eine Schranke, die uns voneinander trennt. Ich stelle mir vor, wie sie mein Fleisch in Dampf aufgehen lässt, wie mein sauberes, weißes Skelett als Knochenhaufen auf der anderen Seite liegen bleibt. Aber das ist ein Schrecken der späteren Jahre. Hier, in diesem Moment, habe ich noch keine Angst vor der Sonne.

Die Zeit vergeht langsamer, dann hält sie an. Die Staubpartikel haben aufgehört zu tanzen. Ollie Rafferty sitzt erstarrt da, seine Hände und Füße ganz blutig, den Blick auf mich gerichtet. Darin lese ich eine Anklage: *Sieh doch, was du getan hast. Sieh, was du genommen hast.*

Mein Blick gleitet zu Phoebe Rafferty, die neben ihm liegt. Sie haben dieselben Augen, die beiden. Antikes Mahagoniholz oder dunkler Honig.

Phoebe ist in einem irren Gitter aus Blutspritzern gestorben – der Beweis für jeden, der diesen Tatort findet, wie stur sie an ihrem Leben festgehalten hat, wie widerwillig sie losließ.

Ich wende den Blick ab und schaue mich um. Ich brauche ein wenig Trost – ein Verschnaufen von Schuld und Blut.

Das Zimmer ist wunderschön eingerichtet. Sie sind nun schon eine ganze Weile an Luxus gewöhnt. Auf dem Sims des Kamins stehen ein paar Grußkarten.

Für meine geliebte Frau zu unserem Jahrestag.

Du bist bisher mein Lieblingsehemann!

Es gibt jetzt keinen Weg mehr zurück. Und vielleicht auch keinen vorwärts. Aber ich kann nicht bewegungslos dastehen. Ich muss handeln.

Ich sinke auf die Knie und durchsuche Phoebes Jeans. Ich höre mich murmeln – es klingt beinahe wie ein Gebet. Aber meine Worte sind an keinen Gott gerichtet. Denn keine normale Gottheit würde hier eindringen.

Für meine geliebte Frau zu unserem Jahrestag.

Ich erinnere mich an seine Lippen auf meinen. Seine Hände auf meinen Schultern. Für ihn war ich nur Fleisch. Eine schnelle und schmuddelige Ablenkung.

Für meine geliebte Frau.

Phoebes Taschen sind leer. Ich stehe auf und durchquere das Zimmer.

Als ich durch diesen Vorhang aus Goldstaub trete, brennt er mir nicht das Fleisch von den Knochen. Ich gehe am roten Baby vorbei und betrete die Küche. Hier sind die Arbeitsflächen mit Blut bespritzt. Es verziert die Küchenschränke. Aber das ist nicht Phoebes, sondern seins.

Von hier aus sehe ich nur Beine und Füße. Die Kücheninsel in der Mitte verdeckt den Rest. Ein Fuß ist nackt. Der andere trägt eine blutbefleckte Espadrille. Die habe ich ihm zum Geburtstag gekauft. Er sagte, es seien die bequemsten Schuhe seines Lebens.

Ich beginne zu zittern. Irgendwie habe ich den Mut aufgebracht, Phoebe zu durchsuchen. Aber ich kann mich *ihm* nicht nähern – obwohl ich vermutlich lieber nachsehen sollte, ob er tot ist.

Auf der Arbeitsfläche in meiner Nähe liegt eine Jimmy-Choo-Handtasche neben einem Babyfon und zwei Schlüsselbünden. Die Handtasche gehört Phoebe, sie ist unfassbar teuer. Ich weiß das, weil ich das online überprüft habe. Ich gehe darauf zu, und Blut schmatzt wie Kaugummi unter meinen Converse All Stars. Lichter flackern auf dem Babyfon. Statisches Rauschen aus dem Lautsprecher. Geisterhaftes Krähen.

Dass ich wieder Geräusche höre und etwas sehe, ist ein Signal. Die Zeit steht nicht mehr still, sie spult vorwärts. Ich packe Phoebes Handtasche, reiße sie auf. Portemonnaie, Kosmetik, Bürste, Ladegerät, Handy. Keine Kaugummipackungen. Kein Abfall. Keine zerknüllten Quittungen oder Fast-Food-Bons. Nichts von all dem ekligen Zeug, das sich in meinen Billigtaschen sammelt.

Ich ziehe das Handy heraus, versuche mich zu konzentrieren. In meinem Kopf herrscht Chaos. Ich kann sehen, hören, reagieren – aber es fällt mir schwer zu denken.

Das Handy in meiner Hand erwacht. Als ich den Bildschirmhintergrund sehe, zieht sich mein Magen zusammen. Denn es ist ein Familienfoto – Simon und Phoebe, die Ollie im Arm halten. Ich wische das Bild weg und tippe die Tastatur an.

Draußen knallt die Sommersonne so grausam herunter, dass es fast unglaublich ist. Es ist schwer vorstellbar, warum der Wald um uns herum nicht einfach in Flammen aufgeht, warum die Kiefernnadeln nicht brennen. Am Ufer des Sees sehe ich den Bug meines Bootes, gerade eben hinter Phoebes Mercedes sichtbar. Ich wollte mein Kommen verbergen. Es scheint, als hätte ich das womöglich sogar geschafft.

Mit der Handfläche wische ich mir über die Stirn, um mein Hirn zum Denken zu bringen. Es funktioniert irgendwie. Ich wähle eine Nummer, starre aufs Babyfon, warte, bis der Anruf durchkommt.

Dann eine Männerstimme: «Qual è la sua emergenza?»

VIERUNDFÜNFZIG

Donnerstagmorgen steht Nadia in der Küche und macht sich gerade einen Smoothie, als die Gegensprechanlage vom Tor zu summen beginnt. Die Person, die draußen steht, hält den Finger viel länger auf den Knopf gedrückt als nötig.

Sie geht zu der gerade erst erneuerten Sicherheitsanlage und schaut auf den Bildschirm. Als sie Hugo Jepps Gesicht sieht, zieht sie finster die Brauen zusammen und aktiviert das Mikrofon. «Was ist los?»

«Lass mich rein.»

Nadia ärgert sich. «Noch mal von vorn.»

«Okay, lass mich verdammt noch mal rein.»

«Letzte Chance, Hugo.»

Simon kommt in die Küche. Er greift an ihr vorbei und tippt auf den Knopf, der das Tor öffnet. «Keine Spielchen», sagt er. «Nicht heute.»

Auf dem Bildschirm sieht man, wie das Tor aufschwingt. Eines von Simons Bürohandys beginnt zu klingeln. Nur wenige Sekunden später tut es ein weiteres. «Geh nicht ran», sagt er zu ihr. «Und sprich mit niemandem.»

«Ist was passiert?»

«Das ist eine Untertreibung.»

«Willst du es mir erzählen?»

«Erinnerst du dich an diese Arschgeigen, die wir in der

Nacht der Preisverleihung hier hatten? Sie haben offenbar Nebengeschäfte betrieben.»

«Die Lockhearts?», fragt sie, aber Simon hat sich bereits von ihr abgewandt. Nadia folgt ihm zur Eingangshalle, an dem Koffer vorbei, der für seine Reise nach Salerno gepackt ist, und sieht zu, wie er die Tür öffnet.

Hugo Jepp wirft ihr einen bösen Blick zu und tritt ein.

«Auf jedem dieser Pressebilder», sagt Simon zu ihm, «steht eine *Sheergen*-Turbine im Hintergrund. Die Tatsache, dass wir sie nur geleast haben, macht keinen Unterschied. Dieser ganze Ort *sieht aus* wie eine *Sheergen*-Anlage.

Ich fliege in ein paar Stunden nach Italien. Wir müssen ein Statement herausgeben, die Leute aus der PR-Abteilung müssen ihr Okay geben, bevor wir es veröffentlichen. Und wir sollten rechtliche Schritte gegen diese Typen einleiten, auch wenn das nichts nützt.»

«Wenn ihnen nicht schon jemand die Kniescheiben zertrümmert hätte», sagt Hugo, «wäre ich jetzt schon im Krankenhaus und würde das selbst übernehmen. Zehn Minuten in einem Raum mit Marcie Lockheart, und ich garantiere dir, dass sie nie Kinder haben wird.» Er folgt Simon ins Büro und schließt die Tür.

Nadia starrt ihm hinterher, angewidert von Hugos Worten, und glaubt halb, dass sie eine höhnische Bemerkung, eine versteckte Drohung sind. Das kann natürlich nicht sein, weil er ihr Geheimnis auf keinen Fall kennen kann.

Sie geht zurück in die Küche und nimmt ihren Smoothie mit hinaus zum Pool. Die Sonne ist ein weißer Brandfleck an einem ansonsten blauen Himmel. Nadia öffnet den Handybrowser und tippt *Sheergen* ein. Die ersten fünf Treffer sind Nachrichten über den *Deevis*-Hof.

Konstantin Tapia ruft an, als sie den ersten Artikel gerade durchgelesen hat. «Wir müssen uns treffen», sagt er. «Heute Nachmittag. Ich habe etwas, was du willst.»

Drei Stunden später sitzt sie im von einer Mauer geschützten Garten des *Cave 173* und trinkt sprudelndes Mineralwasser. Konstantin schüttet Tabasco in seinen Tomatensaft.

«Und?», fragt sie.

Er schiebt ihr eine Zeitschrift über den Tisch. Es ist ein Exemplar von *Nauka i Zhizn*. Auf dem Cover sieht sie das aufsteigende Feuer einer Atomexplosion, umgeben von Kondensationswolken.

«Was ist das?»

«Wunderschön, oder? Du wolltest Greenaways Kumpel sehen.»

«Verstehe ich nicht.»

Konstantin würzt weiter seinen Tomatensaft. «Seite dreiundvierzig.»

Nadia nimmt das Magazin in die Hand. Darin findet sie, fest zwischen die Seiten geklemmt, drei Fotos, die hintereinander geschossen wurden. Das erste ist eine Nachtaufnahme. Sie zeigt zwei Menschen auf den Stufen eines georgianischen Reihenhauses. Einer davon, Keira Greenaway, ist gut zu erkennen. Das nächste Bild zeigt einen Mann,

der aus demselben Gebäude hinaustritt, diesmal bei Tages
licht. Als Nadia sein Gesicht sieht, keucht sie auf. Weil sie
ihn wiedererkennt.

«Das erste habe ich gestern Nacht gemacht», sagt Kon-
stantin. «Die anderen beiden heute Morgen. Das ist Green-
aways Wohnung in der Greek Street.»

Nadia hört kaum noch zu. Sie nimmt ihr Glas, bestürzt
darüber, wie sehr ihre Hand zittert. Letzte Woche hatte sie
der Mann auf den Fotos in der Apotheke angesprochen.
Aus irgendeinem irren Grund hat sie ihm gesagt, dass sie
schwanger ist. Sie erinnert sich noch an sein Lächeln und
an das, was er gesagt hat.

«Willst du mal raten, wo die beiden gestern Nacht wa-
ren?», fragt Konstantin.

«Wird mir die Antwort gefallen?»

«Du kennst doch den Hof, den sie im Fernsehen gerade
ständig zeigen?»

«Den *Deevis*-Hof?»

«Eine ganz schöne Riesenstory in den Nachrichten heu-
te.»

«Willst du mir damit sagen, dass *die* das waren?»

«Ich bin nicht mit ihnen durchs Hoftor gegangen. Aber
ich kann mir kaum vorstellen, was sie dort sonst hätten tun
sollen. Du?» Als er merkt, dass die Tabascoflasche leer ist,
stellt Konstantin sie wieder ab. «In den letzten paar Tagen
habe ich viel gelesen. Vor allem über das, was mit der ers-
ten Frau deines Mannes passiert ist.»

Nadias Hand zittert immer noch. Sie schiebt sie zwi-
schen die Schenkel und verlagert das Gewicht. Ihre Erin-

nerungen an Italien sind zwar nicht verblasst, aber sie ist immer besser darin geworden, sie zu verdrängen. Sie hat keinerlei Bedürfnis, sich diesen Tag ins Gedächtnis zu rufen – und schon gar nicht mit Konstantin.

«Die polizeiliche Ermittlung daraufhin», sagt er. «Die klingt wirklich wie das reinste Chaos, von Anfang bis Ende.»

Sie schluckt und zuckt mit den Achseln.

«Offenbar haben sie Greenaway nie verdächtigt, weil sie praktisch im Koma lag, als sie kamen. Aber *die* waren auch nicht die Ersten, die sie an jenem Tag dort erwischt haben, oder? Sondern *du*.» Konstantin verstummt. Dann sagt er: «Du und Simon, meine ich.»

Unter seinem Blick fühlt sich Nadia ganz nackt. Sie atmet vorsichtig durch. «Als wir ankamen, war Keira kaum noch bei Bewusstsein.»

«Hat sie denn geredet?»

«Ja.»

«Und doch ist sie im Krankenwagen fast gestorben. In ihrem Hinterkopf war ein Loch. Katastrophale Verletzungen an ihrem Kleinhirn. War sie so, als du sie angetroffen hast?»

«Was?»

«Lass es mich anders formulieren: Hast du Simon mit ihr an irgendeinem Punkt allein gelassen, bevor die Polizei auftauchte?»

«Ich erinnere mich nicht. Warum soll das überhaupt …?»

«Ich frage mich nur, warum Greenaway euch beide bezichtigt hat, ihr hättet sie umbringen wollen, als sie aus dem Koma aufgewacht ist. Und warum sie vielleicht immer noch einen Groll gegen euch hegen könnte.»

«Liegt doch auf der Hand, oder? Sie ist irre. Zwei Jahre danach hat sie Ollie entführt. Sie ist besessen von Simon. Von uns allen.»

«War da denn je etwas zwischen den beiden?»

«Simon und Keira? Natürlich nicht. Sie war kaum achtzehn.»

«Wenn da etwas zwischen ihnen war, dann könnte sie ein Motiv dafür gehabt haben, Phoebe Rafferty zu töten. Oder wenn sie so irre war, wie du sagst, brauchte sie vielleicht gar kein Motiv. Und wenn Simon das wusste ...»

Konstantin lässt den Satz unvollendet. Dann neigt er den Kopf zur Seite. «Hast du denn damals mit ihm geschlafen? Als seine Frau starb?»

«Ich habe für ihn *gearbeitet*. Italien ist *Sheergens* größter Markt. Deswegen war ich in Salerno.»

«Danach habe ich aber nicht gefragt.»

«Ich weiß.»

«Und?»

«Ja, ich habe mit ihm geschlafen.»

«Warst du zu irgendeinem Zeitpunkt mit Keira allein, bevor die Polizei kam?»

Nadia blinzelt. «Nein.»

Konstantin nimmt einen Schluck von seinem Tomatensaft. Dann drückt er den Zeigefinger auf die Zeitschrift und die Fotos darin. «Wenn du das einfach ignorierst, geht es trotzdem nicht von alleine weg. Du hast dir hier ein gutes Leben aufgebaut, aber glaub bloß nicht, es sei sicher. Wenn überhaupt, dann lebst du Phoebe Raffertys Leben, das sie vor dir hatte. Das hier wird schlimmer werden, wenn du es zulässt.»

Nadia hat das Gefühl, dass sich etwas in ihr verschiebt. Es ist ein federleichtes Kitzeln in ihrem Magen. Das ist nicht das Baby – dafür ist es viel zu früh. Sie erinnert sich an den Typen aus der Apotheke, seine durchdringend grünen Augen, den Yin-Yang-Anhänger aus Emaille an seinem Hals.

Die wievielte Woche?

Achte, glaube ich.

Das sind ja gute Nachrichten.

Konstantin beugt sich vor. «Sie sind hinter dir her, diese beiden. Sie wissen es vielleicht selbst noch nicht, aber sie werden kommen.»

Nadia betrachtet ihn und muss an ein Ereignis aus ihrer Kindheit denken. Sie war eines Nachmittags zu Konstantin hinausgefahren, als seine Eltern weg waren. Er war nicht in der Scheune. Draußen stank es nach ausgelassenem Schweinefett.

Nadia folgte ihrer Nase und fand Konstantin auf einer kleinen schlammigen Lichtung, wo er auf einem Holzklotz saß. Neben ihm stand ein zerbeulter Metallkanister. In der Nähe lag der schwarze Kadaver einer Sau, der noch rauchte.

«Spontanes Barbecue», sagte er, ohne hochzuschauen. «Ich glaube, ich habe ein bisschen zu viel Benzin benutzt.»

Nadia kannte sich nicht mit Grillen aus, aber sie war sich ziemlich sicher, dass man dafür kein Benzin verwendete. Zehn Meter um den Platz herum sah man Klauenspuren und verbrannte Stellen. Sie schaute nur einmal hin und ignorierte sie dann.

Jetzt, im ummauerten Garten des *Cave 173*, sagt Konstantin: «Ich kann das für dich regeln. Ich würde es sogar *gern* für dich regeln. Und niemand wird es je erfahren.»

Nadia spürt, wie die frische Brandwunde an ihrem Hintern zu pochen beginnt.

FÜNFUNDFÜNFZIG

Samstagnacht.

Drei Umdrehungen der Erde seit den Ereignissen auf dem *Deevis*-Hof. In der Zeit habe ich meine Jungfräulichkeit verloren und einen Welpen bekommen. Ich weiß gar nicht, was von beidem mein Leben mehr verändert.

Das Kerlchen hat seine erste Nacht seit dem Schuppen überlebt – und die beiden darauffolgenden ebenfalls. In den letzten vierundzwanzig Stunden bin ich bei der Fütterung von meiner selbst gemachten Welpenmilch auf eine Packung Royal Canin Protech umgestiegen.

Den Fotos nach zu schließen, die ich online gefunden habe, ist er eine Art Pudelmischling: ein Cockapoo vielleicht, oder ein Labradoodle. Vermutlich um die vier Wochen alt.

Wenn ich nicht recherchiere, wie man einen Welpen aufzieht, scrolle ich durch die Nachrichten über den *Deevis*-Hof. Was als Lokalstory begann, ist schnell zu einem nationalen Presseereignis geworden. Die Berichte unterscheiden sich: die einen sind düster, andere beinahe spaßig. Einige der Berichterstattenden konzentrieren sich auf die eingesperrten Hunde und die eingesperrten Menschen. Andere auf Louis und mich – wer wir wohl sind, ob unsere Handlungen gerechtfertigt sind. Eine Onlineumfrage hat ergeben, dass siebenundsechzig Prozent der Abstimmenden der Meinung sind, dass wir richtig gehandelt haben. Die Meinungen der Anrufenden dreier Radiodiskussionen zu diesem Thema ergaben ein ähnliches Bild.

Die Leute von der Presse haben einen Heidenspaß dabei, sich Schlagzeilen auszudenken.

Ein Colt für alle Felle
Terrieristen drehen den Spieß um
Wer anderen eine Grube gräbt, bellt selbst hinein
318 Schnauzen für ein Halleluja

Dreihundertachtzehn Hunde wurden auf dem *Deevis*-Hof gefunden. Shih Tzus, Bichons, Chihuahuas, Zwergspitze, Rottweiler, Huskys, Lurcher, Möpse, Salukis und viele andere. Ihre Verletzungen und Infektionen waren ebenso erschreckend wie vielfältig. Bisher hat das lokale Tierheim die Rolle einer Schnittstelle für die landesweite Vermittlung der Tiere übernommen. Ein Mann, der dort ehrenamtlich arbeitet, hat eine Crowdfunding-Aktion ins Leben gerufen, die gerade eine sechsstellige Summe eingebracht hat.

Was ich nicht gewusst hatte, bis ich die Presseartikel las, war, was Louis den Leuten angetan hatte, die dort wohnen. Ich hatte nur gewusst, dass er ihnen Angst einjagen, aber sie nicht verletzen, ihnen nicht die Knochen brechen wollte.

Als Kind hatte ich einen kleinen Hund. Nur ganz kurz. Er hat eines Abends auf den Teppich gepinkelt, als mein Dad betrunken nach Hause kam. Was danach kam, hat er nicht überlebt.

Vielleicht hat Louis deswegen so reagiert. Vielleicht haben die Leute auf dem Hof ihn auch angegriffen, und er musste sich wehren. Egal aus welchem Grund es passiert ist – ich fühle mich nicht besser. Die Gewalt hat noch eine weitere Folge: Die Polizei will uns noch dringender identifizieren. Wenn sie meine Verbindung zu ihm herausfinden, ist es vorbei. Die Raffertys werden dann erfahren, wo ich wohne. Meine Besuche bei Ollie werden aufhören müssen.

Ich scrolle durch Nachrichtenseiten, suche nach kleinen Hinweisen dazu, wie weit die Ermittlungen gediehen sind. Ich habe auf dem Hof Fehler gemacht – ich habe den Käfig mit den Welpen ohne Handschuhe geöffnet, außerdem das Trockenfutter mit bloßen Händen herausgeholt und es verteilt. Ich weiß aus meinem alten Leben, wie leicht es ist, Spuren zu hinterlassen. Wegen meiner Verurteilung hat die Polizei immer noch meine Fingerabdrücke und meine DNA.

Ich mache mir auch um Louis Sorgen. Er ist einfach in dieses Bauernhaus marschiert und hat außerdem den Bagger in Bewegung gesetzt. Welche Spuren hat er da wohl hinterlassen? Welche Brotkrumenspur, der die Ermittelnden nur folgen müssen?

Morgen ist ein besonderer Tag, für den ich mich gründlich vorbereite. Hinterher packe ich meine Gepäcktasche. Mein Handy klingelt in dem Moment, in dem ich die Wohnung verlassen will. Eine Viertelstunde später sitze ich im Drive-in, den Blick auf den Parkplatz geheftet, einen Strohhalm zwischen den Lippen. Autos nähern und entfernen sich wieder, aber Louis' VW-Bus sehe ich nicht.

Als er sich mir gegenübersetzt, erschrecke ich so sehr, dass ich den Milkshake auspruste. Ich entschuldige mich und wische das Zeug mit meiner Serviette weg.

Louis lächelt mich an. «Bist du gestresst?»

«Ein bisschen.»

«Musst du nicht. Du siehst übrigens hinreißend aus.»

«Ich habe das Gefühl, dass uns alle anstarren.» Trotzdem ist seine Nähe beruhigend. Ich spüre, wie sich der größte Teil meiner Angst löst. «Hast du gesehen, was die Medien schreiben?»

«Ein bisschen. Ich finde, wir stehen eigentlich ganz gut da. Wie geht es dem Kerlchen?»

«Besser. Hör mal, diese Leute auf dem Hof …»

«Ich weiß. Ich hätte es dir sagen müssen.»

Ich beuge mich vor und sage leise: «Louis, du hast sie *verletzt. Schlimm.*»

Er nickt. «Und jetzt tun sie es vielleicht nicht noch einmal. Weißt du, was man für Tierquälerei im Schnitt bekommt, Mercy? Selbst wenn sie angeklagt und für schuldig befunden werden, sind sie im Nullkommanichts wieder draußen. Das ist keine Abschreckung. Manchmal muss man Feuer mit Feuer bekämpfen.»

Louis streckt die Hand über den Tisch aus und drückt meine Hand.

«Merdy hat *Liebe* in Augen. Merdy hat *Kleid* an!»

Ich schaue hoch. Der Verlorene Travis strahlt auf mich herunter, und der Rest meines Unbehagens löst sich auf. «Du hast recht, das tue ich. Wie findest du es?»

«Travis mag ganz dolle. Merdy sieht aus wie *Disneyprinzessin*!» Er wendet sich an Louis. «Oder?»

«Stimmt. Ich glaube, Rot ist ihre Farbe.»

Travis nickt begeistert. «Rot wie ein Feuerwehrauto. Wie ein Briefkasten.»

«Hey, Travis», sage ich. «Willst du mal was ganz Besonderes sehen?»

«Merdy hat Geheimnis?»

«Habe ich. Hier, schau mal.» Ich hebe die Patte meiner Gepäcktasche an.

Travis späht hinein. Dann schreit er auf und legt die Hände an die Wangen. *«OH SEHT NUR! SEHT NUR, SEHT!»*

Das gesamte Restaurant dreht sich zu uns um. Alarmiert verstecke ich den Welpen wieder.

Travis, der völlig außer sich ist vor Begeisterung, macht einen Schritt zurück und prallt gegen den Recyclingturm. Tabletts und Pappbecher fallen zu Boden. Er dreht sich um und stößt dabei noch einen leeren Hochstuhl um.

Einpeitscher-Becky taucht auf. Sie entschuldigt sich bei der Kundschaft und zeigt Travis die Zähne. Mit einer so subtilen Bewegung, dass ich sie beinahe nicht erkenne, versenkt sie ihre Nägel in seinem Trizeps.

Travis hat zu viel Angst, um aufzuschreien, aber ich sehe den Schmerz in seinem Gesicht. Als Becky ihn durch die Tür zu den Mitarbeitendenräumen zerrt, sind seine Augen voller Tränen.

Ich wende mich zu Louis um.

«Ich habe es gesehen», sagt er. «Das bringen wir in Ordnung. Aber bis dahin wirf mal einen Blick auf die Autoschlange vor dem Drive-in-Schalter.»

Ich drehe mich zum Fenster um. Das zweite Auto von

vorn ist der Mustang von Edward mit den Grabbelhänden. Auf seinem Kühler ist keine Spur mehr von fremder Farbe zu sehen. Er muss ihn neu lackiert haben.

Ich erinnere mich an das, was Louis auf dem Gipfel des Old Cobb gesagt hat: dass ein Mann wie Edward sich nicht deswegen plötzlich gut benehmen wird, nur weil jemand etwas auf sein Auto gesprüht hat. Offenbar hatte er recht. Denn die Frau auf dem Beifahrersitz seines Mustangs ist ganz eindeutig nicht Laurie, meine backende Venus.

Das Auto rollt vorwärts, aus meinem Blickfeld. «Er tut es schon wieder.»

«Gib mir einen Moment», sagt Louis.

Bevor ich reagieren kann, verschwindet er durch die automatische Tür und um die Ecke. Dreißig Sekunden später ist er zurück.

«Was sollte das denn?», frage ich.

«Erzähle ich dir später. Willst du noch einen Milkshake?»

«Ich glaube nicht, dass ich mich traue, noch einen zu trinken.»

«Sollen wir hier raus?»

«Hast du denn einen Plan?»

«Sogar einen sehr guten.»

«Willst du ihn mir verraten?»

«Du bist ein Teil davon.»

«Ich glaube, für heute kann ich keine Aufregung mehr vertragen.»

Louis grinst. «Wir werden sehen.»

SECHSUNDFÜNFZIG

Eine Minute später sitzen wir auf dem Klapptisch hinten in seinem VW-Bus. Die Vorhänge haben wir zugezogen, um ein wenig Privatsphäre zu haben.

«Hast du es gezählt?», frage ich.

«Zwei Mal.»

«Und wie viel ist es?»

«Ungefähr achtzehntausend, mehr oder weniger.»

«Und das hat einfach so ... in diesem Bauernhof herumgelegen?»

«Sie haben es versteckt, aber nicht besonders gut.»

«Also hast du es einfach mitgenommen?»

«Fändest du es besser, wenn sie es hätten?»

Ich schüttele den Kopf. «Was machst du denn damit?»

Louis schiebt mir den Stapel zu. «Das hier ist deine Prüfung, Mercy, nicht meine. Schließ die Augen, greife zu, hör auf das, was es dir sagt. Es gibt einen Plan für dieses Geld. Du musst ihn nur erkennen.»

Ich starre das Bargeld an. Ich weiß ja, wie es verdient worden ist, daher weiß ich gar nicht, ob ich es überhaupt anfassen will. Aber wenn wir es für etwas Gutes ausgeben? Vielleicht können wir die Grausamkeit mit Freundlichkeit vergelten.

«Erinnerst du dich an den 24-Stunden-Supermarkt vor der Stadt?», frage ich.

«Wo wir das Futter für das Kerlchen gekauft haben?»

«Dahin fahren wir.»

Zehn Minuten später schieben wir einen Einkaufswagen durch die Gänge. So spät an einem Samstagabend ist es hier ziemlich still, besonders in der Heimelektronik-Abteilung, wo wir unsere Shoppingtour starten. Hinterher beladen wir den VW-Bus mit unseren Einkäufen und fahren zurück nach Cranner's Ford.

Unser erster Halt ist Dalton Way im heruntergekommensten Teil der Stadt – dort, wo Tina Ohne Stolz mit ihrer neunjährigen Tochter wohnt. Tina putzt tagsüber bei den Raffertys. An den Abenden in der Woche schiebt sie Schichten in einem Pizzarestaurant, an den Wochenenden in einem Indoorspielplatz. Und trotzdem kommt sie finanziell nicht zurande. Nach Miete, Benzin, Heizung und Essen bleibt nie etwas übrig.

Wir stellen vier Tüten mit Lebensmitteln vor Tinas Hintertür. In eine von ihnen stecke ich dreitausend Pfund mit einem Zettel, dass sie sie ausgeben kann, wie sie es für richtig hält.

Danach fahren wir zu sieben weiteren Familien, von denen ich weiß, dass sie es schwer haben. Jede bekommt einen Umschlag mit Bargeld, dazu einen handgeschriebenen Zettel von mir.

Vor die Haustür von Liebeskummer-Linda stellen wir einen brandneuen Fernseher und eine Mikrowelle, klingeln an der Tür und springen schnell zurück in den Bus. Louis rast los, und ich sehe im Rückspiegel, wie Linda auf die Veranda tritt und die Kisten verständnislos anstarrt.

«Alles weg?», fragt Louis.

«Jeder Penny.» Ich sehe ihn von der Seite an. «Das war wirklich eine gute Sache.»

Als er grinst, grinse ich zurück. Ich drücke Knie und Schenkel aneinander. Ich muss an unsere Intimitäten Mittwochnacht denken und merke, dass ich mehr davon will – aber unsere Mission ist noch nicht erledigt. «Hier links», sage ich. «Es ist Nummer vierzehn.»

Louis schaut durch das Seitenfenster, als wir am Haus vorbeirollen. «Der Mustang ist nicht da.»

«Wenn er zu Hause ist, steht er in der Garage.»

Wir biegen am Ende der Straße nach rechts ab und fahren an den Straßenrand. «Bin gleich zurück», sagt Louis und schaltet den Motor aus.

«Auf keinen Fall. Ich komme mit.»

«Jemand muss beim Kerlchen bleiben. Braucht er nicht wieder Futter?»

Verdammt, er hat recht. Louis verschwindet um die Ecke, und ich klettere in den hinteren Teil des VW-Busses und mixe ein bisschen Milch. Der Welpe trinkt aus seinem Fläschchen wie ein Weltmeister. Hinterher lässt er sich das Bäuchlein streicheln.

Ich warte und denke dabei darüber nach, was im Drive-in passiert ist: wie der Verlorene Travis gejubelt hat, als er das Kerlchen sah; sein Schmerz, als Becky ihre Nägel in seine Haut grub; Edward mit den Grabbelhänden in der Schlange vor dem Drive-in, mit einer Frau auf dem Beifahrersitz, die ich nicht kenne. Und dann denke ich an Laurie, meine backende Venus, und frage mich, ob Louis sie wohl im Haus sieht.

Schneller als erwartet ist er wieder zurück. Er startet Eleanor, und wir verduften.

«Und?», frage ich ihn, als ich wieder nach vorn geklettert bin.

«Alles gut.»

Ich schnaube. «Das klingt ja ziemlich kryptisch.»

«Du vertraust mir, oder?»

«Natürlich.» Dann füge ich hinzu: «Hast du sie gesehen?»

«Die Ehefrau?»

«Ja.»

Louis sieht mich an. «Habe ich.»

«Wirklich?»

«Wirklich.» Er hält meinen Blick etwas länger. «Willst du sehen?»

Ich runzele die Stirn. «Was meinst du?»

«Ich habe ein Foto gemacht.»

«Ach hör auf.»

«Womit soll ich aufhören?»

«Du sollst mich nicht aufziehen.»

«Du glaubst mir nicht?»

«Natürlich nicht.»

Louis greift in seine Tasche und holt sein Handy heraus. Mit einer Hand öffnet er sein Fotoalbum. «Bitte sehr.»

Ich werfe einen Blick auf das Display und habe das Gefühl, als hätte man meinen Magen auf direktem Wege von einer Klippe befördert. Denn Louis zieht mich *nicht* auf. Kein bisschen.

Ich nehme sein Handy und beuge mich darüber. Das Bild

ist körnig und hat schwache Kontraste. Vermutlich wurde es in fast vollkommener Dunkelheit aufgenommen.

Es ist ein Foto aus der Nähe. Um es zu bekommen, muss sich Louis über Lauries Bett gelehnt haben. Ihr Gesicht ist ganz entspannt, die Augen im Schlaf geschlossen. Sie sieht so *verletzlich* aus.

Mein Magen fühlt sich an wie im Schleudergang. Mir ist übel – ich bin Komplizin in etwas, was nicht mehr rückgängig zu machen ist. Denn das hier ist ein groteskes Eindringen in die Privatsphäre eines Fremden. Unentschuldbar.

«Ich weiß, dass du ihr gern nahekommen wolltest», erklärt Louis. «Ich dachte, das ist immerhin die zweitbeste Möglichkeit.»

«Ach so.»

Er sieht mich prüfend an. Ich atme tief durch.

«Mercy?», fragt er. «Was ist los?»

«Nichts. Danke. Es ist schön, sie so von Nahem zu sehen.» Als er sein Handy zurücknimmt, schlinge ich die Arme um meinen Oberkörper.

«Sicher, dass mit dir alles in Ordnung ist?»

«Absolut.» Ich sage es extra leichthin und füge hinzu: «Und was hast du da drin noch getan?»

«Mission Edward mit den Grabbelhänden, Stufe zwei.»

«Stufe zwei?»

«Stufe eins hat ja nicht funktioniert. Also müssen wir eskalieren.»

Ich fahre mit der Zunge über meine Zähne. «Wir eskalieren?»

«Wir gehen über zu Stufe zwei.»

Er macht es mir nicht leicht zu verstehen. «Was genau bedeutet Stufe zwei?»

«Ich dachte, du vertraust mir.»

«Ja, das habe ich gesagt.»

«Du hast es nur gesagt?»

«Ich habe es gesagt, weil ich es so gemeint habe.»

«Hättest du es mir denn gesagt, wenn du es nicht so gemeint hättest?»

«Es gibt keinen Grund zur Sorge.»

«Nicht?»

«Louis ...»

Ich weiß nicht, was ich noch sagen, wie ich beenden soll, was ich in Gang gesetzt habe, also mache ich den Mund wieder zu und sage gar nichts. Wir überqueren die Brücke in die Old Town und fahren am *Ferryman* vorbei. Der Pub am Flussufer ist hell erleuchtet, Musik wummert. Offenbar haben sie endlich die Lizenz dafür, auch spät noch Alkohol ausschenken zu dürfen. Als ich ein bekanntes Fahrzeug davor sehe, bitte ich Louis, auf den Parkplatz zu fahren.

«Hast du Streichhölzer?», frage ich.

Er deutet aufs Handschuhfach.

«Zwei Minuten», sage ich zu ihm, öffne die Tür und steige aus. Nach dem, was ich auf seinem Handy gesehen habe, brauche ich frische Luft, und das hier ist die perfekte Gelegenheit.

Der Range Rover von Weiße-Knöchel-Wanda steht in der dunkelsten Ecke des Parkplatzes. Ich wette, sie trinkt im *Ferryman* keine alkoholfreien Drinks – und ich wette, dass sie auch nicht plant, sich später ein Taxi zu rufen.

Trotzdem fährt sie nicht nach Hause. Heute Nacht nicht.

Ich gehe um den Range Rover herum und knie mich hin. Heute Nacht habe ich mein Messer nicht dabei, daher öffne ich das Ventil am vorderen Reifen unter dem Fahrersitz, nehme ein Streichholz aus Louis' Schachtel und stopfe es hinein.

Mit einem Zischen entweicht die Luft aus dem Reifen. Es ist laut, aber nicht so laut wie der zerstochene Reifen vor dem *Cave 173*. Die Musik, die aus dem Pub dringt, übertönt das Geräusch. Ich bin gerade dabei, ein Streichholz ins Ventil des zweiten Vorderreifens zu stecken, als eine Hand meine Schulter packt und mich zurückreißt. Ich stürze auf den Schotter, schürfe mir die Knie auf und knalle mit dem Kopf auf den Boden.

«Showtime, Schlampe», zischt Wanda.

Bevor ich mich erholen kann, hockt sie schon auf mir. Sie stinkt nach Alkohol und Zigaretten. Ich hebe die Hände, um sie abzuwehren, kann aber nicht schnell genug reagieren. Ihre Faust treibt mir die Luft aus der Lunge. Ihre Nägel reißen die Haut auf meiner Wange auf. Sie legt die Hände um meinen Hals und beginnt, mich zu würgen. Ich packe ihre Handgelenke, bin aber nicht stark genug, um ihre Hände zu lösen. Das Blut hämmert in meinen Schläfen. Ich spüre, wie meine Augen vortreten.

Und dann wird Wandas Kopf weggerissen.

Louis dreht sich und schwingt sie an den Haaren im Kreis. Wandas Gesicht knallt gegen die Fahrertür ihres Autos und hinterlässt eine große Delle im Blech.

Ich öffne den Mund, um zu schreien, aber ich kann noch

nicht atmen. Ich versuche, mich aufzusetzen. Louis knallt Wandas Gesicht ein zweites Mal in die Fahrertür. Dann zerrt er sie zurück und rammt sein Knie gegen ihre Nase. Sie bricht auf dem Schotter zusammen und würgt Blut hervor. Er nimmt Anlauf und tritt sie in die Rippen. Einmal, zweimal, dreimal.

«Warte», sage ich. *«Hör auf.»*

Aber meine Worte sind leiser als ein Flüstern. Und entweder hört Louis mich nicht – oder er will nicht hören. Ganz ruhig steigt er über Wanda und lässt noch mehr Schläge in ihr Gesicht prasseln. Ich höre nur noch die pumpenden Hiebe.

Auf allen vieren krabbele ich zu ihm und packe sein Bein. «Lass sie in Ruhe!», keuche ich. «*Lass* sie!»

Er dreht sich zu mir um, seine Augen glitzern wie Pailletten. Einen Augenblick lang glaube ich, dass er mich jetzt auch schlagen wird. Aber dann verändert sich sein Verhalten ganz plötzlich. Er blinzelt, dreht sich wieder zu Wanda um, beugt sich über sie. «Das ist ja eine Frau», sagt er.

Als könnte sie irgendetwas anderes sein.

Wandas Gesicht ist nur noch eine blutige Maske, ihr Mund voller ausgebrochener Zähne. Sie überkreuzt die Beine und rollt sich auf die Seite. «Ampe», stöhnt sie, wobei sich eine Blutblase vor ihrem Mund bildet und auf ihren Lippen zerplatzt. *«E-ischene Ampe.»*

Louis zieht mich auf die Füße. «Alles okay?»

Ich nicke, völlig betäubt, und kann den Blick nicht von Wanda lösen.

«Ich habe dich nur eine Minute lang allein gelassen»,

sagt er mit Blick auf den blutigen Schotter, dann schaut er zum Pub. «Wir müssen los.»

«E-ischene Ampe, i ring di um.»

Bevor ich etwas darauf sagen kann, zieht Louis mich schon über den Parkplatz. Und dann fahren wir in die Dunkelheit.

SIEBENUNDFÜNFZIG

Am Samstagabend duscht Tapia in seinem Hotel und wartet darauf, dass das letzte Licht des Tages erstirbt. Um sich zu stärken, schaut er eine YouTube-Dokumentation über die Zar-Bombe, die AN602, eine Wasserstoffbombe aus der Sowjetunion, die als die stärkste Nuklearwaffe gilt, die je detonierte. Sie explodierte mit der zehnfachen Kraft aller Munition, die im Zweiten Weltkrieg benutzt wurde. Die Pilzwolke stieg fast hundert Meter in den Himmel. Die Schockwelle lief dreimal um die Erde herum.

Wie furchtlos die Menschheit damals ihr Schicksal zeigte. Wie tragisch, dass diese Tat bisher unübertroffen geblieben ist. Tapia träumt von einer ganzen Reihe von Zar-Bomben, die um die Erde herum detonieren – so perfekt synchronisiert, dass sie den Planeten in zwei Hälften spalten, sodass der Kern wie das Eigelb aus einem Hühnerei herausläuft. Die Temperatur dieser geschmolzenen Gesteinsmasse liegt bei fast elftausend Grad – so heiß wie die Oberfläche der Sonne. Tapias Muskeln werden ganz schlaff bei dieser Vorstellung.

Um halb zehn Uhr abends vibriert sein Handy. Als er auf seine Tracking-App schaut, sieht er, dass sich der VW-Bus in Bewegung gesetzt hat. Er schaut zu, wie er die Liphook Avenue entlang und dann auf einen Parkplatz vor einem Drive-in fährt. Vermutlich trifft sich das Paar dort, so wie schon einmal.

Tapia verlässt sein Hotel und geht zu einem indischen Restaurant ein paar Straßen weiter. An einem Schalter bestellt er ein Lamm-Phaal, das so außerordentlich scharf ist, dass seine Nase zu bluten und seine Ohren zu klingeln beginnen.

Wie immer isst er so, als wäre es seine letzte Mahlzeit. Dabei schaut er die ganze Zeit auf sein Handy und stellt sich vor, wie sein kleines Fischlein und ihr Kumpel Burger und Fritten essen, vielleicht ein paar Milkshakes dazu trinken.

Ihre letzte Mahlzeit wird es auch nicht sein, aber vielleicht eine der letzten. Am Donnerstag hatte er in der Weinbar Nadia vorgeschlagen, ihr Problem für sie zu lösen. Nach langem Zögern lehnte sie ab.

Wird sie noch einmal darüber nachdenken? Er hält es für wahrscheinlich. Er erinnert sich an ihr Unbehagen, als er sie nach der Sache in Italien fragte; an ihr Zittern, das sie kaum verbergen konnte. Ist sie vielleicht tiefer verstrickt, als er es sich bisher vorstellen konnte? Nicht nur in das, was Keira Greenaway passiert ist, sondern auch in die Sache mit Phoebe Rafferty, Simons erster Frau? Was weiß er eigentlich wirklich über Nadia, abgesehen davon, dass sie bereit ist, ihn zu befriedigen?

Für die Intimität, die sie ihm im Laufe der Jahre geboten hat, steht er in ihrer Schuld. Die letzten Ereignisse ändern daran nichts. Das geht ihn auch nichts an. Wenn sie sein Angebot doch noch annimmt, wird er sofort eine Lösung finden.

Und danach werden sie zum ersten Mal seit ihrer Kindheit quitt sein. Dann kann er ihre Beziehung neu bewerten.

Seine Gefühle Nadia gegenüber waren immer kompliziert. Vielleicht wird sie sie noch verfluchen.

Diese Gedanken erregen ihn. Seine sonnenverbrannte Haut pocht. Er verlässt das Restaurant und klettert in seinen Van, wobei er die Handy-App nicht aus den Augen lässt.

Seit der VW-Bus von einem Supermarkt vor der Stadt zurückgekehrt ist, ist er einer bestimmten Route gefolgt und an einigen Stellen in Cranner's Ford stehen geblieben. Tapia beschließt, das zu überprüfen, nur für den Fall, dass dieser Tracker jetzt vielleicht unter dem Moped irgendeines Pizzalieferanten klebt.

Es wird reichen, einfach nur kurz an den Stellen vorbeizufahren. Er sucht sich eine Abkürzung und kommt an dem geparkten Fahrzeug des Pärchens vorbei. Sein kleines Fischlein und ihr Kumpel sind gut auf den Vordersitzen zu erkennen.

Befriedigt fährt Tapia zur Greek Street. Er wartet, bis Greenaways Nachbarin nach Hause kommt. Dann folgt er ihr die Stufen hinauf und lächelt, weil sie ihm die Tür aufhält. Sie sieht ihn prüfend an und lächelt dann zurück.

Die Nachbarin verschwindet in ihrer Wohnung. Tapia geht die Treppe zum Souterrain hinunter. An Greenaways Tür steckt er ein dünnes Stahlstäbchen in das Schloss, dann die Nadel seiner Sperrpistole. Ein paarmal drückt er den Abzug, dann hat er das Sicherheitsschloss überwunden.

Drinnen schaltet er einen Lichtschalter ein und merkt zu seinem Erstaunen, dass er an einem tropischen Strand steht – oder zumindest an etwas, was fast genauso aussieht. Er geht durch einen Durchbruch in der Wand und steht in einem Unterwasserriff. In der Küche entdeckt er schneebedeckte Berge. Keira Greenaways Schlafzimmer ist eine Waldlichtung.

Tapia tritt an ihr Bett. Er zieht sich die Schuhe aus und legt sich auf die Matratze. Er riecht an ihrem Kissen und atmet tief ein.

Wie friedlich es hier ist. Wie seltsam und unvorhergesehen. Er stellt sich vor, wie die Bäume um ihn herum in Flammen aufgehen, wie die Zweige im Feuer knacken und knistern. Warum hat er selbst nie an so etwas gedacht? Er könnte jede Nacht in einem Vulkan schlafen, zuschauen, wie die Lava die Wände hinunter auf sein Bett zufließt.

Tapia überlegt, das Licht auszuschalten und unter Keira Greenaways Bettdecke zu schlüpfen – nur kurz, nur um zu sehen, wie das ist. Aber er will nicht einschlafen und so gefunden werden.

Er verlässt den Wald und kehrt zum Strand zurück. Dort findet er zwei petrolfarbene Urnen. Als er eine von ihnen öffnet, findet er Asche – vermutlich menschliche Überreste. Er nimmt eine Handvoll davon heraus und lässt sie durch seine Finger rinnen.

In einer Ecke, neben dem Fernseher, streicht er mit den Händen über zwei riesige gefiederte Flügel, die auf den Rücken einer Schneiderpuppe geschnallt sind. Er stellt sich vor, wie hell sie verbrennen würden, und wird dabei ganz atemlos.

ACHTUNDFÜNFZIG

Zu Hause. Nur das Kerlchen und ich. Eigentlich wollte ich Louis hereinbitten. Und dann lieber doch nicht.

Ich habe das Gefühl, dass wir heute Nacht eine Grenze überschritten haben. Ich weiß, dass das irre klingt angesichts all dessen, was wir bereits getan haben. Aber das Verprügeln von Weiße-Knöchel-Wanda auf dem Parkplatz des *Ferryman*-Pubs war noch etwas ganz anderes. Und das alles ist meine Schuld.

Ich dringe ungebeten in das Leben der Bewohnenden von Cranner's Ford ein, das weiß ich, und ich kriege es nicht immer richtig hin. Gute Menschen können Böses tun, aber böse Menschen, das ist genauso wichtig, können auch *Gutes* tun. Können sie die Sünden ihrer Vergangenheit wiedergutmachen? Um ehrlich zu sein, weiß ich das nicht. Aber sie können es versuchen. *Ich* kann es versuchen.

Bis letzte Woche, als ich Wandas Range Rover vor dem *Cave 173* sah, habe ich nur gute Dinge getan – Vogelhäuschen, Verandalampen, Zettel, die ich in Briefkästen gesteckt habe. Jetzt hat nur wegen meiner Handlungen eine Frau ihre Zähne verloren.

Immerhin fährt sie nicht betrunken nach Hause.

Diese Stimme ignoriere ich, weil es nicht meine ist. Ich bin Mercy Lake, und das darf ich nicht vergessen. Stattdessen führe ich mir noch einmal die Ereignisse dieser Nacht vor Augen.

Der Parkplatz des *Ferryman*-Pubs war dunkel, besonders dort, wo Wanda ihren Range Rover abgestellt hatte. Hat das zu der Sache beigetragen?

Hat Louis wirklich nicht gemerkt, dass mein Angreifer eine Frau war? Oder dass sie schon keine Bedrohung mehr war, als er sie von mir weggerissen hatte? War das der Grund, dass er nicht aufgehört hat, auf Wanda einzuprügeln, bis ich ihn festhielt?

Soll ich den Pub anrufen? Oder das Krankenhaus? Was kann ich tun, um herauszufinden, ob es ihr einigermaßen gut geht?

Wanda ist nicht meine einzige Sorge. Ich kann nicht aufhören, an das Foto zu denken, das mir Louis gezeigt hat – das Foto, das Laurie schlafend in ihrem Bett zeigt –, und daran, was eine Stufe-zwei-Intervention bei Edward mit den Grabbelhänden vielleicht bedeutet.

Im Badezimmer betrachte ich mein aufgekratztes Gesicht – drei rote Linien, die über meinen Wangenknochen beginnen und irgendwo an meinem Kiefer enden. Zweifellos hängt meine Haut unter Wandas Fingernägeln, voll von derselben DNA, die die Polizei bereits in ihrer Datenbank hat; DNA, die sie, wenn ich Pech habe, auch auf dem *Deevis*-Hof finden werden.

Ich gehe von Zimmer zu Zimmer, befestige die Verdunkelungsplatten, ziehe die Jalousien und Wandbehänge herunter. Normalerweise beruhigt mich diese Routine. Aber jetzt nicht. Etwas an meiner Wohnung kommt mir komisch vor. Sic fühlt sich eher an wie ein Bunker als wie ein sicherer Rückzugsort.

Bevor ich mich vollkommen abgeschottet habe, werfe ich einen Blick hinaus auf die Straße. Keine Polizei. Keine geparkten Fahrzeuge, abgesehen von dem Hundefriseur-Van, den ich letzte Woche zum ersten Mal hier gesehen habe.

Ich bereite ein weiteres Fläschchen zu und füttere das Kerlchen. Dann gehe ich online und suche die neuesten Nachrichten über den *Deevis*-Hof. Verstörenderweise gibt es jetzt ein Fahndungsfoto von Louis. Oft sehen diese Dinger lustig aus – überhaupt nicht wie ein echter Mensch. Aber dieses sieht genauso aus wie er.

Ich bin versucht ihn anzurufen und ihm das zu erzählen, aber die Unentschlossenheit lähmt mich. Was wie ein großes romantisches Abenteuer begonnen hat, ist zu etwas fürchterlich Bedrohlichem geworden. Drei Menschen sind bereits im Krankenhaus – und jetzt vermutlich auch ein vierter.

Im Wohnzimmer finde ich mein Album und nehme es mit zum Sofa. Das Kerlchen liegt zusammengerollt neben mir. Ich öffne das Buch in der Mitte und beginne es durchzublättern.

Das mache ich nicht oft. Normalerweise finde ich es zu schwierig. Aber die heutigen Ereignisse fordern eine Erinnerung – eine Warnung vor den Konsequenzen, wenn man der Besessenheit nicht rechtzeitig einen Riegel vorschiebt. Hintereinander gelesen erzählen die Schlagzeilen die Geschichte:

Frau, 20, wegen Hausfriedensbruch verhaftet
Zweite Verhaftung für Stalkerin
Ehepaar Rafferty sagt: «Sie hört einfach nicht auf.»

Aber ich habe aufgehört, eine Weile lang – denn die nächsten Zeitungsausschnitte stammen von einem halben Jahr später.

Zweijähriger Junge verschwindet aus Haus der Familie
Fieberhafte Suche nach Ollie Rafferty
Polizei: Junge wurde aus seinem Bett gekidnappt
Verdächtige im Fall Rafferty letzten Juni wegen Hausfriedensbruch verhaftet
Ollie Rafferty auf Campingplatz gefunden
Ermittlungen sprechen von trauriger Beziehungstat
Seelische Krankheit von Verdächtiger strafmindernd?
Keira Greenaway wegen Kindesentführung verurteilt
Richter setzt Urteil wegen seelischer Krankheit auf Bewährung aus

In einigen der Artikel ist mein Gesicht zu sehen. Andere zeigen die Raffertys. Wenn man unsere Bilder nebeneinander sieht, ist der Kontrast hart: Ich, die Kindesentführerin mit dem wilden Blick, daneben die respektablen Eltern, die belagert werden. Was habe ich mir nur gedacht? Wie konnte es nur so schlimm enden? Verwunderlich, wirklich, dass ich um das Gefängnis herumgekommen bin.

Der letzte Ausschnitt in dem Buch ist zwei Jahre alt und stammt aus der *Cranner's Ford Gazette*: Planungssicherheit für die Sanierung des Abbot's Walk. Ein Bild zeigt Arcadia Heights so, wie es aussah, bevor die Raffertys es kauften.

Sie sind sechs Monate später nach Cranner's Ford gezogen. Ich habe weitere sechs Monate gewartet, bevor ich ihnen gefolgt bin. Bis dahin hatte ich die Bewährungsstrafe hinter mich gebracht: Ich hatte Distanz zur Familie gewahrt und bin nachts nicht nach draußen gegangen. Danach musste ich mich nicht mehr mit meiner Bewährungshelferin treffen. Und auch nicht mehr zur Psychotherapie gehen.

Hierherzuziehen war ein Risiko, das beinahe schon verrückt war, aber ich habe aus meinen Fehlern gelernt. Ich konzentriere mich nicht länger auf Simon – den einzigen Mann, der mich vor Louis geküsst hat – und auch nicht auf die Frau, die er noch vor meinem Prozess heiratete. Inzwischen reichen mir meine Besuche bei Ollie.

Mein Leben hier ist nicht perfekt. Manchmal falle ich wieder in alte Gewohnheiten, in zerstörerische Verhaltensmuster. Meine Neigung zur Besessenheit hat nicht nachgelassen, auch nicht meine Faszination für die, die um mich herum sind. Aber im Ganzen habe ich schon das Gefühl, dass sich alles etwas gebessert hat, dass ich inzwischen ein meist positiver Mensch bin – nicht nur für Ollie, sondern auch für die anderen, die ich beobachte. Was mich jetzt besorgt, ist mein Einfluss auf Louis.

Zuerst konnte ich es kaum glauben, dass jemand aus der Welt des Tageslichts so bereitwillig zu mir in die Dunkelheit kommt. In letzter Zeit jedoch habe ich akzeptiert, was mir zunächst unmöglich vorkam. Louis hat mir Champagner gekauft, ein Handy, einen neuen Feldstecher, ein Kleid. Und wenn das nicht ausreicht, um seine Absichten klarzumachen, dann hat er mir auch noch Engelsflügel geschenkt.

Was habe ich ihm gegeben? Nächte, in denen wir Ehebrecher, Betreibende einer Welpenzucht, Einbrecher, Trinkerinnen und gewalttätige Männer jagten.

Ich blättere zum Anfang meines Albums. Dann beiße ich die Zähne zusammen und wende eine Seite nach der anderen um:

Drei Briten in italienischem Haus am See tot aufgefunden
Einzige Überlebende des Massakers im Haus am See im Koma
Haus am See: Alle Opfer miteinander verwandt
Italienische Polizei bestätigt Mordverdacht
Horror im Haus am See: Mehr Details aufgetaucht
Ex-Detective: «Chaotische Ermittlungen»
Entscheidende Spuren übersehen, behauptet Ehemann
Italienische Polizei gibt zu: Neue Spuren im Haus-am-See-Fall

Viele dieser Berichte zeigen Fotos aus einer Urlaubsbroschüre, von einem Ort, an den ich mich gut erinnere. Und doch, als ich mich in meine Waldlichtung zurückziehe und mich auf mein Bett lege, träume ich nicht von dem Haus am See, sondern von einem ganz anderen Anwesen.

NEUNUNDFÜNFZIG

Pendelleuchten, die über einer Kücheninsel aus Granit hängen. Aus der Halle dringen Musik und Stimmen herein.

Ich will hier nicht lange bleiben. Nur so lange, bis der Raum aufhört, sich zu drehen. Alkohol bekommt mir nicht, und heute Abend habe ich sehr viel getrunken – irre und monströse Gebräue, ausgeheckt vom Privat-Drinkmixologen dieser Party. Im letzten war eine Olive. Ich *hasse* Oliven – und ich bekomme den Geschmack einfach nicht aus dem Mund. Ich fülle ein Glas mit kaltem Wasser und kippe es herunter. *Ahh* – selige Erleichterung.

In den Glastüren der Küche betrachte ich mein Spiegelbild. Die Kleidung und die High Heels sind geliehen, aber ich weiß, dass ich gut aussehe. Meine Haut ist gebräunt, meine Beine muskulös, meine Taille schmal. Das blaue Kleid passt zu meinen Augen. Ich trage sogar Make-up: Eyeliner und einen Hauch Lippenstift. Ich sehe aus wie jemand, der hierhergehört.

In Gesellschaft natürlich – besonders auf einer Party wie dieser – zerbröckelt diese Illusion sehr schnell. Ich werde rot, wenn man mich anspricht, nuschele, wenn ich rede, und vermeide sklavisch jeden Augenkontakt. Zumindest im Privaten kann ich so tun, als ob, also schiebe ich die Hüfte neckisch zur Seite, bilde mit Daumen und Zeigefinger eine Pistole und sage meinem Spiegelbild, dass es verdammt *heiß* ist.

Und dann tritt *er* ein: selbstbewusst, entspannt, mühelos und deutlich der Chef. Er hat zwei leere Champagnerflaschen in der Hand, die er auf die Arbeitsfläche stellt.

«Heiß, allerdings», lacht er. «Das bestgehütete Geheimnis dieser Party.» Und obwohl ich weiß, dass ich das nicht tun sollte – obwohl ich weiß, dass er nur nett sein will –, kann ich nicht anders, als mich zu freuen, obwohl es mir furchtbar peinlich ist, so erwischt worden zu sein. Sein Blick bleibt an meinen Hüften hängen, gleitet dann den Oberkörper hinauf zu meinem Gesicht. Ich spüre etwas in meinem Blut aufsteigen: fremd, verboten, dunkel genussvoll.

Simon Rafferty lächelt. Ich schlucke, als müsste ich ersticken.

Er öffnet den Kühlschrank und holt eine weitere Flasche heraus. «Hat Phoebe dir den Weinkeller gezeigt?»

Ich schüttele den Kopf.

«Den *musst* du sehen.» Und bevor ich mir eine Entschuldigung ausdenken kann, ist er durch eine Tür in einen Teil des Hauses verschwunden, den ich nicht kenne. Wir gehen einen braunen Korridor entlang, an dem schwarz-weiße Fotos von Windturbinen hängen – und eine steile Treppe hinunter in die Dunkelheit. Unten schaltet Simon das Licht an. Man erkennt den Keller: Reihe um Reihe leere Holzregale. Es ist kalt hier unten, feucht. Ich bekomme eine Gänsehaut.

«Natürlich habe ich keine Wahl, ich muss das verdammte Ding mit Rotwein füllen», sagt Simon. «Luxusprobleme, was?»

Er streckt die Hand aus und berührt meine nackte Schulter. Ich zucke zusammen, als hätte ich einen Stromschlag bekommen. Ich stoße mit dem Kopf gegen einen Holzbalken.

Simon lacht leise und kommt näher.

«Sorry», sagt er. «Oder auch nicht.»

Hinter mir steht ein Weinregal, ich kann nicht zurückweichen. Simon neigt den Kopf zur Seite und betrachtet mich wie eine seltsame neue Spezies. Dann berührt er mich erneut und streicht mit dem Finger über meine Wange.

«Phoebe», sage ich zu ihm. «Meine *Schwester* ist ...»

Und dann küsst er mich.

Ich bin so überrascht, dass ich es zulasse – und als seine Zunge sich zwischen meine Lippen drängt, lasse ich auch das zu. Er schmeckt nach Alkohol und Privilegien und etwas, was ich nicht einmal beschreiben kann.

Es ist falsch, das hier zu tun, absolut falsch – ich bin gerade erst achtzehn geworden, und meine Schwester erwartet ein Kind von ihm –, aber es ist mein erster Kuss, das erste Mal, dass jemand meinen Mund mit seinem berührt, und das Gefühl ist so tiefgreifend, dass ich mich ihm für eine Weile hingebe. Als es in meinem Hirn wieder heller wird, ist es zu spät, ich bin mitschuldig. Noch schlimmer ist, dass Simon offenbar in mir etwas erweckt hat, von dem ich nicht wusste, dass es existiert – eine Wildheit und ein Hunger und ein lässiges Desinteresse an den Folgen.

Als ich meinen Kopf endlich abwende, sodass ich meinen Mund wieder für mich habe, sehe ich, dass sich alles verändert hat. Ich stehe nicht mehr in Simons Weinkeller. Stattdessen liege ich auf dem Pfad vor seinem gemieteten Haus an einem italienischen See. Mein Körper ist völlig hinüber – ein blutiger Sack voller Schmerzen. Mein Blickfeld hüpft, aber trotzdem kann ich noch den Drehmomentschlüssel erkennen, den er in der Hand hält. Neben ihm steht eine Frau mit ausgeprägten Wangenknochen und einem platinblonden Bob. Nadia Sokolov arbeitete für *Sheergen*. Ich verstehe nicht, warum sie hier ist.

Simon beugt sich über mich. «Was hast du getan, Keira? Warum bist du hergekommen? Wo ist Phoebe? Wo ist mein *Sohn?*»

Ein Schwarm Gänse landet auf dem See und lässt glitzernde Wassertropfen spritzen. Ich hebe den Blick zum Haus am See. Simon und Nadia drehen sich dorthin um.

Sie rennen.

SECHZIG

Im Traum isst James einen Skorpion. Für einen Menschen wäre das eigentlich etwas Schlimmes. Aber James ist ein Mantelpavian. *Das* ist dagegen etwas sehr Gutes, zumal James ein Männchen mit einem Harem ist. Aber jetzt gerade ist etwas mit den Weibchen los. Und James weiß nicht, was.

Er beißt dem Skorpion den Kopf ab und leckt die Flüssigkeit auf, die herauskommt. Die Weibchen hocken schweigend im Halbkreis um ihn herum. Er spürt ihre Blicke, schaut aber nicht hoch. Stattdessen gähnt er und zeigt seine Zähne – um seine Stärke zu demonstrieren, während er über ihre Absichten nachgrübelt.

Eines der Weibchen hebt den Kopf und schnattert. James kann nicht verstehen, was sie meint, aber er befürchtet, dass sie ihn verhöhnt. Er beißt einem weiteren Skorpion den Kopf ab.

Das Weibchen zeigt auf ihn und kreischt. Dann hockt sie sich hin und dreht ihm den Hintern zu. Sie ist ganz eindeutig brünstig; ihr Hinterteil sieht aus wie ein Vulkan, der gerade explodiert ist. Und dennoch kommt ihm das eher wie eine Beleidigung als wie eine Einladung vor.

Zwei weitere Weibchen beginnen auf und ab zu hüpfen. Ihr schrilles Schnattern hört sich an wie *Gelächter*. James schleudert den Skorpion auf sie. Er ist hier das Männchen im Harem, verdammt. Wie können sie es *wagen*?

Als sie jetzt auch auf ihn zeigen, schaut er an sich herunter. Seine Körperbehaarung, sein Fell – er weiß nicht genau, was das ist –, ist silbergrau. Es wächst überall, nur nicht zwischen seinen Beinen. Dort sieht er nichts weiter als einen winzigen, pinkfarbenen Stab. Er ist steif, aber lächerlich klein. Als er hochschaut, sieht er, dass der gesamte Harem lacht – und dass sein Penis der Anlass für ihre Heiterkeit ist.

Sind die blöd? Wissen sie nicht, dass Penisse von Mantelpavianen *immer* so aussehen? Er öffnet den Mund, um zu protestieren, aber es kommt nur ein Kreischen heraus. Die Weibchen lachen noch lauter. Eines rollt sich dabei sogar auf den Rücken.

James hört ein Summen und kreischt erneut auf. Er sieht eine Bewegung zu seiner Rechten: zwei männliche Mantelpaviane, die sich in den Halbkreis einreihen. Sie lachen ebenfalls. Ihre Penisse sind *riesig*.

Wieder ein Summen. Und jetzt auch Musik. Drei weitere Männchen gesellen sich zu den Weibchen. Einer von ihnen beginnt, sich mit Vulkanhintern zu paaren.

Mit einem Schrei richtet sich James im Bett auf.

Morgenlicht dringt durchs Fenster. Er reibt sich die Augen und versucht, den Traum loszuwerden. Seit dieser Naturdoku wird er von dieser Fantasie verfolgt, ein Mantelpavian zu sein. Aber diese Erfahrung war eher ein Albtraum.

«James?»

Er zuckt zusammen und schaut sich um. Laurie, in ihrem Morgenmantel, sitzt auf dem Stuhl dem Bett gegenüber. Einen Augenblick weiß er nicht, warum sie hier ist. Dann begreift er, dass es Sonntag und die Bäckerei geschlossen ist.

Er mag den Blick nicht, mit dem sie ihn ansieht. *Überhaupt* nicht. Er muss immer an die Haremweibchen denken – an ihre Finger, die auf ihn zeigten, an ihr Kreischen.

«Was ist los?», fragt sie.

Ihren Tonfall mag James sogar noch weniger als ihren Gesichtsausdruck. Er wirft die Bettdecke von sich, stolpert ins Badezimmer und schließt die Tür ab. Er steht über der Toilette und pinkelt, erleichtert, dass der schreckliche pinkfarbene Pavianpenis fort ist, ersetzt durch etwas deutlich Menschliches. Trotzdem lindert es nicht seine Paranoia. *Irgendetwas* braut sich hier zusammen.

Als er die Spülung zieht und sich vor das Waschbecken stellt, zeigt ihm der Spiegel die Antwort. Auf seiner Stirn steht in riesigen schwarzen Buchstaben ein Wort:

FREMDGEHER

James starrt sein Spiegelbild an. Hektisch versucht er, sich an die Ereignisse von gestern Nacht zu erinnern.

Polly hat er neulich auf Tinder aufgetan: strohdumm, versaut, voller Energie. Nach ein paar Drinks in der Stadt sind sie zu einem Picknickplatz in der Nähe gefahren. Er vögelte sie draußen, hauptsächlich deswegen, weil er immer an das denken musste, was Dani in jener Nacht gesagt hatte, als sein Mustang beschmiert wurde: *War das deine beschissene Frau? Herrgott noch mal, James. Die Türen waren nicht einmal verriegelt. Sie hätte einfach hineingrei-*

fen und unsere Kehlen aufschlitzen können. Sie hätte Benzin reingießen und uns kremieren *können.*

Nach dem Sex ist er mit Polly zu dem Drive-in gefahren, wo sie ein paar Cheeseburger gegessen haben. Dann ist er direkt nach Hause gefahren.

Als er in der Bar in der Stadt war, hatte noch nicht *FREMDGEHER* auf seiner Stirn gestanden. Und er kann sich nicht vorstellen, wie Polly es hinterher daraufgeschrieben haben soll. Daher bleibt nur eine einzige Möglichkeit. Jetzt, da er darüber nachdenkt, erinnert er sich an etwas anderes, was Dani über seine Ehefrau gesagt hatte: *Diese Frau ist verdammt noch mal eine Psychopathin.*

James' Eier ziehen sich zusammen. Gerade hat Laurie dagesessen und ihm beim Schlafen zugesehen – in ihrem Stuhl, während sein Mantelpavian-Harem ihn demütigte. Er war wehrlos, wusste nichts von ihrer Aufmerksamkeit. Sie hätte *alles* tun können.

Er dreht den Wasserhahn auf, befeuchtet einen Waschlappen und reibt auf seiner Stirn herum. Aber Laurie muss wohl einen wasserfesten Stift benutzt haben, denn die verdammte Schrift will sich einfach nicht lösen.

Später wollte er eigentlich mit ihrem Bruder Golf spielen. Das war nicht seine Idee, aber Vincent ist Captain in der Grenadiergarde – da kann er das kaum ablehnen. James erinnert sich noch gut daran, was der Typ ihm bei ihrer Hochzeit ins Ohr geflüstert hat: *Wir sind so lange beste Kumpels, bis du sie bescheißt. Dann greife ich in deinen Körper hinein und reiße all die lebenswichtigen Dinge heraus.*

James reibt fester, aber es nützt nichts. Er gerät in Panik und dreht die Dusche auf. Als das Wasser heiß genug ist, zieht er sein T-Shirt aus. Und sieht, dass Laurie noch viel mehr gemacht hat, als er dachte. Sie hat sich nicht mit seiner Stirn zufriedengegeben, sondern noch eine weitere Nachricht auf seine Brust geschrieben.

NÄCHSTES MAL SCHNEIDE ICH DIR DEN SCHWANZ AB

Egal, wie tief James zu atmen versucht, er bekommt die Lunge einfach nicht voll. *Weil seine Ehefrau ganz eindeutig irre ist.* Er muss sofort seine Sachen packen und abhauen, jetzt, bevor ihr ebenso durchgeknallter Bruder kommt – oder bevor Laurie ihren Stift gegen eine Schere eintauscht.

Er dreht die Dusche wieder zu und öffnet die Badezimmertür.

Laurie steht davor.

James schreit. Er weicht zurück, stolpert über die Badezimmerwaage und liegt auf dem Rücken.

Lauries Blick fällt auf seine Brust. «James ...»

«Bleib weg von mir!», kreischt er. Er rappelt sich auf und stürzt an ihr vorbei ins Schlafzimmer. Sie folgt ihm, er zieht seine Jeans an. Er hüpft auf einem Bein um das Bett herum, um von ihr fortzukommen. «Herrgott noch mal, es *TUT MIR LEID, OKAY?* Bitte – komm einfach nicht näher!»

Sie starrt ihn an und schüttelt den Kopf. «Ich glaube, es ist an der Zeit, dass du ...»

«Na gut, ich bin ein Arsch, egal. Da, ich habe es gesagt. Ich habe herumgevögelt. Immer wieder. Aber *das* hier», sagt er und deutet auf seine Stirn, seine nackte Brust. «Das ist *Missbrauch*, Laurie.»

«Du glaubst, ich hätte das getan?»

«Willst du mich verarschen?»

«James, ich glaube, du hast gerade einen Nervenzusammenbruch.»

Von irgendwoher hört man ein Horn blasen. Es ist der WhatsApp-Ton auf Lauries Handy – so absurd und beinahe schon komisch heiter, dass James einen Augenblick lang völlig aus dem Konzept kommt. Neben dem Bett summt sein eigenes Handy. Er nimmt es in die Hand.

Laurie sagt: «Was meinst du damit, du hast herumgevögelt?»

Er achtet nicht auf sie und checkt seine Nachrichten. Was er sieht, lässt ihn erstarren. Eine Erinnerung an letzte Nacht kommt ihm in den Sinn. Er sitzt in der Drive-in-Schlange mit Polly, den Ellenbogen auf den Rahmen des heruntergelassenen Fensters gelehnt. Ein Typ kommt ans Auto. Dunkle Haare, weiße Zähne. Polly setzt sich aufrecht hin, und James, der weiß, was das bedeutet, nimmt eine drohende Haltung an. Aber der Typ ist keine Konkurrenz, er ist ein Fan – ein Mantelpavian, der dem Haremkönig seine Treue schwört. Er begutachtet den Mustang, dann Polly. Dann pfeift er, leise und lange.

«Im Ernst, Kumpel. Ein echter Shelby. Du lebst echt meinen Traum.»

James neigt den Kopf zur Seite und nimmt das Kompliment an.

«Könnte ich vielleicht ein Foto machen?», fragt der Typ.

Dann verdreht er die Augen. «Das wirst du wahrscheinlich dauernd gefragt. Macht dich schon ganz verrückt, oder?»

Polly drückt James' Schenkel, um ihn dazu zu bringen, diese Wohltätigkeit zu gewähren. Er greift nach seiner Oakley-Sonnenbrille und schiebt sie nach oben. «Kein Problem, mein Freund», sagt er lässig. «Mach ein paar gute Aufnahmen.»

Der Typ holt sein Handy heraus und beginnt, Fotos zu schießen. Polly drückt ihre Brust heraus und macht einen Schmollmund, James lächelt so, dass seine Grübchen gerade so erscheinen. Und jetzt, acht Stunden später, sieht er das Resultat.

Es ist vollkommen verrückt. Plötzlich ist alles verrückt.

«James?», fragt Laurie. «Wer ist das im Auto neben dir? Wann war das?»

Sie zeigt ihm das Display ihres Handys. Darauf sieht er dasselbe Foto. Er starrt sie an. Versucht nachzudenken.

Sein Handy summt, wieder ist ein Foto gekommen. Dieses stammt von vor ein, zwei Wochen. Er sitzt im Mustang mit Dani und hilft ihr dabei, die Schuhe auszuziehen.

James versucht immer noch zu begreifen, als Lauries Handy wieder eine WhatsApp ankündigt. Sie tippt das neue Bild an und keucht auf. Ihre Blicke treffen sich.

Ihr Gesichtsausdruck versetzt ihm einen Stich ins Herz. Denn er sieht zwar Lauries Verletztheit, aber auch, wie schnell sie sich davon erholt. Er verletzt sie schon sehr lange. Es ist nicht nur das Fremdgehen. Es sind zahllose kleine Betrügereien. Und trotz allem hat sie ihn immer geliebt – und jetzt hat sie die Erlaubnis erhalten, damit aufzuhören.

Ironischerweise, tragischerweise erkennt James genau in dem Augenblick, in dem er sie verliert, den Menschen in ihr, den er einmal geliebt hat. Sie war die ganze Zeit da, direkt vor seiner Nase. Wie unfassbar dumm von ihm, sich von ein paar Pfund Übergewicht blenden zu lassen – oder einer sexuellen Anziehungskraft, die etwas geringer ist als früher.

Es ist ein schlimmer Moment, ein schrecklicher Moment, aber es kommt noch mehr. Denn ein paar Sekunden später hört er die Türklingel. Als er durch das Schlafzimmerfenster schaut, sieht er den Jeep Cherokee seines Schwagers.

Wir sind so lange beste Kumpels, bis du sie bescheißt. Dann greife ich in deinen Körper hinein und reiße all die lebenswichtigen Dinge heraus.

«Tja», sagt Laurie. «Vince kommt wohl etwas früher als erwartet.»

James wirft einen Blick in den Spiegel. Er sieht das Wort, das auf seiner Stirn steht. «Bitte. Lass ihn nicht rein.»

Laurie schüttelt den Kopf, eher mitleidig als trotzig, und geht nach unten.

EINUNDSECHZIG

Sonntagmorgen wacht Nadia Rafferty allein in einem selten genutzten Gästezimmer auf, von dessen Fenster man einen Blick auf die Einfahrt hat. Das Zimmer ist in jeder Hinsicht schlechter als das Hauptschlafzimmer, abgesehen von einer Sache: Das Fenster zeigt nach Westen, sodass man vom Pincher's Mount nicht hineinsehen kann.

Simon ist Donnerstagmittag nach Italien geflogen, nachdem er eine *Sheergen*-Pressemitteilung veröffentlicht hat, um Stellung zu den Ereignissen auf dem *Deevis*-Hof zu nehmen. Daher hatte Nadia noch keine Gelegenheit, mit ihm zu reden, seit sie Konstantin in der Weinbar getroffen hat. Und sie ist nicht naiv genug, um ihm das, was sie jetzt weiß, telefonisch zu sagen.

Sie weiß, warum er dort ist – eine Vertragsunterzeichnung, die sechs von der Regierung bezahlte Windparks bedeutet –, aber sie vermutet, dass es noch einen anderen Grund gibt: das Bedürfnis, eine Distanz zwischen sich und den Presseberichten zu schaffen. Dass er drei Tage lang wegbleibt und erst heute Nacht wiederkommt, lässt ihre Vermutung noch glaubwürdiger erscheinen.

In ihren dunklen Momenten denkt Nadia auch über andere Erklärungen nach. Sie erinnert sich an die sechs Monate, die sie im Salerno-Büro von *Sheergen* arbeitete, als Simon noch mit Phoebe verheiratet war; an die Gründe, die er erfand, um sie dort zu besuchen; die Leidenschaft und die Intensität ihrer Affäre. Diese Erinnerungen schaffen eine Paranoia, gegen die sie kaum ankommt. Ob er *sie* wohl ebenfalls betrügt, so, wie er damals seine erste Frau betrog? Obwohl sie seinen Sohn aus erster Ehe aufzieht? Obwohl sie schwanger mit seinem zweiten Kind ist?

Nein. Das kann Nadia nicht glauben. Sie hat viel zu hart gearbeitet und zu viel investiert. Simon ist kein Serien-Fremdgeher. Und jetzt hat sie schlimmere Probleme als die Paranoia, die aus vergangenen Sünden stammt. Denn die irre jüngere Schwester von Simons toter Frau, die damals Ollie entführt hatte und mit ihm zu einem heruntergekommenen Campingplatz geflohen war, beobachtet Arcadia Heights. Und noch schlimmer: Keira scheint einen Komplizen gefunden zu haben, einen Mann, dem Nadia dummerweise ihr bestgehütetes Geheimnis anvertraut hat.

Die wievielte Woche?

Achte, glaube ich.

Das sind ja gute Nachrichten.

Unten strömt das Morgenlicht durch die Ostfenster der Küche. Sie macht Kaffee und versucht, nicht auf den Pincher's Mount zu achten. Ollie kommt gegen acht herunter. Er schiebt sich gähnend auf einen Frühstückshocker.

«Hunger, Hombre?», fragt sie.

Er nickt und zieht die Nase kraus.

«Irgendwelche Spezialwünsche?»

«Könnten wir vielleicht bitte Waffeln essen?»

«Weißt du was?», sagt Nadia. «Ich glaube schon.»

Angespornt von Ollies begeistertem Lächeln holt sie das

Waffeleisen und stöpselt es ein. Sie sucht die Zutaten zusammen und mischt den Teig. Dann schaut sie ihn direkt an und sagt: «Kann ich dich was fragen?»

«Geht es um Ahornsirup?»

«Nein.»

«Kriegen wir denn Ahornsirup?»

«Jawohl.»

«Auch Erdbeeren?»

«Wenn du willst.»

«Und geschmolzene Schokolade?»

«Jetzt übertreib mal nicht.»

Ollie lacht.

Nadia lacht ebenfalls, und ihre Stimmung hellt sich auf. Sie war diesem Jungen eine Mutter, seit er acht Monate alt war. Niemand – schon gar nicht Keira Greenaway – wird sich zwischen sie drängen können. Und ihre Ehe mit seinem Vater wird ebenfalls nicht in die Brüche gehen. Simon ist in Italien, um einen Vertrag zu unterzeichnen – das ist alles.

Als die ersten beiden Waffeln im Waffeleisen brutzeln, beschließt Nadia, dass es an der Zeit ist. «Kleiner Mann», sagt sie sanft. «Erzähl mir davon.» Sie legt sein abgewetztes Tamagotchi auf den Küchentisch.

Sofort greift Ollie danach. Als Nadia es wegschiebt, zuckt er zusammen. Ihre Blicke treffen sich.

Und in diesem Augenblick *weiß* sie es.

«Ich hatte mal so eins, als ich ein kleines Mädchen war», sagt sie in leichtem Tonfall. «Ich habe es überall mit hingenommen. Ich habe es gefüttert, mit ihm gespielt, hinter ihm hergeputzt. Es war so traurig, als es starb.»

«Wie ist das denn passiert?»

«Es ist krank geworden. Und ich wusste nicht, wie man ihm Medizin geben sollte. Wo hast du deins denn her?»

Ollies Blick gleitet zum Tamagotchi, zum Waffeleisen, dann zurück zu Nadia. Er runzelt die Stirn. «Ich hab es gefunden.»

«Du hast es gefunden? Wirklich?»

Er öffnet den Mund und nickt.

«Okay. Was ist dann das hier?»

Aus ihrem Morgenmantel holt sie den Little-Professor-Rechner, den er gestern Nacht in der Hand hatte. Ein Original aus dem Jahr 1976.

«Du musst mir wirklich die Wahrheit sagen, kleiner Mann.»

Der Junge schluckt. Dann flüstert er: «Das ist der Zauber.»

Trotz des Sommerlichts, das durch die Küchenfenster fällt, hat Nadia das Gefühl, sich plötzlich in einem Traum zu befinden. Ihre Haut kribbelt. «Der Zauber?»

Er nickt feierlich. «*Feen*zauber.»

Das Waffeleisen blubbert und zischt. Nadia öffnet eine Schublade und holt ein Messer heraus. Sie testet seine Schärfe und zuckt nicht, als sie den Blutstropfen auf ihrem Daumen sieht. Sie saugt ihn auf und dreht sich zu Ollie um. «Erzähl mir von dem Zauber.»

ZWEIUNDSECHZIG

Am Sonntagabend wache ich in schweißnassen Laken auf. Der Traum der letzten Nacht hat mich viel zu lange in seinem Bann gehalten.

Das arme Kerlchen hat sein Frühstück nicht bekommen und ein paar kleine Protesthäufchen in der Wohnung hinterlassen. Da kann ich ihm keine Vorwürfe machen.

Wie immer braucht mein Hirn eine Weile, bis es wirklich wach ist und weiß, welcher Tag heute ist. Dieser Tag, fällt mir ein, ist besonders. Ich gebe dem Kerlchen die Flasche. Dann beschließe ich, die Post zu holen. Ich gehe aus der Wohnung, klettere die Stufen zum Eingangsflur im ersten Stock hinauf und stehe Edward mit den Grabbelhänden gegenüber.

Er steht direkt im Eingangsflur des Hauses. Als sich unsere Blicke treffen, hebt sich mein Magen bis in die Kehle. Das ist ein ziemliches Kunststück – für jeden Magen. Hinter mir, im Souterrain, fällt meine Wohnungstür ins Schloss. Ich fühle mich wie ein Cowboy in einem alten Western. Nur dass ich bei diesem Duell keinen Revolver habe, sondern nur die Schlüssel. Statt Cowboyboots trage ich meine Twilight-Sparkle-Pantoffeln.

Ich könnte weglaufen, meine Tür aufschließen, in die Wohnung stürzen – aber dann wäre ich darin gefangen. Zum Glück wirkt Edward mit den Grabbelhänden so, als wäre er überhaupt nicht auf einen Konflikt aus. Tatsächlich sieht es sogar so aus, als hätte er bereits einen gehabt. Entweder das, oder einen Autounfall. Oder einen Skydiving-Absturz.

Seine Augen sind so dunkel und angeschwollen, dass er aussieht wie ein Panda. Die Nase ist eindeutig gebrochen. Beide Lippen sind aufgeplatzt. Blut ist sein Kinn hinunter- und auf sein Hemd gelaufen. Er murmelt vor sich hin: ein ständiges Reden, in dem ziemlich viele unanständige Ausdrücke vorkommen.

Der Flur kippt. Ich stütze mich mit einer Hand an der Wand ab. Diese Verletzungen kann ihm Louis wohl nicht beigebracht haben. So viel Zeit hatte er gar nicht.

Edward hat sich einen Wäschebeutel unter den Arm geklemmt, eine Reisetasche hängt über seiner Schulter. An seiner Ellenbeuge hängt ein Rollkoffer. Er hält eine dürftige Sammlung von Sporttrophäen an die Brust gedrückt. Der goldene Plastikkopf einer davon ist abgefallen. Er hat ihn sich etwas ungeschickt unter das blutige Kinn geklemmt.

So ungezwungen, wie ich kann, gehe ich an der Wand entlang auf ihn zu. Edward humpelt ebenfalls auf mich zu. Wenn das hier wirklich ein Revolverduell im Fernsehen wäre, würde es sicher als das absolut schlechteste aller Zeiten in die Geschichte eingehen.

Die Entfernung zwischen uns wird kleiner – und dann sehe ich, dass Louis *doch* seine Finger im Spiel gehabt haben muss. Denn auf Edwards Stirn, schon etwas verblasst, aber noch gut lesbar, steht dasselbe Wort, das Louis auch auf seine Kühlerhaube gesprüht hat.

Ich keuche auf und bleibe stehen.

«Was?», fährt mich Edward an, als er meine Überraschung bemerkt – und der Kopf seiner Trophäe fällt zu Boden, prallt zweimal auf und rollt vor meine Füße, wo er liegen bleibt.

Er sieht mich erwartungsvoll an. Ich bücke mich und hebe den Kopf auf. Dann stecke ich ihn wieder unter sein Kinn.

«Danke», murmelt er.

«Jederzeit. Harter Tag?»

«Du würdest nicht glauben, wie hart.»

Er schlurft an mir vorbei. Ich stehe jetzt vor dem Eingang und öffne meinen Briefkasten. Zwei zerknickte Umschläge liegen darin: einer weiß, einer rot.

Edward bleibt vor der Wohnung im Erdgeschoss stehen und hämmert gegen die Tür. «Hazel!», schreit er. *«HAZEL!»*

Ich nehme meine Post und schließe den Briefkasten wieder. Meine Nachbarin heißt also nicht Schnackselschätzchen. Um ehrlich zu sein, haben wir noch nie miteinander geredet. Einmal ist ihre Post fälschlicherweise in meinem Briefkasten gelandet. Darauf stand: *H. Docherty*.

Zurück in meiner Wohnung schließe ich mich ein. Oben öffnet sich Hazels Wohnungstür. Ich versuche mir ihre Reaktion auf Edwards zerschlagenes, beschmiertes Gesicht vorzustellen.

Ich lege die Umschläge auf meinen Arbeitstisch. Jetzt schaffe ich es noch nicht, sie zu öffnen. Stattdessen konzentriere ich mich auf die Stimmen, die gedämpft vom Flur über mir herunterdringen. Zuerst kann ich nicht gut verstehen, was sie sagen. Dann wird die Unterhaltung erhitzter.

«WAS WILLST DU DAMIT SAGEN? SIEH MICH AN, HERRGOTT NOCH MAL! ICH BIN VERZWEIFELT!»

Ironischerweise war Hazel der Katalysator für diese spezielle Geschichte. Kurz nachdem ich meine Wohnung gekauft hatte, begriff ich, dass ein in der Einfahrt geparkter Ford Mustang zu jenem lautstarken Geruckel in Hazels Bett führte. Zuerst schenkte ich dem wenig Aufmerksamkeit. Dann sah ich eines Nachts, dass derselbe Mustang unter Rycroft Hollow parkte – und sah, wie Edward unanständige Dinge mit einer Beifahrerin tat, die nicht Hazel war. Weil mir meine Nachbarin leidtat, folgte ich Edward nach Hause. Und so fand ich heraus, dass er verheiratet war – und lernte Laurie kennen.

Untreue in dem Ausmaß, wie sie Edward betreibt, kann man schlecht ewig verbergen. Ich hatte versucht, Laurie auf das vorzubereiten, was kommen würde, indem ich ihr Schmuck mit Stärkesymbolen schenkte. Und ja, rückblickend war das eine absolut bescheuerte Idee. Meine Versuche, Edward davon abzuhalten, Hazel zu besuchen, schlugen ebenso vollkommen fehl: kleine Geschenke, die ich vor ihrer Tür ließ in der Hoffnung, dass sie sie behalten würde, sodass Edward dachte, er hätte einen Konkurrenten. Männerdeo, Handschellen, eine Dose Rasierschaum.

Ich nehme mein Handy und das Kerlchen. Dann verlasse ich die Wohnung. Ich steige die Treppe zum Erdgeschoss hinauf und sehe, dass Edward immer noch im Flur steht, umgeben von seinen Habseligkeiten. Fluchend scrollt er durch sein Handy. Sein Kopf – der Trophäenkopf, nicht sein echter – liegt vor Hazels Tür.

Hazel hat mich zu Edward geführt. Und Edward hat mich zu Laurie geführt. Jetzt hat Louis Edward über Laurie zurück zu Hazel geführt. Und Hazel hat Edward in die Wüste geschickt.

Draußen steht ein verbeulter Toyota Yaris in der Einfahrt. Ich gehe daran vorbei zu Louis' VW-Bus. «Es hat geklappt», sage ich und klettere hinein.

Louis beugt sich vor. Wir küssen uns, und meine Befürchtungen von letzter Nacht schmelzen fast komplett dahin. «Was denn?», fragt er.

«Laurie hat ihn rausgeworfen, glaube ich. Und dann hat ihn das *Schätzchen* rausgeworfen. Hazel, meine ich.»

«Hazel?»

«Meine Nachbarin. Sorry. Ich nenne sie Schätzchen, aber in Wirklichkeit heißt sie offenbar Hazel. Ich glaube, Laurie hat auch den Mustang behalten, weil Edward ihren Toyota fährt. Oh, und jemand hat Edward schlimm verprügelt. Bitte sag mir, dass du das nicht warst.»

«Ich war es nicht.»

«Gut.» Ich lächele. Es ist ein schwaches Lächeln, aber ein Anfang. «Sie haben ein Fahndungsfoto von dir rausgegeben, vom *Deevis*-Hof. Ich habe es in den Nachrichten gesehen.»

«Ein was?»

«Ein Gesicht, das sie auf der Grundlage von Zeugenbeschreibungen zeichnen lassen.»

«Die sehen doch nie irgendwem ähnlich.»

«Deines schon.» Ich betrachte ihn, und das Unbehagen kehrt zurück. «Louis, das musst du ernst nehmen.»

Er sieht mich finster an. «Ich nehme das, was wir hier tun, außerordentlich ernst.» Dann wird sein Blick wieder weich. «Hör mal, ich habe es dir schon gesagt, aber ich wiederhole es gern: Ich glaube an ein fühlendes Universum, das uns vor die Wahl stellt und Möglichkeiten bietet, seine Pläne umzusetzen. Ich glaube, dass du schon für das Universum gearbeitet hast, bevor ich kam, auch wenn du es nicht wusstest. Ich glaube, ich bin hierhergebracht worden, um dir dabei zu helfen.

Ich will ehrlich sein, Mercy: Ich glaube nicht, dass du mir alles über dich erzählt hast. Bisher sind wir noch gar nicht dazu gekommen, das zu tun, warum du überhaupt hier bist. Ja, wir sind Risiken eingegangen. Das hier ist eine kleine Stadt – wir können nicht für immer so weitermachen wie bisher, weshalb du mir unbedingt vertrauen und mir sagen musst, was deine wahren Beweggründe sind.»

Er hat recht – ich habe ihm nichts von den Gründen erzählt, aus denen ich hier bin. Bisher habe ich ihm fast jeden gezeigt, den ich beobachte, nur nicht die Raffertys. Aber es liegt eine ganze Welt zwischen dem Anbringen eines Vogelhäuschens beim *Tall Pines* und dem Beschenken eines fünf Jahre alten Jungen, ohne dass seine Eltern davon wissen. Außerdem würde meine Siegfried-Squirrel-Beziehung zu Ollie Rafferty dazu führen, dass er von meiner Verurteilung wegen Kindesentführung erfährt – für junge Paare ist das ein denkbar schwieriges Thema.

Dasselbe Bild wie letzte Woche erscheint ungebeten vor

meinem inneren Auge: Louis und ich, wie wir in prallem Sonnenlicht eine Küstenstraße entlangfahren, Ollie Rafferty, der uns vom Rücksitz aus anlächelt.

Ich zucke zusammen. Das ist *nicht* mein Ziel hier. Ich würde niemals ernsthaft darüber nachdenken.

Du hast bereits darüber nachgedacht.

Zwei Mal.

«Was ist los?», fragt Louis. «Du hast den Kopf geschüttelt.»

«Habe ich?»

Er greift hinter sich und legt mir ein eingewickeltes Päckchen in den Schoß.

«Was ist das?»

«Für dich», sagt er und fädelt sich in den Verkehr ein. «Mach es auf.»

Mit der einen Hand halte ich das Kerlchen, mit der anderen reiße ich das Papier auf. Ohne das Innenlicht ist es dunkel hier im Auto, aber die Straßenlaternen geben genügend Licht, sodass ich einen ledernen Kulturbeutel erkennen kann. Ich öffne den Reißverschluss und spähe hinein – und sehe eine Sammlung teuer aussehender Kosmetik.

«Versteh mich nicht falsch», sagt Louis. «Ich will damit nicht andeuten, dass du den Cyberpunk-Look nicht toll rüberbringst. Oder den Zahnfee-Look. Aber das sah beides eher aus wie eine Verkleidung als wie eine bewusste Modeentscheidung. Ich glaube, du mochtest das Kleid. Ich dachte daher, dass dir das hier vielleicht auch gefällt.»

«Wow», sage ich. «Danke. Woher wusstest du das?»

Ich hole ein Glasfläschchen heraus. Nagellack, glaube

ich. Im orangefarbenen Schein der Straßenlaternen kann ich die Farbe nicht erkennen, aber auf dem Etikett steht: Kanariengelb.

«Woher wusste ich was?», fragt Louis.

«Dass ich heute Geburtstag habe.»

Er wirft mir einen Blick zu. «Heute ist dein Geburtstag?»

«Jedes Jahr an diesem Tag.»

«Du willst mich auf den Arm nehmen.»

«Nein.»

«Hättest du mir das doch vorher gesagt.»

«Warum?»

Er zeigt mit dem Daumen über die Schulter. «Dann hätte ich den da nicht mitgebracht.»

DREIUNDSECHZIG

Ich drehe mich um und sehe unseren Mitfahrer. Er sitzt auf der hinteren Bank, die Hände mit Kabelbinder an den Gurt gefesselt. Ein weißer Kissenbezug verbirgt seinen Kopf. Angesichts seiner Situation ist er bemerkenswert still.

«Wer ist das?», frage ich mit dem Kerlchen auf dem Arm, aber ich ahne es schon. Ich erinnere mich an den Besuch in der Chaplin Row letzte Woche, an das Verandalicht am Haus von Liebeskummer-Linda, das wir repariert haben, an die Konfrontation Minuten später und an Linda, die hinterher ihren blutigen Mund betastete, während ihr Fernseher und ihre Mikrowelle die Straße hinuntergetragen wurden. Ich erinnere mich an Louis' Frage und meine Antwort:

Wenn du willst, dass wir das hier regeln, musst du nur ein Wort sagen.

Okay. Ich will, dass wir das hier regeln.

Eine Woche später, und Hugo der Schatten, Geschäftsführer von *Sheergen* – und nächster Bekannter von Simon Rafferty –, sitzt mit einem Kissenbezug über dem Kopf und gefesselten Händen auf dem Rücksitz des VW-Busses.

«Kann er uns hören?»

Louis schüttelt den Kopf. «Er trägt Kopfhörer. Jetzt müsste er ungefähr die Hälfte des *Frozen*-Soundtracks gehört haben.»

Ich sehe den MP3-Player an Hugos Hemd – und das Kabel, das unter dem Kissenbezug verschwindet. «Warum sitzt er einfach nur so da?»

«Vielleicht überdenkt er seine Position in der Nahrungskette neu. Womöglich genießt er aber auch nur die Musik.»

Das ist natürlich völlig unangemessen, aber ich muss trotzdem lachen. Es ist wirklich schräg, dass ich mich trotz des Traums gestern Nacht, der Presseberichte über den *Deevis*-Hof und der Prügelorgie vor dem *Ferryman* so euphorisch fühle – und so unbesiegbar. Liegt es an dem, was ich im Flur meines Wohnhauses mitbekommen habe – dass Hazel Edward mit den Grabbelhänden zurückgewiesen hat? Oder einfach daran, dass ich mit Louis hier bin? Vielleicht ist es nur, dass ich an meinem Geburtstag nicht allein bin, zum ersten Mal seit viel zu langer Zeit. Oder es ist alles zusammen.

Ich schalte die Innenbeleuchtung ein und suche im Kulturbeutel nach einem Lippenstift. Dann richte ich den Rückspiegel auf mich, um ihn aufzutragen. Die Farbe nennt sich *Skandalös*. Das passt gerade sehr gut.

«Also», sagt Louis. «Wie viele Jahre auf dem Planeten Erde feiern wir heute?»

«Dreiundzwanzig. Oder vielleicht auch vierundzwanzig.»

«Du weißt es nicht?»

Ich denke einen Augenblick lang nach, wobei ich die Lippen verziehe. «Dreiundzwanzig.»

«Herzlichen Glückwunsch zum dreiundzwanzigsten.»

«Vielen Dank.»

«Die Farbe steht dir gut.»

«Wirklich?»

«Ich wusste es.»

«Was machen wir jetzt mit dem Schatten?»

«Meinst du nicht, dass der *Frozen*-Soundtrack reicht?»

«Ich mag den *Frozen*-Soundtrack.»

«Wirklich?»

«Lass jetzt los.»

Ich ziehe die Brauen hoch und werfe ihm einen Blick zu, aber Louis reagiert nicht auf mein geniales Wortspiel. Verdammt – der Witz war wirklich nicht schlecht. Trotzdem hilft er mir, meine Nerven zu beruhigen. Weil das hier eine ganz neue Ebene der Eskalation ist.

Ich drehe mich erneut um, um Hugo anzusehen. Er wirkt so friedlich, so *gefügig*. Schwer zu glauben, dass es derselbe Typ ist, der Linda misshandelt hat. Ich habe ein paarmal gesehen, wie er auch Nadia Rafferty misshandelte. Nicht, dass mir das ähnlich wichtig gewesen wäre.

Ich schaue durch das Seitenfenster und sehe, dass wir am Drive-in vorbeifahren. Ich muss daran denken, was bei unserem letzten Besuch dort passiert ist: wie der Verlorene Travis vor Freude schrie, als ich ihm das Kerlchen zeigte – und wie Einpeitscher-Becky ihre Nägel in sein Fleisch grub.

«Wir kommen schon noch zu ihr», sagt Louis, als könnte er meine Gedanken lesen. «Wir kriegen sie alle.»

Ich nicke und lege den Lippenstift zurück. Aber von allen, die ich beobachte, sind nur noch die Raffertys übrig.

Das hier ist eine kleine Stadt – wir können nicht für immer so weitermachen wie bisher, weshalb du mir unbedingt vertrauen und mir sagen musst, was deine wahren Beweggründe sind.

Wir fahren jetzt im Uhrzeigersinn und in Spiralen den Pincher's Mount hinauf. Als sich der Weg gabelt, nehmen wir die steilere Route. Bald knirschen unsere Reifen über den Schotterparkplatz von Rycroft Hollow.

Es ist Sonntagnacht, der Parkplatz ist verlassen. Louis parkt unter den Bäumen und schaltet die Scheinwerfer aus. Dunkelheit legt sich auf uns.

Im Radio beginnt Sam Cooke «Bring It on Home to Me» zu singen. Ich bin versucht, Louis zu bitten, unseren Tanz vor zehn Tagen zu wiederholen. Vielleicht sind meine Koordinationsfähigkeiten seitdem besser geworden.

Ganz plötzlich gibt es eine Fehlzündung in meinem Hirn. Gerüche explodieren in meiner Nase: Permanent-Marker-Tinte, blutnasser Granit, Rauch. Mein Kopf kippt zur Seite. Trotz der Dunkelheit blitzen Bilder vor meinen Augen auf. Ich sehe azurblauen Himmel. Rasierklingen, die auf der Wasseroberfläche glitzern. Ein Holzschild, dessen Farbe wie Haut abblättert.

«Mercy? *Mercy.*»

Jemand berührt mich, schüttelt mich. Ich höre Sam Cookes Stimme, aber die Hände können nicht seine sein.

Ich fahre hoch. Die Welt kommt zurück. Ich sitze auf dem Beifahrersitz des VW-Busses. Louis' Augen sind wie zwei grüne Nadelstiche.

«Okay?», fragt er.

«Ich, äh …»

«Wo warst du?»

Ich durchwühle den Kulturbeutel, finde das Fläschchen mit dem Nagellack, schraube den Deckel ab und atme ein.

Das Azeton reinigt mein Hirn von den seltsamen Gerüchen. Keine Permanent-Marker-Tinte mehr, kein blutnasser Granit. Kein Rauch mehr. Im Radio singt Marvin Gaye «Ain't That Peculiar».

Er hat recht. Es ist wirklich peculiar, eigenartig.

Ich bin es ebenfalls.

«Mercy, im Ernst. Was ist da gerade passiert?»

«Verzögerte Reaktion», antworte ich. «Auf den Kuss.»

Ich zwinge mich zu einem Lächeln, das jedoch niemanden zu überzeugen vermag, schon gar nicht Louis.

«Hör mal», sagt er. «Das ist vielleicht nicht der richtige Zeitpunkt. Aber erinnerst du dich daran, was ich dich vor einer Weile gefragt habe? Ob du, wenn wir deinen Zustand heilen könnten, das auch wollen würdest?»

«Hm, hm.»

«Du hast gesagt, du würdest mir die Hand abbeißen.»

«Ich habe Finger gesagt, glaube ich. Eine ganze Hand würde ich nicht schaffen.»

Louis lächelt nicht. «Denkst du immer noch so?»

«Warum?»

«Weil», sagt er, «solange du das Problem nicht gelöst hast, sitzt du hier in Cranner's Ford fest.»

«Ich bin immerhin hierhergekommen, oder?»

«Also würdest du gehen?»

Ich starre ihn an. «Du meinst wegziehen?»

«Denk drüber nach. Wenn du die Freiheit hättest, überall hinzugehen, welchen Ort würdest du wählen?»

Eine Küstenstraße, pralles Sonnenlicht. Ollie Rafferty, der uns vom Rücksitz aus anlächelt.

Ich lache. Ich kann nichts dagegen tun. Denn das ist es nicht, was ich will, nicht einmal annähernd. Ich habe es einmal versucht, und es hat nichts als Schmerz gebracht. Wenn ich die Freiheit hätte, zu gehen, wohin ich will, würde ich genau hier bleiben. «Was ist denn an hier so falsch?»

«Nichts. Aber die Welt ist so viel größer als diese Stadt. Voller Orte, die wir erkunden könnten, wenn wir herausfinden, wie. Dieser Strand, den du in deinem Wohnzimmer geschaffen hast – stell dir mal vor, das wäre ein echter Strand. Du könntest dem Kerlchen das Meer zeigen.»

Ich hole mein Bubblicious heraus und stopfe mir den Mund mit Kaugummi voll. Ich kaue geräuschvoll und lausche Marvin Gayes Stimme.

Louis zieht den Kopf ein und schaut durch die Windschutzscheibe in die Nacht. Ich folge seinem Blick, sehe aber nur Schwärze. «Was ist los?»

«Nichts», sagt er. «Nur ein Fuchs, glaube ich.»

«Sollen wir darüber reden?»

Er schürzt die Lippen und zieht den Schlüssel aus dem Zündschloss. «Zuerst kümmern wir uns um das Arschloch.»

VIERUNDSECHZIG

Das Arschloch ist, wie sich herausstellt, längst nicht so fügsam, wie ich erst dachte.

Die Probleme beginnen, kaum dass wir ihn rausgebracht haben. Louis greift unter den Kissenbezug und nimmt ihm Kopfhörer und MP3-Player ab. Ich frage mich, wie weit Hugo wohl mit dem *Frozen*-Soundtrack gekommen ist. Er hat nicht den Takt mit dem Fuß mitgetappt, also war «Liebe öffnet Tür'n» noch nicht dabei.

Louis greift erneut unter den Kissenbezug und reißt das Klebeband von Arschlochs Mund.

«Au. *Fick* dich», zischt Hugo.

Ich nehme an, das muss höllisch wehgetan haben. Vielleicht sogar noch mehr als Lindas Mund, nachdem er daraufgeschlagen hatte. Louis schleudert die Kopfhörer in den VW-Bus, Hugo neigt den Kopf. Ich merke, dass er nach Hinweisen sucht – er benutzt Ohren und Nase, um herauszufinden, wo er sich befindet. Er wird den Wind in den Bäumen hören. Er wird den staubigen Schotter und das verdorrte Gras riechen. Er wird bemerken, dass es hier keinen Verkehrslärm gibt – von weiter unten bellt ein Hund. Er wird begreifen, dass er hier keine Hilfe bekommen wird.

Andererseits begreift er es vielleicht auch nicht.

«HILFE!», schreit Hugo. *«JEMAND SOLL DIE POLIZEI*

RUFEN. DIE POLIZEI! ICH BIN ENTFÜHRT WORDEN! HILFE!»

Er windet sich nach links und rechts in Erwartung einer Reaktion. Als keine kommt, hält er inne, neigt wieder den Kopf und lauscht.

Es ist ein seltsamer Anblick. Als beobachtete man ein blindes Huhn, das gerade einen Fuchs gerochen hat. Ich sehe Louis an. Louis sieht Hugo an. «Besser?», fragt er. «Hast du es dir von der Seele geschrien? Denn ...»

«HILFE! MAN ENTFÜHRT MICH!»

«Okay, hör mal», sagt Louis. «Das hier wird langsam ...»

«ICH WERDE GEGEN MEINEN WILLEN FESTGEHALTEN! RUFEN SIE DIE P...!»

Louis schlägt ihn hart ins Gesicht.

Hugo stolpert rückwärts. Sein Kopf knallt gegen das Seitenfenster des VW-Busses.

«Nimm das als Warnung», sagt Louis. «Direkt aus dem Hugo-Jepp-Drehbuch. Wenn du schreien und brüllen willst, gut, aber warne uns vor. Denn hier gibt es sonst niemanden, der das hören kann.»

Hugo dreht sich nach dem Klang von Louis' Stimme zu ihm um. «Du bist so am *Arsch*. Wenn das hier vorbei ist, werde ich dich ...»

Louis' zweiter Schlag lässt seine Nase platzen. Blut sickert durch den Stoff des Kissenbezugs, es bildet sich sofort ein Rorschach-Muster. Ich sehe darin zwei kopulierende Tauben. Oder eine alte Dame, die Pommes isst.

Hugo verschluckt sich an seinem Blut und hustet und keucht.

«Für den Fall, dass du daran noch gezweifelt hast», sagt Louis, «das hier definiert die Parameter unserer Beziehung. Also sei einfach ein braver Junge und pass ein bisschen auf dein Aussehen auf.»

Hugo will reagieren, überlegt es sich dann anders – aber irgendetwas an seiner Körpersprache macht mir Sorgen. Er wirkt irgendwie nicht eingeschüchtert. Überhaupt nicht. Eher so, als schinde er Zeit.

«Schon besser», sagt Louis und holt eine Tasche aus dem VW-Bus. Wenn er Hugos Trotz bemerkt hat, dann lässt er es sich nicht anmerken. «Ich werde dir jetzt sagen, wo du langgehen musst, und du wirst mir gehorchen. Pass auf deine Füße auf. Der Boden ist uneben.»

Wir überqueren den Parkplatz und gehen den Pfad durch die Bäume hindurch hinauf. Hugo dreht sich ein, zwei Mal um und spuckt Blut unter seinem Kissenbezug hervor. Ich schaffe es gerade noch rechtzeitig, zur Seite zu treten.

Sonderbarerweise berührt mich die Gewalt kaum, die ich gerade gesehen habe.

Es war nichts gegen das, was ich gestern Nacht beim *Ferryman* erlebt habe. Wenn ich mich daran erinnere, wie Hugo Linda den Mund blutig geschlagen hat, um ihr dann die Schuld dafür zu geben, wallt das Adrenalin in mir auf. Ich will, dass er einmal in seinem Leben spürt, wie es ist, das Opfer zu sein.

Ich will ihm eine solche Angst einjagen, dass er Linda nie mehr auch nur nahe kommt.

«Das ist auf ihrem Mist gewachsen, oder?», sagt er, als wir weiter nach oben gehen. «Kurzsichtige Schlampe. Ich freue mich ja so darauf, die Sache mit ihr auszudiskutieren. Was für ein Spaß das wird.»

Louis stößt ihn in den Rücken. Die Bäume liegen hinter uns, der Mond beleuchtet unseren Weg. Wir gehen an der Aussichtsplattform vorbei, wo ich Louis mit Edward mit den Grabbelhänden bekannt gemacht habe, und steigen jetzt in Richtung Süden weiter hinauf. Fünf Minuten später atmen Hugo und ich schwer.

«Pincher's Mount», sagt er. «Da sind wir, oder? Wir sind auf dem Pincher's. Vielleicht auch auf dem Old Cobb.» Er stolpert über einen Stein, fängt sich aber wieder. «Dieser Plan wird nicht funktionieren.»

In mir kommen Zweifel auf, als ich das höre. Denn was, wenn er recht hat? Was, wenn unser Eingreifen Lindas Situation nur noch schlimmer macht?

Hugo vor uns geht jetzt langsamer. Er keucht. Es ist sicher schwierig, gefesselt und mit einem Kissenbezug über dem Kopf einen Berg hinaufzugehen. Ich kämpfe ebenfalls. Nicht nur wegen meiner mangelnden Fitness, sondern auch wegen meiner Gleichgewichtsstörungen.

«Ich habe gerade begriffen», sagt Hugo, «dass ihr zwei Leute seid. Das höre ich an euren Schritten. Herrgott, wie verdammt *mutig* ihr doch seid.»

Meine Güte, wenn er doch nur den *Mund halten* würde. Über mir sehe ich schon den Gipfel – und den mondbeschienenen gotischen Turm, der in die Nacht aufragt.

Ohne Vorwarnung kippt der Boden nach oben. Meine Hände schlagen auf dem Untergrund auf, dann meine Brust. Der Atem entweicht aus meiner Lunge.

Louis hockt neben mir. Er wartet, bis ich mich erholt habe, dann hilft er mir auf die Füße. Ich klammere mich an ihn wie eine Klette. Meine Handflächen kribbeln. Scharfe Steinchen sind in meine Haut gedrungen und haben sie aufgeschürft.

«Geschieht dir recht, Arschgeige», sagt Hugo.

Uh, Linda. Was hast du bloß jemals an ihm gefunden?

«Sorry», murmele ich, an Louis gewandt. «Schlechtes Timing.»

Und irgendwie finden wir uns zwanzig Minuten später – einer normal gehend, eine humpelnd, einer blind und gefesselt – auf dem Gipfel des Pincher's Mount wieder. Louis führt mich zum Fuß der Sternentreppe, wo ich mich auf die Eingangsstufen setze, den Rücken an Stein gelehnt. Hugo steht ein paar Meter von uns entfernt und versucht, wieder zu Atem zu kommen.

Die Aussicht hier ist wunderschön. Ich hatte ganz vergessen, *wie* schön. Hinter der Dunkelheit, die Cranner's Ford umgibt, sehe ich die Lichter anderer Städte; kleine Häufchen Menschheit, der Beweis dafür, dass es ein größeres Ganzes gibt.

Ich denke an die Nacht, in der ich Raj dem Wiedergeborenen hier hinauf gefolgt bin: wie er durch den Dienstboteneingang in den Turm einbrach, wie er oben an der Brüstung stand und springen wollte. Ich habe Louis davon erzählt, an dem Abend, an dem wir das Graffiti von Rajs Mauer entfernten. Offensichtlich hat er sich daran erinnert. Er will Hugo wohl wirklich sehr schlimm erschrecken.

Ich bin nicht mehr ganz so euphorisch und fühle mich

auch nicht mehr unbesiegbar. Ich will nicht hier oben sein, mit dem Mann, den ich den Schatten nenne. Ich will wieder im VW-Bus sein, mit dem Kerlchen kuscheln und so tun, als wäre die Welt ein besserer Ort.

Das Problem ist nur, das ist sie nicht. Wenn ich eins in den letzten paar Wochen gelernt habe, dann, dass kleine freundliche Gesten viel weniger nützen als Angst. Louis' Strategie *funktioniert.*

Es ist eine harte Lektion. Derjenige zu sein, der sie durchsetzen muss, ist nicht angenehm, aber manchmal – so wie Louis in der Nacht sagte, als Hugo Lindas Fernseher wegtrug – muss man das Problem direkt angehen.

Er verschwindet hinter dem Turm. Ich stütze mich mit einer Hand am Gemäuer ab und rappele mich auf. Die Welt schwankt, dann stabilisiert sie sich wieder. Eine Minute später taucht Louis wieder auf. Aus seiner Tasche holt er ein aufgerolltes Seil. Ein Ende davon bindet er an Hugos Gürtel.

«Hast du es aufbekommen?», frage ich.

«Ja.»

«Ich komme mit dir rauf.»

«Mercy, du kannst doch nicht ...»

«Ich komme. Ich kann nicht von dir erwarten, dass du das allein tust. Ich will das auch nicht.»

Er wirft Hugo einen Blick zu. «Das wird aber nicht schön. Ich werde dem Typen eine Angst einjagen, die er sich überhaupt nicht vorstellen kann.»

«Ich weiß. Ich bin bereit.» Um das zu beweisen, lächele ich ihn an. «Das Leben besteht nun mal nicht nur aus Vogelhäuschen und Verandalampen.»

Louis leckt sich über die Lippen. Er beugt sich vor und küsst mich. Dann nickt er. «Okay, Night Eyes. Dann mal los.»

FÜNFUNDSECHZIG

Die Wendeltreppe schlängelt sich um einen leeren Raum in der Mitte, der so hoch ist, dass er das Licht meiner Taschenlampe schluckt.

Ich gehe voran. Louis folgt mir. Hugo, der mit dem Seil an Louis befestigt ist, kommt zuletzt. Nur ein dünnes Metallgeländer schützt uns vor dem immer tiefer werdenden Abgrund zu unserer Rechten.

Je höher wir klettern, desto schlechter geht es mir. Meine Schenkel brennen. Schweiß rinnt mir den Rücken hinunter. Unter mir höre ich Hugo fluchen und keuchen. Das Geräusch unserer Schritte hallt im Turm wider.

Ich weiß von Wikipedia, dass die Aussichtsplattform der Sternentreppe zweihundertsechsundfünfzig Stufen vom Boden entfernt ist. Ich muss einige Male stehen bleiben, zu Atem kommen und Mut sammeln.

Oben erwarte ich eigentlich eine Luke. Stattdessen ist dort eine Holztür, nicht verschlossen. Ich öffne sie und trete hinaus, absolut nicht vorbereitet auf das, was mich dort erwartet.

Die Aussichtsplattform ist kleiner als ein Boxring, das schützende Mäuerchen darum herum reicht gerade etwas übers Knie. Der Himmel ist *überall*, er rollt in alle Richtungen, unermesslich in seiner Weite. Ich sehe Sterne in einer solchen Zahl, dass ich sie nicht zählen kann, ich sehe Jupiter und Venus leuchten, außerdem den düster rötlichen Fleck des Mars. Im Osten schaut der Mond mit halb geschlossenem Auge zu. Ich sehe nichts vom Pincher's Mount unter uns. Es fühlt sich an, als schwebten wir im All.

Mein Atem verlässt mich, wirbelt in die Nacht. Der Schweiß auf meinem Rücken ist kalt. Ich beiße die Zähne zusammen, balle die Fäuste. Schwankt der Turm unter meinen Füßen? Oder verliere ich wieder das Gleichgewicht? Ich will neben der Tür hocken bleiben, aber da ist kein Platz, weil ich die anderen beiden vorbeigehen lassen muss.

Louis taucht auf, dann Hugo. Sofort fühlt sich die Plattform viel zu klein an – als könnte der winzigste Fehltritt uns alle über das Mäuerchen befördern.

«Tja», sagt Hugo. «Offenbar sind wir jetzt oben. Pincher's Sternentreppe. Wie ist denn der Ausblick so?»

Ich schaue ihn finster an, auch wenn er es nicht sehen kann. Seine Angstfreiheit macht mich wütend und verblüfft mich sehr. Dann begreife ich: Ein Mann, dessen Karriere auf Windturbinen aufbaut, hat vielleicht keine große Angst vor Höhen.

Louis führt Hugo zum Rand und zieht sich dann zurück. «Hier, nimmt das mal», sagt er und reicht mir das Seil. Dann sieht er mich genau an. «Alles in Ordnung mit dir?»

Ich nicke.

«Sicher?»

Ich schlucke. Nicke erneut.

«Willst du es immer noch mit durchziehen?»

Das dritte Nicken. Denn jetzt haben wir keine Wahl mehr. Wir sind hier, und es ist zu spät, um jetzt noch einen Rückzieher zu machen. Hugo ist nicht dumm. Nach dem, was Louis zu ihm gesagt hat, nachdem er ihn geschlagen hatte, weiß er schon, worum es hier geht. Es stimmt nicht, dass Linda ihre Finger mit im Spiel hat, aber davon werden wir ihn wohl niemals überzeugen können.

Erst jetzt begreife ich, wie groß unser Dilemma ist. Indem wir uns in Lindas Problem eingemischt haben, haben wir die Verantwortung für ihre Sicherheit übernommen. Wenn Hugo sich weiter widersetzt, bleibt uns nichts anderes übrig, als zu eskalieren. Bisher – obwohl wir ihn gefesselt, ihm die Augen verbunden, ihn geschlagen und auf die Sternentreppe auf dem Pincher's Mount gezerrt haben – ist er noch keinen Zentimeter zurückgewichen.

Was, wenn wir ihn nicht brechen können? Angst ist vielleicht effektiver als Freundlichkeit, aber nicht, wenn Hugo einfach keine Angst hat. Wie sollen wir dann eskalieren?

Der Mond hüpft wie auf einer aufgewühlten See. Die Nacht drängt sich um mich. «Ich habe das Gefühl, verrückt zu werden», murmele ich. «Bewegt sich das Ding hier?»

Louis küsst mich auf die Wange und schüttelt den Kopf. «Du machst das toll. Bleib einfach hier, an der Tür. Versuche, dich hier zu verankern. Okay?»

«Machst du Witze, eine verfickte *Frau?*», schreit Hugo. «Herrgott noch mal, ist das hier irgend so ein völlig durchgeknalltes *Date?*»

Mein Gehör gibt auf: Stille in meinem linken Ohr, ein hohes Piepen in meinem rechten. Louis wendet sich von mir ab und geht zu Hugo. Ich sehe, dass sich seine Lippen bewegen, kann aber nicht hören, was er sagt. Er packt Hugo, als wollte er ihn umarmen, und hebt ihn auf das Mäuerchen. Dann steigt er ebenfalls hinauf.

Mein Magen zieht sich zusammen. Der Schwindel droht mich zu verschlingen. Ich konzentriere mich auf Louis und Hugo, die nebeneinanderstehen, die Nacht hinter ihnen. Einer von ihnen hat das Seil um die Mitte geschlungen, das ich halte, der andere nicht. Ich spüre den Abgrund, obwohl ich ihn nicht sehen kann: fünfzig Meter leeren Raums.

Louis redet weiter. Ich schaue wie durch ein Vakuum zu. Kein Geräusch, nur das schrille Piepen in meinem Kopf. Ich drücke den Rücken gegen die Mauer und lasse mich daran hinuntergleiten.

Als Louis zu reden aufhört, hält Hugo ihm die Handfläche hin. Es sieht aus wie eine bittende Geste, aber jetzt sehe ich die Absicht, die dahintersteht. Louis nimmt einen Stein aus seiner Tasche und legt ihn in Hugos Hand. Hugo hält ihn einen Augenblick lang fest, dann öffnet er seine Finger und lässt ihn fallen.

Die beiden stehen reglos da und lauschen. Ich höre nicht, wie der Stein auf dem Boden des Gipfels weit unter uns aufkommt, aber ich sehe an ihren Reaktionen, wann es so weit ist – ungefähr drei Sekunden nach dem Fallenlassen.

Hugo neigt den Kopf, Louis redet. Er versucht, Zusammenhänge zu schaffen. Der gefallene Stein sagt ihm, was vor ihm liegt. Jetzt konzentriert er sich auf Louis' Stimme und überlegt, was er tun kann.

Ich schlage gegen mein rechtes Ohr, damit ich wieder besser hören kann. All meine Nachtmenschen-Instinkte schreien laut, aber ich kann nicht hören, was sie mir sagen wollen. Ich weiß, dass dies ein wichtiger Moment ist – dass wir einen Kipppunkt erreicht haben, von dem aus alles in unterschiedliche Richtungen verlaufen kann.

Letztlich weiß ich nicht, wer die Entscheidung trifft. Es passiert alles viel zu schnell. Ich sehe, wie Louis die Hand auf Hugos Schulter legt. Ich sehe, wie Hugo sich heftig zu ihm umdreht. Da ist Bewegung, ein Zusammenprall, ein schockierendes und selbstmörderisches Auseinanderweichen. Die Welt verwischt wie nasse Farbe auf Leinwand. Im einen Augenblick stehen zwei Männer auf der Aussichtsplattform. Im nächsten keiner.

SECHSUNDSECHZIG

Am Sonntagabend ruft Simon aus Italien an, um zu sagen, dass sein Flug ausgefallen ist. Er entschuldigt sich und verspricht, Montagnacht da zu sein.

Nadia nimmt die Nachricht mit einem Gleichmut auf, den sie nicht fühlt, und versichert, dass alles in Ordnung ist, obwohl sie es nicht so meint. Es ist schlimm genug, dass sie die letzten drei Nächte allein verbringen musste. Dass sich ihre Isolation jetzt verlängert, gerade in dem Augenblick, in dem sie dachte, dass sie ein Ende nehmen würde, bekümmert sie mehr, als sie zugeben will.

Als Ollie im Bett ist, überprüft Nadia die Sicherheitsanlage und stellt sicher, dass alle Kameras aufnehmen und die Alarmanlage aktiviert ist. Dann zieht sie in den Kinoraum um. Die bodentiefen Fenster hier sind die einzigen im Haus, die aus Smartglas bestehen. Man muss nur einen Schalter drücken, dann bilden ihre flüssigen Kristalle eine undurchdringliche Barriere.

Das Sicherheitsglas lindert Nadias Paranoia nicht, sondern verstärkt sie nur noch. Obwohl sie die Aufnahmen der Außenkameras mit dem Smartphone steuern und sehen kann, fühlt sie sich immer noch blind. Endlich schaltet sie das Glas wieder ab und bleibt in der Dunkelheit sitzen, um hinaus in die Nacht zu schauen. Dann ruft sie Konstantin an.

Kaum eine Stunde später ist er da. Nadia deaktiviert den Alarm und führt ihn in die Küche, die grell erleuchtet ist. Sie hat keine Ahnung, ob Keira Greenaway sie beobachtet, aber wenn sie es tut, dann will Nadia, dass sie dieses hier sieht – denn egal, wer Keiras Verbündeter wirklich ist, er ist ein *verdammter Stichling* im Vergleich zu Konstantin Tapia, ein arrogantes und nutzloses Kind.

Sie bietet Konstantin etwas zu trinken an, er bittet um schwarzen Kaffee. Sie macht zwei Espresso und trägt sie hinaus zum Tisch auf der Veranda neben dem Pool.

Es ist ein klarer Abend. Der Mond und alle anderen Planeten sind gut zu sehen. Der Pincher's Mount, der über Arcadia Heights aufragt, ist eine schwarze Masse, die sich vom indigofarbenen Himmel abhebt. Auf seinem Gipfel zeigt der Finger der Sternentreppe gen Himmel.

Nadias Erleichterung darüber, dass Konstantin da ist, hält nicht lange an. Heute wirkt er anders, rastlos. Sie trinkt ihren Kaffee und erwischt ihn mehrere Male dabei, wie sein Blick über ihre Haut gleitet. Es war dumm von ihr, sich nicht umgezogen zu haben. Egal wie sie sitzt, ihr Wickelrock klafft an den Knien auf.

Konstantin stellt eine Papiertüte auf den Tisch. Daraus holt er eine verschrumpelte schwarze Frucht und zerkaut sie.

«Wie ist denn dein Hotel?», fragt sie.

«Mehr als angemessen. Danke, dass du das arrangiert hast.»

Als sein Blick zu den Schatten hinter dem Pool gleitet, kribbelt Nadias Haut. Er muss ihr Unbehagen spüren, denn er wendet sich jetzt wieder ihr zu und sagt: «Es ist, als wärst du Keira Greenaways Gegenstück geworden.»

«Was meinst du damit?»

«Du hast genauso viel Angst vor der Dunkelheit wie sie vor dem Licht. Das ist traurig.»

«Ich habe keine Angst», lügt Nadia. Sie zeigt auf die neuen Sicherheitskameras und rattert ihre Vorteile herunter. Je länger sie redet, desto sicherer fühlt sie sich.

«Ein paar Kameras», sagt Konstantin, «damit du berühmt wirst, wenn du tot bist. Ist die Anlage an? In diesem Augenblick?»

«Nein. Du bist ja da.»

«Wo ist der Junge?»

«Oben. Er schläft.»

«Wenn jemand durch die Haustür kommt ...»

«Dann würden wir ihn hören.»

«Würden wir das?»

Nadia schluckt. «Die Sicherheitsfirma überwacht das Alarmsystem. Wenn es ausgelöst wird, ruft sie die Polizei an.»

«Und wie lange warten sie, bis sie sicher sind, dass es kein falscher Alarm ist?»

«Weniger als eine Minute.»

«Haben sie dir auch gesagt, wie lange es hier durchschnittlich dauert, bis auf einen Einbruchsnotruf reagiert wird? Reagiert die Polizei überhaupt?»

«Die Sicherheitsfirma schickt auch eigene Leute.»

«Und von wo, Nadia? Wer genau taucht dann auf? Wie alt sind diese Leute? Wie dick? Sind sie mit mehr bewaffnet als nur mit einer Taschenlampe und einem Käsesandwich? Das hast du sicher auch alles gefragt?»

Nein, das hat sie nicht.

Konstantin schüttelt den Kopf. Er zerknüllt seine Papiertüte, steckt sie in die Hosentasche und steht auf.

Nadia erstarrt. «Wo gehst du hin?»

«Es ist schon spät.»

«Bitte», sagt sie und hasst es, dass ihre Stimme so verzweifelt klingt. «Du hast recht. Wir sind nicht sicher. Simon kommt morgen wieder, aber heute Nacht sind nur Ollie und ich hier. Lass uns nicht allein.»

Konstantin atmet schwer. Sein Blick fällt auf ihren aufklaffenden Rock und die nackten Beine, dann wieder auf ihr Gesicht. Nadia wird es ganz flau im Magen, aber sie weicht seinem Blick nicht aus.

Als er eine Zigarre herausholt, nicht die Zigarette, die sie erwartet hatte, biegt sich ihre Wirbelsäule durch.

SIEBENUNDSECHZIG

Wie lange der Augenblick dauert – zwischen Louis' und Hugos Fall von der Mauer und meiner Reaktion darauf –, kann ich nicht sagen. Es fühlt sich an wie hundert Jahre, wie tausend Jahre. In Wirklichkeit ist es vermutlich nur der Bruchteil einer Sekunde.

Die Welt setzt sich wieder in Bewegung. In meinen Ohren braust es vom Druckausgleich. Ich höre den Beginn eines Schreis. Ich spüre einen plötzlichen, brennenden Schmerz. Meine Neuronen feuern, versuchen Bedeutung aus dem Chaos zu filtern. Ich merke, dass das Seil durch meine Hände rast und meine Handflächen aufreißt. Wieder vergehen hundert Jahre, vielleicht auch nur eine weitere Mikrosekunde. Ich habe keine Zeit zum Nachdenken. Nur meinen Instinkt.

Meine Unterarme schwellen an. Meine Fäuste packen zu. Einen Augenblick später werden meine Arme aus den Gelenken gerissen – so fühlt es sich zumindest an. Ich rutsche über den Steinboden, meine Ellenbogen stoßen dagegen, die Knie knacken, mein Hirn ist leer, nur das Seil und mein Griff sind noch darin, denn die Alternativen sind einfach viel zu monströs.

Als ich gegen die Steinmauer krache, die die Aussichtsplattform umgibt, geht es nicht mehr weiter. Und doch herrscht auch hier Verwirrung. Denn statt gegen harten

Stein stoße ich gegen etwas Nachgiebiges: einen menschlichen Torso mit Gliedern daran. Mein Blickfeld klärt sich, und ich sehe ein Gesicht, nur Zentimeter von meinem entfernt: *Louis'* Gesicht, so unmöglich das auch ist.

Ich würge, ringe nach Atem. Ich hätte ihn beinahe verloren, und irgendwie ist das dann doch nicht passiert. Zwei Männer sind von der Plattform gefallen – einer zu jeder Seite.

Der Schmerz an meinen Handflächen ist furchtbar, das Seil ist ein glühend heißer Draht in meinem Fleisch. Meine Fäuste zittern, meine Unterarme und meine Schultern ebenso. Die Sehnen an meinem Hals treten vor Anstrengung hervor.

«Ich hab ihn!», schreie ich. «Pass auf, dass ich ihn nicht verliere!»

Louis' Blick fällt auf meine Hände. Sein Blick wird ganz hart. Als er mich wieder ansieht, ist sein Gesichtsausdruck ein anderer, als wünschte er, ich würde Hugo fallen lassen, aber das, was folgt, ist noch schlimmer, denn er schüttelt den Kopf und sagt: «Du hast ihn nicht, Mercy. Er ist tot.»

Als ich nach unten schaue, sehe ich, dass er recht hat: Meine Fäuste sind fest geballt, aber da ist kein Seil in ihnen.

Ich stöhne. Das kann nicht sein.

Meine Finger strecken sich. Ich starre meine verletzten Handflächen an und kann das Ausmaß dessen, was da gerade passiert ist, einfach nicht fassen. Ich schaue hoch zum oberen Teil der Plattform über uns.

Er war genau hier.

Genau hier.

«Ich muss mich übergeben.»

«Nein.» Louis hievt mich hoch und führt mich zurück zur Tür. «Musst du nicht. Nicht hier. Das geht nicht, Mercy.»

Die Erkenntnis, warum das nicht sein kann, durchzuckt mich wie ein elektrischer Schlag. Ich starre ihn an und nicke dann. In diesem Moment ist der Selbsterhalt die letzte auf der Liste meiner Prioritäten, aber ich habe kein Recht, Louis in Gefahr zu bringen. Ich lecke mir über die Lippen und schaffe es, ein wenig Speichel zusammenzubringen. Dann sage ich: «Ich kann nicht an den Rand. Kannst du es? Kannst du mal nachschauen?»

Louis lässt mich los. Er dreht sich um und lehnt sich über die Steinmauer. Einen Augenblick lang ist er ganz still. Dann dreht er sich wieder zu mir um. «Er liegt da unten.»

Die Welt ist ein Tunnel. «Ich habe ihn umgebracht.»

«Nein.»

«Ich habe losgelassen.»

Louis' Schweigen ist die Bestätigung, die ich brauche: die schlimmste Art der Anklage. Plötzlich fällt mir wieder ein, was er gesagt hat, als er mir das Seil in die Hand gab: *Hier, nimm das mal. Versuche, dich hier zu verankern.*

Da habe ich noch gar nicht begriffen, was er meinte. Aber das ist nicht seine Schuld. Ich habe darauf bestanden, mit hier hinaufzukommen. Ich habe das Seil festgehalten. Ich habe es losgelassen. Die Schuld hat sich in meine Haut eingebrannt.

Ich weiß nicht, wie wir die zweihundertsechsundfünfzig Stufen des Turms hinuntergekommen sind. Vielleicht hat mich Louis getragen. Vielleicht bin ich gegangen. Draußen, ganz nah am Eingang, sehe ich den menschlichen Trümmerhaufen, der einst Hugo Jepp war. Ich zwinge mich hinzuschauen, um der Wahrheit dessen, was ich getan habe, ins Auge zu sehen.

Louis holt eine Taschenlampe und ein Messer aus seiner Tasche und geht dorthin. Als er zurückkommt, hat er das Seil in den Händen, den zerrissenen Kabelbinder, den Kissenbezug. Kein Rorschach-Fleck mehr – der gesamte Stoff ist blutgetränkt.

«Wir können ihn nicht hier liegen lassen.»

«Mitnehmen können wir ihn auch nicht», erwidert er. «Ich kann das hier wie Suizid aussehen lassen, glaube ich. Geh schon los. Ich hole dich ein.»

«Ich will nicht allein sein.»

«Mercy», sagt er und steckt mir die Schlüssel des VW-Busses in die Tasche. «Geh einfach los.» In seinem Tonfall liegt Geduld – sicher mehr Geduld, als ich verdiene –, aber auch ein Hauch Schärfe.

Und daher tue ich, was Louis sagt. Ich stolpere den Pincher's Mount hinunter in eine Welt, die sich erneut völlig verändert hat. Ich lasse einen toten Mann zurück, ein beendetes Leben. Das hatte nicht geschehen sollen. Es hatte ein Neuanfang sein sollen.

Später, ich weiß nicht, wie viel später, bin ich auf dem Gipfel des Old Cobb, auf der gegenüberliegenden Seite der Stadt. Im Radio singt Bob Dylan: «Don't Think Twice, It's All Right».

Das Kerlchen hat den Bauch voller warmer Milch und

hat sich auf dem Vordersitz zusammengerollt. Ich bin mit Louis hinten im Bus und strecke ihm meine Handflächen hin, die er wäscht und desinfiziert. Das Desinfektionsmittel ist eine kreischende Obszönität in meinem Fleisch, aber ich beschwere mich nicht, ich zucke nicht zurück. Im Ernst, ein bisschen Schmerz ist das Mindeste, was ich auf mich nehmen kann.

«Hör mir zu», sagt Louis und verbindet mir die Hände. «Du stehst unter Schock. Das ist ganz normal. Aber du musst eins verstehen: Du hast ihn nicht umgebracht. Hugo wusste, wo er war. Das, was er getan hat, war verrückt, aber es war seine Entscheidung, nicht deine. Er hat um sein und mein Leben gewürfelt. Es hätte ebenso ich sein können, der am Fuß dieses Turms liegt. Das Universum hat anders entschieden.

Ich fluche nicht oft, aber weißt du was, Mercy? *Scheiß* auf den Kerl. Lass mich dir nur eine Frage stellen: Wird Lindas Leben besser oder schlechter ohne ihn darin?»

Ich weiß, was Louis damit sagen will, aber ich bringe es nicht über mich zu antworten.

«Ist das, was gerade passiert ist, ein Verlust für die Welt oder ein Vorteil?», hakt er nach. «Ist es ein Verlust für all die Frauen, die Hugo vielleicht noch kennengelernt hätte? Oder ist dieser Kelch gerade noch an ihnen vorbeigegangen? *Ich* kenne die Antwort – und ganz tief in dir kennst du sie auch. Also scheiß auf diesen Typ. Sag es.»

Ich lache, eigentlich eher, weil ich so unter Schock stehe.

«Sag es, Mercy.»

«Ich kann nicht ...»

«*Sag* es.»

«Scheiß auf den Typen.»

Die Worte kommen mir vor wie eine Fremdsprache, ganz schmutzig in meinem Mund. Aber etwas verändert sich, als ich sie ausspreche.

Louis küsst mich. Ich bin so überrascht, dass ich ihn einfach zurückküsse. Plötzlich ist seine Nähe alles, was zählt. Seine Lippen auf meinen. Seine Berührungen, wie er sich anfühlt, seine Wärme.

Wir rumpeln im engen Innenraum des VW-Busses herum, ungeschickt und hungrig gleichermaßen. Ich kann meine Hände nicht benutzen, kann mich nicht ausziehen, aber ich kann mich dem Gefühl hingeben. Wir haben gerade dem Tod ins Auge gesehen, und das hier ist ein Bekenntnis zum Leben, eine Abfuhr an unsere Sterblichkeit.

Hinterher klettern wir auf die Vordersitze und bleiben dort eine Weile schweigend sitzen. Das Kerlchen kuschelt sich in meinen Schoß. Ich streichle mit dem Finger über seinen Rücken. «Wie lange wird es wohl dauern, bis ihn jemand findet, was glaubst du?»

«Bis irgendwann nach Sonnenaufgang, nehme ich an. Jemand, der mit seinem Hund Gassi geht oder hier entlangjoggt. Wir werden es schon früh genug erfahren.»

«Ich finde es schlimm, mir vorzustellen, dass er da oben ganz allein ist.»

«Dann tu es doch nicht.»

Meine Kopfhaut zieht sich zusammen. Ist es Absicht, dass er so kurz angebunden klingt? Ich starre auf meine verbundenen Hände und frage: «Wohin fahren wir jetzt?»

«Ganz ehrlich, Mercy? Ich glaube, das hängt von dir ab.»

Ich hatte recht. Seine Stimmung hat sich eindeutig geändert. Und zwar ziemlich schnell. «Was meinst du damit?»

Louis legt die Hände aufs Lenkrad und bewegt die Handgelenke, als wollte er sie lockern. «Weißt du eigentlich, wie viele Fragen du mir über mein Leben gestellt hast, seit wir uns kennengelernt haben? Absolut keine. Warum eigentlich, Mercy? Am Anfang dachte ich, dass es dich einfach nicht interessiert. Jetzt glaube ich langsam, es liegt daran, dass du nicht gern über die Vergangenheit redest – und wenn du mich danach fragst, dann folgen daraus ganz natürlich Fragen meinerseits zu deiner Vergangenheit.

Du hast mir gar nicht erzählt, warum du eigentlich hier in Cranner's Ford bist. Oder warum du solche Angst hast, entdeckt zu werden. Ich weiß nicht, wo du vorher warst, wo du aufgewachsen bist. So ungefähr das Einzige, was du mir erzählt hast, ist, dass du die letzten fünf Jahre ohne Tageslicht verbracht hast – was, um ehrlich zu sein, total verrückt ist.»

Ich spüre seinen Blick, aber ich sehe ihn nicht an.

«Ich habe dich nie gedrängt», sagt Louis. «Ich hatte gehofft, wenn ich dir Zeit gebe, öffnest du dich irgendwann. Aber das hast du nicht getan. Vor heute Abend konnte ich es mir leisten zu warten. Aber jetzt nicht mehr. Dieses Leben, das du lebst, ist nicht zukunftsfähig. Wirklich, es ist eigentlich überhaupt kein Leben. Dunkelheit ohne Licht – so kann man nicht leben. Ehrlichkeit ist der beste Weg – das sagst du immer. Es ist an der Zeit, ehrlich zu sein, Mercy. Mit mir.»

Schweigend lausche ich seinen Worten, meine Wangen werden ganz heiß. Ich kann seinem Blick nicht ausweichen. Ich kann mich auch nicht vor seinen Fragen verstecken – und doch kann ich sie nicht beantworten. Ich wusste, dass dieses Gespräch kommen würde. Ich hatte es nur nicht heute Nacht erwartet. Es ist zu viel. Das alles ist viel zu viel.

«Bring mich nach Hause», murmele ich. «Ich kann das nicht. Tut mir leid.»

Louis starrt mich weiter an. Dann schüttelt er den Kopf und startet den Motor.

Wir fahren schweigend den Old Cobb hinunter. Ich drehe mich zum Beifahrerfenster, um meine Verzweiflung zu verstecken. Meine Tränen sind nicht für mich, sondern für Hugo Jepp – und für alle anderen, die je wegen einer meiner Taten gelitten haben.

Als wir vor meiner Wohnung ankommen, lässt Louis den Motor laufen. Er macht keine Anstalten, mich zu küssen. Verständlich, wirklich. Was jetzt passiert, ist ganz allein meine Sache.

«Warte hier», sage ich zu ihm und steige aus. In der Wohnung trage ich das Kerlchen in die Küche. Dann gehe ich zu meinem Bücherregal im Wohnzimmer. Werde ich das wirklich tun?

Ja, das werde ich.

Aber wenn ich zu viel darüber nachdenke, verlässt mich der Mut, also nehme ich mit, was ich brauche, und gehe schnell wieder nach draußen. Als ich an Louis' Fahrerfenster klopfe, fährt er es herunter.

«Hier», sage ich und gebe ihm mein Album. «Das ist meine Geschichte. Tut mir leid, dass ich sie dir nicht früher erzählt habe. Ich glaube, ich wusste einfach nicht, wie. Aber du hast recht – es ist an der Zeit, ehrlich zu sein. Wenn du mich hinterher noch sehen willst, weißt du ja, wo du mich findest. Und wenn nicht ...»

Ich zucke mit den Achseln. Den Satz kann ich nicht beenden. Es ist vermutlich auch nicht nötig.

Louis nimmt das Album mit einer Feierlichkeit entgegen, die ich nicht erwartet hatte. Er legt es so vorsichtig neben sich, wie es ein Historiker mit einem uralten Pergament tun würde.

Mit gesenktem Kopf ziehe ich mich wieder in meine Wohnung zurück. Als ich vor meinem Fenster stehe, ist Louis' VW-Bus bereits verschwunden.

ACHTUNDSECHZIG

Als Erstes füttere ich das Kerlchen. Mit verbundenen Händen ist das nicht so leicht. Danach lese ich Nachrichten. Es gibt noch keine Meldung über Hugo, aber zu den Berichten über den *Deevis*-Hof gibt es im Lokalteil etwas über den gewaltsamen Übergriff vor dem *Ferryman*. Weiße-Knöchel-Wanda hat einen Schädelbruch erlitten, eine Orbitalfraktur, einen Nasenbeinbruch und drei gebrochene Rippen. Sie hat außerdem sechs Zähne verloren. Das einzig Gute daran ist, dass nirgends ein Hirntrauma erwähnt wird. Auf dem Foto zum Artikel, das von Wandas Facebook-Seite stammt und sie in einem Krankenhausbett zeigt, ist sie kaum zu erkennen.

Um neun Uhr morgens sehe ich etwas Neues – ein *Eilmeldung*-Banner auf der Website der *Cranner's Ford Gazette*, außerdem einen Einzeiler: *Leiche an Aussichtspunkt gefunden. Einzelheiten folgen.*

Ich schleppe mich zur Toilette und übergebe mich. Jetzt ist es real. Nicht, dass es das je nicht gewesen wäre – aber plötzlich ist es unausweichlich. Ich spüle mir den Mund aus und schlucke ein paar Schmerztabletten. Dann stolpere ich zurück zu meinem Laptop. Die nächste Stunde verbringe ich damit, die Seite immer wieder zu aktualisieren. Als sie sich endlich geändert hat, sehe ich ein Archivfoto vom Pincher's Mount. Ein weiteres Bild zeigt zwei Polizeiautos in

Rycroft Hollow, außerdem einen Polizeibeamten, der Verkehrshütchen verteilt. Die Geschichte ist aktualisiert, die Sternentreppe gilt jetzt als Tatort. Bisher werden weder Suizid noch Tod durch Fremdeinwirkung angenommen.

Um elf Uhr werden weitere Details veröffentlicht. Hugo taucht nicht namentlich auf, aber er wird als Einwohner von Cranner's Ford bezeichnet. Ein Polizeisprecher wird zitiert: «Bisher hat noch keine offizielle Identifizierung stattgefunden, die Ermittlungen gehen weiter.» Ich frage mich, wie lange die Presse wohl braucht, bis sie bei Liebeskummer-Linda ankommt. Und wie sie wohl darauf reagieren wird.

Am frühen Nachmittag nehme ich noch mehr Schmerzmittel. Dann krabbele ich ins Bett und schlafe. Ich träume von einem roten Baby – und von einem Haus am See, in dem es nach Tod riecht. Ich träume von Louis, der die Seiten eines Albums durchblättert, und seine Hände werden ganz nass vor Blut. Ich träume von einem Mann, der durch die endlose Nacht fällt. Seine Hände sind mit Kabelbindern gefesselt.

Drei Stunden später wache ich auf – mir ist schwindelig, ich bin nicht erholt, habe zu viel Angst, um mir die Nachrichten anzusehen. Es ist so stickig in meinem Schlafzimmer, dass ich kaum atmen kann, aber ich kann nicht aus der Wohnung. Das Tageslicht macht mich zur Gefangenen.

Stattdessen esse ich, übergebe mich erneut und bringe den Mut auf, erneut online zu gehen. Wie schnell kontaktiert die Polizei die Angehörigen? Wie schnell organisieren sie die Identifizierung und geben die Einzelheiten an die

Presse weiter? In diesem Fall lautet die Antwort: Es dauert länger als zwölf Stunden.

Ich frage mich, wie weit sie wohl schon sind. Ich frage mich, wie viele Menschen wegen meiner Taten trauern. Linda hat sich vielleicht von Hugo scheiden lassen, aber irgendjemand hat ihn sicher geliebt. Eine Mutter, ein Vater. Eine Schwester oder ein Bruder.

Die Sonne geht um halb neun Uhr unter. Ungefähr eine Stunde später ist es vollkommen dunkel. Immerhin ist es jetzt sicher genug, sodass ich noch ein wenig Luft schnappen kann. Auf meinem Arbeitstisch steht die Geranienpalette aus der Nacht, in der ich den Platten hatte. Ich packe sie in meine Gepäcktasche, zusammen mit meinen Werkzeugen, meinem Bärenspray und meiner Taschenlampe. Dann schlucke ich noch ein paar Schmerztabletten und verlasse die Wohnung.

Trotz der Schwüle ist es eine Erleichterung, draußen zu sein. Mein Jorvik mit verbundenen Händen zu lenken, ist nicht so einfach, aber ich schaffe es trotzdem. Ich fahre nach Westen, die Copper Beech Lane entlang zum Haus von Jacob Allein zu Haus.

Ich trage die Pflanzen eine Auffahrt hinauf zum hinteren Garten. Hier fällt das Land steil ab, und man kann über ein bewaldetes Tal schauen. Eine große Veranda auf Säulen ragt hinter dem Haus hinaus.

Ich knie mich vor einem Beet hin. Mit meiner Gartenschaufel beginne ich zu graben.

Nachdem Kalte-Hand-Carl hier eingebrochen war, vor acht Monaten, hatte die *Cranner's Ford Gazette* berichtet, was gestohlen wurde. In dem Artikel wurde auch Harriet beschrieben, Jacobs verstorbene Frau. Vor ihrem Tod war sie eine leidenschaftliche Gärtnerin gewesen. Die Blumen und Sträucher, die hier blühen, sind alle ihr Werk.

Seit dem Einbruch ist Jacobs Gesundheit schlechter geworden. Er schafft es kaum noch, das Haus in Ordnung zu halten, und kann es sich nicht leisten, jemanden für die Gartenarbeit einzustellen. Ich weiß, dass ihn das traurig macht – ich habe gehört, wie er mit Harriet darüber redet, in den Nächten, wenn er auf der Veranda erscheint. In den letzten sieben Monaten habe ich ihm heimlich geholfen.

Ich habe damit begonnen, die Schäden zu reparieren, die Carl bei seinem Besuch verursacht hat. Aber je öfter ich hierherkam, desto mehr wollte ich bewahren, was Harriet geschaffen hatte.

Jetzt nehme ich eine Geranienpflanze und hebe sie vorsichtig in das Erdloch. Es ist eigentlich viel zu spät im Jahr für die kleinen Dinger. Als ich begonnen habe, sie anzuzüchten, war ich noch ziemlich ahnungslos. Immerhin werden sie eine Weile ein bisschen Farbe in den Garten bringen. Ich brauche zwanzig Minuten, dann habe ich die Reihe gepflanzt.

Ich sammele mein Werkzeug zusammen, als irgendwo über mir eine Tür aufgerissen wird. Ich erstarre, aber das Mondlicht reicht nicht in diesen Teil des Gartens. Es ist unwahrscheinlich, dass man mich vom Haus aus sehen kann.

Die Terrasse knarrt. Jacob erscheint am Geländer. Lange hat uns unsere Einsamkeit verbunden, aber dann habe ich Louis gefunden – und Jacob ist immer noch allein.

«Ich habe mir gerade die alten Fotos angeschaut», sagt der alte Mann. «Ein paar von ihnen sind im Hinterzimmer ein bisschen feucht geworden. Verdammt unvorsichtig von mir. Viele von ihnen konnte ich retten, aber die, die wir in Venedig gemacht haben, sind nicht mehr zu gebrauchen. Erinnerst du dich an die Reise? Erinnerst du dich, wie du das hier gekauft hast?»

Jacob wühlt in seiner Tasche. Er hält etwas hoch zu den Sternen. «Dein Muranoglas-Frosch. Gott, was habe ich das Ding gehasst. Jetzt schleppe ich ihn immer mit mir herum.»

Sein Lachen ist ein halbes Schluchzen. Er steckt den Frosch zurück in seine Tasche. «Ich lebe immer noch, Harriet. Gott allein weiß, warum. Ich will das gar nicht.»

In meiner Kehle wird es eng. Seine Verzweiflung ist schwer zu ertragen. In Gedanken verabschiede ich mich von ihm und schleiche den Hang hinauf zur Einfahrt. Ich weiß nicht, ob ich ihn je wiedersehen werde.

Das *Tall Pines* ist mein nächster Halt. Bei der Ankunft sehe ich eine Nachtpflegerin an der Rezeption. Ich warte zwanzig Minuten, bis sie sich eine Zigarettenpause genehmigt.

Jetzt ist meine Gelegenheit. Ich renne aus meiner Deckung und über die Auffahrt. Die Glastüren des Gebäudes gleiten auf, als ich näher komme. Drinnen riecht es nach Bodenreinigungsmittel mit Zitrusduft.

Ich folge meinem Instinkt. Ich gehe einen Korridor entlang, komme zu einer Tür, drücke die Klinke hinunter und merke, dass sie unverschlossen ist. Ich trete in die Dunkelheit und warte, bis sich meine Augen daran gewöhnt haben. Louis hatte recht. Die Sicherheit hier ist ein Witz.

Da steht das Bett. Darin liegt William. Es ist seltsam, ihn so von Nahem zu sehen. An der Wand gegenüber hängen seine gerahmten Orden.

Dieser Mann.

Ohne ihn gäbe es den Mann nicht, den meine Schwester geheiratet hat. Ich hätte Simon nicht in jenem Weinkeller geküsst. Nichts von dem, was dann folgte, wäre passiert.

Ich schalte die Lampe neben dem Bett ein. Aus der Nähe sehe ich jede Linie in Williams Gesicht, jede Pore. Ich sehe die Härchen in seiner Nase, die Leberflecken auf seinem kahlen Kopf. Ich sehe seine angeschwollenen Fingerknöchel, seine vergilbten Nägel.

Natürlich kann ich William nicht die Schuld für alles geben. Er hatte bei alldem seine Finger nicht im Spiel. Eigentlich ist er auch ein Opfer, wie er da liegt, ohne je Besuch von seiner Familie zu bekommen.

Ich bleibe noch eine Weile an seinem Bett stehen. Dann lege ich eine Feder, die ich von meinen Engelsflügeln gezupft habe, auf seinen Nachttisch. Ich will seine Hand berühren, aber das wäre eine Grenzüberschreitung. «Auf Wiedersehen, Sidney», sage ich. Es ist wichtig, dass man bei einem Abschied den echten Namen verwendet.

Ich schalte die Lampe wieder aus und schleiche zum Haupteingang zurück. Draußen steige ich auf mein Jorvik und fahre nach Hause. Zurück in meiner Wohnung, lege ich mich aufs Bett und schließe die Augen.

Ich wache auf, weil das Handy vibriert – außerdem klopft

jemand gegen mein Fenster. Völlig benommen vom Schlaf braucht mein Hirn einen Moment, um die Lage zu begreifen. Dann setze ich mich so schnell auf, dass ich nach vorn kippe und vom Bett zu Boden falle.

Wieder dieses Klopfen, fest und hartnäckig. Ich schaue auf die Uhr: 3.36 Uhr. Ich denke an die Haut unter Weiße-Knöchel-Wandas Fingernägeln, an meine Fingerabdrücke auf den Hundefuttersäcken auf dem *Deevis*-Hof und an die Spuren, die ich vermutlich auf der Sternentreppe hinterlassen habe.

Werde ich jetzt verhaftet? Ich rappele mich auf und lupfe eine Ecke meiner Verdunkelungsrollos. Durch eine Ritze der Verdunkelungsplatten sehe ich keine Polizeiwagen auf der Straße.

Mein Handy vibriert weiter. Ich schaue aufs Display und sehe, dass es Louis ist. Ich nehme den Anruf an und flüstere: «Da ist jemand draußen.»

«Das bin ich», erwidert er. «Lass mich rein.»

Meine Erleichterung währt nur kurz. Denn jetzt muss ich ihm entgegentreten. Ich ziehe ein Unterhemd und die Latzshorts an. Im Badezimmer putze ich mir die Zähne. Als Louis reinkommt, kann ich seinen Gesichtsausdruck nicht deuten. Er fragt nicht, wie es mir geht. Er hat das Album mitgebracht und legt es auf meinen Arbeitstisch.

Ich umarme mich selbst und warte auf sein Urteil.

«Ich weiß nicht, was ich sagen soll», sagt er. «Wollen wir ein bisschen herumfahren?»

«Wohin denn?»

«Nirgends hin. Überall hin. Nur eine kleine Spritztour.»

Das ist ja wohl das Mindeste, was ich ihm bieten kann.

Wir fahren durch Straßen, die so still sind, dass man das Gefühl hat, eine Zombie-Apokalypse hätte Cranner's Ford leer gefegt, während ich schlief. In der Dunkelheit blinken die Ampeln Geheimcodes von einer Kreuzung zur anderen. Bald haben wir Old Town hinter uns gelassen und knattern den Old Cobb hinauf.

Ich kann Louis nicht ansehen. Ich starre so angestrengt durch die Windschutzscheibe, dass ich eine Weile lang zu blinzeln vergesse. Meine Tränen lassen es so aussehen, als weinte ich, aber in Wirklichkeit fühle ich mich wie betäubt.

Wir parken auf dem Gipfel und steigen aus.

«Lass uns zu Fuß gehen», sagt Louis.

«Wohin?»

«Nur ein bisschen den Hang hinunter. Wo man uns nicht sehen kann.»

Ich nicke und trotte hinter ihm her. Es ist dunkel, ich stolpere, aber wir gehen nicht weit.

«Hier ist es gut.»

Hier auf dem östlichen Hang steht das sonnengedörrte Gras hoch und ist voller Samen. Es kitzelt an meinen bloßen Beinen, als ich mich setze. Ich schaue mich um und frage mich, was so besonders an diesem Platz sein soll. Unter mir sehe ich die Lichter von Cranner's Ford. Über uns verdeckt ein Vorsprung den Gipfel.

Louis kniet sich neben mich hin und lässt seinen Rucksack fallen. «Was zu trinken?», fragt er und holt eine Evian-Flasche heraus. Als ich ablehne, dreht er den Deckel auf und nimmt einen langen Schluck. Ich beiße die Zähne zusammen und warte auf das Urteil.

«Was ich in diesem Album gelesen habe», sagt er. «Schockierendes Zeug.»

«Ja.»

«Schwer verdaulich, wirklich. Das würden nicht viele Menschen verstehen. Aber weißt du was, Mercy – ich glaube, ich schon.»

Als ich merke, dass ich vor und zurück schaukele, zwinge ich mich, damit aufzuhören.

«Du hättest vermutlich nicht nach Cranner's Ford kommen dürfen. Nach dem, was in Italien passiert ist … und später, als du den Jungen mitgenommen hast …» Er saugt den Atem ein. «Besuchst du sie?»

Ich öffne den Mund und schließe ihn wieder.

«Schon okay», sagt Louis. «Das musst du nicht beantworten. Natürlich besuchst du sie. All die anderen, die du beobachtest – die sind nur Kosmetik. Der Hauptgrund war immer Ollie Rafferty.»

Ich mag es nicht, wenn man William den Navigator oder Raj den Wiedergeborenen als Kosmetik bezeichnet. Auch nicht Liebeskummer-Linda oder Jacob Allein zu Haus oder Laurie. Auch nicht den Verlorenen Travis, Brüll-Mary oder Tina Ohne Stolz. Es sind echte Menschen, deren Leben ich besser zu machen versucht habe.

«War da was zwischen dir und Simon?», fragt Louis.

Mein Magen zieht sich zusammen. «Kurz. Ganz kurz nur.»

Er nickt. «Du bist hergekommen, um ihn umzubringen.»

Ich weiche vor ihm zurück. «Nein, ich habe nie ...»

«Du bist hergekommen, um ihn umzubringen, Mercy, und Ollie irgendwohin weit weg zu bringen. Du wusstest nur nie, wie.»

Ich schüttele den Kopf. Ich weiß, dass das, was er da sagt, nicht wahr ist – ich *weiß* es, aber ich bin zu emotional, um ein Wort herauszubringen.

«Das muss ein Ende haben, Mercy. Verstehst du? Ich glaube, dass ich dich liebe, aber ich kann nicht länger hierbleiben und du auch nicht. Wir müssen weiterziehen.»

Mein Hirn ist so durcheinander, dass ich seine Worte kaum begreife. Die Vorstellung, in Cranner's Ford ohne Louis zu wohnen – in meine einsame Existenz zurückzukehren –, ist zu qualvoll, als dass ich sie ertragen könnte. Aber da ist etwas, was noch viel wichtiger ist: «Ich kann nicht gehen.»

«Das weiß ich. Ich weiß, dass du das *glaubst*. Aber du hast keine Wahl.»

«Ich kann nicht gehen.»

Louis trinkt noch einen Schluck. «Ich habe dich vor einer Weile mal gefragt, ob du eine Zauberpille nehmen würdest, um deine Phobie zu heilen, wenn es sie gäbe, und du hast gesagt, du würdest mir die Finger abbeißen. Erinnerst du dich?»

«Ja.»

«Vertraust du mir?»

«Ja.»

«Hundertprozentig?»

«Eintausendprozentig.»

«Denn diese Zauberpille ist schwer zu schlucken. Eine Weile lang wirst du denjenigen hassen, der sie dir verabreicht.»

«Dich könnte ich nie hassen.»

«Ich glaube schon.»

«Gib mir die Pille.»

«Sicher?»

«Eine-Million-prozentig.»

«Es ist keine Pille, Mercy. Die Pille ist nur eine Metapher.»

«Mir egal. Mir egal, was es ist. Wenn es funktioniert, will ich es. Ich will nicht länger gefangen sein.»

«Ich habe dir gesagt, dass ich dich vielleicht liebe. Hat dir das etwas bedeutet?»

«Ja.»

«Du hast es aber nicht erwidert.»

«Ich weiß.» Ich schlucke. «Louis, ich ... ich weiß nicht, ob ich überhaupt in der Lage bin zu lieben. Nicht mehr. Ich weiß, das klingt monströs, aber ich will nicht lügen. Ich bin zu anderen Dingen in der Lage. Ich bin zu *dem hier* in der Lage, was auch immer es ist, das wir haben. Mehr kann ich dir nicht versprechen. Bitte, gib mir die Pille. *Heile* mich.»

«Okay», sagt er. Und bevor ich begreife, was passiert, hat sich die Welt auf den Kopf gestellt, und Louis sitzt rittlings auf meiner Brust, einen Hammer in der einen Hand und einen Metallstab in der anderen.

NEUNUNDSECHZIG

Montagabend, vier Tage nachdem er nach Italien geflogen ist, kommt Simon Rafferty wieder zu Hause an. Nadia, die den Bildschirm der Sicherheitsanlage die ganze Zeit im Blick hat, sieht, wie die Tore des Grundstücks aufschwingen und das Auto ihres Mannes hereinlassen. Sofort spürt sie, wie ihre Angst nachlässt.

Aber als er ins Haus kommt, achtet er kaum auf sie, geht in sein Büro und schließt die Tür hinter sich. Unbeirrt folgt ihm Nadia. Er beugt sich über seinen Schreibtisch und stöpselt seinen Laptop ein.

«Später», sagt er, ohne aufzuschauen. «Sorry, aber ich habe eine Million Probleme, und jedes davon ist superdringend – und außerdem ist Hugo verschwunden.»

«Das kann aber nicht warten.»

«*Nadia*», fährt er sie an.

Sie hat absolut keine Lust zu streiten. Stattdessen legt sie eines der Fotos auf den Schreibtisch, die sie von Konstantin bekommen hat: Keira Greenaway auf den Eingangsstufen des Reihenhauses.

So langsam, als wiche die Luft aus ihm, lässt sich Simon auf seinen Stuhl sinken. Lange sagt er gar nichts. Dann nimmt er das Foto vorsichtig in die Hand. «Wo hast du das her?»

«Von einem Freund.»

«Wann ist es aufgenommen worden?»

«Letzte Woche. Willst du wissen, wo?»

«Bitte sag nicht, Cranner's Ford.»

«Sie *wohnt* hier, Simon. Nicht nur das, sie besucht auch unser *Haus.*»

Nadia legt Ollies zerkratztes und zerbeultes Tamagotchi auf den Schreibtisch, dazu das Little-Professor-Spielzeug und eine alte elektronische Major-Morgan-Spielzeugorgel, die sie heute Morgen gefunden hat. «Ich habe das hier in seinem Zimmer entdeckt. Er sagt, eine Fee habe ihm das geschenkt; dass sie gesagt habe, er müsse das geheim halten. Und es wird übrigens noch schlimmer. Keira hat jetzt offenbar einen Helfer.»

Simon blinzelt, langsam und begriffsstutzig. «Einen Helfer?»

«Vor zwei Wochen hat mich in der Apotheke aus heiterem Himmel ein Mann angesprochen.» Zu den Spielsachen legt sie noch eins von Konstantins Fotos. «Hier ist er, wie er Keiras Wohnung verlässt. Und erzähl mir bloß nicht, das wäre ein Zufall.»

Simon streckt die Hand nach dem Foto aus und zieht sie dann wieder zurück. Unsicher steht er auf. Er tritt ans Fenster und schaut hinaus. «Was wollte er denn?»

«Er *wollte* gar nichts. Außer vielleicht mich irgendwie überprüfen.»

«Worüber habt ihr geredet?»

Nadia öffnet den Mund, um zu antworten, hält dann aber inne.

«Nadia?»

«Nur Small Talk.»

Simon dreht sich wieder um und schaut sich die beiden Fotos an. Dann nimmt er ihre Hände und küsst sie auf die Stirn. «Es tut mir leid», sagt er. «Ich hätte hier sein sollen. Du musstest das alles allein durchmachen.»

Sie schließt die Augen, nur ganz kurz. Seine Berührung lässt ihre rechte Achsel schmerzen, wo Konstantin gestern Nacht seine Zigarre ausgedrückt hat. «Jetzt bist du ja da.»

«Hast du die Polizei gerufen?»

«Wir haben immer gesagt, dass wir uns nicht auf die Polizei verlassen, wenn das noch einmal passieren sollte. Dass wir das Problem selbst lösen.»

«Dieser Freund. Von dem du die Fotos hast ...»

«Er heißt Konstantin. Ich kenne ihn schon sehr lange. Er kann uns helfen, wenn wir das wollen.»

«Kann er ...»

Das Summen der Gegensprechanlage unterbricht ihn. Nadia runzelt die Stirn, wirft einen Blick auf ihre Uhr und fragt sich, wer so spät noch vorbeikommt.

«Hugo», sagt Simon. Aber als sie aus dem Büro treten und auf das Display der Anlage schauen, sehen sie nicht den Geschäftsführer von *Sheergen*.

«Was zum Teufel macht *die* denn hier?», murmelt Nadia.

Simon schüttelt den Kopf und aktiviert das Tor. Eine Minute später führt er Hugos Ex-Frau in den Kinoraum.

Ein blauer Fleck verblasst auf der Wange von Linda Galloway. In ihrem Mundwinkel klebt ein Stück Schorf. Ihre Augen sind blutunterlaufen. Sie ist ganz schmierig vor Schweiß.

«Ich werde es einfach aussprechen», flüstert sie. «Denn im Moment ist alles einfach viel zu surreal. Ich bin eine Stunde lang herumgefahren und habe überlegt, wem ich es sagen soll.»

Sie zögert und ringt ihre Hände im Schoß. «Hugo ist tot. Er ist ... Ich musste ihn gerade identifizieren. Die Polizei nimmt Kontakt mit seinen Eltern auf, aber ihr wart lange befreundet. Ich dachte, du solltest es erfahren.»

In der folgenden Stille kann Nadia kaum atmen. Sie sieht Simon an, erkennt an seinem Gesichtsausdruck, dass er nicht versteht, was sie ihm gerade gesagt hat.

«Sie haben ihn heute früh gefunden», fährt Linda fort. «Oben auf dem Pincher's Mount. Es liegt auf der Hand, dass er von der Sternentreppe gesprungen ist, seinem Zustand nach zu urteilen. Die Polizei ist sich nicht sicher, ob es Suizid war, aber *ich* weiß es.

Er hat mich vor zwei Tagen besucht. Hat nicht einmal geklingelt, sondern nur ein paar Abschiedsgeschenke auf der Veranda gelassen. Seine Art, sich zu entschuldigen, glaube ich. Für das hier.» Sie zeigt auf ihr verletztes Gesicht. «Für alles.»

Sie beginnt leise zu weinen. «Wisst ihr, was schrecklich ist? Wir waren sechs Jahre lang verheiratet, und das Einzige, was mich wirklich traurig macht, ist, dass ich nicht am Boden zerstört bin. Was sagt das über *mich?*»

SIEBZIG

Was folgt, verschwimmt in Nebel.

Ich weiß, dass ich mich wehre. Ganz sicher, als ich begreife, was passiert. Ich biege den Rücken durch, bocke und winde mich. Ich schlage mit meinen verbundenen Händen nach Louis. Ich beiße in die Luft und spucke. Ich will ihn nicht verletzen. Ich mache ihm nicht einmal Vorwürfe für das, was er tut. Ich will mich nur befreien.

Aber natürlich ist es hoffnungslos. Louis ist schwerer, stärker, flinker. Er hat außerdem den Überraschungseffekt auf seiner Seite, sodass es nur einen Gewinner geben kann. Er hält mich auf dem Gras fest, die Beine in meine Achseln gedrückt – und in meinem Wahnsinn denke ich an andere Frauen vor mir, die Heterochromie hatten und dadurch zerstört wurden. Die meisten wurden verbrannt – wobei einige auch auf noch grausamere Weise umkamen.

Als Louis den Metallstab aufstellt, trommele ich mit den Fäusten gegen seine Brust. Meine verbundenen Hände prallen völlig folgenlos von ihm ab. Als er den Hammer hebt, wende ich das Gesicht ab. Es gibt ein metallenes Klirren, und der Stab dringt tief ein. Ich ringe nach Atem. Louis schlägt ein zweites Mal zu, ein drittes Mal. Einen Moment lang glaube ich, dass er sein Ziel verfehlt und direkt in mein Herz geschlagen hat, aber dann sehe ich es zu meiner Linken stolz aus dem Gras ragen – ein monströses

Ding aus verzinktem Stahl, mit einer Öse direkt unter der Spitze.

Louis zieht von irgendwoher ein Seil hervor. Er bindet es um mein Handgelenk. Dann fädelt er das Seilende durch die Öse und sichert es mit einem weiteren Knoten.

«Bitte», stöhne ich. «Das nicht. Bitte nicht das.»

Aber Louis reagiert nicht, sondern schlägt drei weitere Stäbe ein. Er bindet mein anderes Handgelenk fest, dann meine Fußgelenke. Als er fertig ist, liege ich mit ausgestreckten Gliedern im Gras. Ich winde mich, zerre an meinen Fesseln mit aller Kraft, die ich habe.

Louis streichelt meine Stirn und drängt mich nachzugeben. «Langsam, Night Eyes. Langsam. Das sind Ankerspieße, die man für Flussschiffe benutzt. Dieses Seil hält zweiunddreißig Kilonewton aus. Du kannst dich nicht befreien, aber dir sehr wehtun, wenn du dich nicht entspannst.»

«Louis», keuche ich. «Das kannst du nicht machen. Bitte nicht. *Bitte.*»

Jetzt weine ich. Atme hektisch. Tränen und Rotze laufen mir die Wangen hinunter.

Louis säubert mir mit einem Taschentuch das Gesicht. Dann greift er in seinen Rucksack und holt noch eine Flasche heraus. Als er den Deckel öffnet, riecht es nach Kokos oder Ananas oder nach irgendwas anderem Verrückten.

Er spritzt ein wenig davon auf seine Hand. Mit den Fingern verteilt er es auf meinem Gesicht. Jetzt erkenne ich den Geruch: Es ist Sonnenschutzlotion. Als er mit meinem Gesicht und dem Hals fertig ist, cremt er meine Arme ein.

«Ich weiß nicht, ob du schon mal von Konfrontationstherapie gehört hast», sagt er.

«Ich habe davon gehört», zische ich. «Aber so macht man das nicht. *Niemals* so.»

«Ich weiß, dass dir das brutal vorkommt. Ich weiß, dass das hart sein wird. Aber wir haben nicht viel Zeit – und wir können nicht zulassen, dass deine Phobie uns langsamer werden lässt. Wir brauchen dich *ganz*, Mercy.»

Louis steigt von meiner Brust. Ich spüre, wie seine Hände Lotion in mein Knie reiben. Er arbeitet sich hinunter zu meinem Fußgelenk, wieder hinauf zu meinem Schenkel, um sich dann meinem anderen Bein zu widmen.

Ich bin auf dem Osthang des Old Cobb angepflockt. Das ist natürlich kein Zufall. Schon jetzt sickert ein Zombie-Grau in den Himmel. Ich hebe den Kopf und schaue den Hang hinunter auf Cranner's Ford. Dort sehe ich die ersten Straßen und geparkten Autos, die ersten Häuser und Dächer.

Wie früh ist es? Ich habe komplett das Zeitgefühl verloren. Ich weiß, wann die Sonne auf- und wieder untergeht und wie lange Dämmerlicht herrscht. Die astronomische Morgendämmerung beginnt, wenn sich die Sonne achtzehn Grad unter dem Horizont befindet, nautische Morgendämmerung, wenn der Winkel zwölf Grad beträgt. Die bürgerliche Morgendämmerung beginnt bei sechs Grad. Bei null Grad zeigt sich langsam die Sonne.

An diesem Morgen beginnt die bürgerliche Morgendämmerung exakt eine Minute nach fünf Uhr. Der Sonnenaufgang folgt achtunddreißig Minuten später. Das sind die

Zahlen, die mein Leben regieren. Ich kenne sie in- und auswendig.

Mercy Lake wird den Tagesanbruch nicht überleben. Sie wird brutzeln und verbrennen, genau wie das Mädchen, das sie ersetzt hat. Ich kann das auf keinen Fall zulassen.

«Ich muss dir etwas sagen», bringe ich hervor. «Und du musst mir zuhören. Du musst gehen. Ich kann Cranner's Ford nicht verlassen. Ich weiß, dass du glaubst, ich könnte es, aber ich kann es wirklich nicht – was bedeutet, selbst wenn das hier funktionierte, würde es keinen Unterschied machen. Ich weiß, dass ich gesagt habe, ich würde dir die Finger abbeißen, aber das hier wird mich nicht heilen, Louis, sondern umbringen. Du glaubst es vielleicht nicht, aber es stimmt.»

Louis hört schweigend zu. Er nimmt seine Evian-Flasche, dreht den Deckel ab und hält sie an meine Lippen. «Heb den Kopf. Trink.»

«Louis, du verstehst das nicht. Du ...»

«Du musst trinken, Mercy. Denn ich werde nicht bleiben. Das hier musst du allein durchstehen.»

Als ich das höre, drehe ich *wirklich* durch. Ich knirsche mit den Zähnen, biege den Rücken durch, versuche, um mich zu schlagen. Louis zwingt meinen Kopf aufs Gras und neigt die Flasche, bis das Wasser in meinen Mund fließt. Ich habe keine Wahl, ich muss schlucken. Ich spucke und keuche, bis die Flasche leer ist.

Er wirft einen Blick auf seine Uhr und schaut zum Himmel. «Ich liebe dich, Mercy Lake», sagt er. Dann steht er auf. «Ich bin in ein paar Stunden zurück.»

«Nein», schreie ich. *«Nein!»*

Aber Louis hat sich schon in Bewegung gesetzt. Eine Minute später bin ich allein.

EINUNDSIEBZIG

Ich wehre mich gegen meine Fesseln, bis ich erschöpft bin, bis meine Handgelenke ganz wund und blutig sind, bis die Haut an meinen Fußgelenken ganz aufgescheuert ist. Und es gelingt mir dennoch nicht, mich zu befreien.

Um mich herum beginnt sich die Welt zu verändern. Die ersten Spuren von Farbe sickern wie Gift in meine Umgebung. Noch schlimmer, ich spüre die Sonne, diese böse Masse, die sich jetzt nur noch wenige Grad unter dem Horizont befindet. Wenn ihre ersten Strahlen mein Fleisch berühren, werde ich geröstet und in Asche verwandelt.

Es gibt Tagmenschen und Nachtmenschen, und ich bin hundertprozentig Letzteres. Vor fünf Jahren zählte ich mich noch zur ersten Gruppe. Aber man kann sich vielleicht einmal verändern, aber nicht zu dem zurückkehren, was man einmal war. Ich habe das Louis versucht zu erklären, aber er wollte nicht hören. Vielleicht, weil er auch ein Nachtmensch ist.

Letzte Nacht habe ich einen Mann umgebracht, auf dem Gipfel des Pincher's Mount. Vierundzwanzig Stunden später bin ich auf dem zweiten Gipfel der Stadt angepflockt. Vielleicht ist das Karma. Vielleicht will das Universum wieder ein Gleichgewicht herstellen.

Ich kann meinen Fesseln nicht entkommen, ebenso wenig wie der Sonne. Aber vielleicht habe ich noch eine Möglichkeit. Ich bewege meinen Kopf nach rechts und links, verschiebe ihn auf dem Gras, bis ich etwas Hartes unter mir spüre. Ich schließe die Augen und stelle mir die sanfte Wölbung meines Schädels vor, der mein Hirn umschließt.

Diesen Teil von mir habe ich schon auf einer Röntgenaufnahme gesehen, einmal, während meines langen Krankenhausaufenthalts. Eine Aufnahme von der Zeit *danach*, nicht davor. Das Bild zeigte eine unnatürliche Mulde, die durch ein stumpfes Trauma verursacht worden war. Diese Verletzung hat so viele verschiedene Dinge nach sich gezogen: Schwindel, Heterochromie und die dauernde Angst vor Tageslicht.

Nur ein wenig mehr Druck, sagten sie, und mein Kopf wäre vollkommen zerfallen, mein Hirn wie eine Nacktschnecke unter einem Stiefel zerquetscht worden. Frauenschädel sind dicker als die von Männern, im Durchschnitt fünf Millimeter. Dieser halbe Zentimeter hat vermutlich den Unterschied gemacht.

Wenn meine Hände nicht gefesselt wären, könnte ich die Mulde betasten, die mir geblieben ist – und das Narbengewebe darüber, wo kein Haar mehr wächst. Mein wunder Punkt. Meine Achillesferse.

Aber jetzt könnte mich diese Mulde retten – zumindest davor, den Sonnenaufgang sehen zu müssen. Es ist der Ausweg der Feiglinge, zugegeben. Aber in der Not frisst der Teufel Fliegen oder Schlimmeres, wie ich schon oft bewiesen habe.

Ich hebe den Kopf, schaue noch ein letztes Mal auf Cranner's Ford hinunter. Ich suche meine Wohnung, in der ich im letzten Jahr so viel Zeit verbracht habe. Ich finde die Wohnung von Liebeskummer-Linda, das *Tall Pines*-Pflegeheim, Lauries Bäckerei, Wandas Nagelstudio.

Schließlich wende ich den Blick zu Arcadia Heights und zum Gipfel des Pincher's Mount darüber, wo gestern Nacht ein Mann sein Leben gelassen hat. Ich nehme all meinen Mut zusammen und donnere meinen Kopf auf die Erde.

Es funktioniert nicht – aber es tut furchtbar weh. Meine Zähne knallen aufeinander und verletzen dabei meine Wange. Mein Hirn springt durch meinen Schädel.

Ich keuche und ringe nach Atem, sage mir, dass ich mutig sein muss, hebe erneut den Kopf, höher diesmal, kneife die Augen zu und ... *Rums*.

ZWEIUNDSIEBZIG

Am Montagmorgen fährt Tapia zu einer Chili-Farm hundertfünfzig Kilometer nördlich von Cranner's Ford. Dort unterhält er sich eine Stunde lang mit dem Eigentümer und kostet die Früchte. Schließlich geht er mit Tüten voller Trinidad Moruga Scorpions, Naga Vipers und Red Savina Habaneros.

Trotz ihrer glühenden Schärfe sind die Chilis nur ein schwacher Ersatz für das, was er wirklich braucht. Gestern Abend in Arcadia Heights hat er Nadia zum ersten Mal in seinem Leben zum Schreien gebracht, indem er eine angezündete Zigarre in ihre rechte Achselhöhle gedrückt hat. Er erinnert sich, wie die Sehnen an ihrem Hals hervortraten, an ihre wütenden, empörten Tränen. Aber vor allem erinnert er sich an ihr Schreien. Statt seinen Hunger zu stillen, hat es ihn nur zusätzlich angeheizt.

Letzte Nacht hat er von Nadia und Keira Greenaway zusammen geträumt, beide benzingetränkt und einander gegenüber auf dem Gipfel des Old Cobb gefesselt. Der Traum fühlte sich so real an, als wäre er prophetisch. Wenn Nadia ihn bittet zu helfen – und er ist sich jetzt sicher, dass sie das tun wird –, wird sie keine Ahnung haben, was sie damit auslöst. Zuerst wird Tapia Greenaways kleinen Freund aufstöbern und eliminieren. Dann wird er sich auf die Hauptsache konzentrieren.

In einer kleinen Stadt nahe der Chili-Farm besucht er einen Sadomaso-Shop, in den man nur mit Termin eingelassen wird. Dort kauft er drei Polizeihandschellen und drei Sets Fußfesseln. Von da aus fährt er dreißig Kilometer in östliche Richtung. In einer Filiale von *Mail Boxes Etc.* kauft er einen gepolsterten DIN-A4-Umschlag. Von einer Amazon-Packstation holt er ein Paket. Tapia war schon immer ein genauer Planer. Er hat diese Lieferungen schon weit im Voraus arrangiert.

Auf dem Rückweg hält er an einer Tankstelle und füllt einen Kanister mit Benzin. Sein letzter Stopp ist ein Baumarkt, wo er sechs Liter Brennspiritus kauft. Der Alkohol verbrennt sauberer als Benzin und raucht nicht so dabei. So kann er diejenigen, die er verbrennt, besser dabei beobachten. Das heißt, bis ihr Körperfett dran ist. Das Benzin ist eher dazu gedacht, ihre Reste zu verbrennen, wenn sie schon tot sind.

Zurück in seinem Hotelzimmer öffnet Tapia das Paket. Die Schrotflinte, die er herausholt, ist deutsche Qualitätsware, beeindruckend konstruiert. Die Munition dafür ist eine Mischung aus Reh- und Vogelschrot. Er legt die Waffe beiseite und reißt den Umschlag auf. Darin findet er Spritzen, Nadeln und Lidocain-Ampullen.

Er hofft, dass sich niemand wehrt. Er möchte wirklich nicht die Flinte benutzen müssen. Eine Ladung Vogelschrot in den Beinen ist vermutlich nicht tödlich, wird aber wehtun – sehr. Der Schmerz würde von der Intimität ihrer gemeinsamen Erfahrung ablenken. Das Lidocain ist seine Lösung, wenn Gewalt unausweichlich ist. Als Spinalanästhesie gesetzt, lässt es alle körperlichen Gefühle verschwinden, während der Geist klar bleibt. Es hat noch einen anderen Vorteil: komplette Lähmung unterhalb der Taille.

Tapia wirft einen Blick auf sein Handy und sieht keine verpassten Anrufe von Nadia, keine Nachrichten. Der VW-Bus parkt schon fast den ganzen Nachmittag lang auf dem Campingplatz *Seven Crosses*. Keira Greenaway hat sich bestimmt wieder in ihrer Kellerwohnung eingebunkert. Es ist ein Moment der Ruhe. Der Ruhe vor dem Sturm.

Jetzt, da er seine Vorbereitungen getroffen hat, rasiert sich Tapia den Kopf und stellt sich unter die Dusche, wobei er das Wasser so heiß einstellt, wie es geht, und sich darunter wund schrubbt. Später geht er essen. Anders als sonst wählt er etwas Mildes: Gnocchi, gegrilltes Huhn, Buttergemüse. Hinterher trinkt er zwei Becher Pfefferminztee und geht zum Hotel zurück.

Die Tracking-App weckt ihn um 3.21 Uhr morgens – das Zeichen, dass sich der VW-Bus bewegt. Er bewegt sich in Richtung Süden. Sofort zieht sich Tapia an. Nur wenige Minuten später folgt er dem Signal durch tote Straßen zu Greenaways Wohnung in der Greek Street.

Er kommt gerade rechtzeitig, um das Paar aus dem Gebäude treten zu sehen. Sie steigen in den VW-Bus und fahren davon. Tapia folgt ihnen in Richtung Westen, durch Old Town und den Old Cobb hinauf, der auch in seinem Traum vorgekommen ist. Wie beim letzten Mal lässt er seinen Van auf halber Höhe stehen und legt den Rest der Strecke zu Fuß zurück.

Kurz vor dem Gipfel hört er etwas Unerwartetes – eine

weibliche Stimme, die schreit. Es ist schwierig, sie in der Dunkelheit genau auszumachen, aber dann hört er etwas anderes: Hammerschläge auf Metall. Stück für Stück schleicht er zur Quelle der Geräusche. Ein paar Minuten später sieht er den Mann, wie er zurück zum Gipfelparkplatz geht.

Seinen Instinkten folgend, geht Tapia ihm nicht nach. Stattdessen sucht er die Stelle auf, von der der Schrei kam. Irgendwo über ihm wird der Motor des VW-Busses gestartet. Er achtet nicht darauf, sondern geht um den Hang des Old Cobb herum, wo er etwas Bemerkenswertes entdeckt.

Keira Greenaway ist auf dem Gras in Richtung Osten angepflockt. Als Tapia zum Horizont schaut, sieht er ein schmales orangefarbenes Band, das in Violett übergeht. Er freut sich über den Sonnenaufgang, aber Greenaway teilt seine Begeisterung nicht. Der Himmel schmilzt, ihre Bewegungen werden hektisch. Sie windet sich, reißt an ihren Fesseln. Dann, völlig verzweifelt, beginnt sie, ihren Schädel auf den Boden zu schlagen. Als sie endlich schlaff daliegt, schleicht Tapia sich näher heran.

Armes kleines Fischlein. Sie hat sich an den Fesseln ganz wund gescheuert. Ihre Hände sind verbunden, was auf frühere Verletzungen hinweist. Urin hat den Schritt ihrer Latzshorts durchnässt.

Ihre Augen sind geöffnet, aber ihr Blick ist leer. Selbst im schrägen Licht der Sonne kann er sehen, dass ihre Iriden unterschiedlich gefärbt sind. Geisteraugen, so hat er sie schon einmal nennen hören. Wer sie besitzt, kann Himmel und Erde sehen.

Sanft fährt Tapia mit dem Finger über ihre Wange. Er stellt sich vor, wie ihr blasses Fleisch in Flammen aufgeht, und kann sich kaum zurückhalten. Was für Offenbarungen wird er in diesen außergewöhnlichen, unterschiedlichen Augen wohl sehen, wenn Nadia zustimmt? Welche Geheimnisse werden sich ihm eröffnen?

Jetzt ist er überzeugt, dass Keira Greenaway ein Geschenk ist, ein persönliches Geschenk vom Universum. Er bleibt zwanzig Minuten bei ihr, streichelt sie und beruhigt sie. Ihr Blick ist auf eine andere Ebene als die gerichtet, auf der er sich befindet. Dann schleicht er den Hang wieder hinunter zu seinem Van.

DREIUNDSIEBZIG

Als ich die Augen öffne, bin ich woanders – am Anfang eines anderen Todes.

Draußen dörrt die Altweibersommersonne die Kiefern aus und streut glühende Diamanten auf die Wasseroberfläche. Im Haus am See ist die Luft schwer vom Tod.

Ich blinzele und ziehe das Gesicht zusammen. Wie grausam, vor einem Sonnenaufgang zu fliehen und hierherzukommen, zum schlimmsten aller Orte. Es sei denn, das hier ist mein Fegefeuer. Es sei denn, ich bin schon tot.

Simon Rafferty hat mich nie nach Italien eingeladen, er wusste auch nichts von meinen Plänen hierherzufliegen. Sie wollten zu dritt sein – er, Phoebe und Ollie –, um eine Woche Ruhe zu tanken. Eine gemietete Hütte an einem privaten See. Luxus als Rustikalität getarnt, für eine Familie, die es sich leisten kann.

Aber das hat mich nicht vom Kommen abgehalten. Und jetzt stehe ich hier, die Finger voll von Phoebes Blut, und halte Phoebes Handy in der Hand.

«*Pronto*», sagt mir ein Mann ins Ohr. Er klingt so weit weg. Als wäre er in einer anderen Galaxie.

Phoebes Handtasche liegt auf der Küchenarbeitsfläche, wo ich sie hingeworfen habe – eine schnuckelige kleine Jimmy-Choo-Kreation aus leuchtend grünem Schlangenleder, sagenhaft teuer. Die Schuppen darauf leuchten wie Smaragde.

Simon hatte ihr die Handtasche ein paar Wochen nach unserem Kuss auf der Einweihungsparty gekauft – und nachdem ich all seine weiteren Annäherungsversuche zurückgewiesen hatte. Zuerst dachte ich, er habe sie ihr gekauft, weil er Gewissensbisse habe, ein Geschenk für meine Schwester, um seine Schuldgefühle zu mildern. Ich hasste mich selbst dafür, aber ich suchte online nach der Handtasche, um zu sehen, wie viel ich ihn gekostet hatte, um den Geldwert unseres Kusses zu überprüfen. Die Antwort: über zweitausend Pfund. Pervers schmeichelhaft, irgendwie.

Aber dann fiel mir eine Situation ein paar Monate vorher ein, während meiner Praktikumszeit bei *Sheergen*. Er hatte mich dabei erwischt, dass ich durch eins der Hochglanzmagazine blätterte, die Phoebe in seinem Büro hatte liegen lassen. Ich hatte in meiner Mittagspause damit begonnen, darin zu lesen – irgendeinen dummen Artikel über Handtaschen. Als sich Simon über meine Schulter lehnte, deutete ich auf ein paar von ihnen, rümpfte die Nase – wegen ihres Preises und der Tatsache, dass es wirklich Menschen gab, die ihn bezahlten.

Phoebes Handtasche war kein Kauf aus schlechtem Gewissen. Er war eine geheime Botschaft an mich: *Schau, was ich mir leisten kann. Schau, was du haben könntest.*

Ich hätte es *nicht* haben können, natürlich, selbst wenn ich es hätte haben wollen, weil ich Simon damals schon beobachtete. Ich hatte das Ausmaß seiner Treulosigkeit erkannt – und meinen Status ganz unten in der Nahrungskette in einem Aquarium voller Barsche. In der Partynacht damals hatte Simon sich nicht von mir angezogen gefühlt.

Ich war ihm einfach über den Weg gelaufen, und er hatte mich als etwas gesehen, was er sich nehmen konnte.

Die Jimmy-Choo-Tasche war spöttisch gemeint, aber sie war auch eine Lüge. Es war ein Machtspiel, ganz schlicht und einfach. Denn Macht ist es, worum es ihm geht. Macht ist das *Einzige*, worum es ihm geht.

Ich schnüffelte Simon intensiver hinterher und entdeckte weitere Geheimnisse. Nicht nur die Höhe seines Vermögens, sondern auch, mit wie viel Verachtung er auf Phoebe hinabblickte und wie viel er verlieren würde, wenn sie sich scheiden ließen. Trotz all meiner Recherche, als er die Hütte mietete, hatte ich keine Ahnung, was er eigentlich plante. Ich wusste, dass er ein Narzisst war, hätte aber nicht gedacht, dass er dazu in der Lage wäre.

«Riesci a sentirmi?»

Die Stimme holt mich zurück in die Gegenwart. Neben der Jimmy-Choo-Tasche blinkt das Babyfon grün, als käme die Nachricht wirklich aus dem All.

Ich habe Schwierigkeiten zu atmen, zu denken. Ich kann das ganze Ausmaß des Schreckens nicht begreifen, den ich hier vorgefunden habe – und wie grundlegend sich mein Leben gerade verändert hat.

Durch das Fenster sehe ich Phoebes Mercedes, Simons gemieteten Porsche Cayenne und den Bug meines Ruderboots.

«Aiuto», erwidere ich. *«Aiuto.»*

Und da passiert es.

Nur Sekunden nachdem ich das gesagt habe, blinkt das Babyfon wild und rot. Ich höre ein Knarren, dann ein Rumsen, direkt über mir. Mein Blick richtet sich auf die Zimmerdecke.

Phoebe hat das Senderbabyfon oben installiert, in Ollies Kinderzimmer. Es hat gerade meine Worte in den ersten Stock gesendet.

Adrenalin lässt meine Muskeln anspannen, alles Blut weicht aus meinem Magen. Meine Sinne werden überempfindlich, überprüfen jedes Geräusch, jedes Beben, jede Vibration.

In meinem Ohr höre ich viel zu laut: *«Dimmi cosa sta succedendo.»*

Aber obwohl ich um Hilfe bitten kann, kann ich die Antwort nicht verstehen. Ich habe auch gar nicht die Zeit dafür. Ich werfe einen Blick durchs Fenster auf Simons Cayenne, und das Babyfon krächzt und knarrt statisch. Und dann höre ich ihn.

Das Haus bebt. Donner auf der Treppe.

Phoebes Handy gleitet mir aus den Fingern. Es ist nicht einmal auf den Boden aufgeprallt, als ich auch schon losrenne. Aus der Küche, ins Wohnzimmer, wo ich auf dem Blut meiner Schwester ausgleite und mich gerade noch fangen kann.

Da ist Ollie, mein roter Neffe, meine blutgetränkten Converse All Stars bahnen sich frische Linien über den Boden. Ich erreiche die Verandatür, stürze hinaus. Im Haus höre ich ein Krachen. Durchs Glas sehe ich, wie sich etwas dahinter bewegt.

Ich springe von der Veranda und lande im Kies, der um mich herum aufspritzt. Simon Rafferty hat in jeder Hinsicht einen Vorteil mir gegenüber – abgesehen von Schnelligkeit.

Ich renne an Phoebes Mercedes vorbei und schlittere um sein Heck herum. Da liegt der See, eine Schüssel voller Rasierklingen. Am Ufer liegt mein Boot. Ich könnte es ins Wasser schieben, hineinspringen, die Ruder packen – aber dann würde er sich bereits auf mich stürzen. Stattdessen biege ich nach rechts und renne den Pfad hinauf. Hinter mir höre ich die Verandatür aufkrachen. Vögel fliegen von den Bäumen auf.

Ich keuche, bevor ich auch nur hundert Meter hinter mich gebracht habe. Dieser Pfad schlängelt sich durch den Wald und offenes Gelände. Zu Hause hätte ich die Strecke in sechs Minuten geschafft, ohne auch nur in Schweiß auszubrechen. Aber in dieser Hitze, in praller Sonne, habe ich Glück, wenn ich es in der doppelten Zeit schaffe.

Ich laufe schneller, meine Füße wirbeln den Staub auf. Trotz meiner Erschöpfung weiß ich, dass ich noch mehr schaffen kann. Mit dem Schrecken werde ich mich später beschäftigen, die unfassbare Tragödie zu begreifen versuchen, die ich gerade gesehen habe. Jetzt muss ich einfach nur überleben und die Nachricht verbreiten. Wenn ich das nicht schaffe, dann kann er die Sache vertuschen und entkommt der Gerechtigkeit.

Hinter mir startet ein Motor und heult dann auf – Simons Porsche Cayenne. Und schon hat er meinen Vorsprung aufgeholt. Ich werfe im Laufen einen Blick über die Schulter und sehe, wie der Cayenne aus einer weißen Staubwolke herausschnellt. Er sieht aus wie ein Wesen, ein fühlendes Wesen. Ein knurrendes, mechanisches Biest.

Der Pfad öffnet sich, führt durch Gestrüpp und sonnengebleichte Felsen. Zu meiner Rechten steigt das Land steil an. Kurz überlege ich, hinaufzuklettern, aber am Hang bin ich langsamer, weniger beweglich. Das Auto mit seinem Allradantrieb wird die Steigung leicht bewältigen und mich niedermähen.

Der See liegt zu meiner Linken. Ich suche ihn nach Booten, nach Menschen ab. Aber Simon hat den Ort für sein Vorhaben sehr gut gewählt. Er hat für Privatsphäre bezahlt und sie bekommen. Einen verrückten Augenblick lang überlege ich, mit voller Geschwindigkeit ins Wasser zu rennen und weit hinauszuschwimmen, dorthin, wo er mit seinem Auto nicht hinkommt. Aber was dann? Wenn ich einmal drin bin, kann ich nicht wieder heraus. Und mit seinem Auto kann er einfach um den See herumfahren und darauf warten, dass ich irgendwo am Ufer hinauskomme.

Ich keuche und schaue über die Schulter. Simon hat den Abstand zwischen uns bereits halbiert. Der Cayenne *fliegt* praktisch, springt über Spurrillen, frisst die Strecke, spuckt dabei Steinchen aus. Wenn er mich mit dieser Geschwindigkeit erwischt, sterbe ich, ohne Frage. Aber ich kann nirgends hinrennen, mich nirgends verstecken.

Ich habe jetzt nur noch ein paar Sekunden, bevor er mich erreicht. Die Tatsache, dass ich kurz davor bin zu sterben, ist so überwältigend – so *überraschend* –, dass ich beinahe stehen bleibe. Stattdessen täusche ich eine Linkswende an, um dann nach rechts in eine Senke auszuweichen. Ich falle kopfüber hinein, rolle über die Schulter auf die Hüfte. Der Cayenne rast nur Zentimeter an mir vorbei. Simon reißt das Ruder herum, sodass er ausschert. Das Auto lässt Staub und Steine zu allen Seiten schießen und wird langsamer. Es schwankt gefährlich. Die Räder drehen durch und greifen dann wieder.

Ich laufe wieder zurück zum Haus am See, zurück zu Blut und Tod. Ich spüre, wie mein Herz gegen meine Rippen hämmert, höre, wie gequält ich atme. Ich habe keine Zeit und keine Ideen mehr. Er wird nicht ein zweites Mal auf denselben Trick hereinfallen.

Hinter mir spüre ich den großen Wagen, seine geneigte Form, den Kühlergrill. Ich stelle mir die wilde Befriedigung auf Simons Gesicht vor.

Sorry. Oder auch nicht.

Das waren seine Worte im Weinkeller in jener Partynacht, in der er mich küsste.

Aufprall.

Der Kotflügel des Cayenne knallt gegen meine Hüfte und zerschmettert sie. Noch bevor ich den Schmerz spüre, rolle ich über den Kühler. Einen Augenblick später rammt meine Schulter die Windschutzscheibe und durchbricht das Glas. Der Rest meines Körpers würde ins Auto fallen, wenn da nicht die Dachstrebe wäre, die drei Wirbel bricht und meinen linken Lungenflügel kollabieren lässt, um mich dann auf den Pfad zu schleudern. Vielleicht ist es die Landung, die meinen rechten Arm und den Ellenbogen bricht, vielleicht ist das aber auch schon passiert, als ich auf das Auto geprallt bin – auch später im Krankenhaus werden sie es nie herausfinden. Ich rolle über den Boden, Schotter zerfetzt meine Haut wie ein Häcksler.

Ich bleibe auf der Seite liegen, mit verdrehten Gliedern, eine Wange in den Schmutz gepresst. Ein Geräusch entringt sich mir, das ich selbst kaum wiedererkenne – es ist ein tiefes Brummen, das kaum menschlich klingt.

Mein Sichtfeld springt und erzittert. Ich sehe Wasser, glitzernde Weite. Ein dichter Kiefernwald ragt dahinter in den Himmel. Am Ufer neigt sich ein verwittertes Holzschild in einem irren Winkel. Die Aufschrift ist geschnitzt, nicht gemalt: *Lago della Misericordia*. Mein Italienisch ist nicht gut, aber das verstehe ich: *Mercy-See. See des Erbarmens.*

Von meinem Blickwinkel aus gibt es kaum einen ersichtlichen Grund, aus dem der See diesen Namen verdient. Neben dem Schild sehe ich Simons Porsche Cayenne, der seine Schnauze auf mich gerichtet hat: ein zerbrochener Scheinwerfer, zerbeultes Metall, eine von Rissen durchzogene Windschutzscheibe.

Wow. Ich habe hier wirklich ordentlich Schaden angerichtet.

Die Räder drehen durch, greifen dann wieder. Das Allradfahrzeug beschleunigt den Pfad hinauf zur Straße.

Ich habe dieses Auto zum letzten Mal gesehen. Die italienische Polizei wird es niemals finden. Sie werden es zwar suchen, weil Simon es als gestohlen meldet, aber nicht die Schäden daran beschreiben, wodurch man es viel besser identifizieren könnte. Zugegeben, der einzige Mensch, der ihnen das sagen könnte, liegt dann schon im Koma, aber sie haben ja immerhin die Scherben vom zerbrochenen Scheinwerfer. Erschreckenderweise werden sie niemals darauf kommen, dass es der Aufprall meines Körpers war, der die Scherben verursacht hat.

Mein Blickfeld springt jetzt noch stärker. Das Brummen verändert die Tonlage. Es ist so hell hier. So *heiß*. Ich spüre, wie die Sonne mein Gesicht brät, meine zerschlagenen Arme und Beine verbrennt. Ich kann mich nicht rühren, nicht einmal den Kopf wenden, um einen Augenblick aus der Sonne zu kommen. Mein Herz pumpt mühevoll Blut durch einen Körper, der unter Schock steht. Mein Mund wird trocken, dann meine Kehle. Jeder Atemzug dieser überhitzten Luft trocknet mich von innen aus.

Die Sonne beschreibt ihre Bahn über den Himmel. Die Schatten der Bäume bewegen sich über den Boden. Die Zeit verlangsamt sich. Ein Fuchs hinkt aus dem Unterholz. Vielleicht riecht er mein gebratenes Fleisch. Er bleibt eine Weile in der Nähe. Wenn ich nicht immer wieder stöhnte, würde er vermutlich näher schleichen. Irgendwann verschwindet er, und die Sonne gleitet weiter.

Eine Weile verliere ich mich und schwebe auf Wellen des Schmerzes. Als ich zurückkomme, sind die Schatten viel länger geworden. Ein roter Jeep Cherokee fährt den Hügel hinunter auf mich zu, wobei er hinter sich Wolken aus Staub aufwirbelt. Er bleibt nicht weit von mir stehen. Die Türen öffnen sich. Simon und Nadia steigen aus.

Nadia geht in meine Richtung, aber Simon ruft ihr zu, sie solle warten. Er geht zum hinteren Teil des Autos und öffnet den Kofferraum. Als er wieder auftaucht, hält er einen Drehmomentschlüssel in der Hand. Langsam kommt das Paar näher.

«Phoebe», krächze ich, entschlossen, Simon mit seinen Taten zu konfrontieren.

Er wirft Nadia einen Blick zu. Dann sagt er: «Was hast du getan, Keira? Warum bist du gekommen? Wo ist Phoebe? Wo ist mein *Sohn*?»

Als ich den Blick zum Haus am See hebe, beginnen die beiden zu rennen. Eine Minute später höre ich Nadia schreien.

Es ist schlau von Simon, mit einer Zeugin zurückzukommen – so zu tun, als sähe er das alles zum ersten Mal. Als er wieder herauskommt, sehe ich Nadia nicht mehr. Hoffentlich kümmert sie sich um Ollie.

Simon kommt auf mich zu, und ich merke, dass er immer noch den Drehmomentschlüssel in der Hand hält. «Du hättest nicht hier sein sollen, Keira. Warum du deine *Eltern* mitgebracht hast, verstehe ich nicht.»

Er dreht sich um und schaut zu den Fenstern des Hauses am See. Dann kommt er näher. Ich kann meinen Kopf nicht bewegen oder zu ihm hochschauen. Ich kann nur seine Schuhe sehen – und den runden Kopf des Werkzeugs. «Einen Neustart», zischt er. «Mehr wollte ich gar nicht. Ohne deine Schwester, die dann einfach die Hälfte von allem mitgenommen hätte. War das denn zu viel verlangt?»

Er klingt aufgebracht. Wütend und außer sich.

Der Drehmomentschlüssel verschwindet aus meinem Blickfeld. Ich stelle mir vor, wie er in einem Bogen durch die Luft schwingt, wie ein Golfschläger vor dem Drive über Simons Schulter hängt, geladen mit Energie.

Ich höre nicht sein Sausen durch die Luft, als er wieder nach unten kommt und auf diese wertvollen Millimeter meines Schädels zielt, die mein Hirn vor Verletzungen schützen.

Leb wohl, Keira Greenaway, denke ich. Keine Unsicherheiten. Keine Sozialphobie mehr.

Das Letzte, was ich sehe, ist dieses alte Holzschild, das halb umgekippt in der Nähe des Wassers steht: *Lago della Misericordia.*

Mercy Lake.

Und dann bin ich weg.

VIERUNDSIEBZIG

Wie lange ich hier liege, angepflockt am östlichen Hang des Old Cobb, weiß ich nicht. Einmal unternehme ich den bewussten Versuch, mich innerlich an einen anderen Ort zu versetzen, aber ein zweites Mal wage ich es nicht. Wenn der einzige Zufluchtsort ein Trauma ist, dann ist er praktisch keiner.

Am Horizont sehe ich etwas Monströses: verschiedene Farben, die zu intensiv sind, als dass man sie begreifen könnte. Blut und Wein, Lava und Eingeweide. Ich weiß, was dieses Schauspiel ankündigt, weil ich es bereits näher kommen spüre – diese reine, rätselhafte Masse. Ich nehme das Beben der Erde unter mir wahr, als würde der gesamte Hügel aufbrechen, ich spüre, wie meine Fersen auf den Boden trommeln, wie sich ein Druck in meiner Brust aufbaut, ein Schrei herauswill …

… und dann ist es plötzlich *da*, ein Streifen roten Feuers, ein sich erhebender Tod, und obwohl mein Schrei jetzt aus mir herausbricht, hält er den Sonnenaufgang nicht auf, sondern ermutigt ihn sogar noch.

Ich winde mich in alle möglichen Positionen, die Fesseln graben sich sogar noch tiefer in mein Fleisch, aber nichts hilft. Bald ist der Sonnenstreifen zu einem halb offenen Auge geworden.

Ich sterbe hier. Wenigstens Mercy Lake stirbt.

Ich schreie um Hilfe, bis meine Stimme versagt. Dann schluchze ich, bis ich keine Tränen mehr habe. Irgendwann beiße ich mir auf die Zunge, so fest, dass sich mein Mund mit Blut füllt.

Im Osten gibt der Horizont auf. Die Sonne schwebt frei am Himmel, der rote Kreis gewinnt an Höhe. Meine Blase lässt los. Urin durchnässt meine Latzshorts und rinnt mir das Bein hinunter.

Es gibt Tagmenschen und Nachtmenschen, und ich bin absolut Letzteres. Man kann sich vielleicht einmal verändern, aber wenn man das hinter sich hat, kann man nicht mehr zurück – das habe ich immer gesagt. Es ist einsamer in der Nacht, aber immerhin sicherer. Ein Opfer zu sein, ist kein Spaß.

Und doch bin ich schon wieder ein Opfer. Wenn ich nicht zurück zu dem kann, was ich war, wohin soll ich dann? Wenn Mercy Lake tot ist, Keira Greenaway ebenfalls, was bleibt dann noch?

Die Antwort lautet natürlich nichts. Und als ich das begreife, habe ich bereits aufgehört, mich zu wehren. Es ist mir jetzt egal. Ich lege meinen beinahe-und-fast-gebrochenen Schädel zurück ins Gras und lausche dem Vogelgezwitscher.

Die Sonne steht sogar noch höher, als Louis zurückkehrt. Er steht neben meinem Kopf und sieht mich schweigend an. Als er sich hinhockt, atme ich pfeifend aus und beginne zu zittern. Der Tod von Mercy Lake erweist sich als mühsamer als der von Keira Greenaway, aber jetzt stirbt sie trotzdem. Was zurückbleibt, ist eine Schale, eine leere Hülle.

«Hey, Night Eyes», sagt er und berührt meine Stirn, ohne zu ahnen, was gerade passiert ist. «Oh, du armes Ding. Hast du dich eingenässt? Na komm, wir machen dich mal sauber.»

Sein Gesicht ist jetzt neben meinem. Im Licht der Sonne sieht er künstlich aus. Ein Androide mit goldener Haut. Beängstigend für Mercy – oder für Keira, die ihr vorangegangen ist. Ich dagegen, eine leere Hülle, kann nur starren.

«Hat es funktioniert?», fragt er. «Du wehrst dich nicht mehr. Du hast dir deine Handgelenke ernsthaft verletzt, da müssen wir etwas unternehmen, aber das wird schon wieder heilen.» Er lächelt. «Sieh mal, Mercy. Da ist die Sonne. Sie brennt gar nicht, oder? Jedenfalls nicht *so* früh am Morgen. Umgebracht hat sie dich auch nicht. Du bist hier und am Leben. Mit mir.»

Wie wenig er doch weiß. Aber von dieser geschwollenen, roten Masse geht, das muss ich zugeben, eine gewisse wilde und schreckliche Schönheit aus.

Ich sehe betäubt zu, wie Louis mich losmacht. Erst die Fußgelenke, dann die Handgelenke. Mein Kopf kippt auf seine Schulter, als er mich zum VW-Bus trägt. Als er die Tür aufschiebt, sehe ich das Kerlchen auf einer Decke schlafen.

Louis befördert mich auf die Sitzbank und sichert mich mit einem Gurt. Ich kann mich nicht rühren, ich kann nichts tun, als nur dazusitzen. Meine durchgescheuerten Hand- und Fußgelenke brennen, und meine uringetränkten Kleider stinken. Wir fahren den Old Cobb hinunter, und

Erinnerungen wechseln sich ab. Ich bin wieder im Haus am See, zusammen mit Phoebe; ich renne am Lago della Misericordia entlang; ich falle über die Kühlerhaube des Cayenne; ich starre auf Simons Schuhe, und der Drehmomentschlüssel verschwindet aus meinem Blickfeld.

Endlich sind wir in meiner Wohnung. Wirklich, nicht nur in meiner Fantasie. Louis trägt mich zum Badezimmer, aber ich schüttele den Kopf. «Bett», krächze ich. «Schlafen.»

Ich weiß, dass ich stinke, dass ich meine nassen Kleider ausziehen sollte. Aber ich will nur noch allein sein, mich in der Dunkelheit verkriechen.

«Lass mich mal deine Handgelenke sehen», sagt Louis, der auf dem Rand der Matratze sitzt. Wieder schüttele ich den Kopf.

Zunächst scheint er darauf bestehen zu wollen. Aber dann schaut er sich im Zimmer um. «Dann lasse ich dich mal allein. Schlaf dich aus. Und während du wieder zu Kräften kommst, werde ich Simon Rafferty einen Besuch abstatten. Wir wissen beide, warum du nach Cranner's Ford gekommen bist. Und wir beide wissen, dass du nicht in der Lage bist, es durchzuziehen. Du heilst die Menschen gern, Mercy. Das ist deine Stärke. Der Engel von Cranner's Ford. Aber was du nicht fertigbringst, kann ich tun. Das will das Universum von mir, glaube ich. Ich kann dieses Kapitel unseres Lebens beenden. Und dann können wir zusammen ein Neues beginnen.»

«Nein.»

«Ja, Mercy. Denn wir können nicht hier...»

«Bring ihn nicht um», sage ich. «Lege nicht Hand an ihn.»

Louis runzelt die Stirn. «Simon Rafferty hat dir *alles* genommen. Deine Schwester, deine Eltern. Er hat dich an diesem See angefahren und dich dort sterben lassen. Er hat dir deinen Gleichgewichtssinn genommen, Mercy. Sogar dein *Tageslicht.*»

Ich starre ihn an und konzentriere mich auf meinen Atem. Ich erinnere mich an das, was er zu mir gesagt hat, in jener Nacht vor dem Fenster von William dem Navigator.

Das Universum arrangiert Situationen und stellt uns vor die Wahl. Ich bin überzeugt, dass es das war, was Freitagnacht bei der Texaco-Tankstelle passiert ist. Ich bin überzeugt, dass es das war, was uns wieder zusammengeführt hat. Wir haben die Wahl, im Namen des Universums zu handeln – das Gleichgewicht wiederherzustellen oder es zu bewahren.

Plötzlich ist alles so klar. Ich schließe die Augen – und da fliegt ein Erinnerungsfetzen vorbei. Flüchtig, quälend, aber so unglaublich schön.

Ich sitze am Abendbrottisch in unserem alten Haus, gegenüber von Mum und Dad. Um mich herum liegen Geburtstagskarten und zerrissenes Papier. Dad steht auf, um das Licht zu dimmen. Und dann tritt Phoebe ein, meine zauberhafte Schwester, präsentiert schwungvoll eine Torte, lacht und tut so, als würde sie sie fallen lassen. Wir alle singen zusammen. Unsere Gesichter glühen vor Licht und Liebe.

Das Bild löst sich auf, und als ich die Tränen weggeblinzelt habe, sehe ich die petrolfarbenen Urnen auf meinem Kaminsims und höre, wie ich mit den Zähnen knirsche.

«Du liegst falsch, was das angeht, wozu ich in der Lage bin», sage ich. «Ich will nicht, dass du die Sache für mich erledigst. Dazu hast du nicht das Recht. Was wir mit Simon Rafferty anstellen, tun wir zusammen.»

Louis sieht mich zweifelnd an. Aber ehrlich, was kann er dagegen schon einwenden?

Es ist schwer, das hier. Es ist schwer, weiterzureden. Aber ich muss der Sache Nachdruck verleihen. «Versprich es mir. Ich lebe schon seit einem Jahr in dieser Stadt, mit gesenktem Kopf, und beobachte alles. Du kannst nicht einfach so vorbeigeschneit kommen und ihn mir wegschnappen. Wenn du das tust ...»

Ich schlucke und zwinge mich, die Worte auszusprechen. «Wenn du das tust, gibt es kein Wir.»

Louis zuckt zusammen. Mit zur Seite geneigtem Kopf mustert er mich. Dann nickt er. «Okay», sagt er. «Ich verspreche es. Ich habe in der Stadt noch ein paar Dinge zu erledigen. Danach können wir uns um deine Angelegenheiten kümmern – und zusammen alles hinter uns lassen.»

Er beugt sich vor und küsst mich. Ich schaudere und ziehe mir die Decke über den Kopf. Mein Körper fühlt sich an, als müsse ich sterben. Als wäre ich einer riesigen Strahlendosis ausgesetzt gewesen, die mich jetzt von innen zersetzt.

Ich habe in der Stadt noch ein paar Dinge zu erledigen.

Was das wohl bedeuten soll.

FÜNFUNDSIEBZIG

Es ist Dienstagmorgen, und Nadia ist inzwischen ganz übel vor Sorge – und sie ist so erschöpft vom Schlafmangel –, dass sie kaum funktionieren kann. Letzte Nacht saß Linda auf ihrem Sofa und redete stundenlang über Hugo. Über ihre kaputte Ehe, über das, was jetzt werden soll. Als sie ging, wurde es schon wieder hell.

Zwei Polizisten kommen, als Nadia Ollie das Frühstück macht. Simon führt sie in sein Büro und schließt die Tür hinter sich. Als er wieder heraustritt, zwanzig Minuten später, sieht er noch elender aus, als sie sich fühlt.

«Ich gehe mit ihnen zum Kommissariat», sagt er. «Um eine Aussage zu machen. Vielleicht kann ich auch noch auf andere Weise helfen.»

«Hat Daddy Ärger?», fragt der Junge, als sie fort sind.

«Natürlich nicht», erwidert Nadia, aber die Wahrheit ist, dass sie alle Ärger haben. Sie kann sich keine Weise vorstellen, auf die Hugos Tod etwas mit Keira zu tun haben könnte, aber sie ist überzeugt, dass es eine Verbindung geben muss – schlimmer noch, dass es nur ein Vorgeschmack dessen ist, was hier passiert, wenn sie Konstantins Hilfe nicht annimmt.

Heute Morgen soll sie Ollie eigentlich zu einem Waldspielplatz bringen, damit er dort den Tag draußen verbringen kann, aber sie wagt es nicht, ihn aus den Augen zu lassen. Stattdessen fährt sie ihn nach ein paar Telefonaten zu einem Indoorspielplatz in Old Town.

Der Verkehr in Cranner's Ford ist dicht. Überall, wo Nadia hinschaut, sieht sie Keira Greenaway: wie sie die Straße entlanggeht; wie sie aus einem Café tritt, wie sie aus einem Auto steigt oder auf einem Fahrrad vorbeifährt.

Der Indoorspielplatz ist eine Miniaturhölle auf Erden, ein Ort der Schreie und Gerüche und der gebrüllten Unterhaltungen. Konstantin kommt fünf Minuten später und isst runzlige orangefarbene Früchte aus einer Tüte. Schweiß rinnt ihm die Schläfen hinunter, trotz der Klimaanlage. Mütter an den Tischen nebenan werfen ihm ängstliche Blicke zu. Ihn hier zu treffen, kommt ihr pervers vor, aber es ist der sicherste und öffentlichste Ort für Ollie, der Nadia eingefallen ist.

«Hast du dich entschieden?», fragt er.

Nadia weicht seinem Blick aus. Sie fühlt sich nicht sicherer in seiner Gegenwart, sondern eher so, als hätte sie eine Gefahr gegen eine andere ausgetauscht. «Ich will, dass du sie erschreckst», sagt sie. «Schlimm, wenn du musst. Gebrochene Knochen, mir egal. Ich will einfach nur, dass sie aus Cranner's Ford verschwinden. Ich will, dass sie uns allein lassen.»

Konstantin schweigt eine Weile. Dann sagt er: «Ich glaube, du hast da etwas missverstanden.»

Sie runzelt die Stirn und sieht ihn an. «Was meinst du?»

«Ich habe dir angeboten, das Problem für dich zu lösen. Ich habe nie gesagt, du dürftest bestimmen, wie.»

«Und wie willst du es dann machen?»

«Das geht dich nichts an.»

«Natürlich geht es mich etwas ...»

«Soll ich dein Problem lösen oder nicht?»

Nadia schaut zu Ollie, der gerade schaukelt. Dann legt sie die Hand auf ihren Bauch. Ihr Baby misst jetzt zwei Zentimeter vom Kopf bis zu den Füßen. Sein Gesicht beginnt sich zu formen: Ohren, Nase, die Augen sind jetzt pigmentiert, ein Mund mit Zunge, die schon Geschmacksknospen besitzt.

Was ist wichtiger auf der Welt als diese beiden unschuldigen Wesen? Nicht sie. Nicht Simon. Und ganz sicher nicht Keira Greenaway und der Spinner, mit dem sie herumzieht.

Sie fragt sich, ob sie sich wohl für immer verdammt, flüstert dann aber durch zusammengebissene Zähne: «Ich will, dass du das Problem löst.»

Konstantin seufzt. Unter seiner sonnenverbrannten Kopfhaut pulsiert eine Ader. Sein Blick gleitet über ihre Haut. Als er ihre Wange berührt, bemüht sie sich, nicht zurückzuzucken.

«Danke», sagt er mit verzücktem Gesichtsausdruck.

Zu Hause setzt Nadia Ollie vor den Fernseher, aktiviert die Alarmanlage und bewaffnet sich mit einem Küchenmesser. Erst als sie jedes Zimmer untersucht, in jedem Schrank und unter jedem Bett nachgesehen hat, holt sie ihr Handy hervor und ruft Simon an. Der Anruf wird direkt an die Mailbox weitergeleitet. Vielleicht ist er immer noch im Kommissariat.

Da ihr nichts übrig bleibt, als zu warten, beschäftigt sie sich wieder mit dem Gedanken von vorhin – dass Hugo und

Keira vielleicht irgendwie miteinander verbunden sind, auf eine Weise, auf die sie nicht kommt.

Sie macht sich einen Espresso und geht damit in Simons Büro. Drinnen schließt sie die Tür und tritt zum Regal, in dem die vier hübsch gebundenen Alben stehen. Darin sind Zeitungsausschnitte, Fotos und Pressemitteilungen gesammelt, die *Sheergens* Geschichte dokumentieren. Simon bezahlt einen Medienbeobachtungsdienst, damit die Alben stets auf dem neuesten Stand sind, sowohl die Exemplare hier als auch die Duplikate in *Sheergens* Zentrale. Simon hatte gesagt, dass Keira kurz bei ihm gearbeitet habe, als sie noch Studentin war. Hatte sich ihre Zeit dort vielleicht mit der von Hugo überlappt?

Sie trägt die Alben zum Schreibtisch, öffnet das aktuellste und blättert zurück. Sie findet nichts, was sie nicht schon gesehen hat, auch nichts in den beiden Jahren davor. Das älteste Album deckt die Geschehnisse während ihrer Zeit bei *Sheergen* in Italien und sogar noch früher ab. Darin findet sie ein Bild, das ihr Inneres verflüssigt.

Nadia stolpert zu Simons Schreibtischstuhl. Eine Minute lang, vielleicht länger, kann sie nur dasitzen und starren. Endlich holt sie ihr Handy heraus und ruft Konstantin an. Sie haben sich vor weniger als einer Stunde getrennt. Sie hat noch Zeit, ihre Entscheidung zurückzunehmen.

Sein Handy klingelt und klingelt.

SECHSUNDSIEBZIG

Als Louis weg ist, kneife ich die Augen zu, rolle mich zusammen und mache es so dunkel, wie es nur geht. Und dann weine ich.

Ich weine um meine Schwester, meine Eltern, meinen Neffen. Vor allem aber weine ich um mich. Denn ich habe keine Ahnung, wer ich bin. Und weil jetzt gerade niederschmetterndes Selbstmitleid das kleinste meiner Probleme ist.

Hinterher schäle ich mich aus meinem Kokon und wanke in die Küche, fülle ein Glas mit Wasser und trinke. Hauptsächlich, um mich zu rehydrieren, aber auch, um neue Tränen für meinen nächsten Heulmarathon zu haben. Ich ziehe mich aus und humpele unter die Dusche. Ich bin furchtbar unsicher auf den Beinen. Es fühlt sich an, als wären die Fortschritte von zwei Jahren über Nacht zunichtegemacht worden. Ich sitze auf dem Boden der Dusche, wo es sicherer für mich ist, löse die Verbände und wasche mich vorsichtig. Aus dem Badezimmer krieche ich zurück ins Schlafzimmer und quäle mich in ein T-Shirt. Dann klettere ich zurück ins Bett.

Gegen sieben höre ich, wie das Gebäude erwacht. Über mir poltert Hazel herum. Vermutlich zieht sie sich an und macht sich Frühstück. Füttert ihre Katzen. Die Leute kommen aus den anderen Wohnungen nach unten. Sie gehen hinaus, starten ihre Autos. Gegen neun ist es wieder ganz still.

Still ist schlecht – denn dann kommen die Gedanken. Manchmal ist es am besten, überhaupt nicht nachzudenken, um zu überleben. Einfach alle Ereignisse über einen hinwegspülen zu lassen, sich ihnen zu ergeben. Das würde ich gern tun, aber es geht nicht.

Wir wissen beide, warum du nach Cranner's Ford gekommen bist. Und wir beide wissen, dass du nicht in der Lage bist, es durchzuziehen.

Falsch.

Da draußen läuft ein Mann herum, der mir alles genommen hat. Genau wie er es bei Keira Greenaway getan hat. Und bei Mercy Lake. Es muss etwas getan werden. Etwas, was ich fünf Jahre lang vor mir hergeschoben habe.

Ich mische dem Kerlchen ein bisschen Milch. Danach durchsuche ich den Kühlschrank. Ich habe keinen Hunger, aber ich weiß, dass ich etwas essen muss. Ich stopfe mir ein bisschen Nudeln mit Pesto hinein. Dann stolpere ich ins Badezimmer und kotze alles wieder aus. Für meinen zweiten Versuch – zu essen, nicht zu kotzen – wähle ich Heinz-Spaghetti-Ringe aus der Dose mit Toast. Das lässt sich runterschlucken und bleibt auch dort. Ich esse noch ein paar Haferkekse hinterher.

Ich setze mich an meinen Arbeitstisch und versuche, nicht an Louis zu denken. Ich lese die Nachrichten. Hugo hat jetzt einen Namen. Die *Cranner's Ford Gazette* kennt Einzelheiten. Das Foto, das sie benutzt haben, ist gut. In seinem Gesicht sehe ich keinerlei Hinweise auf die Boshaftigkeit, die ich bei Linda zu Hause erlebt habe. Andererseits sehe ich auch in meinem eigenen Gesicht nichts davon, dabei bin ich diejenige, die ihn umgebracht hat. Simon Rafferty wird in dem Artikel zitiert: *Wir sind alle am Boden zerstört. Vollkommen untröstlich.* Die Polizei sucht nach Hinweisen, besonders von Leuten, die mit dem Auto in der Nähe unterwegs waren und deren Dashcams vielleicht Aufnahmen vom Hergang des Unglücks haben.

Gegen Mittag schaffe ich es, ein paar Stunden zu schlafen. Als ich wieder aufwache, schaue ich auf mein Handy – keine Nachrichten von Louis, keine verpassten Anrufe. In der Küche hole ich jedes einzelne meiner Messer aus der Schublade und lege sie nebeneinander hin. Dann öffne ich meinen Laptop und gehe online. Ich schaue ein paar YouTube-Videos und suche auf meinem Arbeitstisch nach dem faustgroßen Ersatzschloss, das ich für den Fahrradschuppen brauche. Dann durchwühle ich meinen Werkzeugkasten nach einem Stück Fallschirmseil. Ein Ende binde ich um die Öse des Schlosses, nehme das Ding mit ins Schlafzimmer und schleudere es versuchsweise. Das Schloss dreht sich nicht richtig, also schleudere ich es fester und lasse es dann hart auf meine Aufbewahrungstruhe knallen. Der Deckel zersplittert, das Schloss durchschlägt das Holz.

Ich stehe da und stelle mir vor, welchen Schaden meine improvisierte Waffe an einem menschlichen Schädel anrichten würde. Dann beginne ich zu zittern. Mercy Lake ist tot, und ich habe keine Ahnung, wer ich bin. Ich gehe zurück in die Küche, lege die Messer weg und nehme mein lächerliches improvisiertes Spielzeug auseinander. Ich hole mein Bärenspray und stecke es in meine Tasche.

Gegen fünf Uhr mache ich mir wieder etwas zu essen.

Eine Stunde später ziehe ich meine Latzshorts aus und mein rotes Kleid an, das Bärenspray stecke ich unter meinen Gürtel. Vor dem Badezimmerspiegel schminke ich mich. Danach lackiere ich mir die Nägel und verbinde meine Handgelenke neu. Ich sehe aus wie ein Zombie, der auf ein Date geht. Nicht wie jemand, der sich auf einen Rachefeldzug begibt. Wieder in der Küche, öffne ich den Besteckkasten und betrachte die Messer erneut. Das ganze letzte Jahr hatte ich immer eins davon in meiner Gepäcktasche. Woher kommt die plötzliche Ablehnung?

Um sieben Uhr abends rufe ich Louis an. Weil er nicht rangeht, hinterlasse ich eine Sprachnachricht. Dann nehme ich die Umschläge, die ich am Sonntagabend aus meinem Briefkasten geholt habe: Einer ist weiß, einer rot. Ich stecke sie in meinen Rucksack, zusammen mit den Dingen, die ich möglicherweise brauche: Brieftasche, Handy, Mixtapes, ein repariertes *Speak & Spell*-Spielzeug, den Feldstecher, das Tinkerbell-Outfit, Bubblicious-Kaugummi.

Um acht Uhr trete ich aus meiner Wohnung und schleiche hinauf zum Eingangsbereich im Erdgeschoss. Durch das Sprossenfenster über dem Haupteingang sehe ich, dass der Himmel dunkel wird. Ich starre einen Moment lang dorthin, dann gehe ich hastig wieder nach unten.

Zehn Minuten später versuche ich es erneut. Und fünf Minuten danach. Bei meinem fünften Versuch schaffe ich es, den gesamten Eingangsflur zu durchqueren und die verbundene Hand auf die Eingangstür zu legen.

Werde ich das wirklich tun? Ja, das werde ich. Mit pochendem Herzen ziehe ich die Tür auf – und sehe rotes

Sonnenlicht durch eine Lücke zwischen den Reihenhäusern fallen. Ich zucke zusammen, sage ein Schimpfwort und fliehe.

Wieder zurück in meiner Wohnung komme ich langsam zu Atem. War meine Angst echt? Oder ist sie einfach aus Gewohnheit entstanden? Ich brauche eine Weile, bis ich begreife, dass ich gestern noch nicht einmal über so etwas hätte *nachdenken* können. Also hat sich doch etwas verändert, auch wenn ich noch nicht genau sagen kann, was.

Ich teste mich dreißig Minuten später wieder. Die Sonne ist hinter dem Horizont verschwunden. Nur noch einige blutige Wolken stehen am Himmel. Ich stehe gute fünf Sekunden da, um dann die Tür wieder zuzuschlagen. Ich glaube, ich schaffe es.

Als die bürgerliche Abenddämmerung beinahe vorbei ist, gebe ich dem Kerlchen ein Abschiedsküsschen und trage meinen Rucksack zum Jorvik. Ich lege ihn in die Gepäcktasche und klettere auf den Sattel.

Sicherheitschecks bestanden. Motor eingeschaltet. Gas geben.

Ich fahre unter einer indigoblauen Kuppel voller erwachender Sterne entlang. Ich habe Cranner's Ford noch nie so gesehen, im allerletzten Licht des Tages. Ich habe noch nie so viele *Menschen* gesehen. Die Pubs sind geöffnet, die Restaurants ebenfalls. Überall ist Verkehr; Scheinwerfer und Hupen und aufjaulende Motoren. Die kleinen Mopeds der Lieferdienste schlängeln sich zwischen den Autos und Menschen hindurch. Ein Feuerwehrwagen rast mit heulender Sirene an mir vorbei. Es riecht nach Rauch und gebratenem Essen. Ich fahre an einer Hühnerbraterei vorbei, an einem Kebab-Imbiss, einer Pizzeria – alle geöffnet. Meine Nase zuckt wie die eines ausgehungerten Hasen. Ich höre Musik und Gelächter. Überall um mich herum ist Leben.

Es ist chaotisch, beängstigend, überwältigend.

Von der Bartholomew Street fahre ich in die Liphook Avenue in Richtung Pincher's Mount. Das Drive-in sieht geschlossen aus, auf dem Parkplatz drehen Skater ihre Runden. Ich fahre vorbei, sehe dann aber den Verlorenen Travis vor dem Restaurant. Er schaut hinein. Ich fahre eine Schlaufe über den Asphalt und halte neben ihm. «Hey, Travis. Was ist los?»

Der große Mann sieht mich tieftraurig an. «Krachbumm», sagt er und greift unter sein T-Shirt, um seinen Anhänger hervorzuholen. «Becky hat recht. Blitz ist schlechtes Zeichen. Ist wahr.»

Während er redet, fällt mir das rot-weiße Absperrband vor dem Haupteingang auf. «Was ist denn passiert?», frage ich und spähe durch die Fenster hinein. «Warum ist es geschlossen?»

«Schlimme Sache», sagt Travis. «Hab sie gefunden. Heute Morgen.»

«Wen denn?»

«Becky. Ganz vereist.»

Mein Magen hebt sich. «Was meinst du damit?»

Er sieht mich gehetzt an. «Ist komisch. Kühlraum ist sicher. Klinke drinnen. Travis weiß das.»

«Becky war im Kühlraum?»

Er nickt.

«Geht es ihr denn gut?»

«Minus zwanzig, ganze Nacht. Hypo… Hypo…»

«Hypothermie? Unterkühlung?»

«Frostbeulen auch.» Travis wackelt mit den Fingern. «Wird ein paar verlieren, vielleicht alle. Und die kleinen Zehen. Hat Gary gesagt.»

Ich habe in der Stadt noch ein paar Dinge zu erledigen.

«Wie geht es dir denn?», frage ich.

«Travis sicher jetzt. Krachbumm nicht für mich.»

Ich berühre seinen Arm zum Abschied und fahre über den Parkplatz zur Hauptstraße. Ich muss mich dafür durch die Skaterinnen und Skater schlängeln und entdecke dabei ein Trio, das ich länger nicht gesehen habe. Drachenrücken, Schmalzlocke und Lauch üben an einem Bordstein. Sie sehen mir missmutig entgegen, als ich mich nähere.

«Was zum Teufel willst *du* denn?», murmelt Drachenrücken. «Wir haben dich in Ruhe gelassen, oder? Musst uns wirklich nicht noch einen Psychopathen auf den Hals hetzen.»

Ich mustere ihn von Kopf bis Fuß. Er ist so *jung*. Kaum zu glauben, dass ich je Angst vor ihm hatte. «So redest du nicht mit mir», sage ich zu ihm. «Das ist unhöflich, und dafür gibt es keinen Grund. Eine Frage, dann gehe ich schon wieder. Damals an der Tankstelle: Was hat er dir da gesagt?»

Drachenrücken schaut zu den anderen. Dann schaut er einem Rettungswagen hinterher, der die Liphook Avenue entlangrast, mit heulendem Martinshorn und Blaulicht. Dann macht er sich ganz krumm. «Er hat gesagt, wenn ich nicht abhaue, findet er heraus, wo ich wohne, und dass er weniger als einen Tag braucht, um mich zu finden, und dann bricht er nachts bei mir ein, wenn ich schlafe, fesselt mich … und dann holt er meine Mum und vergewaltigt sie vor meinen Augen. Er will auch ihr Gesicht zerschneiden, damit ich mich immer an ihn erinnere, wenn ich sie ansehe.»

Er wendet den Kopf ab und spuckt aus. «Der Typ war ein totaler Psychopath.»

Ich warte, bis er mich wieder ansieht. Dann frage ich: «Hast du seitdem noch andere Frauen belästigt, die allein draußen waren? Spätnachts?»

«Was zum Teufel. Nein.»

«Na dann hat die Drohung ja gewirkt.»

Drachenrücken zuckt zusammen und tritt einen Schritt zurück. «Wow», sagt er. «Nett. Du bist ja genauso irre wie er. Kann ich jetzt gehen?»

Ich mache eine Kopfbewegung und entlasse ihn damit. Dann fahre ich in die Liphook Avenue und weiter nach Osten. Ich denke an die Nacht, in der Louis und ich vor dem Haus von Liebeskummer-Linda standen und zuschauten, wie Hugo ihren Fernseher wegschleppte.

Manchmal gibt es wirklich nur eine Lösung für ein Problem. Ich liebe deine Kreativität, Mercy – deine Ideen. Aber Vogelhäuschen und Verandalampen bringen einen nur begrenzt weiter. Manchmal muss man ein Problem direkt angehen.

Einpeitscher-Becky in den Kühlraum zu sperren, ist direkt. Drei Betreibenden einer illegalen Hundezucht die Kniescheiben zu zerschmettern, ist direkt. Auch das pulverisierte Gesicht von Weiße-Knöchel-Wanda ist direkt. Und Hugo Jepp, der von der Sternentreppe gefallen ist.

In jener Nacht auf dem Pincher's Mount, nur Minuten bevor Hugo gefallen ist, ist mir etwas anderes klar geworden: dass kleine Akte der Freundlichkeit in einer Welt, die so grausam und willkürlich ist wie diese hier, weit weniger effektiv sind als Angst.

Glaube ich das immer noch?

Auf halbem Weg zum Pincher's Mount erreiche ich die Brücke, die Old Town von der Neustadt trennt. Da finde ich die Bank, auf der ich manchmal sitze. Ich öffne meinen Rucksack und hole die beiden Umschläge heraus, den weißen und den roten. Das Papier ist etwas ausgefranst, weil ich sie so oft geöffnet und wieder verschlossen habe.

Als Erstes öffne ich den weißen und hole die Karte heraus. Darauf ist ein Frosch abgebildet, dessen Zunge an einer Geburtstagstorte klebt. Darin steht: *Für unsere bekloppte, schlaue, liebe, brillante, lustige und hinreißende Tochter. Herzlichen Glückwunsch zum achtzehnten Geburtstag. Wir können es kaum erwarten zu sehen, was die Zukunft dir bringt. Wir wissen, dass es wunderbar wird. Alles, alles Liebe, deine ebenso bekloppten, schlauen, lieben, brillanten, lustigen, aber längst nicht so hinreißenden Eltern xxx*

Eine Weile starre ich die Handschrift an. In meinem Kopf wird es ganz ruhig. Vorsichtig lege ich die Karte auf meinen Schoß. Dann greife ich in den roten Umschlag. Darauf sieht man ein Schwarz-Weiß-Foto mit einem Scherz, den ich nie richtig verstanden habe. Aber die Nachricht darin ist überhaupt nicht unverständlich: *Für Keira. Wow, du hast es wirklich geschafft. Eine echte Erwachsene. Ich kann es kaum* ERWARTEN, *nachher mit dir zu feiern! Von der besten großen Schwester der Welt, Phoebe. Xxxxx*

In diesem Moment summt mein Handy.

SIEBENUNDSIEBZIG

Dienstagabend.

Elf Stunden, seit Tapia Nadia im Indoorspielplatz getroffen hat. Siebzehn Stunden, seit er etwas Tiefgreifendes nahe dem Gipfel des Old Cobb entdeckt hat: sein geisteräugiges Mädchen, zwischen Himmel und Erde; das Versprechen auf eine absolut einmalige Erfahrung im Moment ihres Todes.

Als er heute am späten Morgen aus dem Hotel ausgecheckt hat, hat er sich einen Parkplatz in einer der kleinen Straßen gesucht und sieben Stunden lang durchgeschlafen. Seine Träume waren viel lebhafter als sonst. Hinterher ist er in die Stadt gefahren und hat noch eine dieser faden Mahlzeiten gegessen: Lachs mit neuen Kartoffeln, heruntergespült mit Sprudelwasser.

Jetzt, da es Nacht ist, überprüft er seine Materialien: den Kanister mit Benzin; sechs Liter Brennspiritus; Polizei-Handschellen und Fesseln; Nadeln und Lidocain. Seine Flinte hat er mit Neodym-Magneten unter dem Van befestigt.

Er legt sein Handy aufs Armaturenbrett, so kann er die Tracking-App beim Fahren im Auge behalten. Keira Greenaways kleiner Kumpel ist die größte Gefahr, daher muss er ihn als Erstes ruhigstellen. Danach kümmert er sich dann um Keira und Nadia.

Der VW-Bus hat den *Seven Crosses*-Campingplatz vor fünf Minuten verlassen und bewegt sich in Richtung Stadt. Tapia holt ihn an der Texaco-Tankstelle an der Copper Beech Lane ein. Er fährt daran vorbei, ohne langsamer zu werden, und sieht, dass seine Zielperson gerade das Auto betankt. Er fährt eine Schlaufe und folgt dem Fahrzeug durch Old Town. Es fährt die Straße um den Pincher's Mount herum und biegt in einen Parkplatz ein, der zu einem Ort namens Rycroft Hollow gehört. Tapia bleibt ein paar Hundert Meter hinter dem Eingang stehen. Er nimmt seinen Rucksack und seine Flinte, steigt aus und beginnt zu laufen.

Er sieht den VW-Bus am hinteren Ende des Schotterparkplatzes stehen. Die Innenbeleuchtung ist eingeschaltet, die Vorhänge sind zugezogen. Dampf entweicht durch ein halb offenes Seitenfenster. Tapia riecht etwas Gekochtes.

Wenn er die Dunkelheit als Deckung nutzt, kann er bis auf ein paar Meter heranschleichen, ohne dass man ihn bemerkt. So geräuschlos wie ein Stachelrochen tut Tapia genau das.

ACHTUNDSIEBZIG

Es ist eine Textnachricht, kein Anruf. Verschickt von Louis' Handy.

> KOMM NACH ARCADIA HEIGHTS. DAS HAUPTTOR IST OFFEN.

Meine Kopfhaut zieht sich zusammen. Ich stehe viel zu schnell auf. Die Geburtstagskarten fallen von meinem Schoß, und ein Windstoß trägt sie über das Geländer. Ich schaue ihnen hinterher, wie sie in den Fluss trudeln, der sie sanft mit sich nimmt.

Ich steige auf mein Jorvik und halte mich am Lenker fest, ohne auf den Schmerz in meinen verbundenen Händen zu achten. Dann nutze ich eine Lücke im Verkehr und fädele mich auf die Straße ein.

Von hier aus gibt es kein Zurück, keine Rückkehr zum Früher. Ich weiß nicht einmal, ob ich das überhaupt wollen würde, hätte ich die Wahl. Fünf lange Jahre habe ich im Fegefeuer verbracht. Vielleicht gibt es endlich einen Ausweg.

Die Autos vor mir werden langsamer. Um ihnen auszuweichen, fahre ich auf dem Bürgersteig. An der nächsten Kreuzung sehe ich den Grund für den Stau. Die Straße vor mir ist von Rettungsfahrzeugen blockiert. Drei Feuerwehrleute halten ihre Schläuche auf ein wild brennendes Auto.

Offenbar bin ich nicht die Einzige, die eine schlimme Nacht hat. Ich komme nicht näher heran, also weiche ich auf eine Seitenstraße aus.

Der Himmel über mir ist noch dunkler geworden. Pincher's Mount ragt als schwarzer Umriss über mir auf. An der nächsten Kreuzung biege ich direkt in den Abbot's Walk ein.

Mein Jorvik muss auf dem Weg den Hügel hinauf hart arbeiten. Hier wohnen die Reichen und Mächtigen. Je höher ich komme, desto beeindruckender sind die Anwesen.

Von ihnen ist Arcadia Heights das größte. Ich fahre an der Grundstücksmauer entlang und denke nicht an das, was dahinter liegt. Ich erreiche das hydraulische Tor mit den Sicherheitskameras – es steht offen. Zum ersten Mal fahre ich direkt hindurch.

Die Auffahrt beschreibt Kurven nach rechts und links und führt unter einem Laubdach entlang, das so dicht ist, dass es den Nachthimmel verdeckt. Meine Reifen fahren fast geräuschlos über den glatten Asphalt. Als ich unter dem Blätterdach der Bäume herausfahre, sehe ich das Haus zum ersten Mal aus dieser Richtung. Was für ein Anblick: nackte Betonwürfel und Glas, von innen erleuchtet, als stünde es in Flammen. Die Eingangstür steht offen. Ich sehe eine weiße Eingangshalle und eine Marmortreppe.

Ich steige von meinem Jorvik, öffne meine Gepäcktasche und nehme den Rucksack heraus, außerdem alles andere, was ich vielleicht brauche. Dann stehe ich einen Augenblick nur da und schaue zum Haus hinauf.

Phoebe hat das hier nie gesehen. Sie war längst tot, als

Simon nach Cranner's Ford zog. Wenn sie noch lebte, hätte sie vielleicht Einspruch gegen den schlechten Geschmack erhoben, der sich an diesem Haus zeigt.

Ein paar Meter vom Eingang entfernt spielt mir mein Hirn einen seiner Streiche. Ich kippe nicht um, aber als ich mich bewege, verschwimmt die Welt, die Farben verlaufen, bis sie sich wieder fangen. Ich setze bewusst einen Fuß vor den anderen und bahne mir einen Weg durch das Chaos.

In der Halle ist es sehr hell. Weißer Boden, weiße Wände, weiße Decke. Ich sehe nur zwei Farbflecken: auf einem Sideboard üppige Blumensträuße, am Fuß der Treppe ein paar Blutstropfen.

Musik spielt irgendwo in den Tiefen des Hauses. Ich mache ein paar Schritte, bleibe stehen, mache noch ein paar Schritte. Die Wände um mich herum pulsieren und beben. Ich gehe durch einen offenen Durchgang, der in ein Zimmer führt, das ich wiedererkenne: Es ist die Orangerie, in der Daisy Schau-zweimal-hin Yoga gemacht hat.

Im Kinoraum, auf einem der weißen Ledersofas, liegt Nadia auf der Seite, das Gesicht mir zugewandt. Ihr pfirsichfarbener Sarong klafft auf und lässt ein gebräuntes Bein sehen. An einem Fuß steckt ein Flip-Flop. Der andere ist nackt.

Aus der Nähe ist sie noch schöner, als ich erwartet hatte, so makellos, dass sie kaum menschlich wirkt. Ich bleibe im Durchgang stehen und warte, bis sich mein Blickfeld stabilisiert. Ich sehe keinen Hinweis auf Verletzungen. Nichts, was diesen perfekten Körper ruiniert.

Als Nadia blinzelt, beginnt mein Herz heftig zu pochen.

Also nicht tot, aber ich kann mir nicht vorstellen, warum sie so daliegt – warum sie nicht vom Sofa aufsteht und wegrennt. Aber ich habe keine Zeit, das weiter zu untersuchen. Ich wende mich ab und gehe tiefer ins Innere des Hauses.

Ich komme in die Küche, eine Oase aus Marmor und Glas. Hier spielt die Musik: «Hold On, I'm Comin'» von Sam und Dave. Durch die bodentiefen Fenster sehe ich eine Ecke des Pools. Auf einem der Barhocker sitzt Louis.

NEUNUNDSIEBZIG

Konstantin Tapia starrt durch die Windschutzscheibe auf die Lichter von Cranner's Ford. Diese Stadt ist jetzt seit zwei Wochen sein Zuhause. Kein übler Ort, wenn man es mal recht bedenkt. Das mexikanische Restaurant war ganz sicher das Highlight.

Sein Van ist mit der Schnauze nach unten geparkt. Weit unter sich sieht er die Straße, die aus Old Town herausführt und den Fluss überquert.

Tapia wendet seinen Kopf zu allen Seiten, um den Nacken zu entspannen. Die Lichter der Stadt rotieren, dann setzen sie sich wieder. In seiner Brust fühlt es sich irgendwie taub an.

«Da *bist* du ja», sagt eine Stimme. «Ich dachte, ich hätte dich schon wieder verloren.»

Keira Greenaways kleiner Kumpel sieht ihn durch das offene Seitenfenster an, und da kommt auch die Erinnerung zurück: Rycroft Hollow, der VW-Bus, der auf dem Schotterparkplatz steht, der Geruch von Essen. Er war näher herangeschlichen, die Flinte im Anschlag.

Dann das Aufblitzen von Metall in der Dunkelheit: zwei Angelhaken an Drähten, die ihn erstarren und vornüberkippen ließen wie eine aus den Angeln gehobene Tür. Nur Sekunden nachdem der Strom nachgelassen hatte, fand er sich in einem Schwitzkasten wieder. Er wachte im hinteren

Teil seines Vans wieder auf, so fest gefesselt, dass er sich nicht rühren konnte. Keira Greenaways kleiner Kumpel saß ihm gegenüber.

«Ich habe viel über Lidocain gelesen», sagte der Mann, als er sah, dass Tapia wach war. «Vermutlich sollte ein Anfänger nicht allein eine Spinalanästhesie versuchen, aber du hast ja alle Nadeln selbst mitgebracht, da fühle ich mich ein wenig sicherer. Ich habe auch schon vier YouTube-Videos dazu geschaut. Glaubst du, ich kann deinen Subarachnoidalraum finden? Ohne dich dabei umzubringen?»

Die Antwort lautete, wie sich herausstellte, Ja – wenn auch nicht beim ersten Versuch. Wie viel von der isobaren Lidocain-Lösung der Mann benutzte, weiß Tapia nicht, aber dreißig Minuten später sitzt er aufrecht auf dem Fahrersitz und kann unterhalb seiner Taille nichts spüren. Seine Beine reagieren nicht, wenn er sie bewegen will. Der Schwindel kommt sicher daher, dass sein Blutdruck wegen der Spinalanästhesie abgefallen ist, vielleicht ist es auch ein Hinweis auf etwas Schlimmeres. Aber jetzt ist das nur eins seiner Probleme – denn seine Hände sind mit Kabelbindern am Lenkrad befestigt, und seine Nase riecht die Dämpfe vergossenen Benzins.

«Du machst mir keine Angst», sagt er.

«Gut zu wissen», erwidert der Mann. Er greift in den Van und schaltet die Autoscheinwerfer ein. Dann geht er um das Auto herum und setzt sich auf den Beifahrersitz. «Willst du eine Geschichte hören?», fragt er. «Vor ein paar Jahren, im Kruger National Park in Südafrika, haben die Ranger einen menschlichen Schädel gefunden. Sein Besitzer war ein Nashornwilderer, der illegal in den Park eingedrungen war. Ein Elefant hatte ihn umgebracht. Dann hat ein Löwenrudel seine Leiche aufgefressen.»

Der Mann lächelt. «Die Geschichte gefällt mir. Dir auch? Ich glaube zudem, dass sie perfekt illustriert, was hier gerade passiert.»

Tapias plötzliche Übelkeit kommt vielleicht vom Lidocain. Oder von der Angst. Er hat so etwas noch nie erlebt.

Der kleine Kumpel von Keira Greenaway holt jetzt ein Streichholz hervor. «Du kannst die Bremsen nicht betätigen», sagt er. «Weil deine Beine nicht funktionieren. Aber du kannst lenken. Siehst du die Brücke da, tief unter uns? Wenn du es in den Fluss schaffst, löschst du vielleicht die Flammen.»

Er hält inne und schaut vielsagend auf Tapias ans Lenkrad gefesselte Hände. «Natürlich ist das Wasser ziemlich tief, das wäre noch ein Problem, das du lösen müsstest. Du könntest auch gegen einen der Bäume fahren und praktisch eine Vollbremsung hinlegen. Ich weiß natürlich nicht, ob das irgendwie hilft.»

Er reißt ein Streichholz an und dreht es um.

Tapia sieht, wie die Flamme das Hölzchen hinaufkriecht. «Warte.»

«Nee», sagt der Mann. Er löst die Handbremse, wirft das angezündete Streichholz in den hinteren Teil des Vans und springt aus der Beifahrertür. Hinter Tapia entzünden sich ruckartig die Benzindämpfe wie eine gelbe Blüte. Dann rollt der Van los.

ACHTZIG

Auf dem Schreibtisch vor Louis steht eine Flasche mit weißem Rum, der Deckel ist abgeschraubt. Daneben, auf einem Hackbrett, sehe ich Minze, Zucker, ausgepresste Limetten, Crushed Ice und Sodawasser.

«Also dieses Haus ist mal wirklich gut ausgestattet», sagt er. «Ich habe dir einen Mojito gemacht. Ich weiß, dass du eigentlich nicht trinkst, aber ich dachte, es beruhigt vielleicht deine Nerven.» Er hält ihr ein Glas hin. «Hier. Ist nicht stark.»

Ich winke ab. «Vielleicht später. Wo ist Ollie?»

«Dein Neffe schläft in seinem Bett.»

«Ich will ihn sehen.»

«Klar. Soll ich mit dir raufkommen? Du wirkst nicht besonders sicher auf den Füßen.»

«Ich schaffe das schon.» Ich deute auf das Hackbrett und das, was darauf liegt, und füge hinzu: «Du hast da ja eine Menge Zeug angefasst.»

«Ich mache das hinterher sauber. Wir haben die ganze Nacht. Mit genügend Zeit können wir dafür sorgen, dass dieses Haus genau die Geschichte erzählt, die wir wollen.»

Das Zimmer teilt sich. Ich atme langsam und tief, versuche, die beiden Teile wieder zusammenzubringen. Dann gehe ich zurück in die Eingangshalle. Ich klammere mich ans Geländer und gehe ins Zwischengeschoss. Ich erkenne diesen Teil des Hauses – ich habe ihn oft auf meinem Weg zu Ollies Zimmer gesehen.

Vor dem Zimmer öffne ich meinen Rucksack. Wenn er aufwacht, will ich ihm keine Angst einjagen. Er kennt mich als Tinkerbell, also wird er Tinkerbell sehen. Ich ziehe das rote Kleid aus. Stattdessen ziehe ich meinen lila Rock und das Korsett an, setze die pinkfarbene Perücke und die Feenflügel auf. Vorsichtig öffne ich die Tür.

Drinnen ist es dunkel. Langsam gewöhnen sich meine Augen daran. Ich schleiche über herumliegendes Spielzeug bis zu Ollies Bett.

Und da liegt er und schläft. Mein Neffe. Der Sohn meiner Schwester.

Seine Brauen sind ganz leicht gerunzelt. Seine Augen bewegen sich hinter den Lidern. Hoffentlich ist sein Traum schön. Drei Jahre ist es her, seit ich ihm so nah war; so viel von seinem Leben habe ich verpasst. Und noch länger habe ich seine Mutter nicht mehr gesehen.

An jenem Tag in Italien habe ich stundenlang verletzt neben dem See gelegen, bis Simon mir den Schädel einschlug. Ich erlitt eine Hirnblutung auf dem Weg zum Krankenhaus. Nach einer Notoperation wurde ich in ein künstliches Koma versetzt. Als ich wieder aufwachte, Wochen später, konnte ich nicht mehr gehen, nicht einmal mehr reden. Der Weg zurück war lang.

Bis dahin waren die polizeilichen Ermittlungen zu Schlussfolgerungen gekommen, die niemand wieder anzweifeln wollte, schon gar nicht aufgrund der Aussagen von jemandem, der so offensichtlich versehrt war. Meine

Erinnerungen seien nicht verlässlich, sagten sie, und das Gemetzel im Haus am See nur das Resultat eines schiefgegangenen Einbruchs.

Simon hatte das Haus als Ferienzuflucht nur für sie drei gebucht. Sobald sie angekommen waren, hatte er eine Krise im italienischen Büro von *Sheergen* fingiert, um so sein Alibi aufzubauen.

Phoebe, die an diesem wunderschönen Ort allein bleiben sollte, beschloss, mich und meine Eltern einzufliegen, ohne ihm davon zu erzählen, in dem Glauben, ihm damit eine Überraschung zu bereiten. Das war natürlich auch so, aber nicht, wie sie es sich vorgestellt hatte. Direkt nach unserer Ankunft machten Mum und Dad ein Nickerchen, und ich ruderte mit dem Boot auf den See hinaus. Phoebes Schreie ließen mich zurückkommen.

Die Polizei glaubt, dass sie zuerst starb – und dass ihre Schreie meine Eltern weckten. Dad starb in der Küche. Mum wurde in einem der Schlafzimmer umgebracht. Wenn ich direkt nach oben gegangen wäre, nachdem ich vom See zurückgekommen war, hätte sie vielleicht überlebt. Stattdessen rief ich die Polizei. Weil mein Anruf so verworren war und das Haus so abgelegen lag, kam jede Hilfe zu spät. Und vorher kam Simon mit Nadia zurück.

Es gab keine Beweise, die Simon mit dem in Verbindung brachten, was dort passiert war; kein Motiv für seine Beteiligung daran. Seine Ehe mit meiner Schwester war glücklich, das sagten alle.

Dass er Nadia heiratete, sobald Phoebes Sarg in der Erde verschwunden war, änderte nichts daran. Trost in ihren

Armen zu finden, war kein Verbrechen. Aber das Paar so zu belästigen, wie ich es tat, *war* ein Verbrechen; meine Vorwürfe immer wieder zu wiederholen, obwohl niemand mehr zuhörte; sie zu verfolgen; in ihr Haus einzubrechen; Ollie zu entführen.

Trotzdem lernte ich meine Lektion, wenn auch auf sehr schmerzhafte Weise. Egal, was Louis denken mag, ich bin nicht nach Cranner's Ford gekommen, um Simon umzubringen, sondern nur aus einem Grund: um Ollie zu sehen, um ihm nah zu sein, um zu sehen, wie er aufwächst. Weil dieser Junge alles an Familie ist, was ich noch habe.

Ich beuge mich jetzt über ihn, atme seinen sauberen, kuchenartigen Geruch ein. Er ist wie ein Elixier und stärkt mich. Ich erinnere mich noch an meine Begeisterung, als Phoebe zu mir sagte, sie sei schwanger. Ich erinnere mich an jede Woche jedes Trimesters, an jede Phase von Ollies Entwicklung.

Ich war siebzehn, als sie ihn auf die Welt brachte. Das war das Jahr, in dem ich einen Monat lang Praktikum in Simons Büro machte; das Jahr, in dem sie das große Haus kauften – und das Jahr, in dem er mich in den Weinkeller brachte.

Wenn ich Phoebe sofort davon erzählt hätte, würde meine Familie vielleicht noch leben. Vielleicht hätte sie die Scheidung eingereicht, und das hätte sie alle geschützt. Stattdessen beschloss ich, den Mund zu halten und herauszufinden, ob Simons Untreue mit mir ein Einzelfall war. Ich habe immer an zweite Chancen geglaubt, sogar für den Mann, der versucht hatte, seine Schwägerin zu verführen, nur ein paar Wochen bevor seine Frau seinen Sohn zur Welt brachte.

Natürlich begriff ich schnell, dass der Vorfall im Weinkeller für ihn ziemlich typisch war. Als Phoebe mich nach Italien einlud, hatte ich bereits beschlossen, ihr davon zu erzählen. Ich war auf den See hinausgerudert, um den Mut dafür aufzubringen.

Jetzt strecke ich ganz vorsichtig die Hand aus und berühre meinen Neffen – nur mit den Fingerspitzen, nur seinen nackten Arm. So nah war ich nicht nur Ollie seit drei Jahren nicht mehr. So nah war ich auch meiner Schwester nicht mehr. In seinem Gesicht sehe ich ihre Züge und spüre ihr gutes Herz.

Wegen Simon hat dieser Junge seine Mutter nicht kennenlernen können. Wegen Simon hat er keine klaren Erinnerungen an seine Großeltern. Selbst seine Tante ist kaum mehr als ein Gesicht hinter dem Fenster, eine Illusion, deren Zeit schon abgelaufen war.

Ich öffne meinen Rucksack und hole das *Speak & Spell*-Spielzeug heraus. Seit meiner Hirnverletzung habe ich ein paar schräge Leidenschaften entwickelt. Altes Zeug zu reparieren, das andere weggeworfen haben, gehört dazu. Es ist ziemlich sinnlos, alte Walkmans oder VHS-Player zu reparieren – aber es ist so traurig, dass die Dinge nicht mehr geliebt werden, nur weil sie nicht mehr so gut funktionieren wie früher. Zumal ich selbst eins von diesen Dingen bin.

Ollie braucht kein weiteres repariertes altes Spielzeug. Er brauchte auch nicht das alte Tamagotchi oder den Major Morgan oder den Little Professor. Ich lege ihm trotzdem das *Speak & Spell* unter den Arm. Dann küsse ich ihn auf die Stirn, gehe durchs Zimmer und schließe die Vorhänge.

Anschließend gehe ich die Treppe hinunter – zu Louis und einem Mojito und dem, was mich dort noch erwartet. Aber ich gehe nicht direkt in die Küche. Stattdessen mache ich einen Umweg über den Kinoraum, wo ich mich in der Dunkelheit neben Nadia Rafferty hinhocke. Sie hat ihre Haltung in meiner Abwesenheit verändert. Jetzt sehe ich die Kabelbinder an ihren Fuß- und Handgelenken.

«Hast du Angst?», flüstere ich.

Sie nickt.

«Willst du leben?»

Noch ein Nicken.

«Willst du mir eine Frage beantworten?»

«Ja.»

«Ich merke es, wenn du lügst.»

«Ich lüge nicht.»

«Die Wahrheit ist immer der beste Weg.»

«Ich bin schwanger», flüstert sie.

«Dann sag mir alles, was ich wissen muss.»

Und in der nächsten Minute redet Nadia.

Als sie verstummt, sage ich: «Wenn du schlau bist, dann fängst du irgendwo neu an, wenn das hier vorbei ist.» Ich stehe auf und gehe in Simons Büro, das ein wenig weiter hinten im Flur liegt. Ich schalte das Licht ein und trete an seinen Schreibtisch. Dann gehe ich in die Küche. An der Frühstücksbar gibt mir Louis einen Mojito. Der Zucker und die Kohlensäure helfen mir, mich zu konzentrieren.

«Als ich meine Nachricht geschickt habe, war es noch

nicht ganz dunkel», sagt er. «Es war nicht einmal ganz dunkel, als du ankamst.»

«Nein.»

«Du bist hierhergefahren. In der Dämmerung.»

«Stimmt.»

«Also hat es geklappt.»

«Wo ist Simon?»

«Draußen am Pool. Bist du bereit dafür?»

Ich nehme noch einen Schluck vom Mojito. Ich denke an meine Schwester, meine Eltern – an die Gerechtigkeit, die sie nie bekamen. «Ich bin bereit», sage ich zu ihm und deute auf meinen Drink. «Das ist lecker.»

«Willst du noch einen? Wir haben die ganze Nacht.»

«Später.»

Ich gehe zu der Terrassentür, die offen steht und die Nacht hereinlässt. Da liegt der Pool und leuchtet ätherisch grün. Am tiefen Ende, nur wenige Zentimeter vom Beckenrand entfernt, sehe ich ihn. Er sitzt auf einem Aluminium-Poolstuhl, seine Fußgelenke sind an dessen Beine gefesselt, die Handgelenke an die Armlehnen. Sein Mund ist mit Klebeband verschlossen. Blut rinnt ihm aus einem Schnitt über seinem linken Auge das Gesicht hinunter. Als er mich sieht, biegt er den Rücken durch.

Mir steigt die Säure in den Magen. Ich knirsche mit den Zähnen und trete hinaus. Es ist schwer, meine Abscheu zu verbergen, und es wird immer schwerer, je näher ich ihm komme, aber ich will ihm in die Augen sehen. Zum ersten Mal, seit ich ihn kenne, hat sich das Machtgefälle zwischen uns verkehrt.

Ich bleibe ein paar Meter vor ihm stehen. In seinem Gesicht sehe ich die Arroganz und die Herablassung, die ich erwartet hatte, aber ich sehe auch Angst.

«Denkst du jemals an sie?», frage ich.

Simon starrt mich an und hebt das Kinn.

Ich drehe mich um und gehe um den Pool herum. Louis wartet hinter der Terrassentür. «Du hast einen Plan», sage ich. «Lass ihn hören.»

«Wir kippen seinen Stuhl über die Kante, dann ertrinkt er. Wir lösen seine Fesseln und lassen ihn mit dem Gesicht nach unten im Pool treiben.»

«Und Ollie?»

«Sie haben ein Dienstmädchen, das gegen sechs Uhr auftaucht. Wir können bis dahin auf ihn aufpassen, damit ihm nichts passiert. Er schläft vermutlich durch.»

«Nadia?»

«Mit Nadia machen wir dasselbe. Ich weiß, dass das brutal klingt, aber wenn es vorbei ist, ist es vorbei. Keine ungelösten Probleme.»

Ich schaue zu Simon Rafferty hinüber. Ich denke an Phoebe, die tot in ihrem eigenen Blut liegt. Im Vergleich dazu ist Ertrinken ein leichtes Schicksal. *Zu* leicht.

Egal. Denn ich habe andere Pläne für ihn.

EINUNDACHTZIG

Wir gehen wieder hinaus.

Die Temperatur ist gefallen – es ist viel kühler jetzt im Vergleich zu dem Zeitpunkt, als ich meine Wohnung verlassen habe. Über uns hängen jetzt Wolken. Die Luft fühlt sich schwer und voller Erwartung an. Ich rieche Ozon, scharf und süß; das Versprechen auf Regen.

Simon sieht mich kommen. Ich würde ihm am liebsten erklären, wie genau sich diese letzten fünf Jahre für mich angefühlt haben – aber ich war noch nie gut in so etwas. Und nach meiner Hirnverletzung bin ich noch schlechter geworden. Und ehrlich gesagt, warum sollte ich ihm meine Qualen schildern?

«Wenn du willst, dass ich es tue ...», fängt Louis an, als er mich einholt.

Ich schüttele den Kopf und ziehe das Kochmesser aus meinem Rockbund, das ich aus meiner Gepäcktasche geholt habe. Als Simon es sieht, beschleunigt sich sein Atem.

Ich schließe meine Augen, nur ganz kurz, und sehe mich selbst wieder in diesem Weinkeller. Ich spüre seine Lippen auf meinen, seine Zunge in meinem Mund. Rückblickend war genau das der Augenblick, in dem alles in meinem Leben auseinanderzubrechen begann.

Mit meiner freien Hand ertaste ich die Mulde an der

Schädelbasis, meinem ewigen Souvenir vom Lago della Misericordia.

Ich drehe mich um, werfe einen Blick hinauf zu Ollies Zimmer, um sicherzugehen, dass die Vorhänge meines Neffen noch zugezogen sind.

«Die Sicherheitskameras», sage ich.

«Deaktiviert», antwortet Louis. «Die um den Pool herum. Und die am Eingangstor.»

«Warum hast du ihn geknebelt?»

«Damit du dir seine toxische Scheiße nicht anhören musst.»

Ich nicke. Dann packe ich das Messer fest mit meiner verbundenen Hand und stoße es Louis in die Seite.

Er reagiert nicht sofort. Als ich die Klinge herausziehe, spritzt sein Blut auf die Steinplatten.

Louis gibt einen leicht überraschten Laut von sich und dreht sich zu mir um. Der Blick seiner grünen Augen fängt meinen auf, und ich sehe, dass er begreift. Als Reaktion darauf stoße ich das Messer in seinen Bauch. Diesmal stöhnt er, macht einen Schritt vorwärts und packt mein Handgelenk.

«Nein», murmelt er. «Zieh es nicht heraus. Was machst du da?»

Ich versuche, mich loszuwinden, aber sein Griff ist unnachgiebig. «Ich mache es allein», sage ich zu ihm. «Von jetzt an ist es nur noch meine Sache.»

«Mercy ...»

«Mercy Lake ist tot. Du hast sie oben auf dem Old Cobb gelassen.»

Er stöhnt, als hätte er zu viel gegessen. «Du denkst nicht klar. Was ist bloß in dich gefahren?»

Wieder versuche ich, meine Hand loszumachen. Louis verzieht das Gesicht, drückt mein Handgelenk – so fest, dass ich überrascht bin, dass es nicht bricht. «Hör auf, Mercy. Bitte. Du bist verrückt geworden.»

«Ehrlichkeit ist immer der beste Weg», sage ich. «Ich habe dir nie erzählt, dass Simon mich vor dem Haus am See angefahren hat. Und das hättest du meinem Album auch nicht entnehmen können, auch keiner anderen Quelle, denn darüber wurde nie berichtet. Simon saß an jenem Tag nicht hinter dem Steuer, oder? Er hat vielleicht versucht, mich hinterher zum Schweigen zu bringen, aber er hat mich nicht angefahren. Weil du das warst. Kurz nachdem du meine Schwester umgebracht hattest, meine Mum und meinen Dad.»

Der Schmerz in meinem Handgelenk ist unglaublich. Als ich das Messer loslasse, zieht Louis mich näher heran. Seine freie Hand packt meinen Hals und würgt mich.

Wir stehen so nah beieinander wie Liebende. Dank des Lichts vom Pool kann ich die Streifen in seinen Iriden sehen. Sie sind nicht nur smaragdgrün, sondern auch braun und kupfergolden. Seine Pupillen sind wie Strudel in einer Lagune. Wirklich schön.

«Ich habe mich in dich verliebt», flüstert er. «Wir hätten überall hingehen, alles tun können.»

Ich kann nicht atmen, nicht sprechen. Ich versuche, seine Finger von meinem Hals zu bekommen, aber er ist zu stark. Ich ändere meine Strategie, taste zu meinem Bündchen, hebe die Hand, kneife die Augen fest zu und sprühe ihm eine volle Ladung Bärenspray ins Gesicht.

Die Wirkung stellt sich sofort ein. Louis keucht auf und lässt mein Handgelenk und meine Kehle los. Ich gehe rückwärts, aus seiner Reichweite, bis ich hinsehe.

Hellorangefarbene Flüssigkeit tropft von Louis' Gesicht. Er bedeckt seine Augen, er ist blind.

Jetzt oder nie. Ich gehe zwei Schritte vorwärts, packe den Griff des Messers. Ich drehe es, öffne seinen Körper. Mit der anderen Hand stoße ich ihn zurück.

Louis fällt mit ausgestreckten Armen in den Pool. Ein Geysir aus Tropfen durchnässt mein Kostüm. Er strampelt. Dunkles Blut pulsiert aus seinen Wunden und befleckt das Wasser. Es breitet sich unter ihm aus und sieht kurz aus wie zwei purpurfarbene Flügel.

Sein Gesicht durchbricht die Oberfläche. Bevor er Atem schöpfen kann, schließt sich die Wasseroberfläche wieder über ihm. Ich falle auf die Knie, schaue zu, wie Louis tritt und sich windet und endlich ganz still wird.

Ich schließe die Augen.

Bilder vom alten Esstisch im alten Haus meiner Eltern ziehen vor meinem inneren Auge vorbei. Mum und Dad, die mir gegenübersitzen, Phoebe, die die Torte hereinbringt. Dann lasse ich die Erinnerung verblassen.

Louis' Fehler heute Morgen in meiner Wohnung hat mich alles überdenken lassen – jede Unterhaltung, jedes Zusammentreffen.

Ich erinnerte mich wieder an das, was er vor dem Fenster von William dem Navigator gesagt hatte, an dem Abend, an dem wir das Vogelhäuschen am Baum befestigt hatten: *Das Universum arrangiert Situationen und stellt uns vor die Wahl. Ich bin überzeugt, dass es das war, was Freitagnacht bei der Texaco-Tankstelle passiert ist. Ich bin überzeugt, dass es das war, was uns wieder zusammengeführt hat.* Dabei hatten sich unsere Wege in jener Nacht an der Tankstelle zum ersten Mal gekreuzt, hatte ich geglaubt.

Und dann die Reaktion auf die Urnen meiner Eltern, in jener Nacht, in der er in meiner Wohnung schlief. Es war eine verständliche Reaktion, vielleicht, zumal er ja gesagt hatte, dass er mit dem Tod nicht gut zurechtkam. Aber er hatte keinerlei Probleme, Hugos Leiche von allen Hinweisen auf ihn zu säubern. Was ich in meinem Wohnzimmer sah, das begreife ich jetzt, war ein Mann, der mit den Folgen eines Ereignisses konfrontiert worden war, das er lieber vergessen hätte.

Und die Daten seiner Reise nach Übersee, das halbe Jahr, das er angeblich mit Eleanor herumgefahren war – ein Jahr in Indien, zwei in Südostasien, achtzehn Monate in Südamerika? Wenn man sie zusammennimmt, ergibt sich eine perfekte Chronik, die zu dem fürchterlichen Tag in Italien führt.

Und dann die Sache in Simons Büro, vor ein paar Minuten. Auf seinem Schreibtisch fand ich, wie Nadia gesagt hatte, die Akte, in der *Sheergens* Anfänge dokumentiert sind. Darin, fast ganz am Anfang, sah ich das Foto, das sie selbst am Morgen zum ersten Mal gesehen hatte: sechs Menschen, zusammengedrängt in einem winzigen, unordentlichen Büro. Zwei davon erkannte ich wieder: Simon, der sich mit hochgekrempelten Ärmeln über ein Laptop beugte und seine Hand auf Louis' Schulter gelegt hatte.

Nadia beharrt darauf, dass sie nie geglaubt hätte, Simon könnte etwas mit Phoebes Tod zu tun haben, selbst nachdem sie ihm das Foto gezeigt hatte; erst als Louis kam, sei ihr die Wahrheit klar geworden. Vielleicht bin ich dumm, aber ich glaube ihr. Es ist schwierig zu akzeptieren, dass jemand, den man liebt, ein Monster ist. Das verstehe ich nur zu gut.

Aber dieses Verständnis habe ich nicht für Simon Rafferty. Und jetzt kümmere ich mich um ihn.

ZWEIUNDACHTZIG

Langsam, ganz vorsichtig stehe ich auf. Jemanden umzubringen, ist schwierig – es verbraucht viel Energie, viel mehr, als man denkt.

Louis' Blut verteilt sich weiter im Pool. Ganz vorsichtig krieche ich an den Rand und tauche mein Messer ins Wasser. So bleibe ich eine Weile hocken, versuche, meine Gefühle in den Griff zu bekommen, mit dem Trauma dessen zurechtzukommen, was ich gerade getan habe. Dann gehe ich zum tiefen Ende des Pools.

Simon Rafferty beobachtet mich dabei. Er schaut auf mein Messer und drückt sich an die Lehne. Ich komme stetig näher, nehme mir Zeit, weil ich weiß, wie sehr er sich fürchtet, und versuche, jedes noch so kleine Fitzelchen Angst aus ihm herauszukitzeln.

Ich trete hinter seinen Stuhl, und er dreht den Kopf und wird panisch. Erst als ich die Messerspitze auf seinen Scheitel lege, regt er sich nicht mehr.

«Weißt du eigentlich, wie stark der Schädelknochen hier ist?», frage ich. «Ich bin inzwischen eine ziemliche Expertin für Schädel und das, was darin ist.» Ich übe keinen Druck aus, sondern lasse die Klinge nur über seine Kopfhaut zur Schädelbasis gleiten. Simon erschaudert. Ich lasse das Messer einen Augenblick dort liegen und nehme es dann wieder fort.

Ich zittere vor Adrenalin. Ich muss ein bisschen langsamer werden und mich auf das konzentrieren, was ich tue.

Ich hole mein Handy aus dem Rucksack und öffne die Kamera-App. Dann wische ich zur Videofunktion und starte die Aufnahme. Ich gehe um Simons Stuhl herum, stelle mich vor ihn und verstecke dabei mein Handy. Vorsichtig reiße ich ihm das Klebeband vom Mund. Ich nehme an, dass Louis es aufgeklebt hat, weil er nicht wollte, dass Simon ihn beschuldigt – noch ein Hinweis auf seine Schuld, auch wenn ich keinen weiteren Beweis mehr brauche.

«Ich habe Fragen», sage ich. «Und ich möchte ehrliche Antworten. Ich glaube, das ist nur fair. Ehrlichkeit ist immer der beste Weg. Findest du nicht auch?»

Er schluckt. «Ja.»

Ich verstumme und zeige dann auf Louis. «Er hat für dich gearbeitet. Vor Jahren. Angestellter Nummer drei.»

Simon starrt zur Leiche, die im Pool treibt. «Ja.»

«Hat er … hat er meine Familie umgebracht?»

Keine Reaktion darauf. Ich betrachte Simon. Dann beuge ich mich vor, berühre mit der Messerspitze seine Wange und fahre damit hoch zu seinem Auge.

Er zuckt zurück und blinzelt. «Ja.»

«Hast du ihn dafür bezahlt?»

Simon atmet tief und kontrolliert ein. «Keira, ich gebe dir, was immer du …»

Ich trete gegen seinen Stuhl. Er rutscht ein paar Zentimeter weiter auf die Poolkante zu. Er lehnt sich so weit zurück, wie er kann. «Hast du ihn bezahlt?»

«Das ist doch jetzt nicht …»

Ich trete wieder gegen den Stuhl. Er bleibt um Haaresbreite vor der Kante stehen. Simon flucht und beißt die Zähne zusammen. «Ja, ich habe ihn bezahlt – aber nur für Phoebe. Ich habe niemals ein *Gemetzel* in Auftrag gegeben.»

«Und das heißt?»

«Ich habe die Krise im Salerno-Büro fingiert, damit ich einen Grund hatte, für ein paar Tage das Haus am See zu verlassen. Phoebe sollte allein dort sein. So muss es auch ausgesehen haben, als er dort ankam. Deine Eltern schliefen im Gästezimmer, du warst draußen auf dem See. Erst als er sie angriff, kamt ihr alle herbeigerannt – und ich glaube, da geriet er in Panik und hat deine Mum und deinen Dad umgebracht, um dann dir hinterherzujagen. Wenn nur deine Schwester euch nicht hinter meinem Rücken heimlich eingeflogen hätte ...»

«Also ist es Phoebes Schuld.»

Simon schließt die Augen.

«Tu das nicht», sage ich zu ihm. «Ich lasse nicht zu, dass du dich hier ausklinkst. Wir werden diese Unterhaltung bis zum Ende führen. Erzähl mir alles, hilf mir zu verstehen, weil ich es wirklich nicht kann. Wie schafft man es überhaupt, jemanden, einen Angestellten deines Start-ups, zu überzeugen, die eigene Frau umzubringen?»

Simon öffnet die Augen und wirft einen wütenden Blick zum Pool. «Weil er völlig durchgeknallt war, deswegen habe ich es geschafft. Und weil er damals verzweifelt war. Als er zu *Sheergen* kam, habe ich ihn teilweise in Aktien bezahlt – das macht man bei Start-ups oft so. Meine Absicht war es immer, das Unternehmen an die Börse zu bringen, wenn es groß genug war. Er musste nur die Finger stillhalten und warten, aber das tat er natürlich nicht. Er nahm Kredite auf und gab Geld aus. Und ich meine, *wirklich* in großem Stil. Egal was, er kaufte es. Autos, Casinos, Frauen – er benahm sich, als wäre er James Bond. Als er seine Kredite und Konten alle überzogen hatte, besorgte er sich aus anderen Quellen Geld, aus Drogengeschäften zum Beispiel. Da fingen dann seine echten Probleme an.

Ich musste ihn da wegen seines Verhaltens rauswerfen, ich hatte keine Wahl. Und da seine Aktien nicht unverfallbar waren, verlor er Geld. Dann kam er ein halbes Jahr später aus heiterem Himmel auf mich zu und sah aus, als hätte er die Zeit im Wald verbracht. Er flehte mich um Hilfe an, sagte, er würde alles für mich tun. Egal, er brauche nur ein wenig Hilfe für einen Neuanfang.»

«Und meine Schwester war der Preis, den du ausgehandelt hast.»

Simon verzieht das Gesicht.

«Was hat er dann in Cranner's Ford zu suchen gehabt? Warum ist er nach all der Zeit hier aufgetaucht?»

Er zuckt mit den Achseln. «Ich habe erst gestern Nacht herausgefunden, dass er hier ist. Zuerst dachte ich, er wolle noch mehr Geld haben, aber das war offenbar überhaupt nicht sein Anliegen. Keine Ahnung, was er mit *dir* wollte. Bevor du kamst, hat er eine Menge Unsinn gefaselt. Über Karma, das Universum, die Pflicht, für die eigenen Sünden zu büßen, um das Gleichgewicht wiederherzustellen, und all so einen Unsinn.

Offenbar hatte er die letzten fünf Jahre in Übersee verbracht, um sich neu zu erfinden. Vielleicht hat er da diese völlig bekloppten Ideen her. Ich nehme an, er hat dort irgendwann einmal einen Nervenzusammenbruch gehabt. Entweder das, oder psychotische Anfälle. Vielleicht hatte er die noch.»

Ich starre ihn an und zögere, noch weitere Fragen zu stellen. Immer wenn er etwas sagt, habe ich das Gefühl, dass ein Teil von mir verdorrt und stirbt. «Warum?», frage ich schließlich. «Ich weiß, du hast darauf angespielt, auf diesen Tag am Haus am See, aber ich will trotzdem, dass du es deutlich aussprichst. Wenn du sie nicht mehr geliebt hast, warum hast du dann nicht einfach die Scheidung eingereicht?»

«Ich habe schwer gearbeitet», sagt er.

Als wäre das eine passende Antwort. Als wäre es eine völlig vernünftige Entscheidung, die eigene Ehefrau zu ermorden, um keine Scheidungsvereinbarung treffen zu müssen. Eine logische Entscheidung.

Ich schaue wieder zu Louis. Meine Gefühle zu dem, was gerade passiert ist – worin ich in diesen letzten Wochen verwickelt wurde, was wir getan, wie wir gelebt haben –, sind viel zu kompliziert, als dass ich sie sofort entwirren könnte. Ich bin mir ziemlich sicher, dass ich noch Jahre damit beschäftigt sein werde. Vermutlich mit der Hilfe einer furchtbar teuren Therapeutin. Oder einer Gratistherapie im Gefängnis – denn ich habe keine Ahnung, welche Richtung mein Leben von nun an einschlagen wird.

Ich zweifle nicht an allem, was mir Louis erzählt hat –

schon gar nicht nach dem, was ich jetzt gehört habe. Er ist ganz eindeutig nach Cranner's Ford gekommen, um auf seine eigene verdrehte Weise Buße für seine Taten in der Vergangenheit zu tun. Wenn sich unsere Wege nicht an der Tankstelle gekreuzt hätten, wäre alles vielleicht ganz anders gekommen; und Simon, das vermute ich, wäre jetzt derjenige, der im Pool treibt.

Aber unsere Wege haben sich nun mal gekreuzt. Louis muss mich als diejenige erkannt haben, die er damals sterben lassen wollte. Er hat zweifellos geglaubt, dass unser Aufeinandertreffen eine tiefere Bedeutung hatte. *Hast du manchmal auch das Gefühl, dass Dinge, die zuerst völlig zufällig erscheinen, doch irgendwie tiefere Geheimnisse bergen?*

Wer weiß? Vielleicht hatte er sogar recht. Vielleicht war es wirklich das Universum, das uns wieder zusammengeführt hat. Aber nicht aus dem Grund, den Louis sich vorgestellt hatte.

Aber was ich auf jeden Fall weiß, ist, dass seine Gefühle für mich echt waren. Das ist natürlich krank. Monströs. Aber es ändert nichts an der Wahrheit.

Zu Simon sage ich: «Da gibt es eine Sache, die ich immer noch nicht verstehe. Wenn du dir all diese Mühen gemacht hast, um in Salerno zu sein, während es passierte, warum bist du dann am selben Nachmittag zurückgekommen?»

«Wegen Ollie», sagt er. «Und weil deine Schwester verdammt noch mal nie getan hat, was ich ihr gesagt habe. Ich hatte für Ollie Kinderbetreuung organisiert, damit er nicht im Weg war, als es passierte. Ich hatte Phoebe gesagt, sie solle sich entspannen, einen Tag allein am See genießen. Der Kindergarten hätte sich gemeldet, wenn sie ihn nicht abgeholt hätte, aber sie hatte ihn gar nicht hingebracht. Ich fand das erst heraus, als ich dort anrief. Sie war tot, und Ollie war ganz allein.»

Ich schweige einen Augenblick und lasse das auf mich wirken. Dann sage ich: «Erklär mir bitte in allen Einzelheiten, wie du ihn bezahlt hast. Wie du das Geld transferiert hast. Jeden einzelnen Schritt. Lass nichts aus. Ich will die Wahrheit.»

Simon Rafferty seufzt. Er erzählt alles ganz genau, und ich gehe dabei um seinen Stuhl herum. Jedes Mal, wenn ich hinter ihm stehe, werfe ich einen Blick auf das Handy, das mir Louis gekauft hat, um zu sehen, ob es immer noch aufnimmt.

Ich habe keine Ahnung, ob die Aufnahme irgendetwas ändern wird – ob sie überhaupt als Beweismittel vor Gericht zugelassen wird und mich vor dem Gefängnis rettet. Ich weiß aber dank allem, was ich auf dem Old Cobb erlebt habe, dass ich in der Lage bin, ein Weilchen Gefängnis zu überleben – wie lange und wie gut, kann ich natürlich nicht sagen.

Als Simon zu Ende erzählt hat, speichere ich das Video und trete wieder vor ihn.

«Tut mir leid», sagt er, als sich unsere Blicke treffen. «Das hat mich genauso verfolgt wie dich.»

Seine Worte erwischen mich kalt. Ich bin nicht hierhergekommen, um ihn umzubringen, sondern um ihn zu retten. Ollie hat bereits ein Elternteil verloren. Er verdient es nicht, zur Vollwaise zu werden – der Tod ist einfach zu endgültig. Aber wenn es etwas gibt, das Simon hätte sagen können, um mich umzustimmen, dann war es das hier.

Ich gebe der Verführung nicht nach. Stattdessen wähle ich die 999. Eine Frau meldet sich, und ich bitte sie, Polizei und einen Krankenwagen nach Arcadia Heights zu schicken. Als sie mich nach meinem Namen fragt, sage ich Mercy Lake.

Mercy Lake ist vielleicht tot. Aber sie verdient eine Atempause – sie verdient es, abschließen zu können.

DREIUNDACHTZIG

Oben wecke ich Ollie auf. Ich tue es sanft, weil ich ihm keine Angst einjagen will. Im schwachen Licht der Steckdosenlampe blinzelt er mit seinen großen braunen Augen – Phoebes Augen. Seine Stimme ist vom Schlaf noch ganz kratzig. «Du», sagt er. «Träume ich?»

«Nein. Das hier ist die Wirklichkeit. Du musst jetzt mit mir kommen, okay? Komm, wir ziehen dich an.»

Er nickt folgsam. Ich suche ein paar Sachen zusammen und helfe ihm, sie anzuziehen.

«Wo gehen wir denn hin?»

«Wir erleben ein kleines Nachtabenteuer.»

«Gehen wir an einen Zauberort?»

«Vielleicht. Hast du ein Kuscheltuch? Oder einen Teddy?»

Ollie zeigt auf eine zerknüllte türkisfarbene Decke und auf ein Häschen mit Schlappohren.

«Wie heißt das Häschen denn?»

«Häschen», erwidert er feierlich.

Ich halte mich mit einer Hand am Geländer fest und trage Ollie, Häschen und Decke nach unten. Draußen gehen wir zu meinem Jorvik, und ich setze alle in meine Gepäcktasche. «Du hältst dich gut fest, okay? Ich fahre nicht schnell, aber du musst dich trotzdem gut festhalten.»

Ich schalte die Scheinwerfer ein und rolle die Einfahrt

zum Abbot's Walk hinunter. Von dort aus fahre ich zum Monk's Brook und dann zum Brombeergestrüpp, wo ich mein Jorvik manchmal verstecke.

Zusammen waten wir durchs flache Wasser und steigen den Hügel zu meiner Felsmulde hinauf. Erstaunlich, wie vertrauensvoll Kinder sind. Andererseits bin ich seine Tinkerbell. Und im letzten Jahr haben wir uns ziemlich gut kennengelernt.

Ich breite Ollies Decke aus, und er kuschelt sich mit Häschen darauf. Als er schläft, ziehe ich mein Kostüm aus und mein rotes Kleid wieder an. Es ist schwierig genug, dem entgegenzublicken, was kommen wird. Dabei als Fee kostümiert zu sein, würde alles nur noch weit schwieriger machen.

Schon jetzt parkt ein Streifenwagen vor Arcadia Heights. In der Ferne sehe ich Verstärkung kommen – eine Gänseblümchenkette aus Lichtern, eine bunte Raupe, die sich durch die georgianischen Straßen windet.

Wenn sie Louis aus dem Pool gefischt haben, gehe ich wieder hinunter. Ich will nicht, dass Ollie sieht, was in seinem Zuhause geschehen ist.

Ich werde Fragen beantworten. Ich werde die Aufnahme abspielen. Ich werde sehen, ob mich die Polizei hier anders behandelt als damals in Salerno, nachdem ich aus dem Koma erwacht war, nachdem ich das Sprechen neu gelernt hatte, nachdem ich begriff, dass Ollie Rafferty der Einzige war, der mir aus der Familie geblieben war, die ich so sehr liebte.

Ich denke immer wieder an Louis. Er hat mir alles genommen, und dann noch mehr. Aber – und das ist am schwierigsten zu akzeptieren – auf gewisse Weise hat er mich auch wiederhergestellt. Nicht Keira Greenaway. Auch nicht Mercy Lake. Sondern jemand ganz anderen.

Was er *nicht* zerstört hat, ist mein Glaube an die Macht der guten Taten. Kleine Akte der Freundlichkeit, habe ich begriffen, sind vielleicht weniger effektiv als die Angst. Aber im Laufe der Zeit summieren sie sich. Sie können etwas verändern. *Ich* kann etwas verändern.

Über mir sind die Sterne an einer tiefschwarzen Glasglocke verteilt.

Stell dir bloß mal vor, was alles passieren musste, Freitagnacht, um uns zu diesem Augenblick zu bringen: dein Platten, mein leerer Tank, diese Skater …

Ich schaue zum Himmel hinauf und denke über dieselbe Frage nach, die ich mir vor einer Woche stellte. Werde ich *wirklich* beobachtet? Von irgendwo dort oben?

Und wenn ja, von wem?

Und was genau sieht derjenige?

Lucy Goacher

Abgrund

Du weißt, sie ist nicht gesprungen.

496 Seiten

Clementines Welt liegt in Trümmern. Ihre kleine Schwester ist tot. In einer sternklaren Nacht hat Poppy sich von einer Klippe gestürzt, die Untersuchungsergebnisse sind eindeutig. Doch Clementine zweifelt. Poppy, die Sonnenuntergänge liebte, die so gern zeichnete. Noch in der Nacht ihres Todes versuchte sie, Clementine anzurufen. Aber der Anruf lief ins Leere. Was wollte Poppy ihr sagen?
Während ihre Eltern wie gelähmt sind vor Schmerz, findet Clementine keine Ruhe. Sie vertieft sich in Poppys Leben, versucht herauszufinden, was in ihren letzten Monaten passiert ist. Bald ist sie sicher: Poppy hat sich nicht umgebracht. Poppy wurde ermordet.
Sie weiß, sie ist die einzige, die Poppys Mörder finden kann. Doch sie hat nicht viel Zeit.
Denn während sie nach ihm sucht, kommt er ihr immer näher ...

Ein außergewöhnlicher Thriller auf höchstem Niveau. Eindringlich und hochspannend.

Weitere Informationen finden Sie unter **rowohlt.de**